LA MISTERIOSA
FIAMMA DELLA REGINA LOANA

洛阿娜女王的神秘火焰

意

翁贝托·埃科

著

王永年

译

上海译文出版社

UMBERTO ECO
La misteriosa fiamma della regina Loana

© Giunti Editore S.p.A/Bompiani, Firenze-Milano
2004 First publication under Bompiani imprint

All rights reserved
All adaptations are forbidden.

图字：09-2005-649号

图书在版编目(CIP)数据

洛阿娜女王的神秘火焰／（意）翁贝托·埃科著；王永年译.—上海：上海译文出版社,2022.12
（翁贝托·埃科作品系列）
ISBN 978-7-5327-9182-8

Ⅰ.①洛… Ⅱ.①翁… ②王… Ⅲ.①长篇小说-意大利-现代 Ⅳ.①I546.45

中国版本图书馆 CIP 数据核字(2022)第 229098 号

洛阿娜女王的神秘火焰 La misteriosa fiamma della regina Loana	Umberto Eco ［意］翁贝托·埃科 著 王永年 译	出版统筹 赵武平 责任编辑 李月敏 装帧设计 董茹嘉

上海译文出版社有限公司出版、发行
网址：www.yiwen.com.cn
201101 上海市闵行区号景路159弄B座
上海雅昌艺术印刷有限公司印刷

开本 890×1240 1/32 印张 15.5 插页 6 字数 233,000
2022年12月第1版 2022年12月第1次印刷

ISBN 978-7-5327-9182-8/I·5713
定价：158.00元

本书中文简体字专有出版权归本社独家所有,非经本社同意不得转载、摘编或复制
如有质量问题,请与承印厂质量科联系。T:021-68798999

目　录

第一部　意外事件 / 1
- 一　　最残忍的月份 / 3
- 二　　树叶的飒飒声 / 31
- 三　　也许有人会摘你的花 / 50
- 四　　我独自穿过城市街道 / 72

第二部　纸的记忆 / 89
- 五　　克拉贝尔的宝藏 / 91
- 六　　《全新梅尔齐百科全书》/ 100
- 七　　阁楼上的八天 / 128
- 八　　收音机 / 172
- 九　　可是皮波不知道 / 192
- 十　　炼金术士的塔楼 / 228
- 十一　在卡波卡巴纳 / 243
- 十二　天空即将放晴 / 274
- 十三　脸色苍白的少女 / 290
- 十四　三玫瑰饭店 / 316

第三部　ΟΙ ΝΟΣΤΟΙ / 321

　十五　你终于回来了，我的雾气朋友！/ 323

　十六　风在呼号 / 348

　十七　有远见的年轻人 / 403

　十八　你娟美如太阳 / 432

引文及图片来源 / 477

第一部

意外事件

一

最残忍的月份

"您叫什么名字?"

"容我想一想,刚才还挂在嘴边来着。"

事情就是这么开始的。

我好像从漫长的睡眠中醒来,但仍旧悬浮在灰白色的雾气中。也许我并没有清醒,而还在做梦。梦很古怪,没有任何画面,却充斥着各种声音。似乎我眼睛看不见,耳朵却听得到声音向我讲述我本来应该看到的景象。声音告诉我说,除了运河两岸景色消融其中的朦胧雾气以外,我现在什么都看不到。布鲁日,我暗忖道,我在布鲁日。我有没有到过死寂之城布鲁日?那里的雾气像梦幻的香烟似的在塔楼之间缭绕。一座灰蒙蒙的城市,像菊花丛中的墓碑那么忧伤,建筑正面挂着残缺壁毯般的薄雾……

我的灵魂在擦拭有轨电车的窗玻璃,以便看清前灯灯光下飘动的雾气。雾,我纯洁的姐妹……不透明的浓雾裹住了噪声,召集不成形状的幽灵……最后我来到一个巨大的裂缝前面,看到一个脸色雪白、裹着尸布的巨大形象。我的名字叫阿瑟·戈登·皮姆。

我在雾中穿行。幽灵擦过我身边，纷纷散去。远处的灯光像墓地里的磷火似的闪烁不停……

有人在我身边行走，无声无息，似乎光着脚板，没有穿带后跟的鞋，也没有穿凉鞋。一片雾擦过我的脸颊，一伙醉汉在轮渡码头那边喧哗。轮渡码头？说话的不是我，是声音。

雾来了，踮着小猫的脚步……那场雾仿佛要把全世界席卷而去。

我好像时不时睁开眼睛，看到闪光。我还听到说话的声音："严格说来，夫人，并不是昏迷……不，看在老天的分儿上，千万别去想平直的脑电图……对刺激还有反应……"

有人用光束照射我的眼睛，光亮之后又归于黑暗。我感觉到身上有针刺。"您瞧，有退缩的反应……"

梅格雷踏进了浓密的雾中，根本看不见落脚的地方……雾气中人影幢幢，充满了强烈神秘的生命。梅格雷？这是基本的，我亲爱的华生，有十个小印第安人，巴斯克维尔的猎犬在浓雾中消失了。

灰色的雾逐渐褪去了灰色，水温高到了极点，乳白的色调比任何时候都更显而易见……我们冲进了瀑布的怀抱，一道缝隙豁然裂开来迎接我们。

我听见周围有人说话，我想呼喊，让他们知道我在那里。嗡嗡声持续不断，仿佛磨快齿轮的单身汉机器正在吞噬我。我身在流放地。我觉得头上有重物，他们似乎给我戴上了一个铁面具。我觉得看到了天蓝色的光线。

"两个瞳孔的大小不对称。"

我有了断断续续的思想,显然我在醒来,但还是动弹不了。只要我保持清醒就好了。我是不是又要入睡?睡几小时、几天、几个世纪?

雾气又涌来,中间和周围有人声。Seltsam, im Nebel zu wandern!① 那是什么语言?我仿佛在大海里游泳,我觉得自己已经接近海滩了,可是够不着。没有人发现我,潮水又把我卷走了。

请和我说说话,请触碰我。我感觉有一只手按上我的额头。多么宽慰。另一个声音:"夫人,也有病人突然醒过来,自己抬腿走掉的例子。"

有人用间歇的亮光和振动的音叉打扰我,就好像他们把一罐芥末酱凑到我鼻子底下,然后又放了一瓣大蒜。泥土有蘑菇的气息。

别的声音由内而外:蒸汽机车长长的哀鸣,雾气中不成形状的教士们朝博斯科的圣米凯莱教堂鱼贯行进。

天空灰蒙蒙的。雾笼罩着河的上游和下游,卖火柴的小女孩手指冻得生疼。通向群犬岛的桥上行人稀稀落落,他们望着低沉的雾气弥漫的天空,全身被雾气笼罩,恍如乘着气球,悬挂在棕色浓雾底下……我没想到死亡毁了这么多人。火车站和煤烟的气味。

又是一束光,比先前的柔和一些。透过雾气,我似乎听到荒原上重新响起苏格兰风笛的声音。

---

① 德语,在雾中散步真是奇妙。

也许又是一场漫长的睡眠。然后变得澄澈,像是一杯兑水的茴香酒……

他就站在我面前,虽然我仍觉得他像是影子。我脑袋昏昏沉沉,仿佛喝酒过量后醒来。我认为我用微弱的声音说了些什么,似乎那是我初次开口说话:"Posco reposco flagio——这些不定式动词有没有将来时? 教随国定原则……那是《奥格斯堡和约》还是布拉格掷出窗外事件?"然后是:"龙科比拉乔和巴贝里诺-迪穆杰洛之间亚平宁山脉段的太阳高速公路也有雾气笼罩……"

他友好地冲我笑笑。"请睁大眼睛,看看周围。您知道我们在什么地方吗?"我现在看清了他。他穿着一件白——那叫什么来着? ——白大褂。我朝四周打量一下,居然能转动脑袋:房间整饬清洁,有少数几件浅色的金属小家具,我躺在床上,胳膊上插着一根输液管。通过拉下的百叶窗,从窗外射进一道阳光,到处是明媚的春光,田野上一片欢乐的气象。我悄声说:"我们……在医院里……您是医生。我病了吗?"

"是的,您病了。我待会儿向您解释。现在您恢复了知觉。很好。我是格拉塔罗洛医生。请原谅我提几个问题。我现在伸出了几根手指?"

"一只手和几根手指。四根。是四根吗?"

"不错。六乘六是多少?"

"当然是三十六。"各种念头在我脑袋里隆隆而过,自发地涌来,"直角三角形两条直角边……平方之和……等于斜边的平方。"

"说得好。我想那是勾股定理,不过我上中学时数学成绩只是中等……"

"萨摩斯岛的毕达哥拉斯。欧几里得定理。永不相交的平行线的绝望的孤独。"

"您的记忆力似乎处于极好的状态。顺便问一句,您叫什么名字?"

我犹豫起来。名字刚才还挂在嘴边。过了片刻,我提供了最明显的答案。

"我叫阿瑟·戈登·皮姆。"

"那不是您的名字。"

当然不是,皮姆是另一个人。他不会回来了。我试图征得医生的谅解。

"那您管我叫……以实玛利好吗?"

"您不叫以实玛利。再使劲想想。"

一个词。像撞墙一样。说出欧几里得或者以实玛利,是轻而易举的事情,如同说杰克和吉尔上了山,但另一方面,要说我是谁,就好比转过身发现了那堵墙。不,不是一堵墙;我试着解释:"不像是坚实的东西,而像是在雾中行走。"

"雾是什么样的?"他问道。

"雾气在荆棘丛生的小山上湿漉漉地爬上天空,西北风在山下呼号,在海面掀起了白沫……雾是什么样的?"

"您把我弄糊涂了——我只是个医生。此外,现在是四月份,我无法让您看到雾。今天是四月二十五日。"

"四月是最残忍的月份。"

"我看的书不多,不过我认为那是句引语。今天也被称作解放日。您知道今年是哪一年吗?"

"肯定在发现美洲以后……"

"您是否记得您恢复知觉以前的一个日期……任何日期?"

"任何日期?一九四五年,第二次世界大战结束。"

"不够近。不,今天是一九九一年四月二十五日。我猜您是一九三一年底出生的,也就是说,您快六十岁了。"

"五十九岁半。不到六十。"

"您的计算能力极好。不过您遭遇了,我该怎么说呢,一场意外。您侥幸捡了一条命,我为之向您表示祝贺。不过显然还有些问题。轻微的逆行性遗忘。不必担心,有时候用不了多久就恢复了。不过还得请您回答一些问题。您结婚了吗?"

"还请您告诉我。"

"是的,您同一位名叫保拉的非常可爱的夫人结了婚,她日夜守在您身边。我昨天晚上再三劝她回家休息,否则她身体会垮的。您现在既然苏醒了,我会通知她。但是我要让她思想上有所准备,那之前,我们还需要做几个测试。"

"假如我把她错当成帽子,该怎么办呢?"

"您说什么?"

"有个男人把他的妻子错当成帽子。"

"哦,萨克斯书里写的事情。典型的例子。我发现您看了很多书。不过您没有他的毛病,否则您早就把我错当成炉子了。不必担心,您有可能认不出她,但是您不会把她错当成帽子的。再回过头来说说您自己的情况。您的姓名是詹巴蒂斯塔·博多尼。那能不能让您想起什么?"

我的记忆像滑翔机似的腾飞翱翔,越过山峦河谷,向无边无际的地平线飞去。"詹巴蒂斯塔·博多尼是著名的印刷商。我敢肯定绝对不是我。如果我是博多尼,那也有可能是拿破仑了。"

"您为什么提拿破仑?"

"因为博多尼多少是和拿破仑同时代的人。拿破仑·波拿巴,生在科西嘉岛,当过第一执政官,和约瑟芬结了婚,当上皇帝,征服了半个欧洲,在滑铁卢战败,一八二一年五月五日死于圣赫勒拿岛,他好像不动弹了。"

"下次我得把百科全书带来,据我判断,您的记忆力很好。只不过您记不起自己是谁了。"

"严重吗?"

"说实话,不是好现象。不过您不是第一个出现这种情况的人,我们能应付。"

他吩咐我举起右手,然后触摸自己的鼻子。我完全理解右手和鼻子是什么,但感觉是崭新的。触摸鼻子好比你食指上长了一个瞅着你的脸的眼睛。我有鼻子。格拉塔罗洛用一把小锤子在我的膝盖、小腿和脚上东敲敲,西叩叩。医生们在测试我的反射功能。我的反射功能似乎不错。最后我精疲力竭,我想我又入睡了。

我醒来时觉得换了地方,我喃喃说我所在的地方像是电影里的宇宙飞船的座舱。(格拉塔罗洛问我是什么电影,我说一般的电影,还具体提到《星际迷航》。)他们在我身上做了一些我不明白的事情,使用了我从来没有看见过的机器。我认为他们想看我的思想,我什么都不想,听任他们去看,营营的声息使我昏昏欲睡,我断断续续地打起瞌睡来。

后来(或是第二天?),格拉塔罗洛回来时,我在检查床铺。我抚摸床单,觉得柔和、光滑,手感很好。毯子差一些,指尖碰上去有点刺痒。我翻过身,用手敲击枕头,手陷了进去,感觉舒服极了。我噗噗地打得正欢,格拉塔罗洛问我能不能下床。在一位护士的帮助下,我站了起来,虽然头仍旧很晕。我觉得脚踏到了实地,头抬了起来。那就是直立的模样。立在绷紧的绳子上。像小美人鱼似的。

"好。现在试着到浴室去,刷刷牙。您妻子的牙刷应该在那里。"我说不应该用陌生人的牙刷,他说妻子不是陌生人。我进了浴室,看到自己在镜子里的模样。至少我很肯定镜子里的人是我,因为众所周知,镜子反映它前面的东西。苍白瘦削的脸、长胡子、深陷的眼睛。太妙了:我不知道自己是谁,但发现自己是个丑八怪。我可不愿意夜里在行人稀少的街上遇上我自己。《化身博士》里的海德先生。我辨出了两件物品:一件绝对叫牙膏,另一件绝对叫牙刷。先拿牙膏,挤压管子。美妙的感觉,我应该经常体验。但是到了一个阶段就必须停止——白色的牙膏先噗噗起泡,然后像蛇一样舞动。不要没完没了地挤压,否则你会像被奶酪搞得狼狈不堪的布罗利奥。布罗利奥是谁?

牙膏味道好极了。公曰:"善哉。"这是韦勒①手法。如此说

---

① 狄更斯小说《匹克威克外传》里的人物,他喜欢在有名的引语后面加一个滑稽语或者动作。

来,这就是味道:爱抚舌头和味觉的东西,尽管察觉味道的似乎是舌头。薄荷味——下午五点钟喝的薄荷茶……我打定主意,不假思索地立刻做了任何人在同样情况下都会做的事情:首先我上下刷,然后左右刷,最后全方位地刷。牙刷刷过两排牙齿的感觉真好,我认为今后我每天都要刷牙,感觉真舒服。我还用牙刷刷舌头。你会有一种战栗感,但是不太使劲的话问题不大。那正是我需要的,因为我嘴里发黏。我想,现在该漱口了。我用玻璃杯在水龙头底下盛了一点水,含在嘴里打旋,发出的咯咯声使我自己也吃惊。假如你仰起头,再发出咯咯声是不是更好呢?我鼓起面颊,嘴里的水全吐了出来。噗……喷薄而出的瀑布。嘴唇特别柔软,你可以做出各种各样的动作。我转过身,格拉塔罗洛站在那里,像瞅马戏团里的畸形动物似的瞅着我,我问他我的动作是否规范。

他说好极了,并且解释说我的无意识行为状态良好。

"这里似乎有一个几乎正常的人,"我评论说,"只不过那个人可能不是我。"

"非常风趣,那也是好征兆。现在仍旧躺下来,我扶您。您说说看:刚才您做了些什么事?"

"我刷了牙,是您吩咐我做的。"

"完全正确,刷牙之前您做了些什么?"

"我躺在这张床上,您在和我说话。您说现在是一九九一年四月。"

"不错。您的短期记忆在起作用。告诉我,您是否碰巧记得牙膏的牌子?"

"不记得。我应该记得吗?"

"没有必要。您取牙膏管的时候肯定看到牌子了,不过假如我们把遇到的刺激都记录储存起来的话,我们的记忆就混乱不堪了。因此我们加以选择过滤。您做的正是我们都在做的事情。现在您使劲想想您刷牙时印象最深刻的事情。"

"我用牙刷刷了舌头。"

"为什么?"

"因为我的嘴里发黏,刷过以后感觉好一些。"

"您看到了吗?您记住了和您的感觉、欲望、目标联系最密切的因素。您又有了感觉。"

"刷舌头的感觉很好。可是我不记得以前有没有刷过。"

"往后会记得的。现在,博多尼先生,我尽力用明白易懂的语言向您解释这一切,但是意外事故显然影响了您大脑的某些区域。即使每天都有新的研究成果发表,我们掌握的有关大脑区域定位的知识仍旧不如我们希望掌握的那么多,特别是有关记忆的种种形式问题。我敢说,假如您遭遇的意外事故发生在十年以后,我们就知道如何更好地处理。请不要打断我的话,我明白,假如这件事发生在一百年前,您早就进了疯人院了。我们今天掌握的知识比那时候多,但仍旧不够。比如说,假如您不能说话,我就能明确地告诉您,哪一个区域受到了影响……"

"白洛嘉[①]区。"

"太好啦。有关白洛嘉区的知识我们已经掌握了一百多年,

---

① 白洛嘉(Paul Broca,1824—1880)是法国外科医生、人类学家,他发现了被命名为白洛嘉脑回的大脑左前区的清晰语言区,对脑损伤和失语症的研究有重大贡献。

可是大脑在什么地方储存记忆至今仍有争论,牵涉的区域肯定不止一个。我不想用科学术语来打扰您,那只会让您更加混乱——您明白,牙医治了您的一颗牙齿以后,好几天您都会用舌头去舐那个地方,不是吗?假如我说,我关心您的海马体的程度不及关心您的额叶,也许还有右眶额叶皮质,您会试图去触摸它,那就不像尝试用舌头舐口腔了。怎么尝试都不会成功的。因此忘了我刚才说的话吧。此外,人的大脑各各不同,所有的大脑都有不寻常的可塑性,随着时间的推移,您的大脑也有可能把损伤区域不能完成的任务分配给别的区域。您明白我的意思吗?我讲得够明白吗?"

"十分明白,请接着说。不过您先得告诉我,我是不是属于科莱尼奥遗忘症?"

"瞧!您还记得科莱尼奥遗忘症,那是经典病例。您不记得的只是您自己的、并不经典的病例。"

"我宁肯忘了科莱尼奥而记得自己是在什么地方出生的。"

"那就更不寻常了。您瞧,您能立刻辨认出牙膏管,可是您不记得自己已婚——确实,记住自己的婚姻状况和辨认牙膏管依靠两个不同的大脑网络。我们具有不同的记忆类型。一种叫作内隐记忆,能让我们轻松地做我们已经学会的各种事情,例如刷牙、打开收音机,或者打领带。经过刷牙测试以后,我愿意打赌说您会写字,也许甚至会驾驶汽车。在内隐记忆的帮助下,我们甚至不会意识到我们是在回忆,我们的举动完全是自动的。此外,还有一种外显记忆,我们凭它记住事物,并且知道我们在记住。但是这种外显记忆包括两部分——其一如今常被称作语义记忆或大众记忆,它告诉我们,燕子是一种鸟,鸟会飞,身上长着羽毛,还告诉我们说拿破仑死于……不管是哪一年。拿您的情况来说,这一类型的记忆似乎相当发达。讲老实话,甚至可以说太发达了,我只要稍加输入,您就会形成我不妨称之为学究式的记忆,或者援引一些陈词滥调。但是这种初级类型的记忆即使在儿童身上也会形成。儿童很快就会辨认汽车或者狗,把它们归入大类,假如他看见一条德国牧羊犬,被告知那是一条狗,下次当他看到一条拉布拉多猎犬时,他也会说'狗'。然而,儿童需要更长时间才能发展出第二种类型的外显记忆,我们称之为情节记忆或自传记忆。看到一条狗的时候,他不是立刻就能记起一个月之前他在祖母的院子里见过一条狗,经历了那两件事的人都是他。情节记忆在今天的我们和以前的我们之间建立起联系,没有它,当我们说'我'的时候,我们指的只是我们现在的感觉,而不是以前的感觉,正如您所说的,那种感觉在迷雾中消失了。您没有丧失语义记忆,您丧失的只是情节记忆,也就是说您生活中的事件。简单地说,别人知道的事情您都知道,如果我请您告诉我日本的首都……"

"东京。广岛原子弹。麦克阿瑟将军……"

"哇,哇。您在书上看到的或者听人说的事情仿佛都记得一清二楚,可是同您的直接经历有联系的事情却一点也记不住。您知道拿破仑在滑铁卢战败,但是请您为我讲讲您的母亲。"

"人只有一个母亲,母亲永远是母亲……至于我的母亲,我记不得了。我猜测我也有一个,因为那是物种法则,可是……又起雾了。我病了,医生。太可怕了。您给我点什么,让我再睡一觉吧。"

"我待会儿给您,我对您的要求已经太多了。现在您躺着吧,好……我再说一遍,这种情况时有发生,不过会好转的。要有极大的耐心。我吩咐他们给您一点喝的,比如说茶。您喜欢喝茶吗?"

"我也许喜欢,也许不喜欢。"

他们给我端来了茶。护士让我靠着枕头坐起来,在我面前放了一个托盘。她在放着一小袋茶叶的杯子里倒了一点冒着气的水。悠着点喝,她说,烫嘴呢。悠着点喝,是什么意思?我嗅嗅茶杯,闻到一种气味,我想到了烟雾。我想知道茶怎么样,便拿起茶杯喝了一口。可怕。是火,是焰,嘴里挨了一下。敢情这就是滚烫的茶。也许大家说的咖啡、洋甘菊茶也是这样的。现在我知道烫着自己是怎么一回事了。人人都知道不应该去碰火,但是我不知道在什么情况下可以去碰热水。我必须学会识别那个阈,也就是在它之前不可以做而在它之后就能做的界限。我机械地吹吹热茶,又用茶匙搅拌一会儿,然后决定再试试。现在是温热的,很好喝。我不能确定哪个是茶的味道,哪个又是糖的味道;一个肯定是苦的,另一个肯定是甜的,可是哪个甜、哪个苦呢?不管怎么说,我喜欢混合的味道。以后我喝茶永远要加糖。不过不要滚烫的。

喝了茶,我觉得平静放松,便入睡了。

我又醒来。我在睡眠中也许挠了腹股沟和阴囊。我盖着毯子直出汗。褥疮?我的腹股沟潮乎乎的,如果我擦得太使劲,经过初步的强烈快感之后,摩擦的感觉非常不舒服。挠阴囊好些。你用手指捏住——我要补充说,动作要轻柔,不要用力挤睾丸——你会触摸到一些颗粒状的东西,并且有毛茸茸的感觉:搔阴囊是快事。痒感不是马上消失的,事实上会更强烈,继续挠才会更舒服。快感是痛苦的终止,但痒不是痛,是邀请你给自己快感。激发肉体的痒。你如果沉湎其中就会犯下罪恶。有远见的年轻人总是仰睡,双手相握放在胸前,以免在睡梦中做出淫秽的动作。发痒是件怪事。我的睾丸……你是个要榨干男人睾丸的女人。那家伙有种。

我睁开眼睛。只见一个女人站在那儿。她不能算年轻了,我猜已经过了五十岁,眼睛四周起了细微的皱纹。但面容仍然年轻,光彩照人。头上有几缕几乎看不出的白发,好像是卖弄风情故意漂白的,似乎在说我不想冒充年轻姑娘,不过我并不显老。她很可爱,年轻时肯定是绝色美人。她在抚摸我的额头。

"扬波。"她说。

"谁是扬波,夫人?"

"你就是扬波。大家都这么称呼你。我是保拉,你的妻子。认出我了吗?"

"不,夫人——我是说,不,保拉。非常抱歉,医生一定向你解释过了。"

"解释过了。你忘了自己身上发生了什么,但是你十分了解发生在别人身上的事。由于我是你个人历史的组成部分,你同样不再了解。我亲爱的扬波,我们结婚已有三十多年。我们有两个女儿,卡拉和尼科莱塔,还有三个特别棒的外孙。卡拉结婚早,有两个孩子,五岁的亚历山德罗和三岁的卢卡。尼科莱塔的儿子,詹贾科莫,昵称詹焦,也是三岁。你老说他们是孪生表兄弟。而你,你以前是,现在是,将来仍会是一个特别棒的外祖父。你还是个好父亲。"

"那么……我是不是好丈夫呢?"

保拉翻了个白眼:"我们不是还在这儿吗?可以说这三十年里有过不少风风雨雨。你一直被认为是长得很帅气的人……"

"今天早晨,昨天,十年前,我在镜子里见到一张可怕的脸。"

"经过你遭遇的事情之后,你还能指望什么。不过你过去是,现在仍然是个很帅气的人,你的笑容令人难以抗拒,有些女人根本不抗拒。你自己也不抗拒——你一直说你能抗拒一切,除了诱惑。"

"在这方面,我要请你原谅。"

"呃,那未免像是在巴格达投激光制导炸弹的家伙,炸死了平民后表示歉意。"

"在巴格达投炸弹?《天方夜谭》里根本没有炸弹。"

"有战争,海湾战争。目前已经结束了。或许还没有结束。伊拉克入侵科威特,西方国家干预。你一点都不记得了吗?"

"医生说情节记忆——是和感情相连的——仿佛出现了倾斜。也许轰炸巴格达激起了我强烈的感情。"

"我也这么想。你一向是真诚的和平主义者,这场战争使你痛苦万分。将近二百年前,梅因·德·比朗确定了三类记忆:概念、感觉和习惯。你记得住概念和习惯,但记不住感觉,感觉当然同个人关系最密切。"

"你怎么会懂得这许多好东西?"

"我是心理学家,这是我的本行。等一等,你刚才说你的情节记忆出现了倾斜。你为什么这么说?"

"那是一种表达方式。"

"不错,但那是弹球用语,而你……像小男孩似的热衷于弹球。"

"我知道弹球是什么。但我不知道我是谁,明白吗?波河平原一带有雾。对了,我们这是在哪里?"

"在波河平原。我们住在米兰。冬天从我们家就望得到公园里的雾。你住在米兰,你是古董书商。你的工作室里满是古书。"

"那是法老的诅咒。我既然姓了博多尼,他们又给我起名叫詹巴蒂斯塔,就不可能出现别的情况了。"

"你的情况不坏。你在你从事的行业里被认为干得很好,我们虽然不是亿万富翁,但我们生活得很好。我会帮助你一点一点好起来的。天哪,想想看,你甚至可能根本醒不过来。这些医生真高明,他们及时救了你。亲爱的,我可以欢迎你归来吗?你就好像第一次见到我。哎,假如我现在是和你初次见面,我照样会嫁给你的。好吗?"

"你真可爱。我需要你。唯有你才能把过去三十年的事情讲给我听。"

"三十五年了。我们是在都灵,在大学里遇见的。当时你快要毕业了,我是个不知所措的大学一年级新生,在坎帕纳宫的走廊里转悠。我问你某个教室在什么地方,你马上勾住了我,你引诱了一个没有自卫能力的中学生。后来由于种种原因——我年纪太轻,你去国外待了三年——我们分了手。之后,我们又到了一起——我们说试验一个时期,可是我怀了孕,出于绅士做派,你和我结了婚。不,对不起,还由于我们两人相爱,我们确实相爱,而且你很想做父亲。别担心,爸爸,我会帮助你把一件一件的事都回忆起来,你等着瞧吧。"

"除非这一切是个阴谋,我的真实姓名是溜门撬锁杰米,我是窃贼,你和格拉塔罗洛对我说的全是谎话,你们有可能是特工,需要为我提供一个假身份,派我到柏林墙的那一边去刺探情报,像《伊普克雷斯档案》里的情节一样……"

"柏林墙早就没有了。他们把它推倒了,苏联也已经解体了……"

"耶稣基督,你转过身看看他们在捣什么鬼。好啦,我在开玩笑,我相信你。斯特拉奇诺是什么东西?"

"呃?斯特拉奇诺是一种软奶酪,那是皮埃蒙特的叫法,米兰这里叫克莱斯岑查。你怎么会想起斯特拉奇诺来的?"

"我挤牙膏管的时候想起来的。且慢。有个姓布罗利奥的画家,靠绘画不能糊口,又干不了别的,因为他说他有精神病。我觉得那是他要他姐姐抚养他的借口。最后,朋友替他在一家生产或者销售奶酪的公司里找了一份工作。他从一堆用半透明蜡纸分别包装的奶酪旁边走过时,忽然犯病,或者据他自己说是犯病,他抵制不了诱惑,抓起一包一包的奶酪使劲摔到地上,啪地摔破。他糟蹋了一百来包软奶酪,公司当即开除了他。因为他犯病。显然,啪地摔破奶酪,或者如他自己所说,破坏,是一种兴奋的刺激。天哪,保拉,这一定是儿时的回忆!我不是丧失了过去经历的全部记忆吗?"

保拉大笑起来。"抱歉得很,我现在想起来了。你说得对,那是你小时候听到的故事。你经常讲那个故事,几乎成了你的保留节目。你老是把画家和软奶酪的故事讲给饭桌上的同伴们听,博他们一笑,然后他们又把这个故事讲给别人听。不幸的是,你记起的不是你自己的经历,而是你讲了无数次的故事,对你来说,我该怎么说呢?好比小红帽的故事一样,已经没有版权了。"

"你已经证明你对我是必不可少的了。有你作为妻子,我太幸福了。我为你的存在而感谢你,保拉。"

"天哪,一个月之前,你会把这种表达方式说成是肥皂剧的赞誉……"

"千万要请你原谅我。我没法儿表达我内心的东西。我没有感觉,只有留在记忆中的话语。"

"可怜的宝贝儿。"

"这听上去也像陈词滥调。"

"讨厌。"

这个保拉确实是爱我的。

我一宿睡得十分安稳——谁知道格拉塔罗洛在我静脉里注射了什么。我缓缓醒来,眼睛肯定还是闭着的,因为我听到保拉说话时压低了嗓音,以免吵醒我:"会不会是心因性遗忘呢?"

"我们不能排除,"格拉塔罗洛回答说,"这些事的根源始终都可能是不可理解的精神紧张。您看了他的病历,损害是确凿无疑的。"

我睁开眼睛,说了早安。房间里还有两个年轻女子和三个孩子。我以前从未见过他们，但我猜到他们是谁了。太可怕了，因为妻子是一回事，女儿，天哪，她们和你血脉相连，外孙们也一样。两个年轻女子的眼睛里闪着欣喜的光芒，小孩们想爬上床来。他们抓住我的手说，嗨，外公。我什么感觉都没有。那甚至不是雾气，而更像是淡漠。或许是心神安定？像是观看动物园里的动物——可以是小猴子或者长颈鹿。我当然报之以微笑，说一些和善的话，但内心是空虚的。我突然想起 sgurato 这个词，却不知道什么意思。我问保拉。那是皮埃蒙特地方用词，意思是把锅彻底洗干净后，用钢丝球擦得精光锃亮，像新的一样。对啦，我的感觉完全就是 sgurato。格拉塔罗洛、保拉和女儿们把我生平千千万万的细节塞进我的脑袋，但它们像是干豆子，你晃动锅子，未经浸泡的豆子只是滚动，煮不成清汤或者浓汤——不会刺激我的味蕾，也没有让我再尝尝的胃口。我听他们说我的遭遇，仿佛在听发生在别人身上的事情。

　　我抚摸孩子们，闻到了他们身上的气息，那种气息难以形容，只能说是温馨。我想到的词句只是*有的芳香清新如儿童的肌肤*。事实上，我的脑袋不是空虚的，而是一个回忆的大漩涡，回忆的内容却不是我的：*在我们人生的中途*，*侯爵夫人五点钟出门*，*亚伯拉罕生以撒，以撒生雅各，雅各生拉·曼查的吉诃德*，*钟声在圣诞午夜响起*，就在那时，*我看见傅科摆摆到微笑和泪水之间*，*科莫湖的支流上天色很晚还有美妙的鸟鸣*，*去岁之雪轻轻地落进香农河汹涌澎湃的黑浪之中*，*英国老爷们，我都是早早就躺下了*，*尽管言语无法抚慰来往穿梭的女人们*，*我们在这里能造就意大利*，*否则吻只是吻，没有别的意义*，*你也是碰巧，没有个性的人临阵脱逃*，意大利的弟兄们,休要问你们能为意大利做什么贡献,翻地的犁有一天就要奋斗一天,我给鼻子随便起另一个名称,意大利已成定局,别的任人评说,我的精神在巴黎的阵雨中得到净化,别要求我们说出那个光芒四射的字,我们这场仗要在阴影下打,傍晚突然降临,我在三位妇女的搂抱中唱歌,哦,瓦伦蒂诺,瓦伦蒂诺,你在哪里?新郎对新娘说,幸福的家庭都是相似的,主多,我希望妈妈是今天死的,我感觉到了人类第一次违抗时手的颤抖,白鸽飞翔时的哨声,九月我们去柠檬丰收的地方,阿喀琉斯的历险从这里开始,世界一团混沌,我们无所适从,光圈层层笼罩,伯爵夫人,生命啊,生命是什么?名字、名字、名字:安杰洛·达洛卡·比安卡、布鲁梅尔勋爵、品达、福楼拜、迪斯雷利、雷米焦·泽纳、朱拉西克、法托里、斯特拉帕罗拉和愉快的夜晚、德·蓬帕杜、史密斯威森、罗莎·卢森堡、泽诺·科西尼、老帕尔马、始祖鸟、奥维德、马太、马可、路加、约翰、匹诺曹、朱斯蒂娜、玛利亚·葛莱蒂、指甲惹人厌的雅典名妓黛依丝、骨质疏松症、圣奥诺雷、巴克特里亚·埃克巴塔纳·佩尔塞波里斯·苏萨·阿贝拉、亚历山大和死结。

  百科全书劈头盖脑地落到我头上,书页纷纷散落,我像驱赶倾巢而出的蜂群似的挥动双手。与此同时,小孩们在叫我外公,我知道我应该爱他们,胜过爱我自己,但是我分不清谁是詹焦、谁是亚历山德罗,谁是卢卡。我知道亚历山大大帝的全部事迹,可是一点不了解我的外孙小不点儿亚历山德罗。

  我说我觉得浑身乏力,想睡一会儿。他们走后我哭了。泪水带咸味。如此看来,我仍有知觉。是啊,不过知觉每天都是新的。不管我以前有什么知觉,如今都不是我自己的了。我想知道自己有没有宗教信仰；不论有无，显而易见我的灵魂已经堕落。

第二天早晨，保拉在场，格拉塔罗洛让我在桌子前坐好，取出许许多多有颜色的小方纸片。他拿一张给我，问我是什么颜色。丢纸片，丢纸片，绿色黄色的篮子……是红色吗？是棕色吗？是蓝色吗？不！只不过是个黄色的小篮子。我毫无困难地辨出了前面五六张纸片的颜色：红、黄、绿，等等。我自然而然地说："A 黑，E 白，I 红，U 绿，O 蓝，说出哪个元音，我就知道你的生日是哪一天。"可是我明白，说这话的诗人或者别人是在撒谎。说 A 是黑色有什么根据？仿佛我是生平第一次发现颜色似的：红色喜气洋洋，但火红也许太强烈。不，也许黄色更强烈，正如突然拧亮照射我眼睛的灯光。绿色让我感到安宁。别的小方纸片难度升级。这个呢？绿色。可是格拉塔罗洛追问：哪种绿，同这种绿有什么差别？我耸耸肩膀。保拉解释说，一种是翡翠绿，另一种是豌豆绿。翡翠是宝石，我说，豌豆是可以吃的蔬菜。豌豆是圆圆的，长在高低不平的长豆荚里。但是我从来没有见过翡翠或者豌豆。别担心，格拉塔罗洛说，英语里表示颜色的用词有三千多个，大多数人最多只能说出八种。一般人辨得出彩虹的红、橙、黄、绿、青、蓝、紫，但有些人分辨靛蓝和紫色的时候已经有些困难。学会分辨并说出不同色调需要许多经验，在这方面，画家也许比只需要辨出交通信号灯的出租车司机高明一点。

格拉塔罗洛给了我笔和纸。写吧，他吩咐我说。"我他妈能写什么呢？"我笔下写着，笔法熟练，好像我生平除了写字以外没有做过别的事情。笔在纸上行云流水,挥洒自如。"心里想到什么就写什么。"格拉塔罗洛说。

心里?我写道:爱神在我心中和我谈论,这爱推动着太阳和其他的群星,星星啊,收起你们的火焰,假如我是火焰,我就烧掉世界,我牵着世界的鼻子,人类心里也有绳索,心可不愿意听人摆布,天使们发号施令的时候有谁会听我,天使不敢涉足的地方,傻瓜纷至沓来,放轻脚步,她就在附近,轻轻地躺在她身上,美丽的谎言,经过人间美丽的奇迹的修饰,奇迹是诗人的追求。

"写点有关你自己的事情,"保拉说,"你二十岁的时候做了什么?"我写道:"我二十岁。我不让任何人说那是一个人生命中最美好的年纪。"医生问我,醒来时心里想到的第一件事是什么。我写道:"一天早晨,格里高尔·萨姆沙从不安的梦中醒来,发现自己躺在床上,变成了一只巨大的甲虫。"

"或许已经够了,医生,"保拉说,"别让他在这些联想中沉湎得太久,不然他会对我发作的。"

"不错,是不是因为我现在看起来已经心智健全了?"

格拉塔罗洛突然大声说:"现在签下您的姓名,就像签支票那样,不要多考虑。"

我不假思索地写下了"GBBodoni",最后来了一点花饰,i 上面画了一个小圆点。

"瞧,您的脑袋不知道您是谁,但是您的手知道。那是意料之中的。我们再做一个试验。您刚才提到拿破仑,他长什么模样?"

"我想不出他的模样。只能用文字形容。"

格拉塔罗洛问保拉我会不会画画。我显然不是画家,但我能随便涂抹涂抹。他要我画拿破仑。我凑合画了。

"不坏,"格拉塔罗洛评论说,"您画出了您心目中拿破仑的样子:三角帽,手插在大氅里。现在我给您看一些图像。第一组,艺术品。"

我表现不错:《蒙娜丽莎》,马奈的《奥林匹亚》,这一幅是毕加索的作品,或者是质量比较好的仿制品。

"您辨认得相当准确。我们现在再试试当代的形象。

另一组照片,除了个别一两张脸对我毫无意义外,我的回答也是一语中的:葛丽泰·嘉宝、爱因斯坦、托托、肯尼迪、莫拉维亚,等等。格拉塔罗洛问我,他们有什么共同之处。都是名人?不止如此。我犹豫了。

"他们现在都已去世。"格拉塔罗洛说。

"什么,包括肯尼迪和莫拉维亚?"

"莫拉维亚是去年年底去世的。肯尼迪一九六三年在达拉斯遇刺身亡。"

"哦,可怜的人。真遗憾。"

"您不记得莫拉维亚,可以说是很自然的事,他是最近去世的,您的语义记忆没有足够的时间去吸收那个事件。另一方面,肯尼迪使我感到困惑——那是旧闻,百科全书里的东西。"

"肯尼迪事件使他深受影响,"保拉说,"也许肯尼迪触动了他的个人记忆。"

格拉塔罗洛又取出一些照片。一张照片上有两个男人:第一个肯定是我,只不过打扮得很整齐,衣着也漂亮,脸上还挂着保拉所说的难以抗拒的微笑。另一个人面相很和善,可是我不认识。

"那是詹尼·莱韦利,你最好的朋友,"保拉说,"从小学一年级到高中,他都和你同桌。"

"这几个人是谁呢?"格拉塔罗洛拿出一张老照片问道。照片上的女人梳着三十年代的发式,上衣领子开得比较低,鼻子又小又塌。男人留着分头,一丝不乱,可能还抹了一点发蜡,鼻梁很高,笑容可掬。我不认识他们。(艺术家吗?不像,魅力和舞台做派都有欠缺。也许是新婚夫妻。)我觉得胸口一紧——不知道该怎么说——稍稍有点眩晕。

保拉注意到了我的反应:"扬波,那是你父母结婚那天拍的照片。"

"他们还在吗?"

"不在了,去世很久了。一场交通事故。"

"您看了那张照片有点激动,"格拉塔罗洛说,"某些形象触动了您的内心。这是一个开始。"

"假如我在那该死的地狱里找不到爸爸妈妈,又算是什么样的开始呀?"我嚷嚷道,"您对我说,这两个人是我的父母,现在我知道了,可是您告诉我的只是记忆。从现在起,我记得的是照片,不是他们本人。"

"过去三十年中,您不断地看到这张照片,谁知道人们多少次向您提起他们。您不能把记忆当作仓库,由您把过去的事件随便存放进去,而后又按原样提取出来,"格拉塔罗洛说,"我不想说得太专业,您记起什么事情的时候,是在绘制一幅神经元兴奋数据图表。我们不妨假定您曾在某个地方有些不愉快的经历。后来您记起那个地方,重新激活了神经元兴奋的初始模式,兴奋数据图表和原始的刺激相似,但并不等同。因此,记忆会产生一种不安感。总之,记忆是部分在我们已经学过或者说过的基础上予以复原。那是正常情况,是我们记忆的过程。我之所以对您讲这些话,是为了鼓励您重新激活这些兴奋数据图表,而不仅仅是锲而不舍地挖掘,希望找到某些早已存放在那里的东西,并且仍旧像您第一次存放时么光鲜闪亮。这幅照片上的您父母的形象就是我们指点给您看的,也是我们自己看到的形象。您必须从这个形象出发,重新构建,那才是您自己的。记忆是苦事,不是愉快的享受。"

"挥之不去的、令人悲痛的记忆,"我背诵道,"我们在活着时留下这一段死亡痕迹……"

"记忆也可以是美丽的,"格拉塔罗洛说,"有人说它像暗室里的聚光镜：聚焦后产生的影像要比原像美好得多。"

"我想要一支香烟。"我说。

"那表明您的机体正在以正常的速度恢复。但是您最好不要吸烟。您回家以后，饮酒也要节制：每餐不要超过一杯。您的血压有点问题。不然，我不会允许您明天出院。"

"您让他离开吗？"保拉有点害怕地问道。

"我们不妨评估一下，夫人。从身体来看，您的丈夫靠自己的力量可以恢复好。他不是那种不留神照看就会从楼梯上摔下去的人。假如我们把他留在这里，没完没了的测试会把他搞得筋疲力尽，而那些测试都是人为的经验，结果我们早就知道了。我认为让他回到原来的环境中去对他有好处。有时候最有帮助的是家常便饭的味道，一种气味——有谁说得准？在这类事情上，文学给我们的教导比神经学多。"

我不是要卖弄学问，但是假如我残存的只有那该死的语义记忆，我只好卖弄一番。"普鲁斯特的小玛德莱娜，"我说，"椴花茶的香气和小蛋糕的味道使他战栗。他感到强烈的欣喜。星期天和莱奥妮姨妈一起在贡布雷的情景又浮现在他心头……四肢似乎具有一种不受意志控制的记忆，我们的腿和手臂充满了记忆……另一个声音是谁呢？最能表露记忆的是气味和火焰。"

"您了解我的意思。科学家对作家的信任有时候甚至超过对仪器的信任。至于您，夫人，那实际上是您的专业——您不是神经学家，您是心理学家。我找几本书给您看看，一些临床病例的著名记述，您马上就明白您丈夫问题的性质了。我认为让他同您和女儿们一起，恢复工作，比待在这里对他更有帮助。您只要每周来看我一次,好让我们跟踪您的进步。回家去吧,博多尼先生。到处看看,接触周围的东西,嗅嗅它们的气味,看看报纸和电视,找找图像。"

"我可以试试,但是我记不起图像、气味或者香气。我只记得词语。"

"那可以改善。您把反应记在日记里。我们会分析。"

我开始写日记了。

第二天,我收拾好了回家的物品。我和保拉一起下了楼。医院里必定有空调:我生平第一次突然体会到太阳的热度是怎么一回事。初春的阳光还不够温暖。但明亮逼人:我不得不眯起眼睛。你不能正视太阳:太阳,太阳,辉煌的缺陷……

我们来到停车的地方(我从未见过那辆汽车),保拉叫我试试。"坐进去,先挂空挡,然后发动引擎。在空挡的时候踩油门。"我立刻知道手脚该往什么地方搁,仿佛这辈子除了驾驶汽车以外没有干过别的。保拉坐在我身边,叫我先挂一挡,然后轻轻地踩一下油门,把脚从离合器踏板上挪开,让汽车前进一二米,然后踩住刹车,关掉引擎。在那种情况下,即使出了差错,我能闯的最大的祸无非是把汽车撞上灌木丛。结果一切顺利。我相当骄傲。甚至挑衅似的把车子倒回去一点。然后我下了车,让保拉驾驶,我们出发了。

"你觉得这个世界怎么样?"她问我。

"我不知道。人们说假如一只猫从窗口掉下来,撞了鼻子,它就丧失了嗅觉,由于猫是靠嗅觉生活的,它再也认不出任何东西。我是撞坏了鼻子的猫,我看到东西,我当然明白它们是什么——那里是商店,这里有一辆自行车经过,那里有几棵树,但是……不知怎么搞的,总有点不对劲,仿佛我硬要穿上别人的夹克。"

"一只想靠鼻子穿上别人夹克的猫。你的比喻不对头。我们必须告诉格拉塔罗洛,不过我敢肯定会好起来的。"

汽车继续前行。我四下张望,看到的是一座陌生城市的色彩和形状。

二
树叶的飒飒声

"我们现在去什么地方,保拉?"

"回家。我们的家。"

"然后呢?"

"然后我们进屋,你会感觉舒服一些。"

"再然后呢?"

"再然后你美美地洗一个淋浴,刮脸,换上干净的衣服。然后我们吃饭。然后——你喜欢干什么呢?"

"那正是我所不知道的。我醒来以后发生的事情统统记得,我了解朱利乌斯·恺撒的全部情况,但是以后发生的事情就想象不出来了。直到今天早晨为止,我都不担心将要发生的事情——只担心我记不起来的以前的事情。而现在我们前去……某个地方,我看到雾气不仅在我后面,前面也有。不,问题不在于前面有雾,那就像我的两条腿有气无力,我走不了道。像是跳跃。"

"跳跃?"

"是的,你要跳必须向前跃进,跃进之前,必须跑几步助跳,因而先要退后。不后退,就不能前进。因此,我觉得为了说出我下一步会做什么,我需要充分了解我以前做了些什么。你改变了原有的某些状况以后,才能着手做一件事。假如你说我该刮脸了,我能明白原因:我摸摸下巴,觉得扎手,应该把这些毛刮掉。假如你说我应该吃东西了,情况也是这样,我想起上次进食还是昨天晚上,吃的是肉汤、火腿和炖梨。但是,说我要刮脸或者吃东西是一回事,从长远来看,说我下一步要做什么却是另一回事。我不理解从长远观点来看是什么意思,因为我没有看到原先的长远观点。这种说法是不是言之成理?"

"你说你不再生活在时间里。我们就是我们生活于其中的时间。你一向喜爱奥古斯丁论述时间的段落。你常说他是古往今来最有智慧的人。我们心理学家至今仍可以从他那里学到许多东西。我们生活在期待、注意和记忆三个时刻,任何一个时刻都不可能脱离其他两个而独立存在。你由于丧失了过去而无法朝将来延伸。你了解朱利乌斯·恺撒做过什么事情,并不能帮助你琢磨出你自己应该做些什么。"

保拉看见我牙床咬紧,便换了话题。"你认出米兰了吗?"

"以前从未见过。"可是当道路开阔起来时,我说:"斯福尔扎城堡。然后是大教堂。然后是《最后的晚餐》和布雷拉美术馆。"

"威尼斯呢?"

"威尼斯有大运河、里亚托桥、圣马可大教堂、贡戈拉。旅游指南上写的我都知道。因为我从未到过威尼斯,而是在米兰待了三十年,但是对我来说,米兰和威尼斯一模一样。还有维也纳:艺术史博物馆,第三个人博物馆。哈里·莱姆在普拉特游乐场的摩天轮上宣称发明布谷鸟自鸣钟的是瑞士人。他瞎说:发明布谷鸟自鸣钟的是巴伐利亚人。"

我们到家,进了屋。一套漂亮的公寓,从阳台居高临下可以望到公园。我真的看到了一大片树林。大自然确实像人们所说的那般美丽。家里摆的是古董家具——我的日子显然过得相当富裕。我摸不着头脑,不知道哪里是客厅,哪里是厨房。保拉把我介绍给帮忙操持家务的秘鲁女人安妮塔。那个可怜的女人乱了方寸,不知道该把我当作离家归来的主人那样欢迎好呢,还是把我当作来串门的客人那样招待。她跑前跑后,指点我哪里是浴室,不断地说:"可怜的扬波先生,啊呀呀,耶稣马利亚,干净的毛巾在这里,扬波先生。"

经过出院的忙乱、初次遭遇阳光、回家路上的折腾,我觉得汗津津的。我决定闻闻腋窝:汗味并不让我在意——我认为并不强烈——反而让我觉得自己是个活生生的动物。拿破仑回巴黎前三天送信给约瑟芬,吩咐她不要洗浴。我做爱前洗不洗澡?我不敢问保拉,谁知道,也许我和她做爱前洗澡,和别的女人做爱前不洗——或者相反。我仔细洗了淋浴,脸上抹了肥皂,慢慢地刮了脸,找到了一瓶香味清淡的须后水,梳了头发。我看上去已经相当文明了。保拉让我看了我的衣柜:我显然喜欢灯芯绒裤子,有点粗糙的夹克衫,浅色的羊毛领带(豌豆绿、翡翠绿、淡黄绿?我知道名称,但还对不上号),格子衬衫。我仿佛还有一套出席婚礼和葬礼时穿的深色衣服。我随便穿了一些衣服,保拉说:"还是像以前那么帅气。"

她领我穿过一条两旁摆着书架的长走廊。书架上全是书。我看看书脊,极大多数都熟悉。也就是说,我认出了书名——《约婚夫妇》《疯狂的罗兰》《麦田里的守望者》。我第一次有了如鱼得水的感觉。我从书架上抽出一本书,连封面也没有看,就用右手托住封底,用左手的拇指飞快地从后向前翻着书页。我喜欢听那刷刷声,重复了好几次,然后问保拉,要不要看足球运动员踢球。她大笑起来;显然,我们儿时流传过一些小书,我们称之为穷人电影,每一页上的足球运动员姿势稍有变化,飞快地翻动时,由于视觉的滞留,图形看上去就动了起来。我确信这是尽人皆知的事情:我是这么认为的,那不是记忆,只是一个概念。

那本书是巴尔扎克的《高老头》。我没有把书打开就说:"高老头为女儿们牺牲了自己。我记得,一个女儿叫但斐纳。然后还有原名高楼的伏脱冷以及野心勃勃的拉斯蒂涅——巴黎,现在咱们俩来拼一拼吧!我看很多书吗?"

"你看起书来不知疲倦。而且记性特别好。你能背诵大量诗歌。"

"我写作吗?"

"你自己不创作。你常说,我是一位没有作品的天才;这个世界的人们不是阅读就是写作,作家们写作,有的是出于对同行的蔑视,有的是希望自己写一些好东西,不时翻阅翻阅。"

"我有这么多书。抱歉,我是说我们有这么多书。"

"这里有五千册。总是有傻瓜跑来说,哟,您的书真多,这些书您都看过吗?"

"我怎么说呢?"

"你多半会说:一本也没有看过,假如我看过的话,何必保存在这儿呢?难道您吃完了罐头里的肉,空罐还有保存的必要吗?

至于我看过的五千册书,都送给了监狱和医院。那些傻瓜听了几乎厥倒。"

"我看到不少外国书。我想我大概懂好几国语言。"我不假思索,诗句就源源不绝地涌到嘴边:"秋天的雾气弥漫四处,没精打采……缥缈的城,/在冬天早晨的棕色雾下/一群人流过伦敦桥,这么多人,/我没想到死亡毁了这么多人……深秋的雾,寒冷的梦,/披着霜的山和谷,/树被风撕去了叶,/光秃秃,一片凄凉……可是医生并不知道,"我最后说,"今日之日不复回……"

"说来也怪,你引用的四首诗有三首谈到了雾。"

"你明白,我觉得周围全是雾。只是看不见而已。我知道别人看到过:拐角的地方,短暂的阳光一亮,只见纯白的雾中一丛含羞草。"

"雾使你神魂颠倒。你常说你是雾里诞生的。多年来,你看到书中有关雾的描写时,总是在页边做个记号。然后你在工作室里一一复印。我认为你在工作室里还能找到你的雾资料汇编。不管怎么说,你要做的只是等待:雾会回来的。尽管已经不是以前的模样了——米兰的光线太强,即使在晚上,商店橱窗也灯火通明;雾顺着墙壁溜走了。"

"黄色的雾在玻璃窗上蹭它的背,黄色的烟在玻璃窗上擦着鼻子和嘴,伸出舌头舔黄昏的角落,在阴沟里的水塘上徘徊,听任烟囱里袅袅上升的烟炱落到它背上,它蜷缩在房子周围,沉入梦乡。"

"这段话我也知道。你时常抱怨说,你童年的雾再也找不到了。"

"我的童年。这里有没有什么地方保存我小时候的书籍?"

"这里没有。应该在索拉拉，乡下的宅子里。"

我这才听说了索拉拉乡间邸宅和我的家庭情况。我是一九三一年圣诞节假期时意外在那里出生的。像圣婴耶稣一样。早在我出生以前，我的外祖父母就去世了，我祖母是我五岁那年离世的。我父亲的父亲留了下来，和我们相依为命。我祖父是个怪人。他在我长大的那个城市经营一家旧书店，其实可以说是旧书仓库。经营的不是我那种值钱的古董书籍，而仅仅是一般的旧书，有许多十九世纪的东西。此外，他喜欢旅行，常常去国外。那时候的国外指的是瑞士的卢加诺，或者再远就是法国的巴黎和德国的慕尼黑。到了那些地方，他从街头小贩那里收购东西，不仅是书籍，还有电影海报、小塑像、明信片、旧杂志。那时候还没有今天这些形形色色的纪念品收藏者，保拉说，不过他有一些老主顾，再不然，他出于兴趣自己收藏。他从来没有发财，但是活得高兴。二十年代，他从一位叔祖父那里继承了索拉拉邸宅。那座房子大极了，扬波，要是你能记起的话，光是阁楼就像波斯托伊那溶洞。房子周围有许多田地，由佃农耕种，你祖父收入很多，不需要靠辛辛苦苦卖书挣钱，也能维持生活。

看来，我小时候的暑假、圣诞节和复活节，以及所有其他的宗教节日都是在那里度过的，一九四三年到一九四五年，城市开始遭到飞机轰炸以后，整整有两年我也待在那里。我祖父的全部物品，连同我的课本和玩具，肯定都在那里。

"我不知道这些东西目前在哪儿，你好像不想再见到它们似的。你和老宅的关系一向很奇怪。你父母在交通事故中去世后,不久你祖父心脏病发作也死了,那时你中学即将毕业……"

"我父母是干什么的?"

"你父亲做进口生意,最后做到经理。你母亲像一般有身份的夫人那样待在家里不出去工作。你父亲最后买了一辆汽车——居然是蓝旗亚牌的——结果出了事。在那件事上,你一直讳莫如深。你正要离家去念大学,你和你妹妹阿达一下子失去了整个家庭。"

"我有妹妹?"

"一个小妹妹。你的舅舅舅妈成了你们的法定监护人,把你妹妹接到他们家去了。阿达很年轻、在十八岁的时候就结了婚。她的丈夫带她去澳大利亚定居了。你们很少见面。她难得回一趟意大利,就像教皇难得去世一样。你舅舅舅妈卖掉了城里的房子,以及索拉拉的几乎所有的土地。你靠那些收益继续求学,后来你得到大学奖学金,经济上很快就独立了,便去了都灵。从那时候开始,你仿佛忘掉了索拉拉。生了卡拉和尼科莱塔后,我坚持到那里去过夏天。那里的空气对孩子们的身体有好处。我花了大力气把我们居住的侧翼布置得舒服一些。你虽然不愿意,但也勉强去了。两个女孩喜欢那里,毕竟她们的童年是在那里度过的,即使现在,她们带着孩子尽可能长时间地待在那里。你为了他们才回去,每次待两三天,但是你从不踏进你称之为圣器室的那些地方:你以前的卧室、你父母和祖父母的房间、阁楼……另一方面,剩余的空间仍旧非常大,足够我们三家人居住而不必互相照面。你有时候去山上散散步,然后总是有些紧急事务需要你回米兰处理。这情况也不难理解,你父母的去世基本上把你的生活分为前后两个部分。对你来说,也许索拉拉的邸宅代表了一个永远失去的世界,你彻底与之决裂。我一向试图尊重你的痛苦,虽然有时候我出于妒忌,认为这只是一个借口——你独自回米兰另有原因。哎,不说了。"

"不可抗拒的微笑。你为什么同笑面人结婚呢?"

"你笑得开心,也让我开心。我少女时代老是谈论我的一个同学——路易吉诺长,路易吉诺短。我每天放学回家总是谈论路易吉诺做的事。我母亲怀疑我对他有好感,一天问我为什么这么喜欢路易吉诺。我说,因为他让我发笑。"

经验可以在短时间内恢复。我尝试了不同食物——医院里的伙食都是一样的味道。抹了芥末酱的白煮肉很开胃。但是肉太柴了,容易塞牙缝。我发现了(或是重新发现了?)牙签。只要用牙签插进门牙缝,就能把肉渣剔出来……保拉给我尝了两种葡萄酒,我说第二种好得没法比。她说理应如此,第一种是烹调用酒,炖肉时加了提味,第二种是布鲁内罗红酒。我说不管我的头脑糟到什么程度,我的味觉仍旧可以。

我把下午的时光花费在测试各种东西上,我尝试握紧白兰地酒杯的感觉,观察咖啡煮沸时在壶里上升的模样,尝了两种蜂蜜和三种酸味果酱(我最喜欢杏酱),我抚摸客厅里的窗帘,把一个柠檬挤出汁来,把手插进一袋粗面粉里。接着,保拉带我去公园里散步;我抚摸树皮,我听到(桑?)树叶捏在手的飒飒声。我们在凯罗利小广场走过一个卖花人的摊位,保拉吩咐他选配一束鲜花,五色缤纷,像小丑的彩衣似的,卖花人不以为然,但按保拉的要求做了。回到家里后,我试图辨别不同花草的气味。我兴高采烈地说:神看着一切所造的都甚好。保拉问我是否有上帝的感觉。我回答说,我只不过为了引用《圣经》而引用,但我肯定是个发现伊甸园的亚当。而且似乎是个急于学习的亚当:我看到架子上有瓶装和盒装的清洁剂,立刻知道不能碰那株分别善恶之树。

晚饭后,我去客厅找个地方坐。我本能地走到摇椅那里,一屁股坐了下去。"你一直那样,"保拉说,"你总是傍晚坐在那里,喝苏格兰威士忌。我想格拉塔罗洛会允许你喝一点酒的。"她替我拿来一瓶拉弗格,倒了半杯,没有加冰块。我把酒在嘴里含了一会儿才咽下去。"醇厚。不过有点煤油味。"保拉很兴奋:"你知道,战后五十年代初期——人们从那时候开始才喝威士忌。啊不,也许法西斯的大官们早在里乔内就开始喝了,一般老百姓是不喝的。我们二十来岁的时候开始喝。不常喝,因为很贵,但那是标志人生进入新阶段的重大事件。亲友们对我们侧目而视,说你们哪能喝那种玩意儿,一股煤油味。"

"好吧,什么味道都不会让我想起贡布雷。"

"那要看具体情况了。时间一长,你会想起来的。"

墙边小桌上有一盒吉卜赛女郎牌的带滤嘴的香烟。我点燃了一支,贪婪地吸着,咳嗽起来,再吸了几口,把它掐灭了。

我在摇椅上轻轻晃动,开始感到倦意。一台古老的自鸣钟的报时钟声使我一惊,害我几乎泼翻威士忌。钟声来自背后,等我找到它在什么地方时,报时已经停止,我说:"九点钟了。"接着,我转向保拉:"你知道是怎么回事吗?我在打瞌睡,钟声惊醒了我。

前面几下我没有听清,也就是说,我没有计数。我决定计数的时候,觉得已经敲了三下,于是我从四、五数起。我知道我可以说四,然后等第五下,因为一、二、三已经敲过,我下意识地知道。假如第四下钟声是我意识到的第一下,我就会觉得当时是六点钟。我觉得我们的生活也是那样——你只有回忆起过去,才能预见未来。我无法数清我生命的钟声,因为我不知道先前已经敲了几次。另一方面,由于椅子已经摇晃了一段时间,我才瞌睡。我在某一个瞬间打瞌睡,因为在那个瞬间之前还有其他瞬间,因为我在等待后续的瞬间时自己放松了。但是,假如最早的一些瞬间没有使我处于适当的心态,假如我没有在任何一个旧的瞬间里开始摇晃,我就不可能指望后来发生的事情。我依然会保持清醒。即使入睡,也需要记忆。不是吗?"

"雪球效应。雪球朝山谷滚去,速度越来越快,因为雪球逐渐变大,夹带着它过去的全部重量。不然的话,不可能出现雪崩——只有一个从不滚下的雪球而已。"

"昨天傍晚……我在医院觉得无聊,开始哼一支歌曲。纯粹是自动的,像刷牙一样……我琢磨我是怎么知道那支歌曲的。我又开始哼哼,但是一开始思考,那支歌曲就不再自动出现,我在一个音符上卡了壳。我哼了很长时间,至少有五秒钟,仿佛是拉警报或者是教堂里唱安魂曲。我不再知道怎么往下唱,我之所以不知道怎么往下唱,是因为想不起前面是怎么样的。不错,我的情况就是那样。我像是一张卡住的唱片,由于我记不起开头的音符,也就结束不了歌曲。我不知道我要结束的是什么,为什么要结束。我不假思索地唱歌时,在我记忆持续的时间里,我是真正的自我,那正是你可以称之为喉头记忆的情况,以前的一切和以后的一切统统联系起来,而我则是那首完整的歌曲,每次开唱,我的声带就已经为后续的声音准备振动。我认为钢琴家的情况也是这样:他弹一个音符时,已经让手指做好准备,要弹出后面的音符。没有最初的音符,我们就不可能达到最后的音符,也就达不到和谐,我们只有掌握了整支歌曲,才能成功地从头唱到尾。我不再记得整支歌曲了。我像……我像是一段焚烧的圆木。圆木在燃烧,但是它并不知道自己曾经是树干的一部分,也无从探悉以前是什么,更不知道什么时候着的火。于是烧光为止。我现在茫然一无所知。"

"我们不要热衷于谈哲学。"保拉悄悄说。

"不,我们要谈。我那本奥古斯丁的《忏悔录》放在什么地方了?"

"书架上,同那些百科全书、《圣经》、《古兰经》、《老子》以及哲学书放在一起。"

我取出书架上的《忏悔录》,在索引里寻找论述记忆的段落。我以前一定看过,因为那些文字底下都画了线:于是我来到记忆的园地和宽敞的房间里……我一到那里,就可以随心所欲地召唤各种形象。有的随叫随到,有的找起来很费劲,要从隐秘的角落里硬挖出来……记忆把这一切都收进它巨大的岩洞中,在它隐蔽的、不可言喻的凹处……在我记忆的宏伟宫殿里,天空、大地和海洋都呈现在我眼前……我发现自己也在那里……记忆的力量何等强大,啊,我的上帝,它的无限广阔、深邃复杂何等令人生畏。那就是心灵,那就是我自己……看那园地和岩洞,记忆的无数洞穴,充满了无数事物……我经过这一切,我从这里飞到那里,没有尽头……"你瞧,保拉,"我说,"你给我讲了我祖父和乡间邸宅的情况,人人都想告诉我这些信息,可当我接受这些信息时,为了充实这些洞穴,我不得不把我迄今为止六十年生命的每一年存放在洞穴里。不,不能这么做。我得单独进入洞穴。像汤姆·索亚那样。"

我不知道保拉是怎么回答的,因为我还在摇椅上摇晃,又打起瞌睡来。

睡着的时间不长,因为我听到了门铃声,来人是詹尼·莱韦利。我们从小是同桌,亲密无间,仿佛是宙斯的一双儿子。他像兄弟一样激动地拥抱了我,并且已经知道应该怎么对待我。别担心,他说,我比你自己更了解你过去的事情。我可以把每一个细枝末节都讲给你听。谢谢你,不用费心了,我对他说,保拉已经把我们的情况告诉了我。我们从小学到中学都是同学。后来我去都灵上大学,他则在米兰读经济学和商科。我们显然一直保持联系。我经营古籍,他帮助人们缴纳税款——或者规避纳税——照说我们应该各走各的路,可是我们却像一家人:他的两个孙子同我的外孙们一起玩,我们总是一起过圣诞节和新年。

我说谢谢,不必了,但是詹尼不能住口。由于他有记忆,似乎不能理解我没有记忆的事实。他会说,还记得我们把一只老鼠带到教室里吓数学老师那件事吗?还有一次,我们去阿斯蒂看阿尔菲耶里①的戏剧,回来后听说都灵队搭乘的飞机坠毁了,

---

① Vittorio Alfieri(1749—1803),意大利悲剧作家,作品充满对自由的热爱,呼唤意大利的民族精神。

还有……"

"不,我记不起来,詹尼,但是你讲起来有声有色,就仿佛我记得。我们俩谁比较聪明?"

"意大利语和哲学两门课,你比我强,数学,我比你强。结果你也看到了。"

"顺便问一句,保拉,我的专业是什么?"

"文学,你的毕业论文写的是《寻爱绮梦》。难以理解,至少我看不懂。然后你去德国,专修古籍史。你说由于姓氏的关系,你不可能做别的事情。然后,你祖父又树立了榜样,一辈子都消磨在故纸堆里。你回来后,用你剩余的少量资金开办了善本古籍工作室,最初是一个小房间。之后,情况逐渐好转。"

"你知不知道,你卖出去的书籍价格有时候比一辆保时捷汽车还高?"詹尼说,"顶级的货色,拿出来后,发现它们是五百年前的东西,而纸张在你指间翻动时像刚出版的新书那样哗啦啦作响……"

"别着急,"保拉说,"我们可以过几天再谈他的工作。首先让他熟悉熟悉家里的情况。要不要来一点威士忌,带煤油味的?"

"煤油?"

"那是我和扬波之间的事情,詹尼。我们又开始有小秘密了。"

我陪詹尼到大门口时,他拉着我的手臂,带着同谋的口气悄悄说:"如此说来,你还没有见到美丽的西比拉……"

谁是西比拉呀?

昨天,卡拉和尼科莱塔带着她们全家来了,包括她们的态度友好的丈夫。整个下午,我和孩子们一起玩。他们可爱极了,我开始依恋他们。可是觉得有点不对劲,在某一个时候,我发觉我把他们拉到我身边,把他们吻得透不过气来,我闻到他们身上的肥皂味、奶味和爽身粉的气味。我自问我和这些陌生的孩子在干什么。难道我有点恋童癖?我便同他们保持一定的距离,做了一些游戏。他们要求我扮熊——谁知道外公熊该怎么做。我便趴在地上,嘴里嗷嗷地叫,他们全跳到我背上。拜托啦,我年纪不轻了,我的背经受不住。卢卡用水枪射我,我认为装死是明智之举,于是肚子朝天倒在地上。我冒着背疼的危险,但很成功。我身体仍很虚弱,爬起来时感到头晕。"你不应该那样,"尼科莱塔说,"要知道,你有直立性高血压。"她随即纠正了自己:"对不起,你是不知道的。好吧,现在你再次知道了。"我未来的自传翻开了新的一页。执笔的是别人。

我的生活依靠百科全书继续着。我说话时感觉自己好像背靠墙壁,无法回头寻求帮助。我的记忆只有几星期的深度。别人的记忆可以追溯到几百年之前。几天前的一个傍晚,我尝了一枚小坚果。苦杏仁的独特气味。我在公园里看到两名骑马的警察:假如愿望是马匹,乞丐也有坐骑。

我用手猛击一个椅角,当我吮吸划破的小伤口,想知道我的血是什么味道时,我说:"我时常遭遇生活之恶。"

有一次天下大雨,雨停时我非常欣喜:"看呐,天上的大雨止住了,水从地上渐退。"

我通常睡得很早,并且说:"在很长一段时间里,我都是早早就躺下了。"

我很注意交通信号灯,可是有一天,我在认为安全的时候踏上了街道,保拉及时抓住我的胳膊,正好一辆汽车开来。"我估计好时间的,"我说,"我本来可以穿过去的。"

"不,你穿不过去。那辆汽车开得很快。"

"得啦,我不是白痴。我完全知道汽车会撞上行人和鸡,为了避免这类事故,他们猛踩刹车,刹车片直冒黑烟,他们会下车,用曲柄重新发动汽车。下来两个穿风衣、戴黑色大墨镜的男人,而我耷拉着翅膀一般的长耳朵。"这个形象出自哪里?

保拉看着我。"你以为汽车能开多快?"

"哦,"我说,"每小时八十公里……"但是现在好像快多了。我对这个问题的看法似乎是考驾照时形成的。

我感到吃惊的是,当我们穿过凯罗利小广场时,每走几步就会碰到一个向我们兜售打火机的尼格罗人。保拉带我去公园里骑自行车(我骑自行车毫无问题)。我又一次吃惊地看到一群尼格罗人在池子旁边打鼓奏乐。"我们在什么地方,"我说,"难道在纽约?米兰从什么时候开始有这么多尼格罗人?"

"有一段时候了,"保拉回答说,"如今我们不说尼格罗人了,我们说黑人。"

"那有什么区别?他们兜售打火机,他们来这里打鼓,因为他们可能没有上咖啡馆的钱,或者也许他们在那里不受欢迎。在我看来,这些黑人的生活很艰难,比尼格罗人好不到哪里去。"

"如今有人这么说。你也这样。"

保拉注意到我试图说英语的时候会说错,说德语或者法语的时候却不会。"我并不觉得奇怪,"她说,"你一定是从小就吸收了法语,至今仍保留在你的舌头里,正如你骑自行车的能力至今仍保留在腿里一样。你的德语是上大学时从课本上学的,课本上的一切你都记得。可是另一方面,英语是你后来在旅行途中学的。它属于你过去三十年的个人经历,只有一小点保留在你的舌头里。"

我仍旧觉得虚弱,在做一件事的时候,我可以集中精力半小时,最多一小时,然后就要躺一会儿。保拉每天带我到药剂师那儿去量血压。我得注意饮食,尽量少摄取盐分。

我开始看电视,这是最不使我感到疲倦的事了。我看到了一些陌生的先生,他们被称为总统和总理。我看到了西班牙元首(不是佛朗哥吗?)以及表示悔恨的前恐怖分子(恐怖分子?)。我不能完全听懂他们说的是什么事,可是我学到了不少东西。我记得主张协商合作的阿尔多·莫罗,可是谁杀了他呢?撞向乌斯蒂卡岛上农业银行的那架飞机里有没有他?我看到有些歌手耳垂打孔,戴着耳环,居然是男的。我喜欢描写得克萨斯州家庭悲剧的电视连续剧,约翰·韦恩主演的老片子。动作片使我心烦意乱,因为冲锋枪乱开一通,把房间炸开了花,汽车翻身爆炸,一个穿汗背心的家伙挥拳一击,另一个家伙就撞碎玻璃窗飞了出去,掉进海里——这一切,房间、汽车、玻璃窗,都是几秒钟里发生的事。太快了,我的头眩晕。为什么会有这么大的噪声?

有一晚,保拉带我去餐馆。"别担心,他们认识你。点菜时就说照老样子。"进了餐馆,一阵寒暄:你好吗?博多尼博士,好长时间没有见到你了,今晚想吃点什么?照老样子。这位客人知道他爱吃什么,餐馆老板低声说。蛤蜊通心粉、烤什锦海鲜、长相思葡萄酒,最后来个苹果挞。

保拉不得不出面干预,不让我点第二道海鲜。"假如我喜欢,为什么不能点呢?"我问道,"我认为我们付得起钱,又不是贵得不得了的东西。"保拉心不在焉地瞅了我几秒钟,然后握着我的手说:"听好了,扬波,你保留了全部无意识行为,你使用刀叉或者往杯子里倒酒都没有问题。可有些是我们在长大成人的过程中通过个人经历逐渐获得的。凡是好吃的东西小孩都爱,即使吃到肚子疼也不顾。妈妈翻来覆去地告诫他必须克制自己的冲动,正如想小便时必须小便一样。这样的话,他就能学会识别还不到胀饱的时候就停止进食,而如果听其自然,小孩会尿在裤子里,会吃巧克力酱到进医院的地步。我们成人后学会在喝了第二杯或者第三杯酒后就停下,因为我们记得当我们喝下整整一瓶的时候,就睡不踏实。你现在要做的就是重新构建一种同食物的正常关系。你稍加思考,几天就能琢磨出来。总而言之,第二道海鲜就不要想了。"

"我猜大概还要一杯苹果白兰地吧。"老板端上苹果挞时说。我等保拉点了头,回答说:"苹果白兰地,不用说。"我可以肯定他熟悉我这种巧妙的应答,因为他重复了一句"苹果白兰地,不用说"。保拉问我苹果白兰地让我想起了什么,我说味道好,我知道的仅此而已。

"那次去诺曼底旅行,你喝苹果白兰地居然喝醉了……不必担心,恢复需要时间。不管怎么说,照老样子是句有用的话,这儿有许多地方,你都可以走进去说照老样子,那会让你觉得舒坦。"

"现在问题很清楚,你知道如何判断交通信号灯,"保拉说,"你明白了汽车开起来有多快。你应该自己试着去散散步,到城堡和凯罗利小广场那里去转一圈。街角有一家冰激凌店;你爱吃冰激凌,那家店一向靠你捧场。你去试试对他们说照老样子。"

我甚至不需要开口——柜台后面的人立刻给我装了一个蛋筒冰激凌:博士,您的老样子。如果说我爱吃芝士可可碎冰激凌,我能理解原因:因为确实好吃。到了六十岁再发现芝士可可碎冰激凌好吃,确实是快事。詹尼讲给我听的关于阿尔茨海默病的笑话是怎么说的?最棒的是见到的永远是不认识的人。

不认识的人。我吃完冰激凌,蛋筒下面的圆锥形尖角碰都没有碰就扔掉了——为什么?保拉后来解释说,那是一个老习惯了;我妈妈从小叫我们别吃尖角,因为以前推车卖冰激凌的小贩脏啦吧唧的手指就捏那个地方——这时我看见一位夫人走过来。她年纪四十来岁,打扮得很漂亮,举手投足有点满不在乎的样子。抱银鼠的女子的形象在心头浮现。她打老远就朝我微笑,我也准备好一个动人的笑容,因为保拉对我说过,我的笑容难以抗拒。

她来到我身前,抓住我的双臂:"扬波,没想到会碰见你!"她准是从我的表情里看到一些迷茫;我的笑容还有欠缺。"扬波,难道你不认识我了?难道我老了许多?我是范娜,范娜……"

"范娜!你比以前更漂亮了。问题是我刚看了眼科医生,他给我用了散瞳的药水。我的视力会模糊几小时。你好吗,抱银鼠的女子?"以前我肯定对她说过同样的话,因为我觉得她的眼睛有点湿润。

"扬波,扬波。"她抚摸着我的脸,悄声说。我闻到了她身上的香水味。"扬波,我们失去了联系。我一直想再见到你,告诉你那只是一个小误会——也许是我的错——可是我始终怀着美好的回忆。那……太美好了。"

"确实美好。"我像一个回忆起极乐花园的男人那样,有点感情用事地说。一流的表演。她吻了吻我的面颊,悄悄说她的电话号码没有变,说完就走了。范娜。显然是我无法抗拒的诱惑。男人们多粗野!德·西卡演过的。真该死,有一段艳遇,而后又不能张扬,有什么意思?即便不能讲给朋友听,至少在暴风雨之夜蜷缩在毯子里可以回味回味吧。

从第一夜开始,我们躺在毯子下面时,保拉就抚摸着我的头发,让我入睡。我喜欢上她躺在我身边的感觉了。那是不是欲望呢?我终于克服了腼腆,问她我们是否还做爱。"适度做一点,主要是出于习惯,"她说,"你是不是感到迫切需求?"

"我不清楚。你知道,在许多方面,我还没有感到迫切需求。但是我不清楚……"

"不要不清楚了,睡一会儿吧。你身体还很虚弱。再说,我肯定不希望你同一个刚遇见的女人做爱。"

"东方快车上的桃色事件。"

"呀!这可不是德科布拉的小说。"

三

也许有人会摘你的花

我懂得了怎么在外面待人接物,甚至学会了遇到人们招呼时该怎么应对:你根据别人的微笑、惊异的姿态和客套话调整你自己的微笑、惊异的姿态和客套话。我在电梯里遇到邻居的时候试验了一下,结果证明社会生活都是虚假的。我把我的体会讲给卡拉听,她向我祝贺,还说我这次事故使我怀疑一切。当然啦,假如你不开始思考,把一切都看作演戏,你也许会自杀的。

是时候了,保拉说,你该回办公室去了。你自个儿去,去找西比拉,看看你的工作地点会触发什么感觉。我想起了詹尼对我说的关于美丽的西比拉的悄悄话。

"西比拉是谁呀?"

"是你的同事,你的得力助手。她很了不起,过去几星期里把工作室维持下来了。我今天打电话给她,她不知做成了什么好买卖,相当得意。西比拉——你别问我她姓什么,因为那个姓谁都念不出来。波兰姑娘。她在华沙学的是图书馆学,波兰政权快崩溃时,柏林墙还没有被推倒,她得到许可来罗马学习。她很可爱,也许太可爱了,她肯定设法赢得某个有权有势的人的同情。不管怎么样,她来到这儿,找到了一份工作,再也没有回去。她找到了你,或者说你找到了她,她做你的助理,至今将近四年了。今天她在等你,她知道发生的事情,知道该怎么做。"

她把我办公室的地址和电话号码抄给了我。过了凯罗利小广场和但丁街的交叉口,还不到商业走廊的时候——你打老远就能望见那条走廊——往左一拐就到了。"假如你有困难,找一家咖啡馆,打电话给她或者给我,我们请消防队去,不过我想不至于落到那个地步。哦,要记住,你最早是用法语和西比拉交谈的,那时她还没有学会意大利语,此后一直没有停止使用法语。这是你们两人之间的小游戏。"

但丁街上熙熙攘攘。从一连串陌生人身边走过而不需要同他们打招呼,这种感觉真好,它给你自信,让你知道十个人中间有七个人处境和你相同。说到头,我也是初来乍到,起初有点孤独,但逐渐感到自在。不同的是,在这个星球上,我也是初来乍到。咖啡馆门口有个男人朝我挥手,没有大声招呼,我也挥挥手,就这么过去了。

我像寻宝游戏中胜出的童子军那样,找到了我要去的街道和我的工作室:底层一块简单朴素的铭牌上的字样是珍本工作室。我这个人想象力一定不丰富,尽管我觉得这个名称很严肃——我应该起什么名称呢?难道叫它罗马假日?我按了铃,上了楼,看到一扇已经打开的门,门槛里站着西比拉。

"早上好,扬波先生……对不起,博多尼先生……"仿佛患失忆症的是她。她确实很美,长长的金色头发把她鹅蛋形的面孔衬托得更加完美。她脸上没有一丝化妆的痕迹,也许只在眼睛周围抹了一点眼影。我想到的唯一的形容词是可爱。(我知道我讲的是陈词滥调,但是我全靠它们才勉强熬了过来。)她穿着牛仔裤,短袖圆领衫上印有英文 SMILE 之类的字样,有意无意地突出了她青春年少的乳房。

我们都有点局促不安。"西比拉小姐吗?"我问道。

"是的。"她回答,接着飞快地又说,"是啊,是啊。请进。"

像轻声打呃似的。第一声"是啊"几乎完全正常,紧接着的第二声仿佛吸气似的给堵在喉头。然后是第三声,好像呼气似的,带有一丁点儿探询的调子。这一切令人感到一种稚气的窘迫,同时混杂着性感的羞怯。她朝旁边闪了一步,让我进去。我闻到了一股高雅的香水味。

如果非要我解释什么是珍本工作室的话,我很可能描绘出我现在看到的景象。一排排深色的木制书架上摆满了古老的书卷,更多的古书放在沉重的方桌上。角落里的小书桌上有一台电脑。一扇乳白玻璃窗的两侧挂了两幅彩色地图。宽大的绿色灯罩下透出柔和的光线。一扇门通向一个狭长的储藏室——好像是打包和寄运书籍的车间。

"所以,您一定是西比拉吧?或者应该称呼某某小姐——听说您的姓非常难念。"

"西比拉·雅斯诺尔泽夫斯卡,是呀,在意大利确实有点麻烦。不过您一直叫我西比拉,这样就可以了。"我第一次看到她微笑。我对她说我想熟悉一下环境,想看看我们的精品书籍。在里面墙边,她过去指点具体的书架。她穿着网球鞋,踩在地板上毫无声息。或许是割绒地毯吸收了脚步声。青春年少的处女,它像神圣的影子笼罩着你,我几乎要大声说出来。但我改了口:"那是谁写的,是卡尔达雷利吗?"

"什么?"她回过头,头发随着散开。"没什么,"我说,"看看我们有什么好东西。"

古色古香的可爱的书籍。有的书脊上没有书名标签。我从书架上抽出一本,本能地打开,寻找扉页,但是没有。"古版书。十六世纪的无色压印猪皮装帧。"我用手指抚摸边缘,得到一阵触觉的快感。"书脊护舌稍稍有点磨损。"我飞快地翻动书页,试试有没有清脆的声音,正如詹尼说的,有声音。"页边的空白很宽,很干净。啊,后环衬边缘略微有些污迹。最后一叠书帖有虫蛀,但并不影响正文。精品。"我翻到版权页,知道出版界的行话是那么称呼的,慢慢读道:"威尼托……一四九七年……九月。难道是……"我翻到首页:"杨布里科斯的《论埃及秘法》……费奇诺①翻译的杨布里科斯初版本?"

"是初版本……博多尼先生。您认出来啦?"

"不,我什么都认不出,您必须得了解这一点,西比拉。我只知道由费奇诺翻译的杨布里科斯是在一四九七年首次出版的。

"请原谅,我在努力习惯这一切。只因为那本书让您觉得太自豪了,确实是宝贝。您说不打算出售,市面上太稀少了——我们要等它出现在拍卖会上,或者等美国目录上先刊登,他们善于抬高价格,然后我们再刊登在我们的目录上。"

"这么说来,我是个精明的生意人了。"

---

① Marsilio Ficino(1433—1499),意大利思想家,从小被引入意大利富豪、文艺保护人美第奇家族,接受柏拉图学说的教育。

"我一向说那只不过是个借口而已,您是想把它多留一段时间,好经常拿出来看看。既然您已经决定舍弃那本奥特柳斯,我倒有个好消息要告诉您。"

"奥特柳斯?哪一本?"

"一六〇六年的普朗坦版,有一百六十六个色谱,带有附录。精装。那次您以便宜的价码收购甘比勋爵的全部藏书时,发现了那本书,您高兴极了。您最终决定刊登在目录上。当您……当您身体欠佳时,我把它卖给了一位主顾,新主顾。依我看,他不像是真正的藏书家,而更像是把买书作为投资的人,因为他听说古书增值很快。"

"太可惜了,明珠暗投。卖了多少钱?"

她似乎不敢说出金额,她拿来一张表给我看。"我们在目录上标明'价格备询',留有讨价还价的余地。我当即开出了最高价,他根本没有还价的意思,签好支票完事。按照米兰人的说法,'银货两讫'。"

"我们已经达到这个地步了……"我对当前的价格毫无概念,"干得不错,西比拉。我们是花多少钱收购的?"

"可以说基本没花钱。也就是说,甘比家的藏书我们是打包收购的,其余的书陆续卖掉后,成本可以统统收回来。我把支票存进了银行。目录上没有列出价格,我想在莱韦利先生的帮助下,我们在财务上不会遇到麻烦。"

"这么说来,我是那种逃税的人吗?"

"不,博多尼先生,您只不过像您的同行一样办事。在多数情况下,您是全额缴纳的,但是在某些幸运的交易中,您可能——怎么说呢——只缴一个整数。在百分之九十五的情况下,您是诚实的纳税人。"

"经过这次交易,只有百分之五十了。我在什么地方看到,公民有义务纳税,一分钱都不能少。"她好像伤了自尊心。"不过也用不着担心,"我慈祥地说,"我去和詹尼谈谈。"慈祥?接着我几乎生硬地说:"现在让我看看别的书吧。"她转过身,不声不响地坐在电脑桌前。

我浏览书籍,翻阅一下:贝尔纳迪诺·贝纳利一四九一年版的《神曲》,一四七七年版的斯科特的《地貌书》,一四八四年版的托勒密的《占星四书》,一四八二年版的雷格蒙塔努斯的《星历表》。至于较晚年代的书籍,我实际上也不缺:有一部初版本的宗卡的《新舞台》,品相极好,还有一部精致的拉梅利……正如对所有重要目录都深谙于心的古董收藏家,我对这些书籍非常熟悉。可是我并不知道自己拥有它们。

慈祥?我把书本抽出来又放回去,事实上我心里想的是西比拉。詹尼给了我显然有点恶作剧的暗示,保拉拖到最后一刻才对我说起她,并且用了几乎含有讽刺的言辞,尽管她的口气是中性的——"也许太可爱了","你们两人之间的小游戏"——并不含有特别的恶意,但是离称呼她为滑头也不远了。

我和西比拉是不是有过一段暧昧关系?这个从东方来的、迷惘而天真的少女遇到了一位上了年纪的绅士(虽然她来这里时我比现在年轻四岁),为他的魅力倾倒,他毕竟是老板,古籍方面的知识比她多,她开始学习,注意听他说的每一句话,欣赏他的一切;他则找到了理想的学生——美丽、机灵、用法语说"是是是"的时候像打嗝似的——他们开始日复一日地一起工作,在工作室里耳鬓厮磨,在这么多的大大小小的工作中同心协力;有一天,两人在门口擦身相遇,他们的暧昧关系就在那一刻开始了。可是我,在我这把年纪?你还是个小姑娘,看在老天的分儿上,去找个年纪相仿的小青年吧,别把我当一回事。可是她说,不,以前我从未经历过这种感受,扬波。难道我在概述某部人人都知道的电影吗?它像电影似的,或者像浪漫小说似的继续发展:我爱你,扬波,但是我不能再正视你妻子了,她如此亲切善良,你有两个女儿,你身为外公——谢谢你提醒我已是垂暮之年——不,别那么说,你比我遇到的任何男人更……更……更有男人味,年纪同我相仿的小青年会让我发笑,不过也许我应该离开了——慢着,我们仍旧可以做好朋友,隔天见一次面就够了——可是你不明白吗?假如我们每天见面,我们永远不会只限于做朋友——西比拉,别说那种话,我们好好考虑考虑……一天,她不来工作室了,我打电话给她,说我要自杀,她说别孩子气,一切都会过去的,后来她是自己回来的,她不能像那样待下去。四年来就像那样反反复复,还是已经结束了呢?

这些陈词滥调我似乎都知道,但是不知道怎么才能令人信服地把它们串起来。再不然,正因为这些陈词滥调不切实际地纠缠在一起,你根本理不出头绪,这些故事听来显得可怕而虚假。可是当你真正生活在陈词滥调中的时候,它给人一种崭新的感觉,你并不感到羞愧。

它会不会是一个现实的故事呢?这几天我觉得我不再有什么欲望,但是见到她时,我又明白欲望是怎么一回事了。我的意思是说,我仿佛见到一个初次晤面的人。试想一下,我每天同她相处,跟在她后面,看她仿佛在水面上行走似的从你身边滑过去。当然,这只是猜想,以我目前的状况来说,我永远不会启动那类事情。此外,我和保拉一起的时候干那种事情未免太下流了。在我心目中,这个姑娘同纯洁的圣母相差无几,我根本想都不会想。好极啦。可是她呢?

她也许仍旧处于懵懂状态,也许要直呼我的名字,用亲密的方式称呼我,幸好在法语中即使称呼和你一起睡觉的人也可以用您。也许她要扑过来搂住我的脖子——也许这几个星期来,她也备受煎熬,有谁知道?——如今她看见我走过来,像太阳一样耀眼,招呼她说,您好吗,西比拉小姐,现在让我自个儿看一会儿书好吗?麻烦您啦,谢谢您。她明白她永远不可能告诉我真话。也许这样更好,是时候为她自己找一个小青年了。可是我呢?

我不太正常,这是事实,有病历记录在案。我在苦苦思索什么呢?我在办公室里和一个美丽的姑娘朝夕相处,保拉当然会扮演吃醋妻子的角色——那只是老夫老妻之间的游戏。至于詹尼呢?首先提起美丽的西比拉的是詹尼,也许他才是那个对她倾心的人,也许他整天找些税务上的借口到我的办公室来,然后假装迷上了那些发出清脆声响的书籍,赖着不走。神魂颠倒的人是他,和我毫无干系。詹尼自己老得够骨灰级了,却试图夺走,并且已经夺走了我梦中的女人。我们又回到了原地:难道她是我梦中的女人?

和许多不认识的人相处,我自以为能够应付,自从那些老年痴呆式的幻想进入我的头脑以来,这是最大的障碍。使我感到痛苦的是我可能给她造成痛苦。于是，你瞧……不，男人自然不愿意伤害自己的领养女儿。女儿？那天我发觉自己似乎有点恋童癖，现在我又发觉有乱伦情结？

总而言之，天哪，谁说我们一起睡过觉来着？也许只有一个吻，轻轻的一个吻，或者是柏拉图式的吸引，两人都了解对方的感受，但是谁都不挑明。圆桌骑士般的情人，我们两人共卧一床，有四年之久，但中间始终隔着一把剑。

哦，我也有一本《愚人船》，虽然不像是初版本，且绝对不可能是一流的版本。至于益格鲁的巴塞洛缪斯的《事物本性》，从头到尾都用红色标题排印——可惜排版式样虽然古老，装帧却是现代的。我们实事求是说。"西比拉，那本《愚人船》不是初版本，对吗？"

"不幸得很，确实不是，博多尼先生。我们手头的是一四九七年的奥尔珀版。初版本也是奥尔珀版，在巴塞尔出版的，但年份是一四九四年，并且是德文版。第一个拉丁文版和我们那本一样，也是一四九七年版，不过月份是三月，而我们那本从版权页可以看到，是八月，这中间还有四月和六月两个版本。问题不仅在于日期，还在于版本；您可以看到，它不是特别讨人欢喜。我不是说它不适于阅读，但肯定不很受欢迎。"

"您懂得这么多，西比拉，没有了您我怎么办呢？"

"这些都是您教给我的。为了从华沙脱身，我冒充大学者，可是如果我没有遇见您的话，我仍旧会像刚来的时候那么蠢。"

钦佩，忠诚。她是不是在向我传达什么？我念念有词："恋爱中人热情洋溢，学问中人不苟言笑……"我料到她会问话，抢先说道:"没什么,没什么,我突然想起一句诗。西比拉,有些事我们要弄弄清楚。我们这样下去,在您看来我也许近乎正常,其实不然。我以前经历的一切,我指的是一切,您明白,像是一块字迹完全擦去的黑板。如果我可以用矛盾的说法的话,我黑得一尘不染。您应该明白,不要失望……要支持我。"我有没有说出要说的话?似乎说了,我的话可以有两种理解方式。

"别担心,博多尼先生,我完全明白。我在这里,哪儿都不去。我可以等……"

难道你真是一个滑头?难道你想说,你等我恢复得和大家一样,或者等我回忆起那件事情?如果是后一种情况,在今后的日子里你打算做什么来唤起我的记忆?或者你什么都不做,只是一心一意等我自己记起来,因为你不是滑头,而是一个恋爱中的女人,你不声不响,免得我心烦意乱?你是不是自己苦恼而隐忍不露,因为你是个了不起的人,你告诉自己说我们两人恍然大悟的时刻终于到了?你要做出自我牺牲,从不做任何会勾起我回忆的事情,傍晚也不会假装在无意中碰到我的手,免得勾起我强烈的回忆——你怀着所有恋爱中人的矜持,你知道也许其他人不能让我闻到成为我的"芝麻开门"的香气,但你只要弯下腰递一份报表给我,让你的头发拂过我的面颊,你随时可以做到。再不然你可以装作无心的样子说出你第一次说的话,那句话平平常常,它的意义和力量只有我们知道,我们心怀鬼胎,把它当作咒语似的引用,花了四年工夫加以渲染。比如:我的办公室呢?但那是兰波的话。

我们至少要把一件事搞明白。"西比拉,您之所以称呼我博多尼先生,也许是因为我今天和您仿佛是初次见面,即使我们一起工作以来,可能就开始以你相称,那种情况是常有的。您以前是怎么称呼我的?"

她脸上泛起红晕,再次发出轻柔的打嗝声:"是的,事实上我称呼您扬波。您一开头就要让我感到自在。"

她的眼睛里闪出幸福的光芒,仿佛心头掉下了一块石头。但是用"你"称呼并不说明什么问题:甚至詹尼——保拉和我有一天去他的办公室——他招呼秘书时也用"你"。

"好极啦!"我兴高采烈地说,"我们从中断的地方重新开始。你知道一般说来,从中断的地方开始可能对我有好处。"

她会怎么理解呢?从中断的地方重新开始,对她意味着什么?

回家后,我一宿没有睡着,保拉抚摸着我的头发。我觉得自己像是通奸者,其实我什么都没有干。另一方面,我惴惴不安的原因不在于保拉,而在于我自己。我对自己说,恋爱最美妙的地方是恋爱的记忆。有人就以一个回忆为生。欧也妮·葛朗台就是一个例子。可是认为自己爱过却回忆不起来,该怎么办呢?更糟糕的是,你爱过却记不起来,便以为并没有爱过。还有一种可能,我出于虚荣心,没有加以考虑:那就是我疯狂地爱上了她,并且有所表示,她和善、温柔、坚定地让我安分下来。她之所以留下来,是因为我是绅士,从那天起循规蹈矩,仿佛什么都没有发生过,到头来她喜欢上了那里,或者舍不得丢掉一份好工作,也许我的做法使她高兴;事实上,她的女性虚荣心受到了触动而她自己并不知道,虽然她自己都不承认,却发现她对我具有某种支配的力量。卖弄风骚的女人。或者更糟糕的是:这个滑头把我当成有钱的主儿,让我做她要我做的任何事情——显然我让她负责一切,包括收入、存款,也许还有提款,我像拉堤教授似的嘴里哼着"喔喔喔",我是个颓丧的人,我再也无法脱身……也许这次幸运的灾难可以让我摆脱这一切,黑暗中总有一线光明。我多么可悲,我玷污了我接触到的所有东西,她很可能还是处女,我在这里却把她想象成婊子。不管怎么样,即使最微小的猜疑,如果不负责任,也会把事情弄糟:假如你记不起你曾经爱过,你就永远不会知道你所爱的人是不是值得你爱。前几天我遇到的范娜就是一个明显的例子——调一次情,睡一两夜,也许有几天的失望,然后烟消云散,但是在这里,我四年的生命成了问题。扬波,也许以前什么都没有发生过,你可能今天才爱上她,现在你却像飞蛾扑火似的投向毁灭?仅仅因为你那时以为自己被罚入了地狱,而要找回你的天堂?试想有些疯子为了忘掉一切而酗酒、吸毒,他们说,哦,但愿我能忘掉就好啦。只有我知道真相:遗忘是可怕的。有没有能唤起记忆的药物呢?

也许西比拉……

我又转到这里来了。假如我看见你走到这么远的地方,蓬头散发,一副威严的样子,我会昏倒的。

第二天上午,我乘出租车去詹尼的办公室。我开门见山地问他,在西比拉和我的关系上他知道些什么。他似乎很为难。

"扬波,我本人、你的同行、你的许多主顾,我们对西比拉都似乎有点神魂颠倒。有人来你的工作室,专门为了看她。不过这都不是认真的,是小青年的把戏。我们互相取笑,也时常取笑你。我总觉得你和那可爱的西比拉之间有点名堂,我们说了出来,你会哈哈大笑,有时候你假装真有其事,欲言又止,有时候你叫我们别开那种玩笑了,说她的年纪甚至可以做你的女儿。那天晚上我向你提起西比拉,就是这个原因:我以为你已经见过她,我想知道她给了你什么印象。"

"如此说来,我从没有对你说过我和西比拉的事?"

"怎么啦,难道有什么可说吗?"

"别开玩笑了,你知道我得了失忆症。我专程来问你,我有没有对你说过什么。"

"这方面没有。你一直把你的风流韵事讲给我听,也许是为了让我妒忌。你对我讲过卡瓦西,讲过范娜,讲过你在伦敦书展上遇到的美国女人,讲过你三次专程夫阿姆斯特丹看望的美丽荷兰姑娘,讲过西尔凡娜……"

"真的吗,我到底有过多少风流韵事?"

"很多。我觉得太多了,不过我是一直主张一夫一妻制的。关于西比拉,我可以向你发誓,你一句话都没有说过。怎么啦?你昨天看见她,她朝你笑笑,你就认为不可能和她相处而不想她。你也是普通人,我当然不指望你会说:这个丑八怪是谁呀……再说,我们谁也没有探听出西比拉的私生活。她活泼开朗,乐于帮助任何人,而受帮助的人却当成是特殊待遇——有时候正因为一个姑娘不调情而被认为有挑逗性。冷面美人。"詹尼讲的也许是实话,但是不说明问题。如果发生过什么,而西比拉对我比所有别的女人更重要,如果她是我的唯一,我对詹尼当然提都不会提起。那将会是西比拉和我两人之间有趣的共谋。

情况或者不是这样。那个冷面美人业余时间有她的私生活,也许她已经有一个男人,她秘而不宣,不把她的工作和私生活混在一起。对一个未曾谋面的情敌的妒忌刺痛了我。有人会摘你的花,源泉之口,有人甚至不知道,采集海绵的人会摘取这颗稀世珍珠。

"我要介绍一位遗孀给你,扬波。"西比拉眨眨眼睛说。她逐渐有了自信,真是好现象。"遗孀?"我问道。她解释说,像我这样经营古籍的人都有获得书籍的渠道。有人找上门来,询问他带来的书是不是值钱,值多少钱,你的回答取决于你的诚实程度,虽然在任何情况下你总要赚些钱。那人可能是等钱用的收藏家,他了解他打算出售的货物的价值,你所能做的充其量只是稍稍讨价还价。另一种做法是在国际拍卖市场上买进,假如只有你了解一本书的价值,你可能做成一笔赚钱的买卖,不过和你竞拍的人并不是傻瓜。这种交易的利润会薄得不能再薄,只有当你能为它定个高价时,事情才有点意思。你还可以从同行那里买进:一个同行手头有一本书,而他的主顾都不感兴趣,他开的价格很低,可是你知道有个收藏家渴望收购那本书。还有兀鹫式的方法。你确定了某些没落的大家族,古老豪华的宅第,年代久远的藏书,你等一个父亲、丈夫、伯父去世,盆满钵满的继承人忙于出售家具和珠宝,根本不知道如何估价他们从未检查过的大量书籍。遗孀只是一种说法而已:可能是一个急于弄笔钱花的孙子,如果他在女人问题上有麻烦,或者他有吸毒的恶习,事情就更好办了。你就可以去看看书,在那些阴暗轩敞的房间磨蹭两三天,然后制订你的策略。

这次真有一位遗孀。西比拉从某人那里得到消息(我的小秘密,她带着快活调皮的神情说),而我似乎善于和遗孀打交道。我请西比拉一起去,因为我独自一人可能会看走眼。多么漂亮的宅第啊,夫人,谢谢您,好的,给我一杯白兰地吧。然后浏览、挑选、翻阅……西比拉悄悄地指点游戏规则。典型的情况是你看到了两三百册没有价值的书籍:你马上就注意到各种各样的法典和神学论文,这类东西最终只能摆到圣安波罗修市场的摊子上去卖,再不然就是十八世纪十二开的《忒勒玛科斯历险记》,或者乌托邦游记,装帧式样划一,适合附庸风雅的人按书籍摆起来的厚度买回去做室内装饰。接着是许多十六世纪的小开本,西塞罗的著作和《赫伦尼乌斯修辞学》,最后摆到罗马喷泉广场的摊子上,人们会花高出一倍的价钱买回去,吹嘘自己有一本十六世纪的书籍。我们看来看去——甚至连我也注意到了——有一本真正的西塞罗著作,不过是阿尔定斜体字版,居然还有一本品相极佳的《纽伦堡纪事》,一本罗勒温克,一本基歇尔的《光影大艺》,插图精致,只有少数书页泛黄——以那个时期的纸张来说,十分难能可贵。甚至还有一本有趣的拉伯雷,一七四一年版,让-弗雷德里克·伯尔纳刊印,三册有皮卡尔插图的四开本,红色的摩洛哥皮面,富丽堂皇的烫金书名,金色的帖带和书脊花纹,有金色锯齿花边的绿色绢裱衬——主人生前还细心地用浅蓝色纸张包了封皮,以致乍看起来并不引人注目。当然不是由于《纽伦堡纪事》的关系,西比拉喃喃说,装帧是现代的,不过值得收藏,有里维埃父子的签名。福萨蒂看了会啪的一声把它合上——过一会儿我把福萨蒂的事情讲给你听,他收藏的不是书而是装帧。

最后我们看中了十本书,价钱谈得好的话,按最保守的估计,我们至少可以净赚一亿里拉:光是《纽伦堡纪事》这一册至少可以赚五千万里拉。谁知道那些书怎么会在那儿的——主人生前是公证人,藏书只是身价的象征,他显然是守财奴,只买一些花费不多的书籍。那些善本肯定是四十年前偶然得来的,那时候人们根本不把它们当一回事。西比拉告诉我怎么处理这种情况,我请夫人过来,装出老于此道的样子,说这里书虽不少,但都不值钱。我大大咧咧地把那些最不讨人喜欢的书籍堆在桌子上:泛出黄褐色斑点的书页、受潮的污迹、书帖和封面松脱、摩洛哥皮面仿佛用砂纸磨过、书页被虫蛀得千疮百孔。"瞧这本,博士,"西比拉说,"翘成这样以后,即使用压平器也恢复不了。"我提到了圣安波罗修市场。"不知道能不能全都摆到那里去,夫人,您知道,如果积压时间太长的话,单是仓储费我们就承受不起。这些书一起,我给您五千万。"

"您打包收购?!"哦,不,如此精美的藏书只给五千万,她丈夫花了一辈子心血攒到这些书,太对不起他了。接着,我们使出了第二招:"呃,夫人,我们真正感兴趣的是这十本书。请听我说,我出三千万收这些书。"夫人计算了一下:死者的全部藏书卖五千万,实在对不起他,区区十本书可以卖三千万,却是一大成功;她要再找一个不那么挑剔、更大方一点的旧书商来看看其余的书。这十本成交。

我们像耍了别人的孩子似的兴高采烈地回到工作室。"会不会不诚实?"我问道。

"当然不会,扬波,人人如此。"西比拉像我一样,也喜欢转转文,"她卖给你的同行的话,得到的钱可能更少。再说,你有没有看到那些家具、绘画和银器?那种人钱多得邪了门,书对他们算不了什么。我们是为真正爱书的人服务的。"

没有西比拉的话我该怎么办?顽强而温柔,鸽子一般聪明伶俐。幻想又涌上心头,我又陷进了前一天的可怕怪圈。

幸运的是,我去了一次遗孀家,累得筋疲力尽。我便直接回了家。保拉说我看上去比平时更茫然,肯定工作太累了。办公室最好是隔天去一次。

我试着想想别的事情。"西比拉,我妻子说我收集有关雾的资料。在什么地方?"

"一些非常模糊的复印件,我一点一点输进了电脑。别谢我,很有趣的工作。你等着,我这就把文件夹找出来。"

我知道如今有电脑这种玩意儿(正如知道有飞机一样),但我自然是初次接触。就像骑自行车一样,我把手放上去,指尖就自动恢复了记忆。

有关雾的引文,我至少收集了一百五十页。我肯定把这个题材牢记于心。有艾勃特[①]的《平面国》,讲的是一个只有两个维度的国度,居民都是三角形、正方形、多边形等平面图形。假如他们不能居高临下地互相看到而只能看到线条的话,他们如何识别对

---

① Edwin Abbott Abbott(1838—1926),英国小说家,神学家。

方呢？由于雾，"凡是雾气浓密的地方，远处的物体比近处的物体要模糊一些，比如，三英尺外的物体显然要比二英尺十一英寸外的物体更加模糊，因此，只要仔细观察眼前的物体，不断通过经验来比较不同线条的明暗和清晰程度，我们就能十分精准地推断出物体的形状"。在迷雾中徘徊而能看到物体的三角形们真是有福了——这儿有一个六边形，那儿有一个平行四边形。都是二维图形，但还是比我幸运。

我发现极大多数的引文我都能背诵。

"和我自己有关的事情我统统忘了，"我问保拉，"我怎么可能记得那些引文呢？那也是我花了个人的时间精力收集起来的。"

"问题不是你收集了才记住，"她说，"而是你记住了才收集的。它们是百科全书的一部分，正如你回家的第一天向我背诵的那些诗歌一样。"

不管怎么说，我一眼就认了出来。开头是但丁的诗：

> 犹如浓雾散去，
> 视力逐渐看清
> 那雾气遮掩的情景，
> 正是雾气把空气变得那么浓重，
> 我此时也正是这样：透过那浓密而昏暗的气氛……

邓南遮的《夜曲》里也有一些优美的篇章："有人走在我身边，声音很轻，仿佛光着脚……雾气进了我的嘴，充满了我的肺。它在运河上空盘旋集结，陌生人显得更模糊暗淡，成了阴影……他突然消失在古董店下面。"这里的古董店是个黑洞,掉下去的东西永远不见天日。

然后是狄更斯《荒凉山庄》脍炙人口的开头:"铺天盖地都是雾。雾笼罩着河的上游,在绿色的小岛和草地之间飘荡;雾笼罩着河的下游,在鳞次栉比的船只之间,在这个大(而脏的)都市河边的污秽之间滚动……"还有迪金森:"我们进屋去吧;雾气升腾起来了。"

"我以前没有读过帕斯科利的诗,"西比拉说,"你听,多美啊……"现在她和我挨得很近,以便我看清电脑屏幕,她很可以让头发拂过我的脸,但她没有这么做。她没有说法语,而是带着柔和的斯拉夫语调用意大利语念出那些诗句:

> 薄雾中的树木毫无动静;
> 只听得蒸汽机爪起
> 拖长的哀鸣……

> 啊,苍白稀薄的雾气,
> 掩盖了远处的一切;
> 啊,扶摇直上的雾气,
> 迎来了新的一天……

她念到第三段迟疑了一下:"雾气……弥漫?"
"对,弥漫。"
"哦。"她仿佛很兴奋学到了一个新词。

雾气弥漫，一阵风起，
萧萧的落叶填满沟壑；
轻盈的红胸欧鸲鸟
掠过光秃秃的篱笆；
雾气下苍白的甘蔗地
发烧颤抖地呻吟；
远处塔楼的钟声
透过雾气传来。

皮兰德娄的作品里也有关于雾的精彩描写，要知道他是西西里人："你似乎可以把雾气切成一片一片的……每一盏街灯周围的光晕像是张着嘴在打哈欠。"萨维尼奥笔下的米兰的雾写得更好："雾使人感到舒适。它把城市变成了一个巨大的糖果盒，居民个个带着糖霜……女人和姑娘戴着兜帽在雾中走动。她们的鼻孔和半张的嘴巴散发淡淡的白气……你们发现自己待在四壁镶着镜子、显得特别敞亮的厅里……你们身上还带着像外面一样清新的雾气互相拥抱——谨慎、体贴、默不作声——像帷帘贴着窗户那么紧密……"

维托里奥·塞雷尼描写的米兰的雾：

电车门向傍晚的雾敞开，
没有人上车，也没有人下车，
只有一阵烟雾夹带着报童的吆喝，
《米兰时报》，只闻其声不见人——

> 多么矛盾——雾气掩盖了许多事物，
> 悄没声朝我走来，却像历史，
> 像记忆，和我擦肩而过：
> 二〇、一三、三三，
> 像电车号码似的年份……

我收集的引文五花八门。这里有一段《李尔王》："在烈日下蒸腾起来的沼泽的雾气啊，玷污她的美丽吧。"坎帕纳是怎么说的？"从雾气侵蚀的红土堤垒的缺口望去，开阔的长街寂寂无声。可怕的雾气在宫殿建筑的空隙泻下，遮掩了塔楼的尖顶，长街阒无一人，城市仿佛已被劫掠一空。"

福楼拜的描写让西比拉叫绝。"没挂帷帘的窗户外面一片白茫茫。她隐约看见树梢，雾气半掩了远处的草原，在月光下仿佛袅袅升烟。"还有波德莱尔："建筑沉入一片雾海，/收容所深处濒死的病人在喘气……"

她引用别人的诗句，但是在我听来仿佛出自源泉。也许有人会摘你的花，源泉之口……

她在那儿，但是没有雾。别人看到了雾，把它提炼成声音。有朝一日，假如西比拉愿意牵着我的手，我也许可以穿透雾。

我已经去格拉塔罗洛医生那里复查过几次，总的说来，他赞同保拉采取的措施。他满意的是我现在几乎能够独立自主，至少消除了初期的挫败感。

晚上我常常和詹尼、保拉以及女儿们玩拼字游戏；他们说我乐此不疲。我善于找字,尤其是藏头诗之类的深奥的游戏(几行诗句头一个词的首字母能组合成词)以及轭式搭配法。把后面两个词的第一个字母缀上,我从第一排的第一个红框依次填好,构成一个新词。二十一乘九,加上七个字母全填对的奖励五十分:一局就得了二百三十九分。詹尼急了。谢天谢地,你还是失忆症病人呢,他嚷嚷说。他这么做是为了增强我的信心。

我非但有失忆症,还可能有虚妄的记忆。格拉塔罗洛说,像我这样的病例还有一种症状,记忆中居然有从未发生过的事情。我会不会拿西比拉当借口?

我必须设法跳出这个怪圈。去工作室已经成了我的负担。我对保拉说:"帕韦塞说得对:工作很累人。我在米兰看到的始终是老地方。也许去外面旅行对我有好处;工作室少了我也应付得很好,西比拉已经开始编写新目录。我们可以去巴黎或者别的什么地方。"

"你经不起旅途劳顿,巴黎可能远了一些。让我再考虑考虑。"

"好吧,不去巴黎。去莫斯科,去莫斯科……"

"去莫斯科?"

"不,那是契诃夫的话。你知道,引文是我唯一的雾灯。"

四

我独自穿过城市街道

他们给我看了许多家人的照片,我没有什么反应,这一点并不意外。当然,他们给我看的都是我认识保拉以后的照片。我儿时的照片,如果有的话,一定保存在索拉拉老宅的某个地方。

我同我在悉尼的妹妹通了电话。她听说我身体不好,想立刻赶来,可是她自己刚做过一次相当复杂的手术,医生们不同意她出远门,以免过于劳累。

阿达试图帮我想起过去的事情,然后她打消了这个念头,开始哭泣。我让她下次来时给我带一头鸭嘴兽,放在起居室里——说不出什么道理。我既然有这种念头,也可能请她带一头袋鼠来,不过我知道肯定不可能把它们训练好。

我每天只在工作室待几个小时。西比拉的目录快编好了,她在这方面当然驾轻就熟,得心应手。我扫了一眼,说好极了,随即告诉她,我约好去看医生。她神色忧虑地看我离去。我生病了,这不是很正常吗?还是她认为我在躲她?我应该对她说什么呢?"我亲爱的可怜人,我不愿意利用你作为我重新构筑虚假记忆的借口"?

我问保拉，我的政治倾向如何。"我不希望发现自己是纳粹。"

"你是他们称之为好的民主人士的那种人，"保拉说，"不过更多是由于本性，而不是由于意识形态。我一直说你厌恶政治——而你争论时说我是'热情之花'。你仿佛是出于恐惧，或者出于对世界的蔑视，才在古籍里寻求逃避。不，那样说不公平，不是蔑视，因为你在大是大非的道德问题上十分热情。你在和平主义和非暴力的请愿书上签名，你痛恨种族主义。你甚至参加了一个反对活体解剖的同盟。"

"我想是反对动物活体解剖吧。"

"当然，人类活体解剖叫战争。"

"我是不是……一贯这样，甚至在认识你之前就这样？"

"你谈到你的少年时代时总是一带而过。总之，关于这类事情，我永远不能真正了解你。你一直是同情和愤世嫉俗的混合体。假如什么地方有人被判了死刑，你会在请求赦免的请愿书上签名，你会汇钱给一个戒毒中心。但是假如有人告诉你，比如说，中非一次部落战争死了一万名儿童，你只是耸耸肩膀，似乎说世界糟透了，不可救药。你一向是善良快活的人，你喜欢好看的女人、好酒、好音乐，可我始终觉得那只是一种掩护，是你躲避的方式。当你抛开掩护时，你总说历史是浸透血的谜，世界是一大错误。"

"什么都动摇不了我的信念：这个世界是一个邪神的作为，而我协助扩展了邪神的阴影。"

"谁说的？"

"我记不得了。"

"肯定是和你有关的什么事情。不管谁有什么需求,你总是竭尽全力帮忙——佛罗伦萨遭到水淹时,你自告奋勇去国家图书馆,把陷在淤泥里的图书挖出来。你就是那种性格:小事悲天悯人,大事愤世嫉俗。"

"那也合乎情理。人只能做力所能及的事。其余的听天由命,如同格拉诺拉所说。"

"格拉诺拉是谁呀?"

"我也不记得了。以前我应该知道。"

以前我知道什么?

一天早晨,我起身后去煮咖啡(脱咖啡因的),开始哼哼《罗马今夜别犯傻》。我怎么会想起那支歌呢?这是好征兆,保拉说,是个开始。看来我每天早晨煮咖啡时都要哼一支歌。至于为什么想起这支或者那支歌,根本没有原因可言。保拉的种种问话(昨夜你梦见了什么?昨天傍晚我们谈了些什么?你入睡前看了什么书?)也不能作出合理的解释。谁说得准呢——也许我穿袜子的方式,我衬衫的颜色,我无意中瞥见的一个罐头,触发了一个声音记忆。

"除非,"保拉指出,"你只唱过五十年代或者五十年代以后的歌。充其量你可以追溯到早期圣雷莫音乐节,例如《白鸽飞吧》或者《罂粟花和小公鹅》之类的歌曲。再往前就没有了,四十年代、三十年代,或者二十年代的根本没有。"保拉提起战后的流行歌曲《我独自穿过城市街道》,当时电台反复播放,她虽然还是个小姑娘,至今仍旧记得。听来固然耳熟,但是我的反应不热烈;好像有谁在唱《圣洁的女神》,而我从来不是歌剧迷。跟我对《艾琳·卢比》的喜爱程度就不能相比了,还有《顺其自然》,或者《我是女人,不是圣徒》。至于更老一些的歌曲,保拉说,我之所以不感兴趣在于儿童时期的压抑。

根据多年来的观察,她还注意到我虽然能鉴赏爵士乐和古典音乐,虽然喜欢听音乐会和唱片,但从来没有开收音机的欲望。假如有人开了收音机,我至多在旁边听听。收音机显然像乡下的宅子,是属于过去的事物。

但第二天早晨,我起身后煮咖啡时,发觉自己在唱《我独自穿过城市街道》:

> 我独自穿过城市街道,
> 走在人群中间,我的痛苦,
> 人们都不知道,也没有看到,
> 我寻你找你梦你想你,都是徒劳……
>
> 我竭力要忘掉,可是办不到,
> 怎么能办到,把初恋忘掉,
> 我的心里刻着一个名字,唯一的名字,
> 我们相识已久,我现在知道你就是爱,
> 最真诚的爱、海枯石烂的爱……

旋律自然而然地流淌出来。我热泪盈眶。

"为什么是那支歌?"保拉问道。

"谁知道? 也许因为歌词讲的是寻找某个人。不知道是谁。"

"你已经跨过了四十年代的界限。"她沉思着说。

"不是那样,"我说,"问题是我身体里面有一种感觉。好像是震颤。不,不像是震颤。而像……你知道《平面国》,你也看过。呃,那些三角形和正方形,它们只有两个维度,不了解厚度是什么。试想一下,在我们生活的三维世界,有人居高临下地触摸它们。它们的感觉是前所未有的,说不出来的。仿佛来自四维世界的人从身体内部轻轻触摸我们——比如说,从胃部的幽门。有人挠你的幽门是什么感觉? 我会说……神秘的火焰。"

"那是什么意思,神秘的火焰?"

"我不知道——心里升起的一个念头。"

"是不是和你看到父母照片时的感觉相同?"

"几乎相同。不完全一样。事实上,为什么不? 几乎相同。"

"那是一个有趣的信号,扬波,我们要注意。"

她仍旧想拯救我。拯救我和我想到西比拉时也会燃起的神秘火焰。

星期日。"去散散步吧,"保拉吩咐我说,"对你有好处。顺着你认识的街道走。凯罗利小广场有一个鲜花摊,通常星期日也营业。让他帮你配一束好看的春花,或者几枝玫瑰也行——屋子里死气沉沉的。"

我到凯罗利小广场,花摊没有开。我沿着但丁街朝科尔杜希奥方向信步走去,然后往右走向证券交易所,米兰的收藏家星期日都聚集在那里。科尔杜希奥街边有许多集邮摊点，阿尔莫拉里街边全是卖小塑像和旧明信片的，中央通道的丁字街则是卖旧钱币、玩具士兵、圣徒卡片、手表，甚至电话卡的小贩。米兰有收藏的风气——我应该知道。人们收集的东西五花八门，甚至有可口可乐瓶盖，说到头，电话卡的成本比我经营的古籍低得多。我到了爱迪生广场，左边的摊位卖书报、宣传画，前面的摊位卖形形色色的杂货：新艺术运动①风格的灯具，无疑是假的；黑色背景、印着鲜花的托盘，陶瓷的跳舞人像。

我在一个摊位上看到四个圆柱体的密封容器，里面水一般的液体（福尔马林？）里浸泡着好几个象牙白色的东西——有的滚圆，有的形状像豆子——由雪白的细丝连着。海洋生物——海参、鱿鱼的碎片、褪色的珊瑚——也可能是某位艺术家畸形想象的病态臆造产物。伊夫·唐基吗？

小贩向我解释说，这些是睾丸：狗的、猫的、公鸡的，连同肾脏等等。"看呐，全是十九世纪一间科学实验室里的东西。每件四万里拉。容器本身的价值加一倍都不止，这东西至少有一百五十年的历史。四四一十六，你给十二万，四件全拿去。便宜极了。"

那些睾丸让我着迷。有些东西居然是我的语义记忆中未曾有过的，而且同我的个人经历毫无关系。有谁见过原生态的狗睾丸——我是说没长在狗身上的狗睾丸？我搜遍口袋，一共只有四万，街头小贩不见得会收支票。

---

① Art nouveau，1890 年至 1910 年间流行于欧洲和美国的一种装饰艺术风格。

"我买狗睾丸。"

"别的不买太可惜了,你再也碰不到这种好机会啦。"

不可能什么都要呀。我捧着狗睾丸回家,保拉脸色煞白:"确实稀罕,确实像艺术品,可是我们把它摆在什么地方呢?摆在客厅,你每次请客人吃点腰果或者阿斯科利橄榄时,让他们朝我们的地毯反胃呕吐?摆在卧室?我看不行。不如摆在你的工作室,也许挨着某些可爱的十七世纪的自然科学书籍。"

"我原以为淘到了好东西。"

"你的妻子让你去买些玫瑰花,你却买了一对狗睾丸回来,从亚当到现在,全世界恐怕只有你才会干这种事,你知道吗?"

"那至少能上吉尼斯世界纪录。再说,你知道我是个病人。"

"全都是借口。以前你就疯疯癫癫的。你让你妹妹给你带一头鸭嘴兽来也不足为奇了。有一次你要买一台六十年代生产的弹球机,价格之高可以买一幅马蒂斯的画,结果家里闹得天翻地覆。"

保拉早就知道那个路边市场。她说其实我也应该知道:有一次我在那里看到一册帕皮尼①的《歌革》的初版本,毛边,封面是原来的,要价一万里拉。所以,接下来的那个星期日,她要陪我一起去。你这个人说不准,她说,也许你会买一些恐龙睾丸回来,我们就得请砖瓦匠拆了门才能搬进屋。

邮票和电话卡引不起我的兴趣,旧报纸却不一样。我们小时候的玩意儿,保拉说。"那就算了。"我说。但随后我在一个摊点看到一册米老鼠连环画。我本能地捡起来。从封底和定价来看,

---

① Giovanni Papini(1881—1956),意大利作家,有神秘主义倾向。《歌革》是一部讽刺二十世纪文明的作品。

事实上不可能很旧——七十年代的重版。我翻到书中间说："不是原版,原版是两色的,上了砖红色和棕色,这本只有蓝白两色。"

"你怎么会知道的?"

"不知道,但我就是知道。"

"但封面采用了原版封面。你看日期和定价:一九三七年,1.5里拉。"

《克拉贝尔的宝藏》。书名在彩色背景上很突出。"他们找错树了。"我说。

"什么意思?"

我迅速地翻着书页,立刻找到了我说的那几幅画。我好像不愿意看气球对话框里写了什么——就好像那些话是用别的文字写的,又或者文字的字母一团模糊。相反,我全凭记忆讲了漫画故事。

"你瞧,米老鼠和贺瑞斯马拿了一张旧地图去寻找母牛克拉贝尔的祖父或者叔祖父埋下的宝藏,他们同机灵的乜斜眼埃利和狡诈的木假腿皮特抢时间。他们到了目的地,察看地图。照说他们应该从一棵大树出发,沿直线走到一棵比较小的树,作三角测绘。他们开始挖掘,但一无所获。米老鼠突然灵机一动:地图的年份是一八六三年,已经过了七十年,那时候不可能有这棵小树,所以,现在的大树就是当时的小树,以前那棵大树一定倒了,不过应该留下迹象。他们找呀找,发现一段老树桩,重新进行三角测绘,重新挖掘,在标出的地点挖出了宝藏。"

"你怎么知道这些的?"

"不是众所周知的事吗?"

79

"不,不是众所周知,"保拉兴奋地说,"那不是语义记忆,而是自传记忆。你记起了你小时候某件印象深刻的事!这幅封面激发了记忆。"

"不,不是图像。如果有什么激发,那就是名字,克拉贝尔。"

"玫瑰花蕾。"

我们当然买了那册漫画。当晚我专心致志地翻看,但没再有什么收获。我知道的东西书上全有,就是没有神秘的火焰。

"我永远摆脱不了这种情况了,保拉,我永远进不了记忆的岩洞。"

"可是你突然记起了两棵树的事情。"

"普鲁斯特至少记得三棵。纸,纸,像这套公寓里,或者我的工作室里所有的书籍一样,都是纸。我的记忆是纸做的。"

"既然小玛德莱娜蛋糕不能勾起你的记忆,那就用纸吧。好吧,你不是普鲁斯特。扎塞茨基也不是。"

"此人是谁,亲爱的夫人?"

"我几乎忘了他,格拉塔罗洛提醒了我。干我这一行的人不可能不看有典型意义的《破碎的人》。我出于学术研究的需要,很久以前就看过了。今天我出于个人兴趣重新看了一遍。一本很有意思的小书,一两小时就能看完。书中讲的是俄罗斯著名心理学家鲁利亚介绍的扎塞茨基的病例。扎塞茨基其人在上次世界大战中被弹片击中头部,大脑的左枕顶叶区受了损伤。他像你一样苏醒了过来,但是陷入可怕的混乱。他甚至不能判断自己的身体在空间中的位置。有时候他以为自己身体的某些部位发生了改变——脑袋大得出奇,躯干又小得难以置信,腿长到了头上。"

"似乎和我的情况不同。腿长到了头上?阴茎长到鼻子的位置?"

"且慢。别管腿是不是长到了头上,那只是偶然的情况。最糟糕的是他的记忆。好像经过粉碎似的,一片混乱——比你的情况糟得多。像你一样,他记不起出生地点或母亲的名字——他甚至忘了读和写。鲁利亚开始观察他。扎塞茨基意志坚强,从头学习读书写字,不停地写呀写。二十五年来,他不仅写下了他从损毁严重的记忆岩洞里挖掘出来的一切,还写下了每天的见闻。就仿佛他的双手自动整理好了他的头脑所不能整理的东西。他写的东西似乎比他本人更聪颖。于是他逐渐在纸上重新发现了自己。你不是他,但让我印象深刻的是他为自己重建了一幅纸做的记忆。前后花了二十五年。你这里已经有许多纸,但显然不对路。你的岩洞在乡下的宅子里。你知道,这几天我考虑了很多。你童年和少年时期的全部资料都被你一股脑儿锁了起来。也许那里有些东西能解决你的问题。因此现在请你帮我一个大忙,去一次索拉拉。你一个人去,一方面我工作脱不开身,另一方面,依我看,这事该由你自己去做。只有你本人和你遥远的过去。需要待多久就待多久,看看结果如何。你最多损失一个星期的时间,也许两个星期,你可以呼吸一些新鲜空气,这对你没有丝毫坏处。我已经打电话通知阿玛利亚了。"

"阿玛利亚是谁?扎塞茨基的妻子?"

"是的,他的祖母。索拉拉的情况我没有全告诉你。你祖父那时候有佃农,托马索(人们管他叫马苏鲁)和玛丽亚,因为那时候宅子周围有许多土地,主要是葡萄园,还有很多牲畜。玛丽亚看着你长大,她十分疼爱你。她的女儿阿玛利亚也一样,阿玛利亚比你大十来岁,担当了你的姐姐、保姆的角色。她很宠爱你。你舅舅舅妈卖掉土地,包括小山上的农场后,还剩下一个小葡萄园、果园、菜圃、猪圈、兔棚和鸡舍。佃农耕作已经没有什么意义了,你把一切都托付给马苏鲁,由他全权处理,条件是要他们照看宅子。后来,马苏鲁和玛丽亚也去世了,阿玛利亚终身未婚——她长得不好看——仍旧留在那里,到镇上去卖她饲养的鸡和鸡蛋,宰猪的到时候上门来帮她宰猪,表兄弟们帮她在小葡萄园施肥打药,摘收葡萄;总之,她除了冷清以外,生活还不错,我们的女儿带着孩子去玩时,她特别快活。我们消费的鸡蛋、鸡肉和萨拉米都付她钱,她说水果和蔬菜本来就是我们的,不收我们的钱。她非常能干,烹饪的手艺你会见识到的。她听说你也许会去的时候,高兴极了——扬波小少爷长,扬波小少爷短,说个没完,我做他爱吃的色拉给他吃,他的毛病就会好的,你们等着瞧吧……"

"扬波小少爷。真有意思。顺便问一句,为什么大家都叫我扬波?"

"在阿玛利亚眼里,你即使到了八十岁,永远还是小少爷。至于为什么叫扬波,是玛丽亚告诉我的。你小时候自己选的。你老是说,我的名字叫扬波,有一绺额发的小男孩。那以后,扬波这个名字就叫开了。"

"额发?"

"你准是留过一绺好玩的额发。你不喜欢詹巴蒂斯塔这个名字,我非常理解。不过个人的往事讲得太多了。你该离开了。不能乘火车直达那里,要换四次车,但尼科莱塔会送你——她要取一些圣诞节时没有带走的物品,然后马上回来,把你托付给阿玛利亚,阿玛利亚会无微不至地照顾你,你需要她的时候,她就在左右,你要独自待着的时候,她就走开。五年前我们安装了电话,随时都可以联系。你不妨试试。"

我说让我考虑几天。为了避免下午待在工作室,我第一个提出旅行的想法。但我是不是真的想逃避工作室的那些下午呢?

我进入了迷宫。不管我怎么转来转去,总不对头。此外,我要摆脱的是什么?是谁说芝麻开门,我要出去?我像阿里巴巴一样,我要进去。进入记忆的岩洞。

西比拉善解人意,解决了我的问题。一天下午,她又打起嗝来,脸孔有点红(你的血流把火焰散布到你的脸上,宇宙发出了笑声),她碰乱了面前的一叠表格,她说:"扬波,你应该是第一个知道消息的人……我要结婚了。"

"你说什么,结婚?"我回道,语气几乎是说:"你怎么可以这样?"

"我要结婚了。你明白,一个男人和一个女人交换了戒指,来宾们朝他们扔大米?"

"不,我的意思是说……你要离开我了?"

"我为什么要离开?他在一家建筑师事务所工作,但是他现在挣得不多——我们两人都需要工作。再说,我怎么能离开你呢?"

另一人拿刀扎进了他的心脏,拧了两下。

《审判》的结局。的确,事情了结了。"这件事……酝酿了很久吗?"

"不久。我们是几星期前认识的——你了解这种事情的发展。他是个很好的人,你会见到他的。"

这种事情发展得真快。也许在这以前还有很好的人,也许她利用我出事的机会金盆洗手,摆脱一个难以维持的局面。也许来了第一个家伙,她就扑进人家怀里。简直是毫无根据的瞎猜。果真那样的话,我就给了她双重的伤害。谁伤害了她,你这个白痴?事情就是这样:她年轻,碰到了与她年龄相仿的人,第一次坠入情网……第一次,好了吧?有人会摘你的花,源泉之口,没有寻找你将会是他的恩惠和幸运……

"我得给你一件很好的礼物。"

"有的是时间。我们昨晚才做的决定,但我要等你完全恢复,那我就可以不感愧疚地休一星期的假期了。"

不感愧疚。她想得多么周到啊。

我看到的最后一段关于雾气的引文是什么?我们在复活节前星期五的晚上到达罗马火车站,她坐了一辆出租马车进入雾中,我觉得我已经无可挽回地失去了她。

我们之间的暧昧就此结束。不论以前发生过什么,都一笔勾销了。黑板光洁如新。从现在开始,她只像是女儿。

到了那个分上,我可以走了。事实上,我也非走不可。我对保拉说,我准备去索拉拉。她很高兴。

"你会喜欢那里的,等着瞧吧。"

"哦,海里的比目鱼,比目鱼,/真的由不得我做主,/都要怪我那个烦人的妻子,/她偏要做我不喜欢做的事情。"

"调皮的男人。到乡间去,到乡间去!"

那晚,我们躺在床上,保拉给我旅行前最后一分钟的嘱咐,我抚摸她的乳房。她轻声呻吟,我产生了某种像是欲望的感觉,但混杂着温柔和心领神会。我们做爱了。

正如刷牙一样,我的身体显然保存了如何做爱的记忆。很平静,节奏缓慢。她先达到高潮(她后来说,她一直是这样的),不久后我也达到了高潮。毕竟是我的第一次。确实像人们说的,非常美妙。这并不使我感到惊奇;似乎我的大脑早已知道,而我的肉体却是刚刚发现它是真的。

"确实不坏,"我浑身松弛躺下来说,"我现在明白人们为什么乐此不疲了。"

"天哪,"保拉说,"其他不说,我六十岁的丈夫,竟然要我来开苞。"

"迟做总比不做好。"

当我握着保拉的手入睡时,我不由自主地想我和西比拉做爱的情况会不会一样。白痴,我慢慢迷糊过去时自言自语道,那是你永远不会知道的事。

我走了。尼科莱塔开车,我从侧面看着她。拿我结婚时期的照片来看,她的鼻子长得像我,嘴的模样也像。她确实是我的女儿,我并没有由于某些不检点的行为而背上包袱。

(她的衣领略微敞开,他突然瞥见她胸前有个金色的纪念章,上面刻着一个精致的字母 Y。天哪,他说,那是谁给你的?我一直戴的,老爷,当我还是个婴儿,在圣奥邦的贫穷修女会修道院的台阶上被发现时,我就戴着它了,她说。那是你母亲,公爵夫人的东西,他失声嚷道。你的左肩是不是有四颗组成十字架形的小痣?是啊,老爷,你怎么会知道呢?那就对了,你是我的女儿,我是你父亲!父亲,哦,父亲!别,别,我纯洁无辜的孩子,别失去理智。我们偏离大路了!)

我们没有说话,但是我已经知道尼科莱塔天生不爱说话,她肯定相当窘迫,她不想刺激我,怕把我的注意力引到我已经遗忘的事情上去。我只问她我们去的是什么方向。"索拉拉就在朗格和蒙费拉托的交界处,一个美丽的地方,你会看到的,爸爸。"我喜欢听人家叫我爸爸。

下了高速公路以后,我起初在指示牌上看到的是著名城市:都灵、阿斯蒂、亚历山德里亚、卡萨莱。后来我们开上了公路支线,指示牌上的地名都是我从未听说过的。在平原上行驶了几公里后,我瞥见斜坡后面远处有浅蓝色的山峦轮廓。可是轮廓又突然消失了,因为我们面前出现了一排大树,绿叶成荫,让我想起热带雨林,我们驱车沿着绿荫走廊驶去。你的树荫和你的湖塘,现在把我变成了什么?

绿荫走廊像是平原的延续,我们通过走廊后,发现置身于一个两侧和背后都是山峦的洼地。我们不停地上坡,不知不觉来到了高地环绕的蒙费拉托,进入了另一个世界,来到了生意盎然、含苞欲放的葡萄园。远处是高矮不等的山顶,有的勉强高出旁边的山峦,有的比较陡峭,不少上面还有建筑——教堂、大的农庄住宅、城堡,那些建筑没有柔和地同山顶融为一体,而是格格不入,似乎莽撞地要把那些建筑朝天空硬推。

在山区转悠了一个来小时之后,我们仿佛突然从一个地区到了另一个地区,每拐一个弯,面前就展开另一幅景象,我看到一块标着蒙加尔德洛的指示牌。我说:"蒙加尔德洛。然后是科塞利奥、蒙特瓦斯科、韦基奥城堡、罗韦佐洛,然后我们就到了,是吗?"

"你怎么会知道?"

"人人都知道。"我说。但那显然不是真话;哪一部百科全书提到过罗韦佐洛这个地名?我是不是已经进入了岩洞?

第二部

纸的记忆

五

克拉贝尔的宝藏

我接近儿时生活过的地方时,试图琢磨为什么长大后从来没有自觉自愿地回过索拉拉,可是想不出什么原因。问题不在索拉拉本身——它坐落在葡萄园环抱的盆地上,只是一个比较大的村庄而已——而在于它外面地势较高的地方。经过几个 U 字形的急转弯后,尼科莱塔把汽车开到一条狭窄的小路上,我们沿着只够两辆汽车通过的路堤至少行驶了两公里,路堤坡度向两侧削减,展现出两种不同的风景。右侧是典型的蒙费拉托乡村,起伏的山峦上一行行的葡萄架像是花饰,在初夏明净的天空下青翠欲滴,但我知道正午的骄阳相当毒辣。左面开始出现朗格地区的丘陵,地形轮廓少了一些柔和,多了一些粗犷,层次分明,色泽各各不同,最远处已经淡入浅蓝色的雾霭之中。

我第一次发现那里的风景,但我觉得它属于我,我认为即使我朝下面疯狂地冲去,我也知道自己身在何处,如何能到达谷底。我当时的感觉有点像是离开医院能够驾驶那辆我从未见过的汽车的时候。我感到自由自在。一种无法言喻的快活,一种说不出所以然的幸福油然而生。

路堤沿着山坡不断攀升,山脚下,两旁栽着七叶树的车行道通往邸宅。我们在一个花坛错落有致的庭院前面停了车,可以瞥见邸宅后面还有一座稍高的小山,阿玛利亚的小葡萄园准是在那上面。一座二楼有许多长窗的邸宅出现在眼前,从正面很难看清它的轮廓,主楼很大,阳台下面有漂亮的橡木拱门,正对着车行道,左右两翼要小一些,入口也更小,至于邸宅后面朝小山方向延伸了多远,就说不清楚了。站在庭院里,从我身后望去,就是我刚才赞叹不已的两幅景色以及一个一百八十度的全景,因为车行道缓缓攀升,引导我们来到这里的路已经消失在我们脚下,阻挡不了我们的视线了。

这些印象倏忽即逝,因为我们几乎立刻就听到了欢乐的尖叫声,随即蹦出来一个女人,我根据刚听到的描绘判断,除了阿玛利亚以外不可能是别人了:两条短腿,身体健壮,年龄很难估计(正如尼科莱塔所说,在二十岁到九十岁之间),干栗子色的面孔散发着抑制不住的欢乐的光辉。总之,欢迎的寒暄、拥抱、亲吻,委婉的相告,立刻被捂住嘴的小声啜泣打断了(扬波小少爷记得这个吗,记得那个吗,你当然认得出来等等,尼科莱塔肯定在我背后使眼色)。

转眼间,根本来不及思考或者提问,大伙七手八脚把我的手提箱从汽车上拿下来,搬到保拉和女儿们住过的左翼,我也只能住在那里,除非我要住在我祖父母和我小时候住的主楼,那里像圣器室似的一直空关着("呃,你知道,我定期进去掸掸灰尘,有时打开门窗透透气,只是散散难闻的气味,不动房间里的东西,我进那些房间像进教堂一样,怀有敬畏之情")。但是底层那些空着的大房间是一直敞开的,因为他们把苹果、番茄以及许多别的好东西摊在那里催熟、保鲜。事实上,只要踏进门厅就可以闻到香料、水果和蔬菜刺鼻的香气,最早采摘的无花果已经摊放在一张长桌上,我不由得拿一颗尝尝,试探着说那棵无花果树产量一向很高,可是阿玛利亚嚷了起来:"你说那棵树是什么意思?好几棵呢,你很清楚,一共有五棵,一棵比一棵强!"原谅我,阿玛利亚,我心神烦乱。那并不奇怪,扬波小少爷,你脑袋里有那么多重要的事情。谢谢你,阿玛利亚,我脑袋里真有许多事情就好了——糟糕的是四月底的一个早晨,它们忽地一下全飞走了,一棵无花果树也好,五棵也好,对我说来毫无区别。

"葡萄藤有没有挂果?"为了表示我没有变傻,我找些话说。

"尽管今年天气特别暖,什么都熟得比往年早,葡萄还是一嘟噜一嘟噜的小不点儿,像娘肚子里的胚胎——希望下些雨就好了。葡萄熟的时候你还看得见,我估计你应该住到九月份,我听说你身体有点不舒服,保拉太太要我做些好吃的,给你补养补养。今天晚上我就做你小时候爱吃的色拉,用植物油和番茄调味,拌上芹菜段、剁碎的青洋葱和各种香草,我让他们烤了你喜欢蘸汤汁吃的面包卷。还有我饲养的童子鸡——不是那种在垃圾堆啄食长肥、在商店里卖的鸡——或许你更爱吃迷迭香烤兔肉……兔子?兔子,我现在就去找一只最漂亮的,脖子上给它一掌,可怜的小东西,不过生活就是那样。天哪,尼科莱塔真的就要走吗?怎么可以这样呢。好吧,就留下我们两个也行,你爱干什么就干什么,我不会打扰你。早晨我给你端咖啡进来,还有开饭的时候,你可以见到我,其余的时候随你高兴,来去自由。"

"爸爸,"尼科莱塔把她来取的物品装上汽车时说,"从我们来的那条路走,索拉拉好像很远,可是邸宅后面有一条小径直通镇上,省去了公路上所有曲曲折折的爬坡路段。下坡路非常陡,不过有一道楼梯似的台阶,你不知不觉就到了平原。下坡十五分钟,回来上坡二十分钟,不过你老是说要活动活动,可以降低胆固醇。你在镇上可以买到报纸和香烟,如果你吩咐阿玛利亚,她早晨八点钟会去。不管怎么样,她要去办差事,望弥撒。你要买什么报纸,每天都得把名称写在纸条上,否则她会忘记,一连七天都给你买来同一期《人物》或者别的炒作名人八卦的无聊小报。你真的不需要别的东西了吗?我很愿意和你待在一起,可是妈妈说你独自一人待在你的旧物中间对你有好处。"

尼科莱塔走了,阿玛利亚带我看了我和保拉的房间(里面有薰衣草的味道)。我放好行李,换上了我自己找到的舒适衣服,包括一双后跟坏了的鞋子。这双鞋至少有二十年了,真不愧是地主。然后,我在窗前待了半个小时,眺望朗格方向的山丘。

厨房桌子上有一份圣诞节期间的报纸(我们上次在这里过节),水桶里打了冰冷的井水,镇着一瓶麝香葡萄酒,我斟了一杯,开始看报。十一月下旬,联合国授权使用武力解放伊拉克占领的科威特,第一批美国装备最近启运沙特阿拉伯,传说美国在日内瓦作最后的努力同萨达姆的部长们谈判,劝说萨达姆撤军。报纸帮我重新构建某些事件,我像看最新消息似的看得津津有味。

我突然意识到那天早晨出门匆忙,我还没有解大便。我进了浴室,那是把报纸看完的极好场所,我发现浴室窗外竟是葡萄园。

我产生一个想法，或者不如说一种古老的冲动：在两行葡萄架中间干我的要事。我把报纸塞进口袋，凭着身体里的雷达搜索，或者瞎碰瞎撞，打开了一扇小后门。我经过一个照看得极好的小花园。邸宅的另一翼用于农事，我看到后面有些木头围栏，根据鸡觅食的咯咯声和猪拱土的哼哼声判断，一定是鸡舍、兔棚和猪圈。花园尽头有一条通往葡萄园的小径。

阿玛利亚说得不错，葡萄藤叶子还很小，葡萄长得像是浆果。但我觉得它仍是葡萄园，我的破旧鞋子踩着一块块土坷垃，垄埂之间长着一丛丛野草。我本能地抬头寻找桃树，但是一棵也没有。真奇怪，我在哪一部小说里看到，你要光着从小就磨出茧子的脚走在垄埂上，那里长着只有葡萄园里才有的黄桃，大拇指稍稍一按，桃子就裂成两半，桃仁几乎会自己蹦出来，桃肉干净得像是经过化学处理，不过偶尔也有一条胖乎乎的蠕虫挂丝下来。你吃的时候几乎不觉得有丝绒般的果皮，一口咬下去，你会感到一阵颤栗从喉咙一直通到腹股沟。我果真感到了那阵颤栗。

只有偶尔传来的鸟叫和尖厉的蝉鸣打破正午的寂静，我蹲了下去，开始拉屎。

新闻淡季。他平静地坐在自己大便升腾的气味上继续阅读。人类喜欢闻自己排泄物的气息，不喜欢闻别人的臭气。说到头，那出自我们的身体。

我有一种古老的满足感。括约肌安静的活动在万绿丛中似乎唤醒了我混乱的过去。也许那是物种的本能？我的个性特点太少，特定特点太多（我具备人类的记忆，却没有个人的记忆），也许我在享受一种可以追溯到尼安德特人的乐趣。他的记忆肯定不如我——他对拿破仑的事情一无所知。

完事后,我想起应该用些叶子擦擦干净;那肯定是下意识的动作。我手上有报纸,便撕下电视节目的一页(反正那是六个月以前的旧报纸,何况我们在索拉拉的家里也没有电视机)。

我站起来,低头看看自己拉的屎。可爱的蜗牛壳形状,还在冒热气。博罗米尼[①]。我的肠功能一定很好,因为谁都知道,只要大便成形或者不水泻的话,就没有什么好担心的。

我是第一次看到自己的屎(在城市里,你坐在抽水马桶上,随后看都不看就放水冲掉),我现在称它为屎,因为我想人们都这样叫。屎是我们最个人、最隐私的东西。别的东西大家都可以看到——你的面部表情、你的目光、你的手势。甚至你的赤身裸体:在海滩、在医生诊室、在做爱的时候。甚至你的思想也可以看到,因为一般会流露出来,别人从你看他们的眼神,或者在你显得窘迫的时候,可以猜出来。当然,还有所谓的私密想法(比如说西比拉的事,虽然我后来向詹尼吐露了一部分,我怀疑她是否凭直觉感到了什么——也许那正是她要结婚的原因),但总的说来,思想也会流露的。

然而,屎却不是那样。除了你生命中极其短暂的一个时期,当你仍需要母亲给你换尿布的时候,屎完全是你个人的事。由于我那一刻拉的屎同我过去生活中所拉的屎并没有什么差别,我在那一瞬间同我遗忘的旧我重新会合,经历了能与无数以前的感受会合的第一个感受,甚至包括我小时候在葡萄园里拉屎的感受。

---

① Francesco Borromini(1599—1677),意大利建筑家。

假如我四下里仔细寻找一番,也许还能发现某些旧屎的痕迹,然后经过恰当的三角测绘,也许还能发现克拉贝尔的宝藏。

但是我愣住了。大便不是我的椴花茶——当然不是,我怎么能指望用我的括约肌来追忆呢?为了寻回失去的时间,人们不应该拉稀,而应该哮喘。哮喘和气体有关,是灵魂的呼吸(不管多么辛苦):它是为有钱人准备的,因为他们可以布置有软木墙板的房间。穷苦人在田野里对精神功能的关心少于对身体功能的关心。

我非但没有感到失落,反而感到满足,我是说从我苏醒以来很久没有感到过的真正的满足。主无处不在,我暗忖道,甚至通过屁眼。

那天就这么结束了。我在左翼的房间里溜达了一会儿,看到了外孙们的卧室(一个大房间,三张床,玩偶,角落里丢着一辆小三轮脚踏车),在我的卧室里看到我留在床头柜上的书籍——没有什么特别有意思的东西。我不敢进主楼的老房间。来日方长,我需要进一步熟悉这个地方。

我在阿玛利亚的厨房里吃饭,那儿有揉面钵,她父母传下来的桌子和椅子,屋梁下挂着一串串的大蒜。兔肉好吃得很,色拉更是美味,一路辛苦,光为了吃色拉都值得。我兴致勃勃地用面包蘸着油滋滋的粉红色调味汁,发现的乐趣胜过了回忆的乐趣。我不能奢望味蕾给我什么提示——我早已知道那种味道。我开怀畅饮:这地区的葡萄酒比全法国加在一起的酒都好。

我和家里的宠物交上了朋友:一条没有毛的名叫皮波的

狗——阿玛利亚说,尽管它瞎了一只眼睛,显得昏聩,赢不到人们的信任,却是看家的好手——和三只猫。其中两只生性乖戾,喜欢故意捣乱,第三只是安哥拉猫,浑身黑毛浓密柔软,讨食吃的时候楚楚动人,嘴里发着迷人的呼噜声,在我裤腿上蹭来蹭去。我认为凡是动物我都喜欢(我不是参加了反对动物活体解剖同盟吗?),但是人们不能克制本能的好感。我最喜欢第三只猫,总是把最好的东西给它吃。我问阿玛利亚那几只猫叫什么名字,她说猫不像狗那样敬畏上帝,是没有名字的。我问可不可以把那只黑猫叫作马图,她说如果我觉得"猫咪、猫咪"还不够的话,爱叫什么当然可以叫什么,我觉得她心里一定在想,城里人,甚至扬波小少爷,脑袋里钻进了蛐蛐,总是异想天开。

外面的真蛐蛐叫得很欢,我到庭院里去听。我仰望天空,希望发现熟悉的图形。只有星座,天文图上的星座。我辨出了大熊星座,那是我一向掌握的知识的一种。我跑了这么远的路来证实百科全书是对的。回到人体内脏,你还得去找拉鲁斯词典。

我对自己说:扬波,你的记忆是纸做的。不是神经细胞,而是纸张。有朝一日,或许有人会发明一种电子装置,在电脑上只要用手指轻轻一碰,就可以浏览从古至今的全部书页,并且不必相互知道是什么人、在什么地点就可以传递,那时候人人都像你一样了。

我等着有人分担我的苦恼,然后上床睡了。

我刚迷糊过去,忽然听到有声音在叫我。那是一种刺耳的嘘嘘声,叫我去窗口。谁会扒在百叶窗外召唤我呢?我打开窗子,只见一个白糊糊的影子飞入夜空。第二天早晨,阿玛利亚解释说那是一只仓鸮：房屋无人居住时，这些鸟喜欢栖息在阁楼或者檐槽里，发现有人居住时它们就迁往别处。太糟了。飞入夜空的仓鸮让我再次感到我向保拉描绘的神秘火焰。那只仓鸮之类的动物以前一定属于我，一定在别的夜晚叫醒过我，飞入夜空，笨手笨脚、头脑简单的幽灵。头脑简单？我不可能是在百科全书里学到那个词的。一定是与生俱来的，或者以前学的。

那天夜里我老是做梦，睡得很不踏实，有一次还感到心口一阵剧痛，我醒了过来。我首先想到的是心脏病发作——据说就是那种症状——但是我起身后没有往那上面去想，在保拉为我准备的药箱里取了一片马洛克斯。马洛克斯，治胃炎的。吃了不该吃的东西会引发胃炎。事实上，我只是吃得太多。保拉嘱咐我要管住自己，她在我身边时像鹰一般盯着我，可是现在我得自己照顾自己了。阿玛利亚在这方面帮不了我，因为在农村人们习惯认为吃得多总是好事——没有吃的才不健康。

我还有许多东西要学。

六
《全新梅尔齐百科全书》

我到山下的镇上去了一次。回来时相当吃力,但很愉快,精神振奋。我带来几条吉卜赛女郎牌香烟真是十分明智,因为这里的人只认万宝路淡烟。乡下人嘛。

我把仓鸮的事情讲给阿玛利亚听。我说,起初我还以为是幽灵,她并不觉得可笑。她显得很严肃:"仓鸮没事,好的生灵从来不会害人,但是那边,"她朝朗格山丘的方向做个手势,"那边可是有巫婆。什么是巫婆?我几乎不敢讲,你也应该知道,我可怜的老爸老是讲些巫婆的故事给你听。别担心,她们到不了这儿,她们只会吓唬无知的农民,不找那些可能知道驱赶她们的咒语的先生。巫婆是夜间游荡的坏女人。碰到起雾或者暴风雨的天气,她们更是如鱼得水。"

她能说的只是这些,不过她既然提到了雾,我便问她这里起雾的日子多不多。

"多不多?耶稣马利亚,太多啦。有几天,我站在家门口都看不到车行道的边缘——我在说什么呀,我从这儿甚至看不见邸宅的正面,夜里如果家里有人的话,窗口露出的光线淡得像是烛光。即便雾气还到不了我们这儿,你应该看看丘陵那里的景象。开头你可能什么都看不见,然后有东西冒了出来:一座山峰、一座教堂——然后又是一片白茫茫,仿佛有谁踢翻了牛奶桶。到了九月份,假如你还在这儿的话,你自己肯定能看到,因为除了六、七、八这三个月以外,这一带总是雾蒙蒙的。村子里有个叫萨尔瓦托雷的人,二十年前从那不勒斯到这儿来找工作,你知道南方很不景气,直到现在他还不习惯起雾的天气,他说南方即使在主显节天气仍旧很好。你不会相信他在田野里迷了多少回路,有几回还失足跌进了山溪,晚上人们不得不打了手电筒去找他。呃,他那种人也许是正经人,我说不上,不过他们同我们不一样。"

我默默地背诵一首诗:

> 我朝山谷眺望:山谷已经彻底消失,
> 无影无踪!只剩下浩瀚平坦的海洋,
> 一片茫茫灰色,不见海岸,不见波浪。
> 我极目望去,发现零零星星
> 有些微弱慌张的哀鸣:
> 那是迷失在无边土地上的小鸟。
> 光秃的山毛榉枝丫悬在高空,
> 梦想着废墟和僻静的隐士居所。

可是现在,我所寻找的废墟和隐士居所,如果确实存在的话,就在光天化日之下,不过依然难以辨认,因为雾气弥漫在我心里。或者我也许应该到阴影下面去找?现在是时候了。我必须走进主楼。

我对阿玛利亚说我想独自进去时,她摇摇头,把钥匙交给了我。看来房间很多,阿玛利亚统统锁上了,因为谁都说不准会不会有不务正业的人溜进来。她给了我一大串大大小小的钥匙,有的生了锈,她对我说她自己记得滚瓜烂熟,可是假如我真想自己去,就得在每扇门上试一试。她似乎是说:"你仍旧像小时候那么倔,活该受点累。"

阿玛利亚肯定一大早就上去过了。昨天还关着的百叶窗,现在稍稍打开一点,让走廊和房间里有点亮光,免得黑咕隆咚什么都看不见。尽管阿玛利亚经常来打开门窗透气,这里仍旧有一股霉味。并不太难闻,似乎是旧家具、天花板檩条、罩在扶手椅上的白布渗透出来的气味(或许列宁在那儿坐过?)。

我探险似的试着一把又一把钥匙,有阿尔卡特拉斯[①]牢头的感觉。从楼梯上去有一个前厅似的房间,布置讲究,有几把列宁式的扶手椅,墙上挂着几幅十九世纪风格的油画,框架十分精致,油画本身却不敢恭维。我对祖父的审美还不了解,保拉曾形容他是奇特的收藏家:他不可能喜欢这些拙劣的画。一定是家里传下来的,也许是曾祖辈的习作。这些画在幽暗的房间里不易察觉——像是墙上的深色污斑——挂在那里倒也无妨。

房间一头通向建筑正面唯一的阳台,另一头则通向两条走廊的中心点,走廊宽阔昏暗,位于房子后部,墙上几乎挂满了旧的彩色图片的复制品。向右转身,你看到的是《埃皮纳勒图片集》讲述历史事件的图片:炮轰亚历山大城、普鲁士人围攻炮轰巴黎、法国大革

[①] Alcatraz,美国西海岸旧金山湾的小岛,又称恶魔岛,上有联邦监狱,关押危险囚犯。

命大事记、八国联军攻占北京。其余是西班牙的：一系列名叫"奥勒利"的小精灵、一套《爱好音乐的猴子》、一套《颠倒的世界》、两幅寓言性的阶梯图，其中男女各一幅，描绘生命的各个阶段——第一个阶梯上是摇篮和学步的婴儿，接着一级一级走向成人，由站在奥林匹克奖台顶上的美貌辉煌的形象为代表；从顶端开始慢慢下坡，成了一些越来越衰老的形象，最后落到了斯芬克斯描绘的三条腿的动物：摇摇晃晃的双脚和一根手杖，在最下面等待着的是死神。

右边第一扇门打开后，里面是一个宽敞的老式厨房，有一个大火炉和一个大壁炉，壁炉里还悬挂着一口黄铜锅。所有家具都是老式的，也许可以追溯到我祖父的叔祖父时代。通过餐具柜的透明玻璃，可以看到有花饰的瓷盘、瓷咖啡壶和杯子。我本能地寻找报夹，我肯定早就知道有一个。我发现它果真挂在窗边的角落里，黄色的木头上烙着盛开的大罂粟花。战时木柴和煤都很短缺,厨房是唯一生火取暖的房间,谁知道我在这里消磨了多少个傍晚……

接着是浴室,也是老式的,有一个巨大的金属浴缸,装着弯曲的水龙头,像是喷泉饮水池,水槽则像是教堂举行洗礼用的圣水盂。我拧开水龙头试了试,一串打嗝似的声音过后,流出一些锈黄色的东西,两分钟后才开始流出清水。抽水马桶和水箱让人联想到十九世纪的皇家浴场。

浴室过后,最后一道门通往一间卧室,里面摆着几件淡绿色的小家具,上面有蝴蝶图案。小床的枕头上靠着一个伦奇娃娃,三十年代流行的布娃娃真造作。这肯定是我妹妹的房间,柜子里的一些衣服也可以证明,但她似乎搬走了其他家具,永远关上了这个房间。房间里有一股潮湿的气味。

经过阿达的房间后,走廊尽头有一个大衣柜,我打开衣柜,一股浓烈的樟脑味扑鼻而来,里面是叠得整整齐齐的刺绣被单、几条毯子和一床羽绒被。

回到走廊,我向前厅走去,开始察看左边的房间。这里的墙上挂的是制作精美的德国版画《服饰的历史》:服饰鲜艳的婆罗洲妇女、美丽的爪哇女人、清朝官员、长胡子长烟斗的斯拉夫族的希贝尼克人、那不勒斯渔民、带着老式大口径短枪的罗马强盗、塞哥维亚和阿利坎特的西班牙人……还有古代服装:拜占庭皇帝、封建时代的主教和骑士、圣殿骑士、十四世纪的贵妇人、犹太商人、皇家火枪手、长枪骑兵、拿破仑的掷弹兵。德国版画家刻画了各种人物在重要场合的盛装打扮,不仅权贵们气宇轩昂,珠光宝气,佩带的手枪柄上都刻着奇异的图案,还有的穿着庆典时的甲胄或者华丽的外套,即使最贫穷的非洲人、最底层的平民也束着色彩缤纷的腰带、裹着披风、头上戴着插有羽毛的帽子和五颜六色的头巾。

我大量阅读历险故事以前,也许曾在这些图片中间探寻过世界各地人种的多姿多彩、纷纭复杂,这些图片挂在相框里,经过多年的日晒,褪了颜色,在我眼里几乎成了反映异国情调的心灵顿悟。"世界各地的种族和民族。"我脱口说道,一个毛茸茸的女阴的形象浮现在眼前?怎么回事?

左边的第一扇门里是餐厅,餐厅也和前厅相通。两个仿十五世纪的餐具柜,柜门上镶嵌着圆形和菱形的彩色玻璃,几把萨沃纳罗拉风格的椅子,像是《小丑的晚餐》里的家具,大餐桌上方悬挂着一个铸铁的枝形吊灯。我轻声自言自语:"阉鸡和皇家浓汤。"但我说不出所以然。后来我问阿玛利亚,为什么餐桌上要有阉鸡和皇家浓汤,皇家浓汤又是什么。她解释说,每年圣诞节期间,我们仁慈的主赐给我们这些世人一顿圣诞晚餐,主要是有甜品和香料搭配的阉鸡,上鸡之前先喝皇家浓汤:一碗用阉鸡熬成的清汤,汤里放鸡蛋面粉油炸的小丸子,入口即化。

"皇家浓汤美味极了,现在人们不常做,真是造孽,我想是因为他们赶走了国王,那个可怜人,我真想找元首理论理论!"

"阿玛利亚,元首早已不在了,连失去记忆的人都知道。"

"我一向不太关心政治,可是我知道人们把他赶跑了一次,他又回来过。我告诉你,那个家伙躲在某个地方等待时机,说不定哪一天……不管怎么说,你的好祖父,但愿上帝让他的灵魂在荣耀中得到安宁,还是偏爱阉鸡和皇家浓汤的,少了它们就过不成圣诞节。"

阉鸡和皇家浓汤。是不是餐桌的形状引起了关于它们的联想?还是每年十二月照亮它们的吊灯?我只记得汤的名称,不记得它的滋味了。正如一种名叫"目标"的文字游戏:从"桌子"联想到"椅子",或者"吃饭",或者"汤"。对我来说,它纯粹通过文字联想,唤起了"皇家浓汤"。

我打开另一扇门,看到一张双人床,迟疑了一下才进去,仿佛那是禁止入内的地方。在阴影中,家具的轮廓显得格外庞大,顶篷完好的四柱床像是祭坛。难道这就是不许我进去的祖父的卧室?他是不是忧伤地死在这里?我有没有在这里为他送终?

下一个房间也是卧室。仿巴罗克式的装饰让人难以确定属于什么时期。没有直角,一切都呈曲线,包括带镜子的大衣柜和五斗橱。我突然觉得心口堵得慌,正像我在医院里看到我父母度蜜月的照片时一样。神秘的火焰。我向格拉塔罗洛医生描述那种感觉时,他问我是不是像心脏早搏。我说也许像,不过有一股热气涌到喉头……格拉塔罗洛医生说那就不对了,早搏不是那样的。

在这个房间里,我看到右边大理石面的床边小几上有一本棕色皮面的小书,我走过去把它打开,嘴里说 riva la filotea。在皮埃蒙特方言里,riva 是"来到"的意思……什么东西来到呢?我觉得多年来这一奥秘一直纠缠着我,还有方言的问题(我会说皮埃蒙特方言吗?):来到?知道什么要来到吗?可是 filotea 又是什么呢?无轨电车,有轨电车,还是什么缆车?

我打开书——有一种渎圣的感觉——那是米兰教士朱塞佩·里瓦于一八八八年编的《爱主论》,祈祷和虔诚冥想的集子,还有一份斋戒日和圣徒日的日历。那本书已经散了架,手指一碰

书页就开裂。我怀着虔诚的心情把它整理好（说到头，我工作的一部分就是整理古籍），我看到书脊上褪色的烫金字母：RIVA LA FILOTEA。一定是我从来不敢打开的某人的祈祷书，由于书脊上的文字模棱两可，不能确定是作者名或书名，像是在宣告令人不安的街车马上就要来到似的，街车的名字也许就是欲望号。

然后我转过身，只见梳妆台呈弧形的侧面有两扇较小的门，我心跳加快，连忙跑过去打开右边那扇，同时左右张望，好像生怕被人看到似的。里面有三个搁板，也呈弧形，但是空的。我惴惴不安，好像我犯了盗窃罪。也许这不是第一次了：我一定在那些抽屉里偷窥过；也许里面曾经放了一些我不应该触摸或看到的东西，所以我偷偷摸摸做了。到了这个时候，通过侦探一样的推理，我可以肯定：这是我父母的卧室，那本《爱主论》是我母亲的祈祷书，我过去常常翻看梳妆台的这些隐蔽之处，以便接触到一些私密的东西——也许是旧信件，一个皮夹，一袋无法放入家庭相册的照片。

但如果这是我父母的卧室，如果我在索拉拉出生，正如保拉所说，那么这个房间就是我来到这个世界的地方。不记得一个人出生的房间很正常。但如果多年来人们指着一个地方告诉你，那是你出生的地方，在那张大床上，你有时坚持在爸爸妈妈中间过夜的地方，谁知道有多少次，你已经断奶了，但试图再次闻到你吮吸过的乳房的气息——所有这些都应该在我这些该死的脑叶上至少留下一点痕迹。但是不，即使在这里，我的身体也只记得某些经常重复的姿势，仅此而已。换句话说，如果我愿意，我可以本能地重复嘴巴吮吸乳头的动作，但仅此而已；我无法告诉你那是谁的乳房,也无法说出乳汁的味道。

如果后来将这些都遗忘了,还值得出生吗?而且,从技术上讲,我曾经出生过吗?当然,其他人说我是。但据我所知,我是四月底,在六十岁的年纪,在一家医院的病房里获得生命的。

皮皮诺先生生来是老人,死去时是婴儿。那是个什么故事?皮皮诺先生六十岁时出生在一颗卷心菜里,留着漂亮的白胡子,在他的冒险中,他一天比一天年轻,直到他变成一个男孩,然后是一个婴儿,然后他发出了人生中第一声(或者最后一声)啼哭,就这样消失了。我一定在童年的一本书里读过这个故事。不,不可能,那样我会和其他东西一起统统忘掉,我想必是在四十岁的时候看过它,比如说,它是儿童文学里的一个故事——我不是对维托里奥·阿尔菲耶里的童年了如指掌,却对自己一无所知吗?

无论如何,我必须从那里,从那些走廊的阴影开始,寻回我个人的历史,这样如果我要死在襁褓中,至少我还能看到母亲的脸。但是,我的天哪,如果我死的时候,眼前是一些满脸大胡子的助产士该怎么办?

在走廊的尽头,走过最后一扇窗户下方的箱子,有两扇门,一扇在正前方,一扇在左边。我打开左边那扇,进入一间宽敞的书房,沐浴在温润肃穆的氛围中。一张桃花心木桌子,上面摆了一盏国家图书馆里那样的绿台灯,被两扇彩色玻璃窗透进来的光线照亮。窗子朝向左翼的后面,可能是整栋房子最安静、最私密的区域,视野绝佳。在两扇窗户之间,挂着一位留着白胡子的老人的肖像,像给乡村摄影师照相那样摆着姿势。祖父在世的时候不可能挂这张照片,但凡正常人都不会把自己的肖像挂在眼前。我父母也不可能把它放在那里,因为他们死在前头,实际上祖父是因为过于悲痛而离世的。也许是我舅舅舅妈在清理这座乡间大宅、卖掉周围的土地之后,把这个房间打造成了一个纪念馆。的确,没有任何证据能表明它曾经是一个工作场所,一个供人居住的空间。这是死一般的简朴。

墙上是《埃皮纳勒图片集》的另一个系列,有许多身着蓝色和红色制服的小士兵:步兵、胸甲骑兵、龙骑兵、轻骑兵。

书架和桌子一样，也是桃花心木的，让我印象深刻，它们占去了三面墙壁，但基本是空的。每一格放了两三本书作为装点——正是二流设计师的惯用伎俩，向顾客提供了虚假的文化氛围，同时又留出空间，摆放莱俪花瓶、非洲人的吉祥物、银盘和水晶细颈瓶。书架上一点昂贵的摆设都没有，只有几本古老的地图册、一套亮光纸印刷的法国画报、一九〇五年版的《全新梅尔齐百科全书》，以及法、英、德、西语字典。我祖父身为书商和藏书家，竟然一辈子守着几个空书架，简直不可思议。我发现书架上面一格有一个银制的相框，显然是因为窗外的阳光照到了房间角落里的书桌，便挪了过来：照片上的祖父只穿背心和衬衫，坐在桌上的两堆纸中间，有点吃惊的样子。他背后的书架上摆满了书，书中间还有堆得松松垮垮的报纸。角落里和地板上也可以看到一堆堆的报纸，有可能是杂志，以及装满纸张的纸箱，仿佛是为了避免扔到外面而先扔在纸箱里。那一定是我祖父在世时他房间的模样，别人要扔掉的各种印刷品，他都会收起来，这就是他的仓库，这也是把被遗忘的文件从一个海洋运到另一个海洋的幽灵船的船舱，是让人投身到杂乱无章的纸张的浪潮里乐而忘返的地方。那些奇特的东西到哪儿去了呢？大概是本意良好的破坏者把显得凌乱的东西一扫而光了。也许卖给了哪家倒霉的旧货店。也许经过这么一次彻底大扫除后，我才决定再也不来这些房间，并试图忘掉索拉拉。我一定和祖父一起在这个房间里消磨了一个又一个小时，一年又一年，一定和他一起发现过天知道的种种奇迹。难道我同过去的这最后一个维系也给切断了？

我从书房出来，进了走廊尽头的房间，那个房间小多了，风格也没那么古板：浅色的家具，也许是本地木匠的手艺，式样简单，但对于一个小男孩来说无疑已经够了。角落里放了一张小床，几个基本是空的书架，上面只有一排红色的精装书。一张小书桌，中央整整齐齐放着一个黑色的书包和一盏绿色的台灯，还有一部磨损的《拉丁语字典》。一面墙上用两枚图钉固定的图像又使我心中升起十分神秘的火焰。那是一个歌本的封面，或者一张名为《我要飞翔》的唱片的广告，我知道那是一部影片的插曲。我认出了傻笑的乔治·福姆比，我知道他喜欢边唱边弹尤克里里，如今我又看到他骑着一辆失控的摩托车冲进干草堆，再从另一边冲出来，吓得鸡飞狗跳，坐在边斗里的上校接住落到他手中的鸡蛋，我看到福姆比误打误撞坐上了一架老式飞机，飞机呈螺旋形下降，他好不容易把机头拉起，结果又头重脚轻地俯冲下来——哦，多

么可笑,我要笑死了。"我看了三遍,我看了三遍,"我嚷嚷道,"这是我生平看过的最好笑的电影秀。"那时候,我们乡下显然把电影叫作电影秀。

这肯定是我的房间、我的床和书桌,但除此以外什么都没有了,仿佛是伟大诗人出生的房间,门口可捐款,室内布置让人感受到不可抗拒的永恒气息。诗人在这里创作了《八月之歌》《塞莫皮莱颂》《垂死船夫的哀歌》……那位诗人现在何处?他离开了我们,身患痨病,二十三岁就去世了,死在这张床上。瞧那架打开的钢琴,同他在世的最后一天一模一样,你看到了吗?中央A音键上还可以看到丝丝血迹,那是他弹奏《雨滴前奏曲》时从苍白的嘴唇上滴下来的。这个房间只能让人想起他在世的短暂的日子,想起他弓着背,大汗淋漓地查阅文件的模样。那些文件呢?被锁进了耶稣会罗马公学院的图书馆,只有得到祖父的同意才能翻看。祖父呢?已经死了。

我怒冲冲地回到走廊里,探出窗外,呼唤庭院里的阿玛利亚。怎么回事呀,我问她,房间里怎么没有书,怎么什么都没有了?我以前的玩具怎么不在我的卧室里?

"扬波小少爷,你十六七岁时仍旧住那个房间。那年纪你还要玩具干吗?五十年后,你干吗还要费脑筋去想那种事情?"

"算了。可是我祖父的书房怎么啦?本来有许多东西。全搬到哪儿去了?"

"在阁楼上,全在阁楼上。你还记得阁楼吗?像墓室似的,我一进去就心酸,我只有拿盛牛奶的碟子时才会进去。为什么?因为我要让三只猫经常上阁楼去看看,它们在阁楼上就会抓老鼠。

那是你祖父的主意：阁楼上纸张太多，必须把老鼠赶跑，你知道，在乡下，不管你费多大劲，老鼠是赶不尽的……你逐渐长大了，你的东西，像你妹妹的玩偶一样，都往阁楼上放。后来，当你舅舅舅妈掌管这个地方的时候，呃，不是我爱批评，他们至少可以不去理会不该理会的事情。可是不，像假期大扫除一样，什么东西都往阁楼上塞。因此，你现在住的那一层变得像停尸间一样，你和保拉太太回来时，谁都不想多费事，因此你们都去住在另一翼，虽然房间不太好，但便于打扫，保拉太太收拾得井井有条……"

假如我原先指望主楼是阿里巴巴的山洞，里面的陶罐装满了金币和核桃大小的钻石，魔毯可以随时起飞，那保拉和我就完全估计错了。存放宝藏的房间空空如也。我要不要到阁楼上去，把发现的东西搬下来，把房间恢复原样？好固然好，但是我必须记得它们的原样，而我正需要原样来激发我的记忆。

我回到祖父的书房，注意到小桌上有一台唱机。不是老式的留声机，而是电唱机。根据式样判断，是五十年代的产品，只能放每分钟七十八转的唱片。敢情我祖父还听唱片。他是不是也收藏唱片呢？如果收藏，现在藏在哪儿？也在阁楼上？

我开始翻阅法国画报。花里胡哨的新美学豪华杂志，纸张闪闪发光，页边印有拉斐尔前派风格的插图，花枝招展、皮肤白皙的少女在和圣杯骑士谈话。画报里刊有短篇小说和文章，文字周围用百合花纹做装饰，时尚专栏已经呈现装饰派艺术的特点，苗条的女士留着男式短发，穿着有悬挂饰物的雪纺绸或者绣花丝绸衣服，领口很低，后背裸露，嘴唇抹得血红，懒洋洋地吐出淡蓝色的烟圈，头上戴着带面纱的小帽。那些二流画家懂得怎么表现脂粉气。

杂志既运用了过时不久的新艺术运动风格,又对刚流行的艺术风格加以探索,也许正是那种淡淡的哀愁,给他们为未来夏娃的造型添加了某种高贵的气质。但是那个夏娃显然胜过了稍嫌过时的夏娃,使我心驰神往。这次不是神秘的火焰,而是真正的心动过速,对当前的怀旧。

那是一个女人的侧面像,金色长发,谪降天使的神情。我默默地背诵:

> 修长的百合花,苍白、虔诚,
> 在你手中凋零,如冷却的蜡烛。
> 它们从你指缝中溢出的香气
> 是巨大痛苦的最后的喘息。
> 你光彩夺目的衣服散发着
> 极端的痛苦和爱情的呼吸。

天哪,我儿童时期,或者青少年时期,一定见过那个侧面像,也许刚步入成年时又再次见过,它已经烙印在我心上。那是西比拉的侧面像。这么说,许久以来我就认识西比拉了;一个月前,我在工作室里只是认出她而已。但是这种领悟非但没有使我满意,非但没有激起我更新的柔情,反而使我大为沮丧。因为在那一瞬间,我领悟到看见西比拉仅仅使我童年时期一个多彩浮雕似的印象栩栩如生而已。我们初次见面时我也许已经经历了那个过程:我立刻把她当作爱的对象。后来,当我苏醒后再次见到她

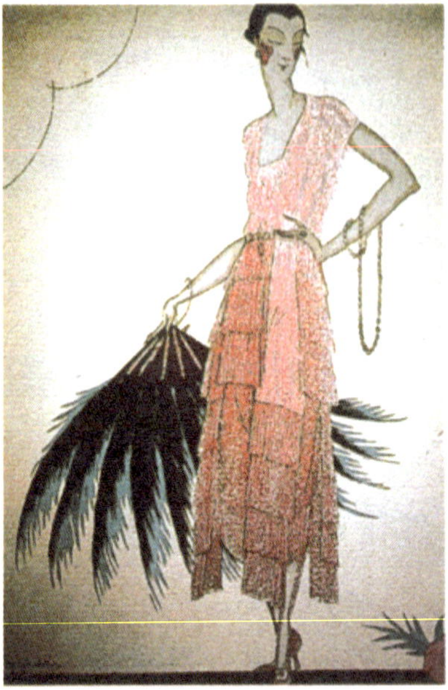

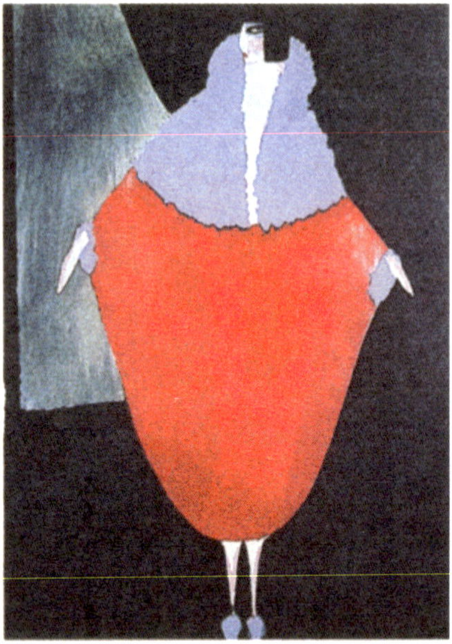

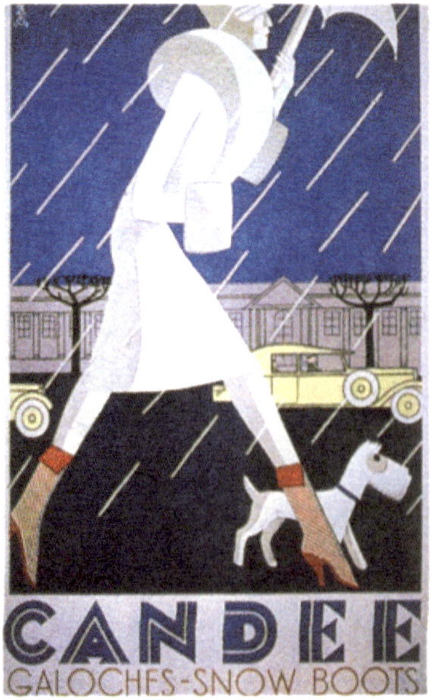
CANDEE
GALOCHES-SNOW BOOTS

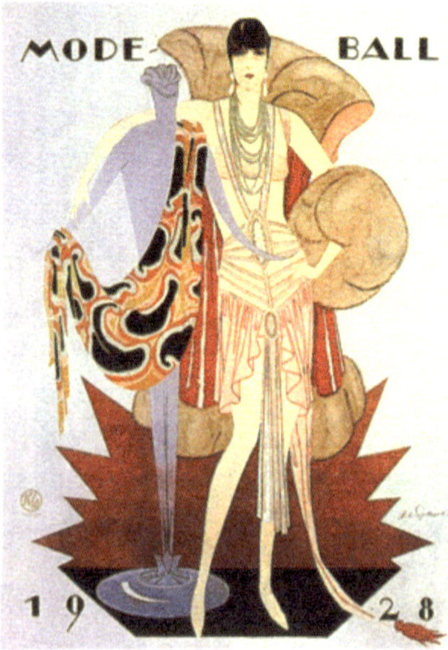
MODE-
BALL
19
28

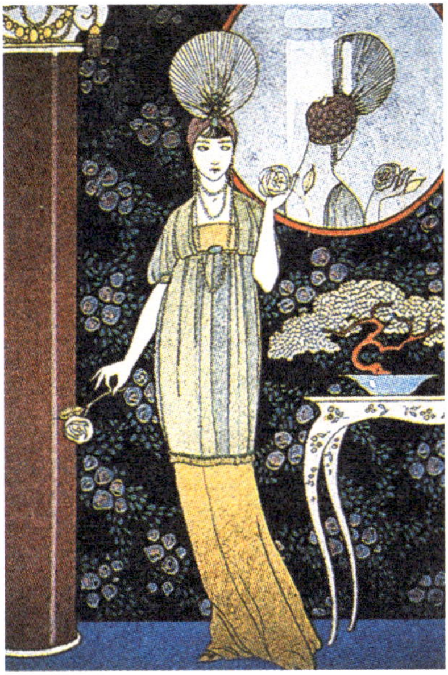

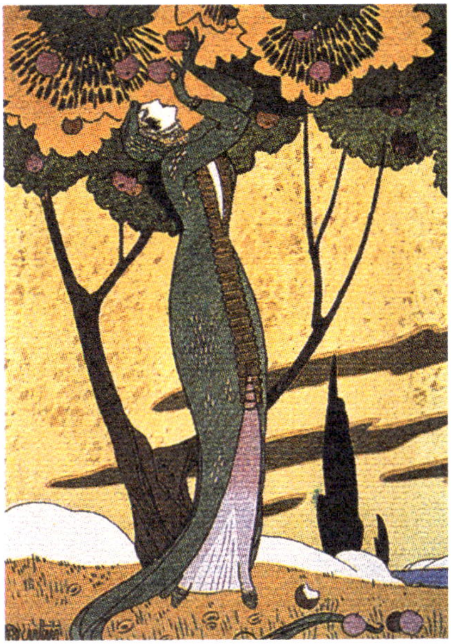

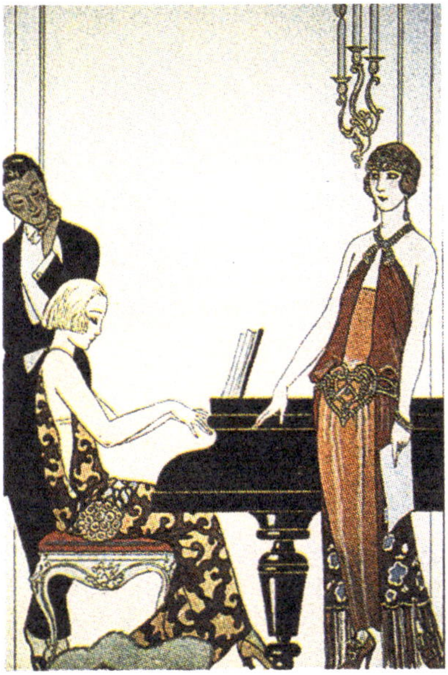

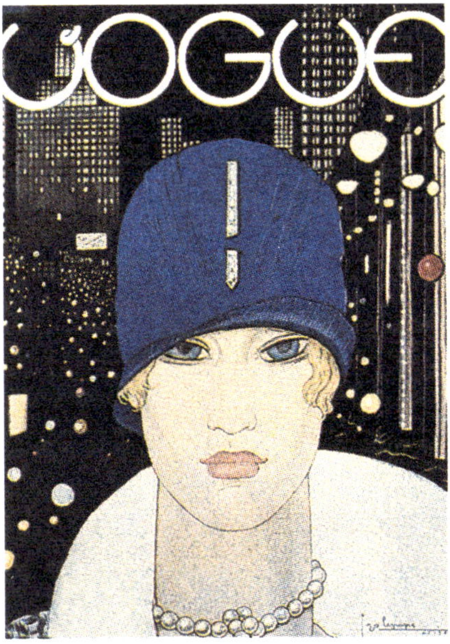
VOGUE

时,我臆想我们之间的暧昧只不过是我穿短裤时期的向往。我和西比拉之间,除了这个侧面像以外,难道没有别的了吗?

假如我和我认识的所有女人之间都没有任何关系,而只有这张脸呢?假如我从未做过任何事,而只是追随在祖父书房里见过的这张脸呢?突然间,我在那些房间里做的事情有了一种新的价值。它不再仅仅是为了回忆我离开索拉拉以前的情况,还是为了调查我离开索拉拉以后干过什么。可事实上发生了什么呢?不要言过其实,我告诉自己,你看到了一个让你联想起你刚见过的女人的形象。也许对你来说这个形象意味着西比拉,因为她身材苗条一头金发,然而对别人来说,她可能让人想起葛丽泰·嘉宝,或者邻家女孩。你只是着了迷,就像笑话里的那个家伙(我把医院里做的测验告诉詹尼时,他讲给我听的那个笑话),医生给你看各种墨迹,你却觉得它们完全一样。

如此说来,你在寻找你的祖父,而心里却想着西比拉?

杂志翻得差不多了,以后再看。那套《全新梅尔齐百科全书》突然引起了我的兴趣:一九〇五年版,四千二百六十幅整版插图,七十八张图解术语表,一千零五十幅人像,十二幅彩色石印画,米兰安东尼奥·瓦拉尔迪公司出版。我打开纸张泛黄、八号铅字印刷、重要词条开头都有花饰的百科全书,马上开始寻找我料想能找到的词条。酷刑,酷刑。果然不出我所料,形形色色的酷刑应有尽有:下沸水锅、钉十字架、夯钉板(将受刑人吊高,然后猛然放下,屁股落在钉板上)、火刑(烧烤受刑人的脚板)、上烤架、活埋、柴堆、火刑柱、车轮刑、鞭打、叉烤、拉大锯（令人毛骨悚然的魔术模仿，受刑人躺在箱子里，两个刽子手拉动一把带齿的大刀片，把受刑人断成两截）、大卸四块（和前者十分相似，只不过受刑人还要纵向分割）、拖曳（罪犯被绑在马尾后面，策马奔跑）、捯趾，最骇人的是钉尖桩（当时我对德古拉大公的残暴行径一无所知，他焚烧钉在尖桩上的人，借火光饮酒作乐）。一共三十种酷刑，一种比一种残酷。

酷刑……我翻到那一页后，即使立刻闭上眼睛，也能一一说出它们的名称，我那一刻产生的无动于衷的恐惧和无声的欣喜是我独有的，不是某个我不了解的人的。

我一定在那个页面消磨过好长时间。别的书页我也细细察看过，有的还是彩色的，我不需依照字母顺序，似乎根据指尖的记忆就能翻到我想查阅的地方：蘑菇，肉质蘑菇，最美丽的有毒——毒蝇伞红色的菌盖有白色斑点，红色的伞菌长着有毒的黄色斑点，白色的伞菌，撒旦牛肝菌，红菇像扮鬼脸时的肉乎乎的嘴巴；接着是化石：大地獭，乳齿象，恐鸟；古乐器：印度长号，象牙号角，罗马号角，鲁特琴，雷贝克琴，风弦琴，所罗门竖琴；世界各国的旗帜：交趾支那，马拉巴尔，刚果，塔波尔，马拉特斯，新格拉纳达，撒哈拉，萨摩亚群岛，桑威奇群岛，瓦拉基亚，摩尔达维亚；运载工具：公共马车，敞篷马车，出租马车，双篷四轮马车，轿式马车，双轮单座马车，驿车，伊特鲁里亚马车，罗马双轮马车，大象背篓，牛拉战车，骆驼轿，驮轿，雪橇，滑车，四轮运货车；各种帆船（我认为我从航海冒险故事里吸收了许多术语）：双桅帆船，后桅帆，后平衡帆，主桅，前桅，前桅中帆，顶帆，前桅帆，三角帆，三

SUPPLIZI

Anello	Berlina	Bollimento	Ceppi	Crocifissione
Decapitazione	Eculeo	Elettricità	Flagellazione	Fucilazione
Fune	Fuoco	Gabbia	Ghigliottina	Gogna
Graticola	Impiccagione	Interramento	Lapidazione	Maschera del disonore
Palo	Pira	Rogo	Ruota	Scorticamento
Sega	Spiedo	Squartamento	Trascinamento	Vite ai piedi

角平衡帆,帆杠,斜桁,船首斜桅,桅楼,舷墙,水手长升起后桅纵帆,抢风行驶,混蛋,千雷轰顶,松开第三层帆,全体到左舷去,海洋的弟兄们!现在是古兵器:大头棒,鞭子,断头刀,弯刀,三棱匕首,短剑,戟,转轮火绳枪,臼炮,攻城槌,弩弓;还有纹章学的词汇:底纹,饰带,标杆,条纹,横杠,纵横四等分,盾形纹章……这是我生平拥有的第一套百科全书,我一定细细浏览过。页边空白的地方相当肮脏,许多词条下面画了横线,时不时还有稚嫩的字迹给难字注释。这一卷几乎给翻烂了,反复阅读,书页皱褶,有许多已经脱落。

我早期的知识是不是在这里形成的?希望不是,我对某些条目嗤之以鼻,特别是那些底下画了横线的:

柏拉图。古希腊哲学家,古代最伟大的哲学家。师从苏格拉底,在《对话录》中阐明苏格拉底学说。编有《古文集成》。公元前429—前347。

波德莱尔。巴黎诗人,诗风奇特做作。

人们显然也能克服即使不好的教育的影响。后来我年纪大了一些,也聪明了一些,在大学里阅读了柏拉图的几乎全部著作。我从没有发现柏拉图编过什么《古文集成》。如果书上讲的属实,会怎么样呢?如果对他说来,这是最重要的爱好,而其余只是他谋生的手段,又会怎么样呢?至于那些酷刑,无疑是有的,虽然我不认为学校采用的历史教材对此会有什么评论——我们确实应该知道,我们这些该隐的子孙究竟是什么货色。如此说来,难道我一生都认为人类邪恶得不可救药,生活充满了叫喊和狂怒?按照保拉的说法,当非洲的婴儿成千上万地死亡时,我只是耸耸肩膀,这就是原因所在?是不是《全新梅尔齐百科全书》引起我对人性的怀疑?我继续翻阅:

舒曼(罗伯特)。著名德国作曲家。创作了《天堂与仙子》,许多交响曲、清唱剧等。1810—1856。——(克拉拉)。杰出的钢琴家,前者的遗孀。1819—1896。

为什么说"遗孀"?一九〇五年,舒曼和克拉拉两人都已去世多年。我们提到卡尔普尼亚时是不是要说她是朱利乌斯·恺撒的遗孀呢?不,即使她比恺撒活得久,仍是恺撒的妻子。那么,凭什么叫克拉拉"遗孀"?天哪,《全新梅尔齐百科全书》难免有爱传播流言的嫌疑:克拉拉在丈夫去世后,甚至在其去世以前,就同勃拉姆斯有暧昧关系。有日期为证(《梅尔齐》如同德尔菲神谕一样,既不透露,也不隐瞒,只是指出),罗伯特去世时,她只有三十七岁,后面还有四十年要过。一个美丽、杰出的钢琴家在那个年纪该做什么呢?在历史上,克拉拉是遗孀,《梅尔齐》已有记载。但我怎么会了解克拉拉的故事呢?也许百科全书正好激起了我对"遗孀"那个词的好奇。我从百科全书上认了多少字呢?即使现在,尽管我脑海中起过风暴,我凭什么确凿知道马达加斯加的首都是塔那那利佛?我在那本书里遇到了带有魔法意味的词:飞逝、以浆果为食的、安息香、角蛙、筛子、教理神学、转载的插图、不能胜任、贵族之家、罚金、通用书写符号、暗道、阿德剌斯托斯、阿洛布罗基人、亚述巴尼拔、栋古拉、卡菲烈斯坦、菲洛帕托尔、里切鲁斯……

我翻翻地图册：有几册很旧，是第一次世界大战之前的，当时德国仍拥有非洲殖民地，地图上用蓝灰色表示。我一生中肯定见识过许多地图册——我不是刚卖出一册奥特柳斯的地图册吗？但是这些异国情调的名称中间有些似曾相识，似乎我需要把这些地图当作起点，从而恢复别的记忆。什么事情把我的童年同德属西非、荷属西印度群岛、桑给巴尔联系起来呢？不管怎么说，无可否认的是在索拉拉的时候，每一个字都会带出另一个字。我能不能顺着链条爬到最后一个字呢？那会是什么字呢？"我"吗？

我回到自己的房间。有一件事我认为有绝对把握：《拉丁语字典》不会收进"屎"（merda）一词。拉丁语里这个词怎么说来着？当罗马皇帝尼禄挂一幅油画，锤子没有砸到钉子，却砸在自己的大拇指上，这时候他嚷嚷什么？多了不起的一个艺术家就要死了？我小时候觉得这是些严肃的问题，但在正儿八经的文化里是找不到答案的。在这种情况下，我只有求助于非经院式的字典。果然不出我所料，《梅尔齐》里列有 merda，merdaio，merdaiuolo，merdocco，"用于脱毛的药膏，犹太人尤爱使用"，我就想，犹太人有多少毛发啊。紧接着，我听到一个声音："我家的字典上说，pitana 是出卖自己的女人。"还有人，一个同学，从另一本字典里搜出一个连《梅尔齐》里都没有的词，他用近乎方言的口音读出了那个忌讳的词，"出卖她自己"的说法肯定使我十分好奇。在没有店员或者账房先生的情况下，出卖什么才需要如此讳莫如深呢？当然，在他的一本正经的字典里，那个词一定是 puttana，妓女，但是告诉我那个词的同学心里想的一定是那件有恶劣含义的、他可能在家里听人说起的事情："哦，她真狡猾，出卖自己的事全是她自己干的……"

我是不是又记起了什么——地点，男孩？不，就好像我读过的一篇故事的字句排列着重新出现。声息。

那些精装书不可能是我的。一定是我从祖父那里弄来的，或许是我舅舅舅妈从祖父的书房里搬出来作为装饰之用。绝大多数是硬壳精装版的《赫策尔丛书》，其中有一套《凡尔纳全集》，红色烫金封皮，彩色封面上有金色图案……我的法语或许是通过这些书学会的，我蛮有把握地再一次翻到印象最深的画面：尼莫船长在"鹦鹉螺号"潜艇里观看舷窗外庞大的章鱼，征服者罗布尔的飞船展开它高科技的帆桁，热气球在神秘岛紧急着陆（"我们还在上升吗？""不！完全相反！我们在下降！""比下降更糟糕，塞勒斯先生！我们在坠落!"),瞄准月球的庞大的弹射体,地心的洞穴,固执的克拉班,以及米歇尔·斯特罗戈夫……那些使我心绪不宁的形象老是从幽暗的背景里冒出来,纤细的黑色轮廓夹杂着苍白的线条,没有密实的色块的空间,由刮痕、条纹、漫无边际的耀眼的反射光组成的景象,是动物独特的视网膜看到的世界——也许同牛、狗、蜥蜴看到的景象相同。从超薄的百叶窗看出去的冷酷的暗夜。通过这些版画,我进入了虚幻的明暗对比的世界:我把眼睛从书本上移开,强烈的阳光刺得我睁不开眼,于是又像潜艇下降到分不清颜色的深度。他们有没有把凡尔纳的小说拍成彩色电影?只有在版画家的刀具刨开表面或者形成浮雕的时候才能创造出光线的效果,假如没有那些版画,凡尔纳会怎么样呢?

我祖父把《巴黎少年历险记》《基督山伯爵》《三剑客》等通俗浪漫主义名著重新加以装订,但保留了原来封面上的图片。

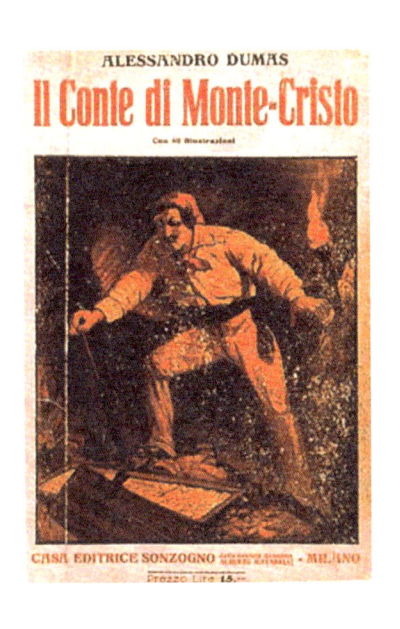

雅科里奥的《海上劫掠者》有两个版本，一个是法语原版，另一个是松佐尼奥出版社的意大利语译文，书名改成《撒旦船长》。两个版本的插图是一样的，谁知道我读的是哪一个版本。我知道里面有两个可怕的场景：一个是邪恶的纳多德挥斧劈开了善良的哈拉尔德的脑袋，杀死了他的儿子奥劳斯；还有一个是结尾时行刑人格托尔一双有力的手捏紧纳多德的脑袋，逐渐施压，直到那家伙的脑浆喷到天花板上。那一场景的插图里，受刑人和行刑人的眼睛几乎都突出了眼眶。

故事情节大部分是在极北地区雾气弥漫的冰冷海洋上展开的。珍珠母色的雾茫茫的天空和白色的冰在版画上形成对比。灰色的雾幕,乳白的颜色比任何时候都更引人注目……灰烬似的粉末飘落到独木舟上……海洋深处升起一道仿佛不真实的亮光……白色粉末劈头盖脸地落下来,缝隙里偶尔可以瞥见混乱模糊的形象……还有一个脸色雪白、裹着尸布的巨大形象……不,我现在讲的是另一个故事。祝贺你,扬波,你的短期记忆很不错:那些不就是你记忆中在医院里苏醒过来时最早看到的形象或者最早说的话吗?肯定是爱伦·坡的。但是假如爱伦·坡的这些文字深深地铭刻在你的大众记忆里,难道不是因为你小时候已经偷偷见过撒旦船长的苍白海洋吗?

我待在那里阅读(反复阅读?)那本书,直到傍晚。我记得起初我是站着的,最后我背靠着墙坐了下来,书搁在膝头,忘掉了时间,直到阿玛利亚跑来把我从恍惚的状态中唤醒:"你那样要把眼睛看坏的,你可怜的妈妈不知说过你多少次!老天哪,你一天没有出过门,今天下午天气好极了。你甚至没有出来吃午饭。来吧,我们走吧,是吃晚饭的时间了!"

我又犯老脾气了。我疲惫不堪。我像长身体的男孩那样狼吞虎咽,然后又昏昏沉沉。照保拉的说法,我入睡前一般要看好长时间的书,可是那晚我仿佛听了妈妈的嘱咐,没有看书。

我很快就睡着了,梦见了南方的陆地,一盘子桑葚果酱上用奶油砌成长长的海岸模样。

七

阁楼上的八天

过去的八天里,我干了什么?主要是在阁楼上阅读,但是记忆中一天的情景和第二天的混淆起来。我只知道我杂乱无章地抓到什么就看什么。

我阅读的习惯不是所有的书都逐字逐句细读。有些书和杂志走马观花大致浏览一下,浏览时早已知道书的内容。仿佛一个单词能引来一千个,或者能添枝加叶扩大成一个内容充实的摘要,好像那些日本花,浸在水里就会开放。有什么东西仿佛自动蹦出来,在我记忆里生根发芽,给俄狄浦斯和堂吉诃德做伴。有时候,图画会引起短路,擦出火花,一幅画能导出三千字。有时候,我细细咀嚼,琢磨一句、一段、一章的味道,体验我已经忘记的首次阅读时的那种激动。

把阅读时燃起的神秘火焰、轻微的心动过速和脸上的潮红全部说出来是没有意义的,因为它们来得快,去得也快,立刻被一阵阵新的激动所取代。

八天来,为了充分利用日光,我一早起身上去,在阁楼上一直待到日落。第一次阿玛利亚找不到我时大为惊慌。现在,到了中午时分,她会端来一盘子面包、萨拉米或者奶酪,两个苹果和一瓶葡萄酒。("天哪，天哪，他这样下去会把自己再搞出病来的，我怎么向保拉太太交代？至少看在我的分上，别再看书了，不然你眼睛会瞎的！")接着，她眼泪汪汪地下了楼，我把酒几乎统统喝光，醉眼蒙眬地继续翻阅，当然前后的故事已经连不上了。有时候，我不当阁楼的囚徒，捧了一大摞书下楼，找个地方藏起来。

我第一次上阁楼之前曾给家里打电话，把近况告诉保拉。她想了解我的反应，我回答得十分谨慎："我逐渐习惯了。天气极好，我在外面散步，阿玛利亚照顾得无微不至。"她问我有没有在当地的药剂师那儿量过血压。按说我每隔两三天就应该量一次。我身体出了毛病以后，不应该这么不放在心上。尤其重要的是每天早晚不要忘记吃药。

那之后，我怀着些许内疚，但凭着一个冠冕堂皇的专业借口，给工作室去了电话。西比拉仍旧在编目录。两三个星期后就可以看到校样。我说了不少赞扬鼓励的话，然后挂断了电话。

我自问对西比拉是不是还有什么想法。奇怪的是，我在索拉拉待了几天，对任何事的看法都起了变化。西比拉如今像是遥远的儿时回忆，我从过去的迷雾中慢慢挖掘出来的一切开始变成了我的现实。

阿玛利亚之前告诉我，从左翼可以登上阁楼。我想象中以为有一道螺旋形的木楼梯，其实是相当舒适实用的石砌台阶——我后来领悟到，不然的话，存放在阁楼上的那些东西是怎么搬上去的呢？

据我记忆所及，我从来没有见过阁楼里面的样子。说起来，我也没有见过地下室里的样子，但谁都知道地下室总是黑暗、潮湿、阴冷，下去时要带蜡烛或者火把照明。有关地下室或洞穴的故事，在中世纪的传奇里不胜枚举，安布罗西奥修士[①]老是忧郁地在地下室里转悠。天然的地下通道，像汤姆·索亚的山洞。黑暗的神秘。所有的房屋都有地下室，但并不都有阁楼，特别是城里的房屋，顶层也有套房。难道真的没有描写阁楼的文学作品吗？那么，《阁楼上的八天》是什么呢？脑海里只蹦出了书名，别的什么都没有。

即使你没有一下走遍索拉拉邸宅的全部阁楼，你也知道左右两翼和主楼上都有：你到了一个从建筑正面延伸到后面的空间，然后看到了较为狭窄的过道和间隔，木板分割了空间，金属货架或者老旧的五斗橱画出了通行路线，形成错综复杂的迷宫。我试一下左边的过道，拐了一两个弯后，发现又回到了入口前面。

首先感到的是热，那是再自然不过的事情，因为阁楼就在屋顶下面。其次是光：光线来自一排老虎窗，从房屋正面可以看到，可是从里面看，多半被堆积的杂物挡住，有些地方只透进一缕黄色的光线，照出无数微小的颗粒，说明半明半暗的地方也有大量尘埃、孢子和太初原子在进行疯狂的布朗运动——那些话是谁说的，卢克莱修？有时候，那些斜射的光线从餐具橱卸下的玻璃或者大镜子反射回来，如果换一个角度，那些反射面只是靠墙支着的晦暗的表面。偶尔看到的天光被数十年风吹雨淋搞得暗淡，不过仍旧在地板上映出一块苍白的亮光。

---

① 出自英国作家刘易斯（Matthew Gregory Lewis，1775—1818）于 1795 年出版的长篇小说《僧侣》。

最后是色彩：由于屋顶的檩条、杂乱堆放的板条箱、破旧不堪的五斗橱的烘托，阁楼的主色是木制器具的棕色，从没有抛光的木头的黄棕色到温暖的淡棕色，再到油漆剥落的旧梳妆台的较深的颜色，以及堆积在纸箱里的旧纸张的象牙色。

如果说地下室预示了地狱，那么阁楼则预示了相当萧条的天国，那里的死尸出现在灰蒙蒙的光亮下，出现在没有绿色的植物天堂里，你觉得仿佛置身于一片干枯的热带丛林，一片人造的芦苇丛，你像蒸闷热的桑拿浴一样沉浸其中。

我曾设想地下室象征有羊水的湿润温馨的子宫，可是这个空中楼阁似的子宫几乎成了医疗保温箱。在那个发光的迷宫里，假如推开一两片瓦，你就可以看到开阔的天空，空中弥漫着一股不足为奇的霉味和静寂宁谧的气息。

过了一会儿，我被发现的狂热所控制，不再注意热度了。因为我的克拉贝尔的宝藏肯定在那里，需要大量挖掘工作，而且我不知道从哪里着手。

我先要拉掉许多蜘蛛网：阿玛利亚说过，家里养的猫解决了耗子问题，可是她从来没有为蜘蛛操过心。蜘蛛之所以没有成灾，完全要归功于自然选择；一代蜘蛛死亡后，它们织的网也随之毁坏，另外还有季节交替的问题。

我冒着碰倒堆放在架子上的容器的危险，开始翻寻。祖父显然也收藏盒子，特别是彩印的金属盒子：铁皮彩绘盒子，瓦马尔牌印着荡秋千的丘比特的饼干盒子，阿纳尔迪印泥盒，边缘是金色、印有植物花纹的科尔迪纳瓦牌铁皮发蜡盒，佩利牌笔尖盒，盛长老牌铅笔的豪华盒子，里面的铅笔排列得整整齐齐，未曾动用，像是学者的子弹带,最后是塔尔莫内牌可可粉罐子,图案是一位慈眉善目的老太太把那种容易消化的饮料递给一位穿着老式马裤的、微笑的老先生。我不由得把这对老夫妻想象成祖父以及我不很熟悉的祖母。

接着,我找到一听十九世纪末风格的布廖斯基泡腾粉。两个兴高采烈的绅士在品尝一个娇媚的女侍为他们斟在细长酒杯里的佐餐矿泉水。那立刻勾起了我的手指动作的回忆:把一个信封里的白色粉末缓缓倒入装有自来水的瓶子里,稍稍晃动一下,以免粉末沾在瓶颈内壁,然后取出第二个装有晶状粉末的信封,倒进瓶里,瓶里的水立刻起泡沸腾,你必须赶快盖好盖子,等瓶里完成化学反应,这时瓶里的液体汩汩作声,泡沫要从瓶盖的橡胶垫圈四周冒出来。最后,风暴停息,起泡的水可以饮用了:既是佐餐用水,又是儿童葡萄酒,自制矿泉水。我对自己说:薇姿矿泉水。

但是除了我的手以外,别的东西也被激活了,几乎像是那天在克拉贝尔的宝藏面前的情况一样。我寻找另一个容器,不是马口铁的,而是纸板做的,年代肯定要晚一些,我们坐下来进餐之前曾经无数次先打开那个盒子。纸盒上的图案略微有点区别:人物还是那两个绅士,还是用香槟酒杯喝有奇效的水,只不过他们面前的桌子上明显可以看到一个同实物纸板盒一模一样的纸盒,而那第二个纸盒上的图案仍是两个在桌前喝水的绅士,桌上有另一个盛放粉末的纸盒,纸盒上也有两位绅士的图像……依此类推,你知道你需要的是放大镜或者高倍显微镜,以便看出中国套盒或者俄罗斯套娃似的无穷无尽的纸盒或娃娃。这就是一个还没有学过芝诺悖论的小孩看到的无限量。是一场朝向不可能到达的目标的赛跑;无论乌龟还是阿喀琉斯都到不了最后一个纸盒、最后的两位绅士、最后的女侍。我们小时候学无限量和微积分的形而上学,虽然并不清楚在学什么,可能是无止境的回归的形象,也可能是它的对立面,永恒轮回的可怕的预示,回到了咬噬自己尾巴的时代,因为到达最后的纸盒时(如果有那种东西的话),我们也许看到旋风中心的底部是手里拿着第一个纸盒的我们自己。我为什么决定做古籍商人？无非是为了有一个可以回归的固定点,也就是古登堡在美因茨印刷第一部《圣经》的时代。至少你知道在那以前什么书籍都不存在,或者不如说,有别的东西存在,不过你知道你可以到此为止；不然的话,你就不是书商,而是破译手稿的人了。一个人选择一种只有五个半世纪历史的职业,因为那个人在小时候幻想过无穷无尽的薇姿矿泉水。

阁楼里堆积的东西不是我祖父的书房或者宅子里任何别的房间容纳得了的,书房里满坑满谷堆着纸张的时候,阁楼里已经放了许多东西。毫无疑问,那是我小时候进行勘探的场所,我的庞贝古城,我常去那里挖掘可以追溯到我出生之前的遥远时期的物品。如同我现在所做的那样,为了捕捉一丝过去的气息。我又在进行重复。

铁皮盒子旁边有两个纸板箱,里面装满了空香烟盒。敢情我祖父还收藏那些东西,他到外面从不知来自何处的游客那里挓摸香烟盒,肯定费了不少劲,因为那年头很少有人收集只在短时间内有用的东西。那些香烟的牌子是我闻所未闻的——姆金、马其顿、土耳其阿蒂卡、蒂德曼鸟眼、卡吕普索、西仑、基夫-奥连特尔斯克、阿拉丁、阿尔米罗-贾科布斯达特、弗吉尼亚的黄金西部、亚历山大的艾尔卡利夫、斯坦布尔、萨沙牌柔和型俄罗斯烟——有的盒子十分豪华,印有帕夏和赫迪夫,以及东方苏丹宫女的形象

（例如丰饶牌极品香烟），还有帅气的英国水手，穿着蓝白两色圆领衫、留着乔治（五世？）式样的胡子。有些盒子我觉得眼熟，仿佛在某些绅士的手中见过，例如象牙白的夏娃牌或者土耳其宫殿牌；最后是皱得不成样子的、工人阶级抽的低廉香烟，例如非洲牌、米利特牌，一般不会有人想到收藏，只在极其偶然的情况下才没有扔进垃圾桶，留作纪念。

我翻出一个压扁的破损的烟盒，把玩了至少十分钟，那是马其顿牌十号香烟，售价三里拉，我喃喃说："杜伊利奥，马其顿烟把你的手指尖都熏黄了……"我对父亲仍旧一无所知，可是现在我敢肯定他抽马其顿牌香烟，也可能就是那一包，我母亲因为他的手指尖被尼古丁染黄奚落他："黄得像金鸡纳霜片。"根据丹宁的色泽来揣摩我父亲的模样是不够的，不过也不虚索拉拉之行了。

我凭廉价香水的浓烈气味辨认出第二个纸板箱里的奇特东西。如今在市面上仍旧可以买到，虽然价格相当昂贵（几星期前我在科尔杜希奥市场上看到过）：年终时理发师赠送的皮夹大小的日历，穷凶极恶地洒足了香水，以至于五十年后还未散尽，图案是一群风流女子，只穿衬裙的太太们，荡秋千的美女和迷失的恋人们，异域风情的舞女，以及埃及女王……历代妇女发式；幸运太太；玛丽娅·丹尼斯和维托里奥·德·西卡主演的《意大利天空》；女王陛下；莎乐美；有《美丽夫人》图案的帝国风格香氛日历；《巴黎导览》；洗涤消毒多功能大金鸡纳霜肥皂，炎热气候佳品，对坏血病、疟疾、干性湿疹（原文如此）均有效——有拿破仑姓名字母花押，天知道什么原因，第一幅图表现皇帝从土耳其人那里获

GOLD FLAKE
CIGARETTES
W.D.&H.O.WILLS'
GOLD FLAKE
HONEY DEW
W.D.&H.O.WILLS,
BRISTOL & LONDON
FEZ
CORK
TIP
FAROS
PAPEL ARROZ
Cia INDUSTRIAL DEL CENTRO
S.A.
IRAPUATO, GTO.
MURAD
THE
TURKISH
CIGARETTE
S. ANARGYROS.
BELLE OF TURKEY
CIGARETTES
PLAIN END
PLAYER'S
CLIPPER
CIGARETTES
SUBLIMES
EL BUEN TONO S.A
FABRICA Y DEPOSITO
PLAZA SAN JUAN
MEXICO
LA
MARQUISE
CIGARETTE
DE
QUALITÉ SURFINE
N°10
SIGARETTE
MACEDONIA
Lire 3.00

悉发明肥皂的消息,并在试用。甚至有一份日历以诗人先知加布里埃莱·邓南遮为主题——理发师们真不知羞耻。

我像是闯入禁地的外人一样,疑虑重重地探头探脑。理发师们的日历极大地激发了孩子的想象力,也许它们是禁止我看的东西。也许我能在阁楼上获悉一些与我的性意识形成有关的东西。

这时候太阳已经直射到天窗上,可我还意犹未尽。我看到了许多东西,但没有一件是我独有的。我漫无目的地转悠,被一个关好的柜子吸引了过去。我打开柜子,里面满是玩具。

几星期前,我见过外孙们的玩具:全部是色彩鲜艳的塑料制品,多半是电子的。我送给桑德罗一艘新的汽艇时,他说的第一件事是不要把盒子扔掉,因为里面一定还有电池。我儿时的玩具都是木头或者金属材质的。军刀,用火药纸打响的玩具枪,征服

Tentazioni!

DANZE MODERNE

PIA DE TOLOMEI

VITA
PRIMITIVA
ALMANACCO
PROFUMATO
1904
VALSECCHI & MOROSETTI
MILANO

埃塞俄比亚时期的殖民式头盔，一整套铅制玩具士兵，还有尺寸较大的黏土玩具士兵，现在有的缺脑袋，有的缺胳膊，只剩下原先彩绘黏土胳臂里的铁丝。在好战激情的掌控下，我肯定日复一日地和那些枪支及残缺的英雄们一起消磨时光。培养男孩的尚武精神是时代的需要。

那些东西底下是我母亲给我妹妹的几个玩偶，并且无疑是我外祖母传下来的（那时候的玩具是代代相传的）。瓷器般的肤色，鲜艳的粉红嘴唇，火红的脸颊，蝉翼纱的小衣服，仍然会有气无力地转动眼睛。有一个玩偶在我摇晃时还会说"妈妈"。

我搜寻玩具步枪时发现了一些奇怪的士兵：木板锯出的轮廓，红色的平圆顶军帽、蓝色的紧身上衣、黄条纹的红色长裤，脚下装有小轮子。它们的面相没有军人气概，鼻子像土豆似的，相当可笑。我忽然想起其中一个是安乐乡兵团的土豆上尉。我断定就是那么称呼的。

最后我掏出一只铁皮青蛙，一按青蛙肚子，它居然发出微弱的呱呱声。我想，假如我妹妹不要奥西摩医生的牛奶糖时，她会要看青蛙的。奥西摩医生和青蛙有什么关系？我希望青蛙和谁在一起？一片漆黑。我要思索一下。

我看了青蛙，按了它的肚子后，脱口而出"安杰罗熊非死不可"。安杰罗熊是谁？他和铁皮青蛙有什么关系？我觉得有什么嗡嗡作响；我断定青蛙和安杰罗熊把我同某个人联系了起来，但是在我干涸的纯语义记忆里，我想不出别的。我自言自语念叨着："游行即将开始，只等土豆上尉一声命令。"没有别的了：我在阁楼黄褐色的寂静中回到了当前。

139

NICK CARTER
IL GRAN POLIZIOTTO AMERICANO
Fascicolo 1°
Prezzo: 25 Centesimi
THE MASTER CRIMINAL

EDMONDO DE AMICIS
CUORE
MILANO

CURTI BÒ
E LA
PICCOLA TIGRE BIONDA
Romanzo di AUGUSTO DE ANGELIS

I PROMESSI SPOSI
ALESSANDRO MANZONI
40 QUADRI di TANCREDI SCARPELLI
CASA EDITRICE G. NERBINI - FIRENZE

Un problema difficile
NEW NICK CARTER WEEKLY

MAURICE LEBLANC
LES AVENTURES EXTRAORDINAIRES
d'Arsène Lupin
L'AIGUILLE CREUSE

Carolina Invernizio
il Treno della Morte.

GIALLI ECONOMICI MONDADORI
IL CONSIGLIO DEI QUATTRO
di
EDGAR WALLACE

VIDOCQ
L'UOMO DALLE CENTO FACCE
di MARC MARIO et LOUIS LAUNAY
Società Editrice "LA MILANO"

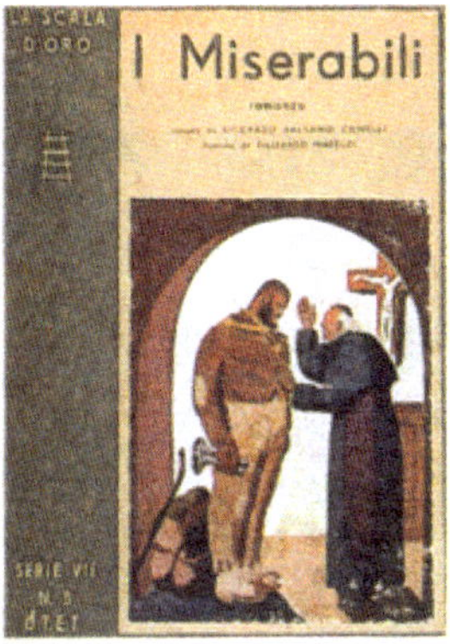
LA SCALA D'ORO
I Miserabili
ROMANZO
SERIE VII

EMILIO SALGARI
I COR-
SARI
DELLE
BER-
MUDE
ILLUSTRAZIONI DI
G. AMATO
CASA EDITRICE SONZOGNO - MILANO

SATURNINO FARANDOLA
NELLE 5 O 6 PARTI DEL MONDO
GIULIO VERNE
G. ROBIDA
CASA EDITRICE SONZOGNO MILANO

GIVLIO VERNE
I FIGLI
DEL CAPITANO
GRANT
ROMANZO

E. SUE
I Misteri
del Popolo
STORIA

LA
STRANA MORTE
DEL
Ogni pagina
un'emozione!
A.M.
5.50
SIGNOR BENSON
S.S.VAN DINE

Il più bel libro per la gioventù!
SENZA FAMIGLIA
ROMANZO DI ETTORE MALOT

IL ROMANZO MENSILE
LIRE 2
IL BARONE
ALLE STRETTE

ROULETABILLE
G. LEROUX
L.6

第二天,马图来看我。我在吃东西,它一下跳到我怀里,分到了奶酪的硬皮。我喝了如今已成为标准配给的一瓶葡萄酒后,随意走动走动,看到一扇老虎窗前有两个摇摇晃晃的大衣柜,全靠底下塞了几个粗糙的木头垫块才勉强站立。我费了一点劲才打开第一个柜子,它摇摇欲坠,柜门一开,里面的书哗啦啦泻落到我脚下,我根本挡不住山崩地裂般的滑坡;仿佛那些被关闭了几个世纪的猫头鹰和蝙蝠,那些被幽禁在铜瓶里的精灵,等待的就是毛手毛脚的人给它们大肆报复的机会。

在那些堆积在我脚边和我试图抢救的、继续滚落的书籍中间,我发现了一整批藏书——说得更确切一些,或许是我舅舅舅妈从我祖父在城里的旧书店里清理出的存货。

我永远不可能看全,但是从那突然闪现而又立刻被掐灭的光亮中,我已经看得眼花缭乱。各种文字、不同时代的书籍,有的书名没有燃起火焰,因为它们属于早已熟悉的目录,例如那些洋洋洒洒的旧版俄罗斯小说,随手翻阅一下就被糟糕的意大利语译文弄糊涂了,按照扉页的介绍,那是一位双姓夫人的作品,显然是从法语转译的,因为书中人名都以"ine"结尾,例如"米什金"和"罗戈津"。

经我的手一碰,许多书页成了碎片,仿佛经过几十年坟墓般的黑暗后,再也经受不住阳光的照射,更不用说手指的触摸了。多年来,它们等待着页边和书角破裂剥落,直到全书都变成细小的碎屑。

杰克·伦敦的《马丁·伊登》引起了我的注意,我机械地翻到最后一句话,我的手指似乎知道那里是它们要寻找的东西。马丁·伊登在他声名最显赫的时候从轮船舷窗钻出去,投身太平洋,结束了自己的生命,当他感觉到海水慢慢充满他的肺部时,他在最后清醒的瞬间领悟到了生命的意义,然而"他领悟之日,也就是失去知性之时"。

人们获得最后的启示后随即陷入黑暗,那么应不应该要求得到最后的启示呢?那一重新发现似乎对我所做的事情蒙上了枢布。既然命运已经给予我忘却,也许我就应该到此为止。但是我已经重新开始,只能勇往直前了。

那天我蜻蜓点水似的东翻翻西看看,发现一套节略本的《金阶梯儿童丛书》,我原以为我成年后的大众记忆已经吸收了某些名著,其实不然,有些也许是初次涉猎。我觉得安焦洛·西尔维奥·诺瓦罗编的儿童读物《篮子集》里有些抒情诗十分眼熟:三月的雨淅淅沥沥/从屋檐上滴答洒落/到干枯的冬青树叶/闪烁着银白色/喊喊喳喳在说什么?或者:春天翩翩起舞,/来到你门前,/你认为它给你捎来什么?/蝴蝶编成的小花环,/小铃铛般的牵牛花……那时候我知不知道牵牛花是什么,冬青树是什么?紧接着,我的目光落到了方托马斯系列小说的封面上:《伦敦的绞死者》《红色的胡蜂》《绞索领带》,情节恐怖:在巴黎下水道系统里追踪、地下室里出现少女、肢解的尸体、砍下的头颅、穿燕尾服的犯罪大王随时准备露出嘲弄的笑容,准备掌控地下的夜巴黎。

和方托马斯一起的是以另一个犯罪大王罗坎伯莱为主角的小说。在《伦敦的祸殃》打开的那一页上,我看到了这段文字:

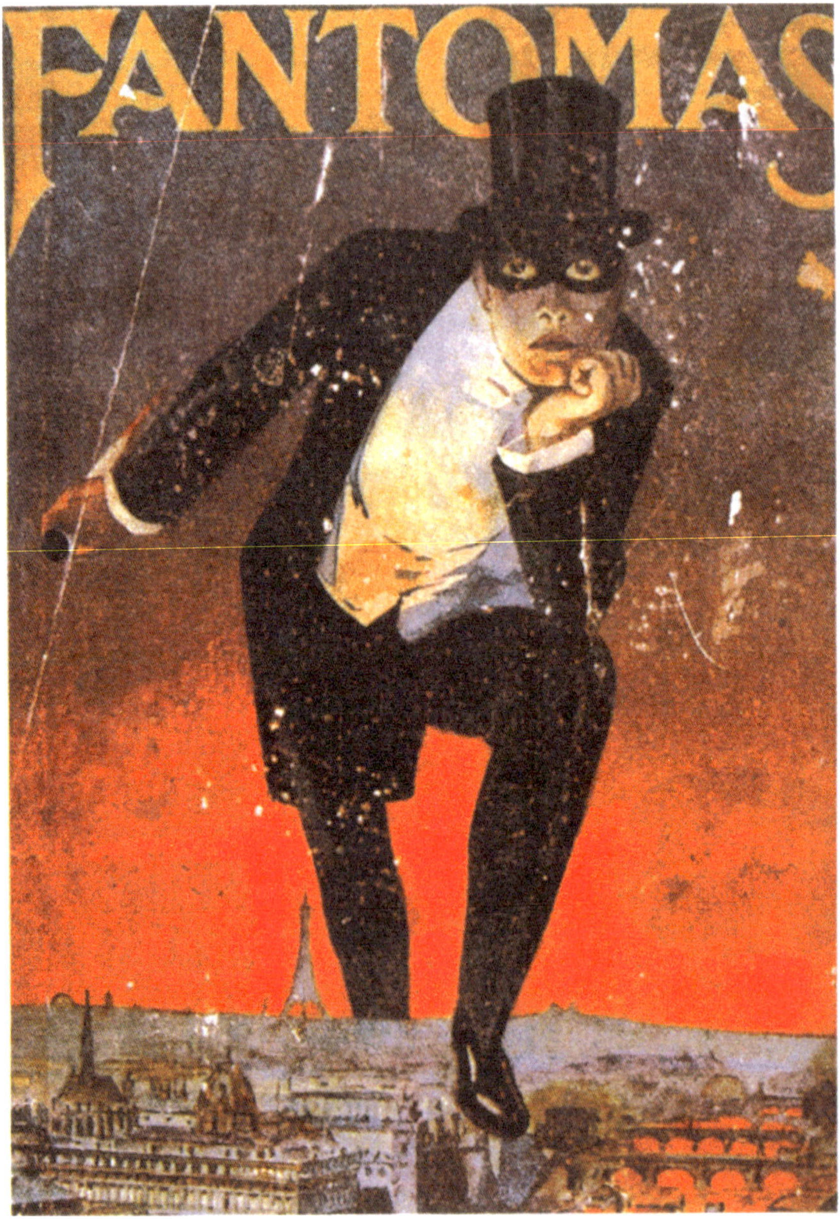
FANTOMAS

韦尔克洛斯广场西南角有一条十来英尺宽的小街;小街中段有一个剧院,剧院最好的座位票价是一先令,你花一便士就可以坐在正厅前排。剧院的头牌演员是个黑人。演出时,观众可以随便抽烟喝酒。光着脚的妓女进出包厢;正厅里小偷多如牛毛。

我抵御不住邪恶的诱惑,把那天剩余的时间全交代给方托马斯和罗坎伯莱,在他们惊心动魄的故事中穿插浏览了另外两个罪犯的事迹:绅士盗贼亚森·罗平和一个更高级的绅士,善于伪装、专偷珠宝的绝顶优雅的男爵,我想,大概由于某些意大利画家的亲英心理,这些人物的盎格鲁-撒克逊特征画得特别夸张。

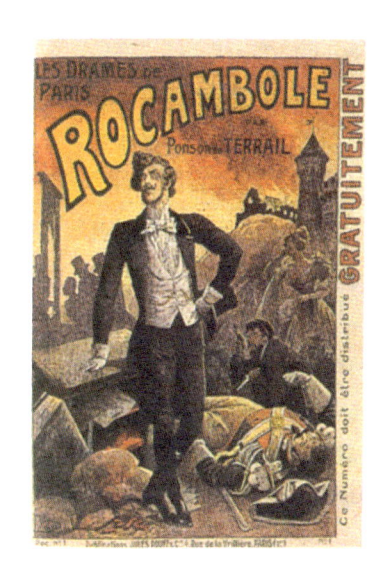

一本装帧漂亮的《木偶奇遇记》使我激动不已,那是一九一一年穆西诺绘制的插图版,书页破损,上面还有咖啡的污渍。匹诺

.... il serpente si rizzò all'improvviso
come una molla....

曹的故事家喻户晓,我心目中一直保留着他欢快的童话形象,我经常把他的故事讲给外孙们听,如今我看到那些骇人的插图却不禁打了一个寒噤:大部分是黄黑或者绿黑两色,新艺术运动的蜗纹笔法让我想起马戏团表演吞火的人那虬结的胡子,小精灵爆炸式的蓝色头发,月黑风高时刺客的模样,绿渔夫龇牙咧嘴的怪相。我看了那本《木偶奇遇记》后遇到暴风雨之夜是不是蜷缩在毯子里?几星期前我问保拉,如今电视里播放的电影充斥暴力和凶杀的镜头,对儿童是否有害,她说一位心理学家曾向她透露,他在全部临床生涯中,没有遇到过因为看电影而受到严重精神创伤的情况,唯一的例外是一个孩子因为看了华特·迪士尼的《白雪公主》而受到不可挽回的伤害。

此外,我得知我的名下居然有同样可怕的景象。我发现一本《丘弗蒂诺历险记》,作者叫什么扬波,同一个作者还写过其他历险小说,附有更多的新艺术运动插图和阴森可怖的画面:矗立在陡峭山头的城堡,在阴暗的夜色下显得黑魆魆的;眼睛喷火的恶狼潜伏在鬼影幢幢的森林里;仿佛出自本土近代凡尔纳笔下的海底景象;还有留着一绺额发的可爱小男孩丘弗蒂诺:"那撮鸡毛掸子似的头发使他显得非常奇怪,你知道,他还特别喜欢!"那就是身为扬波的我的本来面目,也是我心目中的扬波。说到头,我觉得比以匹诺曹自居好得多。

这就是我的童年?或许还有更糟糕的?我继续搜寻,发现了几本用橡皮筋箍住、包着蓝纸的《插图本海陆旅行历险日志》合订本。那是每周一册的期刊,我祖父的藏品还包括本世纪出版的最早几期,以及《日志》的法文原版。

YAMBO

LE AVVENTURE DI CIUFFETTINO

Libro per i ragazzi

有好几期封面上是残暴的普鲁士士兵枪杀勇敢的佐阿夫[1],但大多数描绘的是发生在遥远的国度的残暴行为:苦力被钉在尖桩上,衣不蔽体的少女跪在令人生畏的十人委员会前面,清真寺的墙头一排削尖的柱子上插着砍下的头颅,图阿雷格[2]入侵者挥舞弯刀杀戮儿童,庞大的老虎撕裂奴隶的尸体——《全新梅尔齐百科全书》里的酷刑似乎启发了这些邪恶的插图画家,激起他们邪恶的模仿狂热。那是形形色色的邪恶的集成。

面对这么多读物,经过阁楼上的僵坐,加上无法忍受的高温,我抱着一堆刊物下了楼,来到底楼存放苹果的大房间里,我的第一个感觉是大桌子上的苹果肯定都发了霉。接着,我领悟到霉味来自我自己手上的书。在阁楼干燥的空气里放了五十年之久,怎么还会有霉味呢?也许在阴冷多雨的月份,潮气从屋顶渗进来,阁楼上就不那么干燥,再不然,刊物放到那里之前也许已经在地下室里存了几十年,水顺着墙滴下,我祖父发现时(他一定在追求寡妇,没有顾上察看),它们已经霉坏得不可收拾,即使在这种使纸张皱缩的温度下,霉味也没有消失。但是,当我阅读凶残的事件和无情的仇杀时,霉味非但没有引起残忍的感觉,反而使我想起东方三贤士和圣婴耶稣。为什么?我什么时候同三贤士有了纠葛,他们同马尾藻海的大屠杀有什么关系?

当时我担心的是另一件事。假如我读过那些故事,假如我看

---

[1] Zouave,法国旧时的轻步兵,原在阿尔及利亚募集,以穿阿拉伯式华丽军服、善于冲锋陷阵著称。
[2] Tuareg,北非撒哈拉沙漠地区的游牧部族。

过那些封面,我怎么会接受春天乘着歌声而来的说法呢?我是不是具备某种本能的力量,保存了善良温馨的感情,不受那些历险故事所灌输的大吉尼奥尔、肢解、鞭笞、火刑、绞死之类的残酷场面的影响呢?

第一个大衣柜已经清空,虽然我还来不及察看所有的东西。第三天,我着手翻看第二个大衣柜,这个柜子没有塞得乱七八糟。里面的书不像是我舅舅舅妈急于清理掉无用的废品而扔进来的,而像是我祖父早期精心摆放的。或许是我自己排列的。都是一些比较适合儿童阅读的书,或许是我个人的小型藏书库。

我取出了《孩子们的图书馆》丛书的全部藏书,这是萨拉尼出版社的系列图书,即使在一本一本抽出来之前,我已经能认出封面,说出书名了,最著名的当然更不在话下——同竞争对手的出版目录或者寡妇书库相当——明斯特的《宇宙志》或者康帕内拉的《论物的意义与魔法》。《海上来的孩子》《吉卜赛遗产》《太阳花历险记》《野兔部族》《恶作剧的幽灵》《卡萨贝拉的美女囚徒》《彩绘战车》《北方塔楼》《印第安手镯》《钢铁侠的秘密》《巴列塔马戏团》……

太多了——假如我待在阁楼上看,很可能变成巴黎圣母院里的驼背打钟人卡西莫多。我抱了一堆书下楼。我可以坐在书房里,也可以坐在花园里,但是出于某种隐秘的原因,我要采取另一种办法。

我来到宅子右后方第一天听到猪哼哼、鸡咯咯叫的地方。那里,阿玛利亚住的那一翼房屋后面,有一个打谷场,正如往常那样,

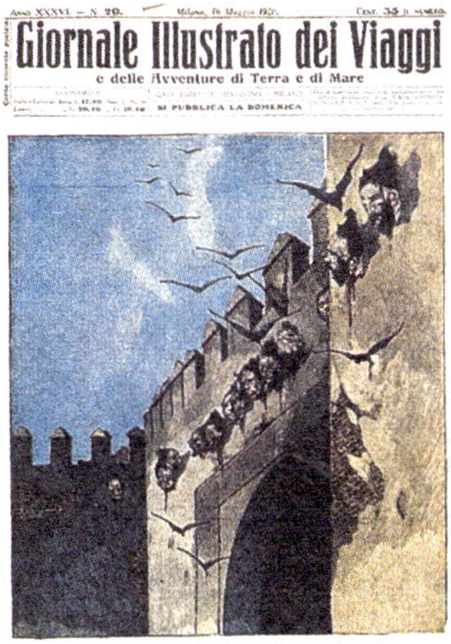

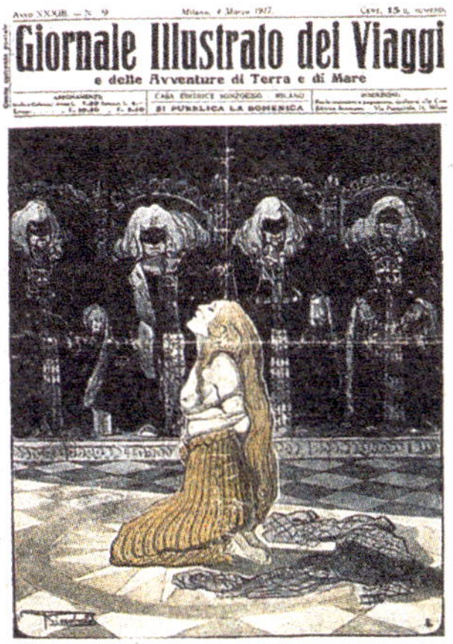

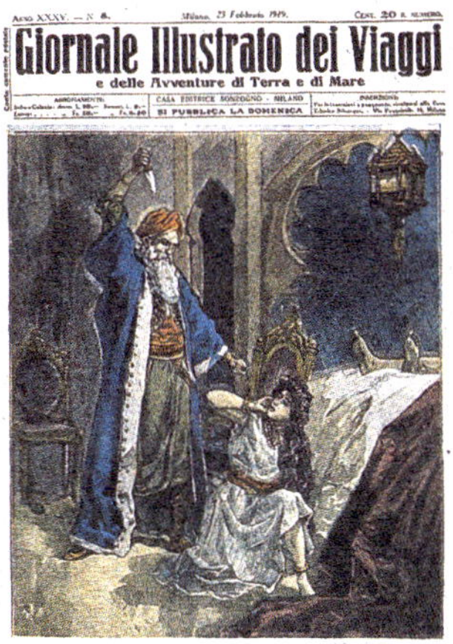

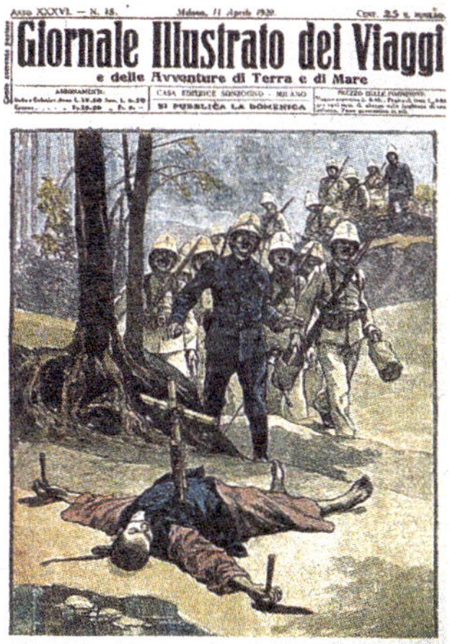

鸡群在刨地啄食，旁边是兔棚和猪圈。

底层是一个存放农具的大房间——摆满了搂耙、干草叉、铁锹、石灰桶、老酒桶。

打谷场另一侧有一条通向果园的小径，果园出奇地青翠凉爽，我的第一个冲动是想爬上树，骑在树枝上看书。我小时候也许这样干过，可是如今年已六十岁，处处应该小心，再说，我已经不由自主地朝另一个地方走去。在郁郁葱葱的树木中，我找到一溜小石阶，石阶底部是一块有矮墙围着的圆形空地，矮墙上爬满了常春藤。石阶对面的墙根处汩汩流出一股泉水。清风徐来，一片寂静，我在泉水和矮墙之间一块凸出的岩石上蹲坐下来。似乎有什么把我引到了那个地方，也许我经常带着同样的书去到那里。我接纳了我动物精神的选择，埋头看起那些薄薄的书。一幅插图往往让我记起整个故事。

有几本书，根据四十年代的绘画风格和作者姓名判断，显然原著是意大利文(《神秘的缆车》和《纯血统的米兰少年》)，有许多受到爱国主义和民族主义的激励。不过多数是从法文翻译过来的，作者姓名是 B. 贝尔纳热、M. 古达罗、E. 德·西斯、J. 罗斯默、瓦多尔、P. 贝斯布莱、C. 佩罗内、A. 布吕耶尔、M. 卡塔拉尼：一张听来响亮却不熟悉的名单；即使意大利出版者也不知道他们的教名是什么。我的祖父还收藏《叙泽特丛书》的某些法文原版书。意大利文版问世的时间要晚十年或者更久，可是插图至少可以追溯到二十年代。作为年轻的读者，我一定觉得那些书又土气又老派，其实那倒是好事；因为故事背景都在过去的世界，讲故事的人似乎都是有身份的女士，为出身良好的少女而写。

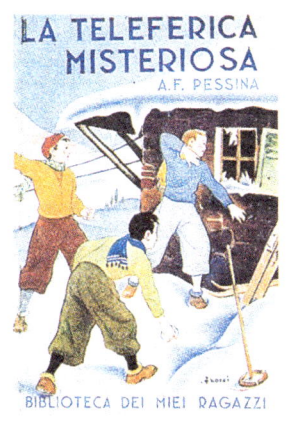

LA TELEFERICA MISTERIOSA
A.F. PESSINA
BIBLIOTECA DEI MIEI RAGAZZI

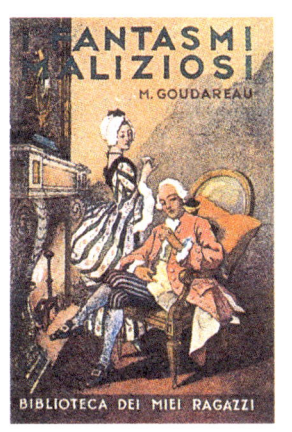

FANTASMI ALIZIOSI
M. GOUDAREAU
BIBLIOTECA DEI MIEI RAGAZZI

GUARDIANI DEL FARO
BIBLIOTECA DEI MIEI RAGAZZI

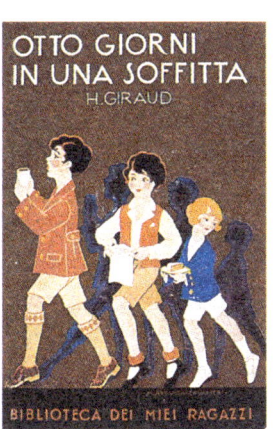

OTTO GIORNI IN UNA SOFFITTA
H. GIRAUD
BIBLIOTECA DEI MIEI RAGAZZI

La Torre del Nord
M. GOUDAREAU
Biblioteca dei miei ragazzi

LA TRIBÙ DEI CONIGLI SELVATICI
A. BRUYÈRE
BIBLIOTECA DEI MIEI RAGAZZI

IL CIRCO BARLETTA
M. CATALANY
BIBLIOTECA DEI MIEI RAGAZZI

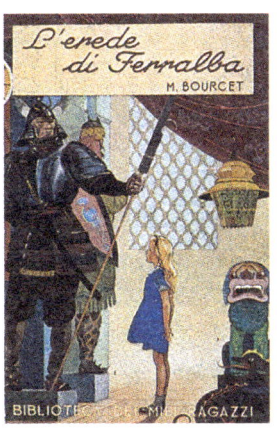

L'erede di Ferralba
M. BOURCET
BIBLIOTECA DEI MIEI RAGAZZI

LA PICCOLA PANTOFOLA D'ARGENTO
M. DE CARNAC
BIBLIOTECA DEI MIEI RAGAZZI

最后，我似乎觉得那些书的内容千篇一律：典型的情节是三四个出身高贵的少年（他们的父母由于某种原因出门在外）在一座古老城堡，或者一座诡异的乡村住宅的叔父那里暂住，卷入了涉及地下室和塔楼的紧张神秘的冒险，终于发现了宝藏，揭发了奸诈的地方官员的阴谋，找到了文件，让一贫如洗的家庭收回被恶亲戚篡夺的财产。圆满的结局，勇敢的孩子们受到赞扬以及叔伯辈和祖父母辈善意的批评，说无论动机多么好，他们的行为不顾后果，未免太危险了。

你从农夫穿的粗布衬衫和木鞋上可以看出故事背景是法国，但是翻译者做了神奇的平衡工作，把人名和地名换成了意大利的，以致事件似乎发生在我们国家的某地，尽管自然景色和建筑使人想到法国的布列塔尼或者奥弗涅山脉。

我发现有两本显然是从同一部原文翻译而来的（原作者 M. 布尔塞），一九三二版的书名是《费拉克女继承人》，其中人名和地名是法国的，一九四一年版的书名是《费拉尔巴女继承人》，人物都是意大利的。很明显，在一九三二到一九四一之间的几年里，上级的命令或者自发的审查造成了故事的意大利化。

我在阁楼上的时候脑海里曾经出现一句话，现在终于找到了解释：丛书里有一本叫《阁楼上的八天》（原文也在我手头，*Huit jours dans un grenier*），故事很有趣，讲的是几个小孩收留一个从家里逃出来的、名叫尼科莱塔的小姑娘躲在他们乡间住宅的阁楼里，藏了八天之久。不知道我对阁楼的偏爱是不是源于那本书，或者那本书是不是我在阁楼上搜寻时发现的。我为什么给女儿起名为尼科莱塔呢？

书中的尼科莱塔和一只名叫马图的猫一起待在阁楼上,那是只安哥拉猫,毛色漆黑,举止庄重——我自己给猫取名叫马图,起因也在此。书中插图描绘了衣着讲究(有的带蕾丝花边)的男孩和女孩,金色头发,眉清目秀,他们的母亲也很优雅,留着利落的短发,穿修身上衣,齐膝长的裙子镶了三道荷叶边,胸部像贵族似的不很高耸。

我在泉水边待了两天,每当天色暗下来,只看得清插图的时候,我就想,我对奇幻故事的兴趣肯定是住在乡间时从《孩子们的图书馆》丛书里培养出来的,即使作者姓卡塔拉尼,主角叫意大利常见的莉莉亚娜或者毛里齐奥。

这就是民族主义教育吗?当时我是否知道,这些被我视为勇敢的小同胞的孩子,在我出生几十年前就生活在异国他乡?

我在泉水边度假后回到阁楼,发现了一捆用绳子扎好的连载"水牛比尔"历险故事的杂志(每册售价六十分)。那些刊物没有

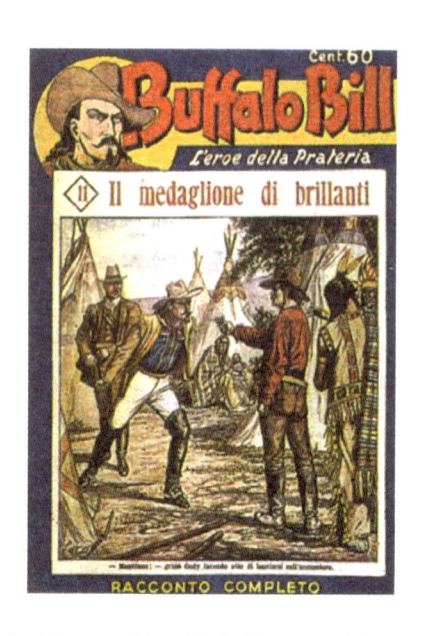

按期排列，我看到第一册封面就感觉到一蓬神秘的火焰。《钻石大奖章》："水牛比尔"握紧拳头，目光如炬，正要扑向一个穿红衬衫的、举枪对着他的歹徒。

这一期的序号是十一，我立刻想到其余几期的标题：《小信使》《树林里的大冒险》《野性的鲍伯》《奴隶贩子堂拉米罗》《遭诅咒的庄园》……我注意到封面印的是《"水牛比尔"，平原英雄》，里面印的却是《"水牛比尔"，意大利平原英雄》。对于经营古籍的商人来说，其中缘由至少还是清楚的，一九四二年出版的丛刊第一期有一则黑体字通告，说明威廉·科迪[①]的真名是多梅尼科·汤比尼，出生在罗马涅（和墨索里尼是同乡，虽然通告只是轻轻带过，没有强调这一惊人的巧合）。一九四二年，我们同美国处于交

[①] "水牛比尔"确有其人，真名威廉·弗雷德里克·科迪，是美国西部开拓时期的传奇人物。

战状态,足以说明问题。出版者(佛罗伦萨的内尔比尼)印刷封面的时候,"水牛比尔"只能是美国人,后来又决定英雄人物必须并且只能是意大利人。出于节约,出版者保留了原来的彩色封面,只重排了第一页。

真有意思,我暗忖道,捧着"水牛比尔"最新的冒险故事入睡了:我从小看的冒险故事都来自法国、美国,可是主角后来入了意大利籍。如果说这是独裁体制下孩子受到的民族主义教育,还算是相当温和的。

不,不能说是温和。第二天,我拿起的第一本书是皮娜·巴拉里奥写的《世界各地的意大利男孩》,插图以黑红二色为主调,线条刚劲有力,有现代气息。

前几天,我在卧室里找到凡尔纳和大仲马的小说时,产生了

一种仿佛蜷缩在阳台上看过的感觉，当时我没有多加理会，只觉得那种感觉似曾相识。现在我想起主楼中央确实有一个阳台，而我一定是在那里如饥似渴地阅读过那些冒险故事。

为了重新找回阳台上的体验，我决定在那里看《世界各地的意大利男孩》，甚至把腿从阳台栏杆的狭窄空当里伸出去，挂在空中晃荡。可是我的腿脚不像以前那么灵活了。我在太阳底下烤了好几个小时，直到日头移到宅子的另一边，周围才凉快下来。我用那种方式体验了安达卢西亚的阳光，至少我想象中是这样的，尽管我阅读的故事背景在巴塞罗那。一批意大利青年随同他们的家人移居西班牙，恰好遇上佛朗哥大元帅的反共和政府武装叛乱，这本书里的篡权者是喝醉了酒、寻衅滋事的红色民兵。那些意大利青年重新获得法西斯自豪感，穿着黑衬衫横行在骚乱的巴塞罗那街头，夺回了被共和军查封的法西斯总部的旗帜。小说的主人公甚至说服了他的社会党酒鬼父亲信仰了元首墨索里尼。这种情节肯定燃起我的法西斯自豪感。当时我认同的是那些意大利孩子呢,还是贝尔纳热描写的巴黎儿童,或者是那个直到最后仍叫科迪、不叫汤比尼的人?谁在我儿时的梦中出现过?世界各地的意大利男孩,还是阁楼上的小姑娘?

一回到阁楼上,就有两件使我非常激动的事。第一件是《金银岛》。我当然知道书名,经典作品,但是忘了故事情节,说明它已经成了我生命的一部分。我一口气看了两小时,看完一章就会想到下一章将会发生什么。我又回到果园,因为我曾瞥见果园的一角有几棵野榛子树,我坐在树底下,看一会儿书,吃几颗榛子。

我用石块一次砸三四颗榛子,吹掉碎壳,把果实扔进嘴里。我没有《金银岛》描述的船上存储苹果的大木桶,不能像吉姆那样爬进桶里,偷听高个子约翰·西尔弗召开的秘密会议,但是我必须学书里的样子,一面看书,嘴里一面嚼东西。

我很熟悉故事情节。根据一张小纸条写的线索,书中人物四处寻找弗林特船长埋藏的财宝。我看到后面,把阿玛利亚餐具柜里见过的一瓶葡萄烈酒拿来放在旁边,一面看海盗小说,一面时不时喝上一大口。十五个人争夺死者的皮箱——哟呵呵,朗姆酒一瓶,快端上。

看完《金银岛》后,我找到了朱利奥·贾内里写的《老婴儿皮皮诺》——几天前,我想到了这个故事,书中讲的是一个仍旧发烫的烟斗被主人放在桌上一个小老头泥塑旁边,烟斗决定把热气输送给那个泥塑,赋予它生命,于是一个小老头诞生了。老婴儿的故事古已有之。最后，皮皮诺长成婴儿时死在摇篮里，被仙子们带上天堂。我记忆中的情节更精彩一些：皮皮诺出生在一棵白菜里，生来就是个小老头，在另一棵白菜里去世时是个乳婴，不管怎么说，皮皮诺奔向婴儿的旅程和我一样。当我退回到诞生那一刻的时候，也许我和他一样，变得什么都不是，或者什么都是。

那天傍晚，保拉打来电话，由于我一直没有消息，她有些担心。我说我在工作，我在工作。不必为我的血压担心，一切正常。

可是第二天，我又在大衣柜里翻寻，找到了萨尔加里所有的小说，新艺术运动风格的封面上卷曲的花纹衬托出黑海盗沉思冷酷的模样，乌亮的黑发，唇红齿白，神情忧郁；《两只虎》里的桑德坎，马来王子的凶猛的头长在猫一样的身体上；《马来海盗》里骄奢淫逸的苏拉马和马来特有的三角帆船。祖父甚至收藏了那本小说的西班牙文、法文和德文版。

很难说我重新发现了什么，还是仅仅激发了纸上的记忆，因为直到今天，人们仍旧没完没了地在谈论萨尔加里，老练的批评家们带着怀旧的心情撰写有关他的长篇文章。前几个星期，我的外孙们也欢呼雀跃地嚷嚷"桑德坎，桑德坎"，看来他们曾在电视上看到过他。我不必来索拉拉，也能替儿童百科全书撰写一条有关萨尔加里的条目。

我小时候肯定如饥似渴地看过这些书，不过假如我有什么私人记忆可以激发的话，多半也和我的一般记忆混淆起来了。可能有这样的情况：我儿童时期印象最深刻的书籍，正是那些顺利地

E·SALGARI
SANDOKAN ALLA RISCOSSA
ILLUSTRATO DA G. AMATO
BEMPORAD EDITORE FIRENZE

I MISTERI DELLA JUNGLA NERA

LE TIGRI DI MOMPRACEM
E. SALGARI

SALGARI
IL CORSARO NERO
A. DONATH - EDITORE - GENOVA

唤起我成年后的客观知识的书籍。

在本能的指引下,我在葡萄园里看完了萨尔加里的大部分作品(后来我带了几本回卧室,花几晚的时间看完)。即使在葡萄藤下,温度也相当高,灼热的阳光使我适应了沙漠、大草原和闷热的树林,适应了采集海参的渔民游弋的热带海洋,我时不时擦掉脸上的汗水,抬起眼睛,看见山脚下稀疏的葡萄藤,树丛中有一株猴面包树,像吉罗·巴托尔小屋周围的树一样粗大;我还看见了红树林,带有杏仁味的卷心菜棕榈肥厚的叶子,以及黑丛林里的神圣的印度榕树。我几乎可以听到印度长号的声音,我期待从一排排的葡萄架中间窜出一头疣猪,在地上插两根带杈的树枝,用铁扦穿着全猪烤来吃,该多么好啊。晚饭时,我要阿玛利亚做一锅马来人最爱吃的大杂烩,把鱼虾捣烂放进锅里,搁在太阳底下暴晒,然后加盐,发酵后的气味连萨尔加里都觉得难闻。

美味佳肴。按照保拉的说法,也许是由于那个原因我喜欢中国菜,特别是鱼翅、燕窝(采集时还带燕子粪)以及鲍鱼,煮得越烂越好吃。

大杂烩暂且搁在一边不谈,萨尔加里作品里的人物以黑皮肤的居多,而白人多半是坏人,世界各地的意大利男孩阅读萨尔加里的作品会有什么反应呢?可憎的不仅是英国人,还有西班牙人(我一定厌恶蒙特里马侯爵)。黑海盗、红海盗、绿海盗可能是意大利人,还有文蒂米利亚伯爵,但是别的人物姓的是卡尔莫、凡·施蒂勒或者亚涅斯·德·戈梅拉。看上去葡萄牙人应该好一些,因为他们有法西斯气息,然而西班牙人中间不是也有法西斯吗?也许我钦佩那个发射铁钉炮弹的桑比里昂,并不在意他老家是巽他群岛的哪一个岛屿。卡曼姆里可能是好人,苏育哈纳可能是坏人,尽管两个都是印度人。萨尔加里让我初步了解了相当复杂的文化人类学。

接着,我从大衣柜底格取出了英文杂志和书籍。好几期《海滨杂志》上刊载了夏洛克·福尔摩斯的探案。那时候我肯定还不懂英语(保拉告诉我,我是长大后才学的),幸运的是还有其他文字的译本。意大利文版大多没有插图,我或许先看了意大利文版,然后在《海滨杂志》里寻找相应的插图。

我把载有福尔摩斯探案的杂志都搬到祖父的书房,那里的环境比较雅致,更适于重现当时的气氛:彬彬有礼的绅士围坐在贝克街住所的壁炉前,全神贯注地、平静地谈着话——和法国通俗

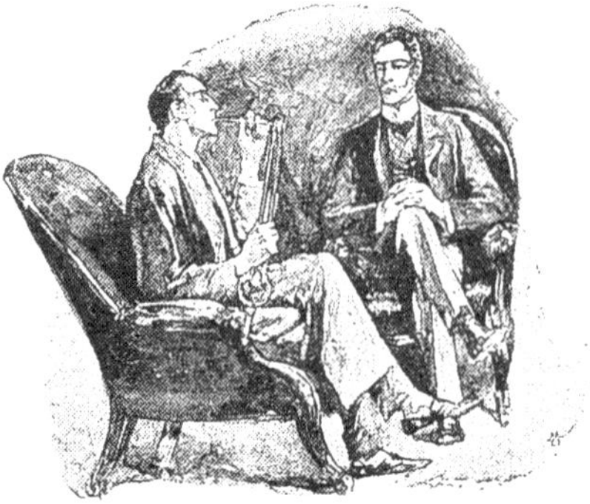

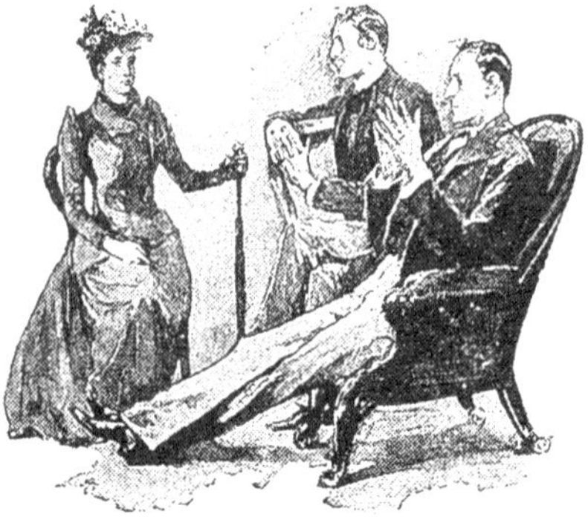

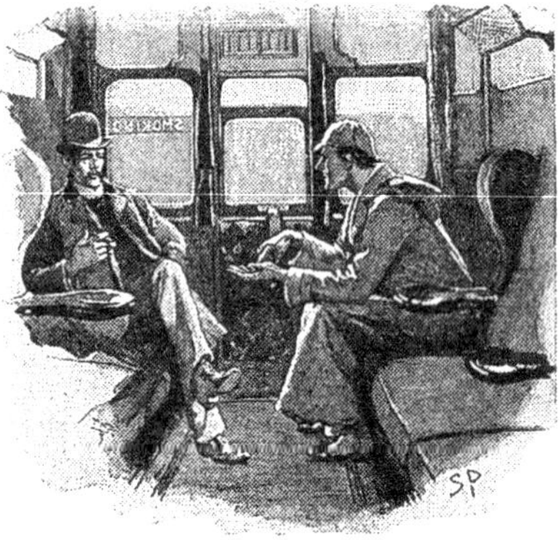
SP

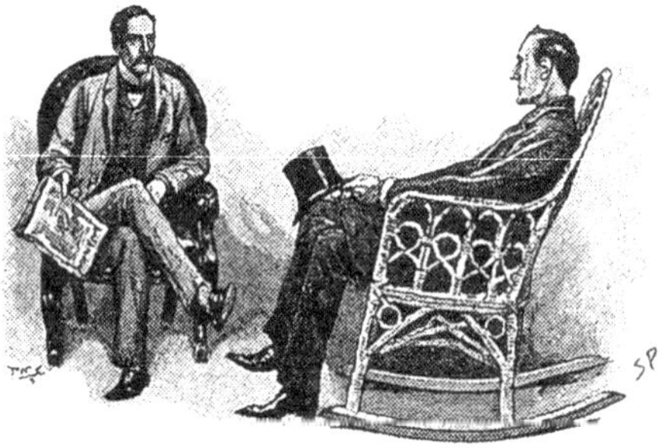
SP

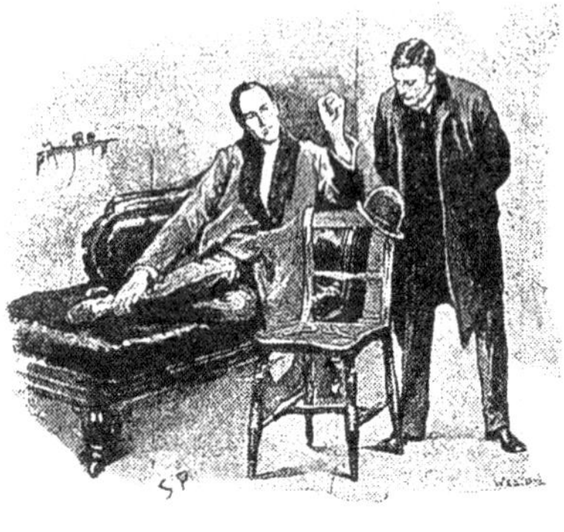
SP

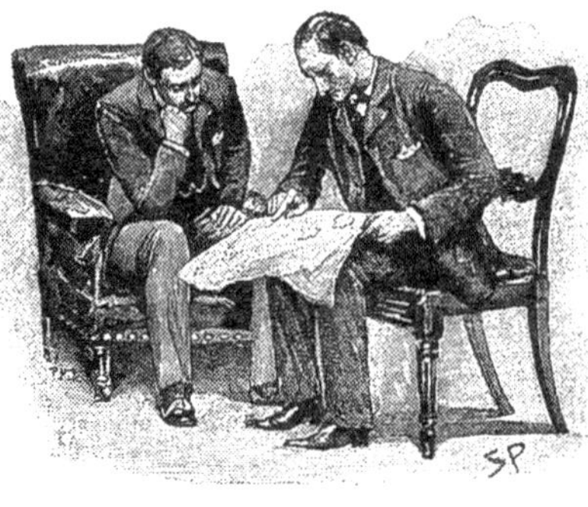
SP

连载小说人物出没的潮湿的地下室和阴森的下水道有很大不同。有少数几次,画中的夏洛克·福尔摩斯举枪对着罪犯的脑袋,他总是伸出右腿和右臂,摆出塑像般的姿势,始终保持绅士的镇定。

我脑海里一再出现这样的场景:福尔摩斯和华生,或者和别人,坐在火车包厢里,坐在四轮马车里,坐在壁炉前,坐在蒙着白布的扶手椅里,坐在摇椅上,旁边有一张小桌,桌上也许有一盏绿灯罩的台灯,面前是一个打开的箱子;再不然,他站着看一封信,或者破译一个密码。那些场景都在对我说:讲讲你的故事。在那一瞬间,夏洛克·福尔摩斯就是我,专心致志地重新描绘,或者重新构筑他事先并不知情的遥远的事件,尽管他身在家里,甚至也许把自己关在阁楼里。他也像我那样遗世独立,破解单纯的符号。他始终能够使压制的隐秘重新浮出水面。我能做到吗?至少我有可以效仿的榜样。

像他一样,我也必须同浓雾斗争。随便翻开《血字的研究》或者《四签名》就可以看到:

> 九月的一个傍晚,还不到七点钟,天空阴沉,浓雾带着小雨朝大城市压下来。淤泥色的云层忧郁地低垂在泥泞的街道上。海滨街上的路灯成了一些模糊的漫射光斑,在泥泞的人行道上投下一圈微弱的亮光。商店橱窗射出耀眼的黄光,穿透雾气,在车水马龙的大街上洒下朦胧的光圈。我觉得那些狭窄的光栅中掠过的一长排人脸有点怪异可怕——有的悲哀,有的喜悦,有的憔悴,有的欢快。

那是个阴霾多雾的早晨,灰蒙蒙的雾霭像一层帷幔笼罩在屋顶上,仿佛灰暗的街道投向天空的倒影。福尔摩斯兴致极高,滔滔不绝地谈着克雷莫纳城出产的小提琴,还有斯特拉迪瓦里和阿玛蒂各有千秋的技术。我却一言不发,看看阴沉的天气,想到即将面对的惨案,心情沮丧。

那天晚上,我打开了萨尔加里的《蒙普拉森之虎》,加以对照:

一八四九年十二月二十日夜里,一场剧烈的飓风横扫了马来海离婆罗洲西海岸几百英里的蒙普拉森,这个岛荒无人烟,却被凶残的海盗捷足先登,声名狼藉。飓风势不可挡,在它的驱赶下,大块的乌云像野马似的驰过天空,在岛上阴暗的树林浇下瓢泼大雨……这样的时刻,杀戮成性的海盗盘踞的岛上风雨大作,是谁还没有入睡呢?那座房子的一间屋里有灯光,墙上挂着厚重的红色织物、丝绒和贵重的锦缎,有些地方起皱,破碎,或者沾上污渍;地上铺着厚厚的波斯地毯,堆放的金器璀璨发光……房间中央有一张螺钿镶嵌、白银嵌丝的乌木桌子,桌子上面摆着最纯净的水晶制造的酒瓶和酒杯,房间角落里是一些破旧的架子,上面满是陶瓷,里面盛放着金手镯、金耳环、金戒指、大奖章、扭曲或者压扁的金银圣器、锡兰采珠女采自深海的珍珠,翡翠、红宝石和钻石在从天花板垂下的镀金吊灯的光线下像星星那般璀璨夺目……在那个布置奇特的房间里,一个修长结实的男子坐在一把破旧的扶手椅里,眉宇之间有一股阳刚之气和奇特的俊美。

谁是我的书中人物？福尔摩斯，他站在壁炉前看一封信，因为他那百分之七的溶液表现出并不失态的兴奋，又或者是那个呼唤着亲爱的玛丽亚娜的名字、疯狂地抓自己胸脯的相貌怪异的桑德坎。

我搜罗了一些纸面平装书，书的纸张质量很差，我一定全部看过，经过反复阅读磨损严重，不少书页的空白处都签了我的名字。有几本书的装订线已经断裂，还能保持书的形状简直是奇迹；另外几本经过修补（可能是我干的），换了新的书脊，用木工胶水粘了起来。

但是我连书名都看不清了。我在阁楼上待了八天。我知道我应该逐字逐句把那些书再看一遍，但是那样的话需要多少时间呢？假设我满五岁时学会了看书，而我在这些书籍中至少生活到高中，那么除了阁楼上的八天之外，至少还要看十年。并且不包括别的书，特别是我识字之前父母或者祖父念给我听的那些图画书。

假如我试图在这些书籍中间彻底改造自己，我有可能成为"博闻强记的富内斯"，重新经历我儿童岁月的每一时刻，听到夜晚每一片树叶的窸窣声，闻到早晨咖啡的每一缕芳香。太多了。假如它们只是永远存在下去，字句使我痛楚的神经细胞更加混乱，却不打开通向我最真实、最隐秘记忆的开关，又会怎么样呢？怎么办？列宁下午坐在蒙着白布的扶手椅里。也许我在这件事上完全错了,保拉也错了:假如我没有来索拉拉,我只是弱智而已;而回来后却可能使我真正发疯。

我把所有书放回两个大衣柜里,决定撤出阁楼。离开时,我无意中看到一批贴有标签的纸板箱,标签上用可爱的花体字分别写着"法西斯""四十年代""战争"等等。那些箱子是我祖父亲自整理的。其余的箱子看来比较新,似乎是我舅舅舅妈顺手拿来利用的空箱子,有贝萨诺兄弟酒庄、博尔萨利诺、金巴利酒、德律风根(家里有一台收音机?)。

我打不起精神去翻看那些纸箱。我必须出去,到山里散散步,过一会儿再回来。我已经到了极限。也许我在发烧。

日落的时刻很快来到,阿玛利亚已经扯开嗓门宣布,她做的令人垂涎的综合炖菜马上就好——那是皮埃蒙特乡间的名菜,用小牛脑、小牛内脏、鸡杂、鸡肉垂和鸡冠一起炖成。阁楼角落里的模糊阴影似乎预示潜伏的方托马斯在等我垮掉,然后扑上来,用麻绳把我捆紧,吊在无底的深渊。我为了向自己证明,我不再是我希望再次变成的那个小孩,我无畏地拖延时间,察看那些没有亮光的地方。我再次遭到古老的霉味的侵袭。

从一扇老虎窗透进傍晚最后的几缕阳光,我借着亮光拖出一个大板条箱,箱顶仔细地盖着棕色包装纸。我挪掉那层积满灰尘的包装纸,惊动了两层苔藓,真正的苔藓,尽管现在已经风干——所含的青霉素足以把《魔山》[①]疗养院里的人在一星期内治愈,让

[①] 德国作家托马斯·曼(Thomas Mann, 1875—1955)创作的长篇小说,以瑞士阿尔卑斯山区一家结核病疗养院为背景。

他们统统回家,告别纳夫塔和塞塔姆布里尼美妙的交谈。每一簇苔藓都像一块草皮,放在一起的面积足足有我祖父的书桌那么大。阁楼天花板经受了雨、雪、冰雹的打击,但苔藓仍旧带有刺鼻的气味,不知是什么奇迹,也许那层包装纸创造了一个潮湿带。

苔藓下面填充的是起保护作用的刨花,我小心翼翼地把刨花捡出来,发现里面是一个糊着彩色石膏的木头或者纸板小屋,屋顶用麦秆编成,一座用麦秆和木头做的风车,风车轮子还能勉强转动,几座涂色的纸板小屋和小堡垒,放在小山上形成透视对比,作为小屋的背景。最后,我发现了深埋在刨花堆里的小塑像:牵着小羊羔的牧羊人、磨刀匠、赶着两头小驴的磨坊主、头上顶着水果篮的妇女、两个吹风笛的人、带着两头骆驼的阿拉伯人,以及终于出现的东方三贤士,他们身上闻不到什么乳香和没药,却有霉味。最后面是驴、牛、约瑟、马利亚、摇篮、圣婴耶稣、两个张开双臂至少有一个世纪的荣耀归于主的天使,还有那颗金色的流星,一幅缀着星星的卷好的蓝布,一个装满水泥、代表小河河床的金属盆,有两个进水和出水的洞口,还有一个奇特的发明物,由玻璃筒和一些长橡皮管组成,我想弄明白有什么用处,琢磨了好久,晚饭都推迟了半小时。

一个完整的耶稣诞生模型。我不清楚我祖父或者父母信不信教(我母亲肯定信,因为她的床头柜上有一册《爱主论》),显然,每逢圣诞节来临,就有谁拖出这个板条箱,在楼下的一个房间里布置好。那些小塑像让我回忆起来的不仅仅是字句,而是一个形象,我没有在阁楼上见到,但是肯定在别的什么地方见过,印象特别清晰。

耶稣诞生的景象对我有什么意义？在耶稣和方托马斯之间，在罗坎伯莱和《篮子》之间，在三贤士身上的霉味和《插图本海陆旅行历险日志》里钉在尖桩上的尸体的霉味之间，我站在哪一边？

*3 e, con passo lieve lieve s'incolonnan dietro a quello
sul tappeto della neve misterioso pastorello*

我发觉在阁楼上的这些日子有很多是浪费的：我重新阅读了六岁、十二岁，或者十五岁时初次看的书刊，不同的时候为不同的书籍着迷。那不是重构记忆的正确途径。记忆无疑会混合、修正、改组年月的顺序，但难得搞乱。人们完全应该知道他遭遇某件事的年纪是七岁还是十岁。即便现在我还能区别我在医院里苏醒的那天和动身前来索拉拉的那天，我也完全知道在这两个日子中间我得到了某种成熟，思想上有了变化，认真考虑了经验。可是在过去的三个星期里，我像孩子似的把所有的东西一股脑儿吞了下去——仿佛喝了烈酒那样头昏脑涨。

因此我必须放弃那些滑稽可笑的故纸，还事物以本来顺序，在时间的进程中细细品味。有谁能告诉我，我八岁读到和看到的东西同十三岁读到和看到的有什么差别？我思考了片刻，领悟到我的旧课本和练习簿应该就在那些纸箱里。那才是我要找到的文件：我只需听从它们，让它们牵着我的手行进。

　　晚饭时，我问阿玛利亚耶稣诞生模型的由来。确实是我祖父的作品，他十分重视。他不是按时去教堂做礼拜的人，但是耶稣诞生模型就像是皇家浓汤，圣诞节缺不了它，即便是没有孙子，他也会替自己做一个。他十二月初就开始筹备工作，我在阁楼上四处看看，就会发现支撑舞台天幕的框架，前部有许多小灯泡，点亮后会把蓝布上的星星照得闪闪发光。"你亲爱的祖父的耶稣诞生模型漂亮极了，我每年看了都会流泪。河里真的有水流淌，有一年溢出河岸，浸湿了当年新采集的苔藓，开出了细小的蓝色花朵。真是圣婴的奇迹，连教区神父都来观看，不敢相信自己的眼睛。"

　　"他怎么搞出流水来的呢？"

　　阿玛利亚脸红了，含含糊糊想说些什么，接着下了决心讲出来："每年过了主显节后，我帮忙收拾那个耶稣诞生模型。在板条箱里，应该还有一件像是缺掉颈部的大玻璃瓶似的东西。你见过？呃，我不清楚现在的人们还用不用，那是灌肠通大便用的玩意儿。你知道是什么吗？那好，不用我解释了，否则我不好意思说。你亲爱的祖父想出了一个好主意，他把灌肠器安在耶稣诞生模型下面，橡皮管接得合适，水就会升上去又流下来。确实了不起，我告诉你，比电影好看。"

八
收音机

在阁楼上待了八天后,我决定去镇上请药剂师给我量量血压。太高了:一百七。格拉塔罗洛医生让我出院时,叮嘱我说血压要保持在一百三左右,我动身前来索拉拉时就是一百三。药剂师说从山上一路走到镇上量血压,自然会高一些。假如我早晨醒来时量,血压就会低一些。废话。我知道什么原因,这些日子我过得像是中了邪。

我打电话找格拉塔罗洛,他问我有没有做不该做的事,我不得不承认,我搬动了板条箱,每餐饭至少喝一瓶葡萄酒,每天抽一包吉卜赛女郎牌香烟,心动过速的情况比较频繁。他责备我说,我仍处于恢复期,假如我的血压高得过头,有可能再出现意外,也许就碰不到第一次那样的好运气了。我答应多加注意,他增加了我常服药的剂量,加了一些利尿药,帮助我排掉体内的盐分。

我请阿玛利亚在我的食物里少放一点盐,她说战争时期他们想方设法用两三头兔子才能换回一公斤盐,盐是上帝的恩赐,没有了盐,什么菜都没有味道。我说医生不让吃,她说医生们书念了不少,可是比谁都蠢,不能把他们的话当一回事——就拿她来说吧,她一辈子没有找过医生,现在七十多岁,每天干各种各样的活,腰板都要累断了,可是不像许多人那样,她连坐骨神经痛的毛病都没有。没关系,我可以从我的尿里排掉她的盐。

重要的是我不能整天在阁楼上耗时间,我应该活动活动,散散心。我打电话给詹尼:我想问问他,我这几天看的书刊他有没有印象。但我们的经历似乎不同,他的祖父没有收集老式的东西——但是我们看过许多同样的书,部分原因是我们经常互相借着看。我们花了半个小时,像搞智力测试似的互相考问萨尔加里作品里的琐事。阿萨姆邦拉甲的希腊仆人叫什么名字?特奥托克利斯。由于是敌人的女儿,黑海盗不能爱的那个美丽的奥诺拉塔姓什么?旺·古尔德。谁娶了特雷马尔·纳伊克的女儿达尔玛?苏育哈纳的儿子莫尔兰德爵士。

我问起丘弗蒂诺,但是詹尼毫无印象。他偏爱连环画,在这方面占了上风,问了我一连串书名。我当然也看过一些,詹尼提到的几个名字听来耳熟:《幻影侠》《富尔明对决富拉塔维昂》《米老鼠和污渍幽灵》,特别是《蒂姆·泰勒的好运》……可是我没有在阁楼上见过。也许我祖父虽然喜欢方托马斯和罗坎伯莱,却认为连环画品位不高,对小孩没有好处。难道罗坎伯莱品位就高吗?

难道我从小没有看过连环画?我一味强迫自己休息,实在没有意义。我再一次被探索的狂热所控制。

保拉救了我。那天上午将近吃午饭的时候,她出乎意料地带了卡拉、尼科莱塔和三个小家伙来到。我很少给她打电话,使她放心不下。一次突击旅行,来看你一眼,她说,晚饭以前就回去。她仔细地打量我。

"你胖了。"她说。幸好我老是在阳台上和葡萄园里晒太阳，脸色不苍白，不过体重肯定增加了一些。我说那是阿玛利亚给我做的晚饭太丰盛的缘故，保拉说要和她认真谈谈。我没有提我一连好几天蜷缩在角落里，几小时不挪窝。

你需要的是好好散散步，她说。我们全家便动身去小修道院，其实算不上修道院，只不过是镇外几公里一座小山上的小教堂罢了。一路都是缓坡，几乎觉察不出是在上山，只有最后几十米比较艰难。我一面喘着大气，一面鼓励小家伙们采"一束玫瑰和紫罗兰"。保拉嘟哝说我闻闻花香就够了，不应该引用诗句，尤其因为莱奥帕尔迪像所有的诗人一样，说的不是事实：紫罗兰花期过后，玫瑰才会开放，无论什么季节，都不可能同时采到玫瑰和紫罗兰，你不信，不妨试试。

为了证明我记得的不仅仅是百科全书上的条目，我讲了几个最近看过的故事，显摆显摆，孩子们睁大眼睛围坐在我身边；他们以前从未听过那种故事。

三个孩子中，桑德罗年龄最大，我把《金银岛》的故事讲给他听。我告诉他，我离开本葆将军客店后，和特里劳尼勋爵、利夫西医生、斯莫利特船长一起上了"希斯帕诺拉号"纵帆船，不过到了最后，他喜欢的两个人物似乎变成了高个子约翰·西尔弗，因为他有一条木头假腿，还有那个可怜虫本·冈恩。桑德罗兴奋得睁大眼睛，似乎看到海盗埋伏在灌木丛里，他不停地央求"再讲一点，再讲一点"，接着又说"够了，够了"，因为我们一旦找到弗林特船长的宝藏，故事也就结束了。作为补偿，我们翻来覆去地唱着"十五个人争夺死者的皮箱——哟呵呵，朗姆酒一瓶，快端上"。

我给詹焦和卢卡讲故事时,竭力设想《飓风小子日记》里的詹尼诺·斯托潘尼是如何调皮捣蛋的。当我用棍子塞住贝蒂娜姑妈熬薄荷草药的罐口,或者当我用鱼钩拔出韦纳齐奥先生的最后一颗牙齿时,他们笑个不停,尽管谁都不知道给三岁的孩子讲这种故事有什么意义。最好的听众也许是卡拉和尼科莱塔,她们生不逢时,小时候从没有人给她们讲飓风小子之类的故事。

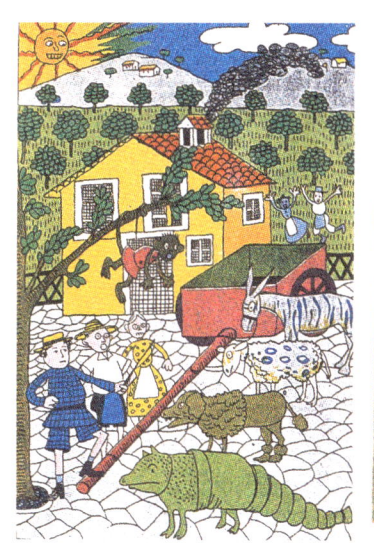

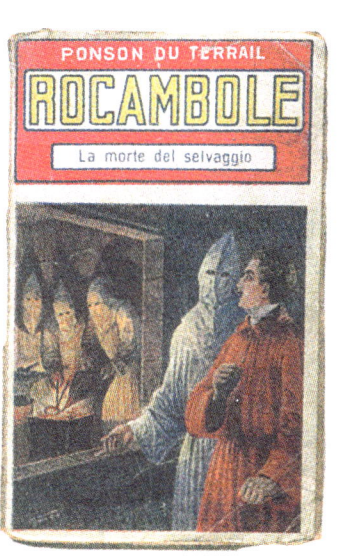

我讲故事的时候,更喜欢以罗坎伯莱自居,向他们解释我怎么在犯罪艺术方面超过我的老师威廉爵士。威廉爵士如今已经失明,但他对我的过去了如指掌,他活着是我的祸害;我把他按在地上,用一根锐利的长帽子别针插进他的颈背,我只要擦干净他头发里的一个小出血点,谁都认为他死于中风。

保拉嚷嚷说,我不应该在孩子们面前讲这种事情,感谢上帝,如今妇女不大用帽子别针了,不然的话,孩子发现家里有这种别针，也许会在猫身上试验。使她迷惑的是，我讲述这些故事时，仿佛都是亲身经历过的。

"你陪孩子们玩是一回事，"她说，"把书上看到的事情都以为是你自己的经历，就太出格了，那是说你在借用别人的记忆。你知道你同这些故事的距离有多大吗？"

"得啦，得啦，"我说，"我可能有失忆症，但我又没疯。我是为了孩子们才这么做的！"

"但愿如此，"她说，"你来索拉拉是为了重新认识你自己，因为你觉得一部满是荷马、曼佐尼、福楼拜的百科全书把你压得透不过气来，现在你又热衷于低俗文学的百科全书。这可不是进步。"

"是进步，"我回说，"首先，斯蒂文森的作品不是低俗文学，其次，假如我试图重新认识的这个人热衷于低俗文学，那也不是我的过错，最后，用克拉贝尔宝藏的故事把我弄到这里来的人恰恰是你。"

"这话不假，我很抱歉。假如你觉得对你有好处，尽管接着看。但是你得小心，不要太沉迷了。"她换了话题，问我血压怎么样。我撒谎说刚量过，一百三。她听了很高兴，可怜的人。

我们散步回来时，阿玛利亚为大家准备了好吃的点心，水和新鲜的柠檬。吃完后，他们就走了。

那天晚上，我安分守己，像鸡回窝似的，很早就睡了。

第二天早晨，我又去看第一次走马看花匆匆经过的房间。我回到我祖父的卧室，上次我怀着敬畏心理，不敢正眼细看。那里像所有的卧室一样，也有一个五斗橱和一个带镜子的大衣柜。

我在大衣柜里有一个极为惊喜的发现。还残留着樟脑丸香气的衣柜里挂着几套衣服，掩住了两件东西：一台带喇叭的、用曲柄上发条的唱机和一台收音机。两件东西都用杂志上撕下来的纸页盖着，我检查了一下，发现那是一期四十年代出版的专门刊登无线电节目的《无线电邮报》。

唱机的唱盘上还有一张老式的、每分钟七十八转的唱片，积了一层灰尘。我在手帕上啐了唾沫，花了半个小时才把灰尘擦干净。唱片里的歌曲是《罂粟》。我把唱机放在五斗橱上，用曲柄上了发条，喇叭里传出了一些模糊的声音。几乎辨不清旋律，那台老机器现在得了老年痴呆症，到了无可救药的地步。说到头，我还是小孩的时候，它就已经是博物馆里的货色。假如我想听那个时代的音乐，应该用我在祖父的书房里看到的那台电唱机。可是唱片呢——唱片在哪里？我得问问阿玛利亚。

收音机虽然有遮盖，仍旧蒙上了五十年的灰尘，灰尘厚得甚至可以用手指在上面画出字来，我打扫时特别小心。那是一台相当好的红褐色德律风根（我在阁楼上看到的包装箱有了解释），喇叭上绷了一层粗糙的格栅布，提高了声音的回响效果。

喇叭旁边是发黑的、看不清数字的频率指示板，下面有三个旋钮。显然是一台真空管收音机，我晃动机器时听到里面有格格响声。电线和插头都在。

我把它搬到书房，轻轻地放在桌上，插好电源。几乎是奇迹，这也说明旧时人们制造的商品经久耐用：频率指示板的旋钮虽然松脱,但仍能用。其余的旋钮却没有用了,真空管肯定也烧坏了。我知道有个地方,也许在米兰吧,可以找到能修复这种收音机的无线电爱好者,他们有旧零配件仓库,正像那些拆下废旧汽车里尚可利用的零配件、装配那时代的汽车的人一样。接着我想,一个注重实际的好电工会对我说:"我不想让您花冤枉钱。您明白,即使我替您修好了,您也听不到那个时代的广播,您听到的仍旧是今天的广播,因此您不如买一台新的收音机,花的钱比这一台的修理费还少。"真是聪明人。我差一点吃了亏。收音机不能同古籍相比,你打开一本古书,便可以发现五百年前的人想些什么,说些什么,印些什么样的书。这台噼噼啪啪的收音机会用摇滚,或者不知他们叫什么名字的可怕的音乐来折磨我。正像你喝一瓶刚从超市买来的圣培露矿泉水,却妄想用味蕾找到喝薇姿矿泉水的咝咝发泡的感觉。这台破收音机为我许诺了永远消失的声音。假如我能找回《巨人传》里庞大固埃的冻结的声音,该多好啊……即使我的大脑有一天恢复记忆,由赫兹电磁波组成的记忆却再也恢复不了了。除了震耳欲聋的寂静以外,索拉拉不能在声音方面给我什么帮助。

那块照明盘上还有电台的名字——中波黄色,短波红色,长波绿色——我以前肯定绞尽脑汁,用灵活的手指转动那些旋钮,试图听到来自斯图加特、希尔弗瑟姆、里加、塔林等魔幻都市不同寻常的声音。以前我从未听过那些名字,可能把它们和马其顿、土耳其的阿蒂卡、弗吉尼亚、埃尔卡利夫、伊斯坦布尔联系起来。我是不是把更多的时间用在了空想地图册,用在了空想电台目录和它们的窃窃私语上?可是还有米兰和博尔扎诺之类的意大利名字。我开始哼唱：

> 当她收听都灵的广播，
> 那意思是说：今夜我等你在瓦伦蒂诺，
> 假如她突然换了节目，
> 那是说：小心，我妈妈在家，
> 博洛尼亚电台表示：我的心渴望你，
> 米兰电台：我在远方感应到你，
> 伊贾电台：没有你，我觉得要死去，
> 圣莱莫电台：今夜我要和你相会……

城市的名称又一次让人联想起别的字眼。

从外表看，这台收音机是三十年代的产品。当时的收音机肯定价格不菲，只在特定的时候作为社会地位的象征才进入家庭。

我想知道三十年代和四十年代的人们买了收音机干什么。我又打电话去问詹尼。

他说的第一句话是我应该按劳付酬，因为我把他当潜水员使唤，叫他打捞海底的古代陶罐。接着，他声音略带激动地说："哦，收音机……我们在一九三八年前后才有。价格很贵；我父亲是个职员，不像你父亲。他在一家小公司里工作，挣钱不多。夏天你家去乡村避暑，我们仍旧待在城里，傍晚到公园里乘乘凉，每星期吃一次冰激凌。我父亲平时言语不多。那天他回家坐在桌子边,默默地吃了晚饭,过后取出一袋糕点。我母亲诧异地问道,怎么啦,今天又不是星期日。父亲说,我想买就买了。我们吃了糕点,父亲挠挠头说:马拉,前几个月经营情况明显好转,老板今天给了我一千里拉。我母亲差一点晕倒,她用手捂着嘴巴,尖叫起来:哦,弗朗切斯科,我们现在可以买一台收音机啦!就那样。当时有一支流行歌曲名叫《假如我每月能挣一千里拉》。歌词大意是一个小职员梦想每个月挣到一千里拉,就可以买许多东西给他美丽年轻的妻子了。一千里拉是比较高的工资,或许比我父亲挣的还多,不管怎么说,就像是意想不到的圣诞节奖金。于是那台收音机进了我们家。我想一想——是丰诺拉牌的。每星期播出马天尼歌剧音乐会,有时候有戏剧演出。哦,塔林和里加,我希望我现在那台收音机仍旧能收到那两个地方的广播——它只有频率数字……战争时期,厨房是唯一有火炉的房间,我们把收音机搬到厨房里,晚上把音量调到最低,收听伦敦广播电台,不然他们会把我们抓去关进监狱。我们躲在家里,由于灯火管制,把窗户用包装蔗糖的蓝纸遮严实。然后播放歌曲!你想听的话,回去后我可以唱给你听,包括法西斯颂歌。你知道我不是喜欢怀旧的人,不过有时候我会有一股想唱那些颂歌的冲动;它们让我想起晚上坐在收音机旁的情景……广告里是怎么说的?收音机,有魅力的声音。"

我请他别往下说了。不错,是我引起了他的话头,不过现在他用他的回忆污染了我纯净的头脑。我要靠自己回想那些夜晚。那会是不一样的情景:他有一台丰诺拉,我有一台德律风根,此外,他也许能收听到里加的广播,而我们能收听塔林的广播。可是即使人们真的能收听里加的广播,是听人讲爱沙尼亚语吗?

我下楼去吃晚饭,我把格拉塔罗洛医生的告诫抛到脑后,照常喝酒,因为我想忘怀,尤其是忘掉过去一星期的动荡,我要唤起午后在树荫下睡觉的欲望,我捧着那本《蒙普拉森之虎》躺在床上,以前也许一直看到夜深,可是前两夜却证明那有很好的安神催眠作用。

我自己吃一口,给马图吃点零碎,忽然灵光乍现,产生了一个简单的念头:收音机播送当前空中的电波,但唱机可以让你听到过去录在唱片上的声音。那是庞大固埃冻结的声音。为了获得五十年前听收音机的感觉,我需要唱片。

"唱片?"阿玛利亚嘟囔道,"你吃东西的时候要专心,别想什么唱片不唱片的,不然那些好东西走错了道,变成了坏东西,你就得找医生看病了!唱片,唱片,唱片……天哪,根本不在阁楼上!你舅舅和舅妈清空房间的时候,我在帮忙……等等……我想书房里的那些唱片,假如要我搬到阁楼上去,我会拿不稳,脱手掉在楼梯上摔碎的。于是我把它们……把它们……真抱歉,你知道,并不是我记性差,在我这个年纪,记性差也可以原谅,而是事隔五十多年,而我又不是整天没事干,坐在这里想那些唱片。问题是,瞧我的脑袋!我肯定把唱片塞在你亲爱的祖父书房外面那张高背长椅的座板下面了!"

我饭后没有吃水果,就上楼去找高背长椅。我第一次来这里的时候没有怎么注意,这次我揭开座板,一张张有纸套保护的、每分钟七十八转的老唱片赫然在目。阿玛利亚放进去时没有什么次序,各种类别的唱片混在一起。我花了半小时把它们搬到书房的桌子上,然后大致分分类再放上书架。祖父一定是有鉴赏力的音乐爱好者:这里有莫扎特、贝多芬、歌剧咏叹调(甚至有一张卡鲁索演唱的),还有许多肖邦的作品,但也有不少流行音乐。

我看看旧的《无线电邮报》:詹尼说得对,节目包括每周的歌剧、戏剧、不定期的交响音乐会、广播新闻,其余就是轻音乐,或者按当时的说法,旋律音乐。

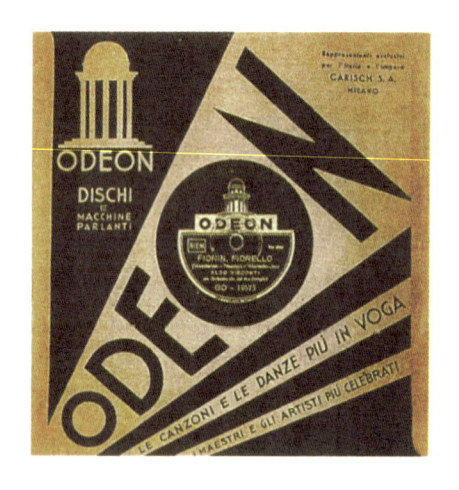

我不得不再听听童年时代常听的歌曲。当时也许祖父坐在书房里听瓦格纳,而家里其余的人则听收音机播放的流行音乐。

我立刻发现因诺琴齐和索普拉尼演唱的《假如我每月能挣一千里拉》的唱片。许多唱片的封套上有我祖父写的日期,我不能肯定那是歌曲面世的时间还是他购得唱片的时间,但让我大致知道了电台播放那些歌曲的年份。这首歌曲的年份是一九三八年。詹尼没有记错,歌曲面世的时候正是他家购买那台丰诺拉的时候。

我接上唱机电源。它仍旧能够运转：扬声器没有什么异常，不过当时的东西都是那种叽叽嘎嘎的德行。频率指示板像广播那样亮起了灯，唱盘旋转起来，我听到了一九三八年夏季的录音：

假如我每月能挣一千里拉，
就可以买到我企望的全部欢乐，
这种说法并不是过分夸大。
我只是普通小职员，胸无大志，
我愿努力争取，以得到
一个人所能企求的全部宁静。
城市边缘盖一幢精致的小屋，
有个娇小的妻子，年轻美丽，
和你十分相像。
假如我每月能挣一千里拉，
我要买许多东西，美妙的东西，
哦，你想要的任何东西。

过去的几天里，我一直试图揣摩一个自我分裂的孩子的处境，他一方面受到民族荣耀意识的冲击，另一方面又幻想浓雾笼罩下的伦敦，方托马斯和桑德坎在炮火纷飞下激战，夏洛克·福尔摩斯的感到困惑的同胞们拼死苦战、血肉横飞——如今我刚了解电台当年视为典范、广为推荐的是一个会计的平淡生活，他除了近郊平静的生活外,没有任何企求。不过那支歌曲也许是个例外。

我要重新排列那些唱片,可能的话,按时间顺序。我要通过以前常听的歌曲逐年回忆起我意识形成的过程。

整理的过程紧张而混乱——耳际响起一支又一支的歌曲:我的爱,我的爱,把你所有的玫瑰都带来,不,你不再是我的宝贝,哦,宝贝,我多么爱你,花丛中藏着一间小教堂,回来吧,我亲爱的,吉卜赛小提琴为我一个人演奏,人间少有的音乐,我愿和你一起消磨一个小时,田野上的小花,奇尼科·安杰利尼、皮波·巴尔齐扎、阿尔贝托·桑普里尼以及戈尔尼·克雷默演奏着管弦乐,唱片的标牌有丰尼特、卡里许、主人之声(小狗伸着尖嘴在听唱机)——我翻到几张法西斯颂歌唱片,我祖父用绳子扎了起来,仿佛是重点保护或者是单独隔离。我祖父拥护法西斯,还是反对法西斯?或者两者都不是?

那一夜的时间我全用于听唱片,有的歌曲只想起歌词,有的只记得旋律。有些经典唱片耳熟能详,例如《意大利青年进行曲》,准是每次集会必唱的规定颂歌,但我没有忽视的事实是它的旋律和《恋爱中的企鹅》十分相似,而《恋爱中的企鹅》唱片封套上注明演唱者是著名的莱斯卡诺三姐妹。

我似乎多年来已经听惯了那些女声。她们三人以三度音程和六度音程的间隔先后演唱,产生的效果似乎不和谐,实际上却非常悦耳。世界各地的意大利男孩向我灌输身为意大利人是最大的特权时,莱斯卡诺姐妹对我歌唱荷兰郁金香。

我决定像听收音机广播那样交替听颂歌和歌曲唱片。我从

《郁金香》听到巴利拉的颂歌,我一把唱片搁上唱盘,就能跟着唱起来。颂歌赞扬的是那个勇敢的青年人(法西斯的鼻祖——每一部百科全书都有记载,十八世纪的人称巴利拉的焦万·巴蒂斯塔·佩拉索)——他朝奥地利军队扔石块,触发了热那亚暴动。

法西斯肯定没有不赞成恐怖行为,我那张《意大利青年进行曲》甚至有"如今我有奥西尼的炸弹/我要磨快恐怖之剑"——我印象中奥西尼是企图谋杀拿破仑三世的人。

我听唱片时,天色暗了下来,从山上的果园或者花园飘来一阵浓烈的薰衣草和我不知道的别的香草的气味(百里香?罗勒?我的植物学知识一向欠缺,何况我脑子不怎么管用,吩咐我去买玫瑰花,我却买了狗睾丸回家——也有可能是荷兰郁金香)。我能分辨阿玛利亚教我闻过的一些别的花:大理花?百日菊?

马图来了,呼噜着在我的裤管上蹭。我见过一张封套上有猫的唱片——《马拉猫,你为什么死掉?》——于是我用它换下巴利拉的颂歌,沉浸在猫科动物的挽歌中。

巴利拉真的会唱《马拉猫》吗?也许我应该回过头继续放法西斯颂歌。我换什么歌曲对马图关系不大。我坐得舒服一些,把马图搁在我腿上,开始挠它的右耳。我点燃一支香烟,准备完全融入巴利拉的世界。

我听了一个小时,脑袋里一片混乱,全是英雄的豪言壮语,煽动攻击和杀戮的口号,誓死保卫元首的誓言。像维斯塔从灶神庙喷发的火焰一样,我们的青年人插上火焰的翅膀勇往直前,一支体现罗马意志和力量的、充满男子气概的青年队伍,我们不理会监禁迫害,我们不理会伟大国家的伟大人民可能遭受的悲惨命

拼搏的时刻来到了，
壕沟传来战斗的号召，
前面黑焰滚滚，
不由人不产生恐惧。
他握着一颗手榴弹，
心里充满忠诚，
大踏步地向前挺进，
执行他应尽的任务。

意大利青年，意大利青年，
生活充满了苦难，
你们是灿烂的春天，
你们的歌声将久久回荡。

如今我有奥西尼的炸弹，
我要磨快恐怖之剑。
让榴弹炮轰响吧。
我坚强无畏。
一开头我就维护了
我们光辉的旗帜，
黑焰从来没有熄灭，
把每人的心烧得更红。

意大利青年，意大利青年，
生活充满了苦难，
你们是灿烂的春天，
你们的歌声将久久回荡。

为了贝尼托和墨索里尼，
呀，呀，啊啦啦。

一轮皓月挂在树梢，
仿佛圆圆的荷兰奶酪，
五月的月亮高高在上，
向我们洒下银白光线……
爱情展现在我们面前，
郁金香花朵交头接耳，
喊喊喳喳，此起彼伏……
在月光的魅力下，
你听到它们美妙的声音，
爱情弥漫在空气中，
郁金香花朵这么说，
两颗心成双配对，
郁金香花朵这么说……
它们向你诉说我的衷肠，
那些美妙的花朵，
郁金香花朵！

呼啸的石块,响亮的名字,
无畏的波尔多利亚少年……
人们管他叫巴利拉,
历史把他称作巨人。
一门青铜铸的大炮
陷进泥泞的街道。
少年像钢那样坚强,
他要为祖国争取自由。

他傲视一切,脚步敏捷,
英勇的呼喊洪亮清晰。
对敌人,他扔出的是石块,
对朋友,他怀着满腔热情。

我们是未来收获的种子,
我们是勇敢的火焰。
明媚的春天为我们歌唱,
五月给我们欢乐的阳光。
有朝一日,如果战场需要,
召唤英雄们的参与,
我们就是弹药,是枪炮,
把神圣的自由维护。

月亮爬上天空,
周围一片寂静,
我用最友好的叫声
呼唤马拉猫回来。
我在屋顶上观看,
徐徐行走的猫只,
因为没有了你,
它们像我一样悲哀。

马拉猫,你为什么死掉?
你有面包、酒和别的食物。
院子里还有你的色拉,
你上有屋顶,下有地板。
那些可爱的小猫都爱你,
它们打着呼噜把你寻找。
但是你的大门老是关闭,
你不答应,永远不应。

马拉猫,马拉猫,
小猫齐声叫唤……
马拉猫,马拉猫,
喵,喵,喵,喵,喵……

运，在全世界都知道需要献出生命的时候，"黑衫军"不会退却，我们穿上黑衬衫战斗，为元首、为帝国牺牲，呀，呀，啊啦啦，欢呼国王，欢呼元首给世界以新的法律，给罗马以帝国，再见啦，亲爱的弗吉尼亚，我开赴阿比西尼亚，再见啦，我要从非洲给你捎一朵赤道阳光下开放的美丽花朵，萨伏依，尼斯，要命的科西嘉，罗马的屏障马耳他，突尼斯沿岸、山脉和海洋响应本土的自由。

　　我是不是希望尼斯归属意大利，是不是希望每月能挣一千里拉？其实我根本不知道一千里拉的价值是多少。一个舞枪弄棒、操练玩具士兵的小男孩宁愿解放要命的科西嘉，而不愿威吓郁金香和为情颠倒的企鹅。且不谈巴利拉，我阅读《撒旦船长》的时候是不是在收听《恋爱中的企鹅》，果真这样的话，我有没有想象企鹅在寒冷的北海中的情景？我阅读《八十天环游地球》的时候，有没有看到主人公菲利亚·福格穿过郁金香花田？我怎么在他的帽子别针以及焦万·巴蒂斯塔·佩拉索和他的石块之间取得调和？《郁金香》是一九四〇年战争初期的歌曲；毫无疑问，与此同时我也在唱《意大利青年进行曲》。也许我是在一九四五年战争结束，在那些法西斯歌曲完全销声匿迹之后，才开始阅读有关撒旦船长和罗坎伯莱的小说？

　　现在的头等大事是把我的老课本找出来。在那里我可以看到我最早的读物，注有日期的歌曲可以让我知道什么声响陪伴什么读物，也许我因而能明白"我们毫不理会悲惨的命运"与吸引我去阅读《插图本海陆旅行历险日志》的杀戮之间的关系。

　　硬要休息几天已经没必要了。第二天早晨，我不得不回阁楼。假如祖父做事有条不紊,我的课本一定在放儿童读物的板条箱附近。除非我舅舅舅妈乱放一气。

此时,我暂时厌倦了光荣的召唤。我眺望窗外。小山的轮廓黑沉沉的,横亘在天际,没有月亮的夜空中缀满了繁星。为什么心头会响起那种陈词滥调?一定是一句歌词,我眺望天空时听过某个歌唱家用它描述天空。

我开始翻找唱片,把歌名同夜晚和星空有关的全部取出来。我祖父的电唱机可以同时叠放好几张唱片,放完一张,上面一张就自动落到唱盘上。正如不碰旋钮,广播就会自动播放那样,第一张唱片开始后,我只要站在窗前仰望星空,随着好的坏的音乐的节奏微微摇晃,听凭它唤起我内心的感情。

今夜星光灿烂,千千万万……同星星和你相处的夜晚……在清澈如水的星光下,说出你要说的话,在爱的魅力下,说着甜蜜的悄悄话……安的列斯群岛的夜晚,星星灼热如火,爱情流光溢彩……梅鲁,新加坡高高的天空,金黄色的星星如梦如幻,你和我坠入情网……星星织成的网俯视这一切,狂热的星星下,我要在你唇上印一个吻……我和你在外面向星星、向月亮歌唱,你不能无动于衷,好运可能很快来到……港湾的月亮,爱情的甜蜜你想象不到,威尼斯港的月亮和你,你我单独在夜里,哼着同一支歌……匈牙利的天空,伤心的叹息,我怀着无限的爱想你……我要到天空永远蔚蓝的地方,倾听树丛里鸫鸟的啁啾歌唱……

下面一张唱片放错了地方,同天空毫无关系,只是性感的声音。像发情的萨克斯管,唱的歌词是:

tango
del ritorno
di mendes-
rusconi
Edizioni JOLY - Milano
L. 1,50
Via Durini, 31 - Telefono 70-552

Finestra
chiusa
TANGO SERENATA
MUSICA DI G. D'ANZI
PAROLE DI A. BRACCHI
L. 2.-
EDIZIONI CURCI S.A. MILANO

LA S.A.F.A. FILM PRESENTA IL CELEBRE TENORE GIUSEPPE LUGO IN
la mia canzone
al vento
FOX-TROT dal film omonimo
PAROLE DI B. Cherubini
MUSICA DI C.A. Bixio
altri interpreti
DRIA PAOLA UGO CESERI
LAURA NUCCI FRANCO COOP
L. 2
Edizioni S.a.m. Bixio - Milano

Musica di E. Lecuona
Parole di Nisa
tango
Maria la o
EDIZIONI LEONARDI
SEDE NOVARA
MILANO
GALL. DEL CORSO 4

卡波卡巴纳,卡波卡巴纳,在那个地方女人是王,一切都归她管……

远处的引擎声搞得我心神不定,也许是一辆汽车正通过山谷。我觉得心跳有点加速,于是自言自语道:"是皮佩托!"仿佛有谁在预定的时候如期来到,但他的到来又给我带来烦恼。皮佩托是谁?是皮佩托。我不停地重复,但只有我的嘴唇记住。只是声息。我不知道皮佩托是谁。或者不如说,我心底有什么地方知道,但那个地方在我大脑损伤的部位诡秘地慢慢沸腾。

对《孩子们的图书馆》来说,那是个极好的主题:《皮佩托的秘密》。也许是意大利版的《朗特纳克的秘密》?

我绞尽脑汁思索皮佩托的秘密,也许根本没有秘密,只是深夜广播的一个耳语。

九
可是皮波不知道

在我的记忆中，其余的日子（五天、七天、十天？）都混在一起了，其实也无所谓，因为留在我脑海里的只是一幅拼贴画的要素而已。我把毫不相干的证据拼凑起来，加以剪辑连接，有时候依据一些念头和情绪的自然连接，有时候按照它们之间的反差。得出的结果不再限于我那几天看到和听到的，也不是我小时候可能看到或者听到的：而是我六十岁时对十岁时可能有的想法的臆造和假设。这不足以说"我知道情况是这样的"，但足以在莎草纸上揭示我当时可能有的感觉。

我回到阁楼上，刚开始发愁，认为我学生时期的东西已经荡然无存时，我的视线落到一个用胶带封住的硬纸板箱上，箱子上标有"扬波中小学时期"。另一个纸板箱的标签是"阿达中小学时期"，但是我不想激活我妹妹的记忆。我已经自顾不暇了。

我要提防这星期血压再度过高，我招呼阿玛利亚，让她帮我把纸板箱搬到我祖父的书房里。我突然想起，一九三七年至一九四五年间，我一定在读小学和中学，便把标着"战争""四十年代"和"法西斯"的箱子一起搬了下去。

我在书房里把箱子里的东西统统取出来，分门别类，放到书架上。小学读本、中学历史地理课本，许多写有我姓名、年级、班级的练习本。还有许多报纸。埃塞俄比亚战争开始后，我的祖父显然把刊载重要消息的报纸都保存了起来：墨索里尼宣布意大利帝国诞生的历史性讲话，一九四〇年六月十日宣战那天的报纸等等，直到广岛扔下原子弹和战争结束。还有明信片、招贴画、传单以及几本杂志。

我决定采用研究历史的方法，把证据进行交叉对比。也就是说，当我翻阅我四年级（一九四〇年至一九四一年）的书本和练习本时，要浏览那一时期的报纸，如果可能，还要听听那几年的唱片。

那个时期的书籍是亲法西斯的，我想报刊肯定也不例外。不过我不得不重新考虑。意大利报刊狂轰滥炸式的宣传虽然让人喘不过气，但读者即使在战争时期仍旧可以揣摩出到底发生了什么事情。尽管相隔这么多年，祖父还是给我上了一堂具有史学价值的公民课。你得学会从字里行间领会言外之意。他确实也在领会言外之意，除了通栏标题的消息之外，他也看简讯、补白，以及最初浏览时可能忽略的新闻。一九四一年一月六日至七日的《晚邮报》上有一条大标题是"巴迪亚前线战事激烈"。正文栏里的战况公报（每天都有一份公式化的公报，列出多少架敌机被击落之类的数字）冷冷地叙说，"我军英勇抵抗重创敌军，其他据点亦已陷落"。其他据点？从上下文可以清楚看到北非的巴迪亚已经落入英军手中。不管怎样，祖父仍旧按照他的习惯用红笔在页边空白处注明，"伦电，巴陷，俘四万"。伦电显然是伦敦广播电台,祖父把伦敦广播的消息同官方发布的消息加以对照,非但知道巴迪亚陷落,而且还知道有四万名士兵被移交给敌军。可以看到,《晚邮报》没有撒谎,它只是理所当然地对一些事实保持了沉默。同一家报纸二月六日刊出一条标题:我军在东非北线反攻。东非北线是什么地方?去年许多期报纸报道了我们侵入肯尼亚和英属索马里,附有详细地图,说明我们在什么地方胜利进军,而有关北线的报道没有示意图,但是你只要看看地图册就会明白,英军进入了埃塞俄比亚的厄立特里亚省。

一九四四年六月七日的《晚邮报》用了九栏宽的大字标题:诺曼底海岸德国守军猛轰盟军部队。德军和盟军为什么在诺曼底海岸作战?因为六月六日这个重大的日期是盟军在诺曼底登陆,发动进攻的日子,《晚邮报》前一天显然没有刊登任何相关消息,便把它当旧闻处理,指出陆军元帅冯·伦德施泰特当然没有措手不及,海岸上敌军横尸狼藉。谁也不能说那不真实。

我有条不紊地工作,只要像当时人们所做的那样,从正确的角度阅读法西斯报刊,就能重新构建真实事件的顺序。我打开收音机,开动电唱机,回到了过去。当然,那像是重新体验另一个人的生活。

上学后的第一个练习本。那时期,我们首先学的是笔画,在练习本上整整齐齐写满一页横道竖线后,才写字母。手指和手腕要充分训练,当时只有办公室使用打字机,书法很受重视。我接着翻看《一年级读本》,玛丽亚·扎奈蒂女士编写,恩里科·皮诺奇插图,国家书店出版,一九一六年。

au ae
ao ae ai ea eo ei
oe oi
uo ui ua ue
iu io ia ie iuo
aia eia

I O A E U
I O A E U

Eia! Eia!

Balilla.

Ai udito mai narrare
la storia di
Battista Perasso?
Ora te la narrerò io.

Ba... ba... Baciami, piccina,
sulla bo... bo... bocca piccolina;
dammi tan tan tanti baci in quantità.
Taratararataratatà.

Bi... bi... bimba birichina,
tu sei be... be... bella e sbarazzina.
Quale ten ten tentazione sei per me!
Teretereteretetete.

BI, A: BA, BI, E: BE.
Cara sillaba con me.
Bi, O: BO, BI, U: BU.
Sono assai deliziose
queste sillabe d'amore.

在基本复合元音那一页，"哟，呀，啊呀"之后，是法西斯棒喝党的标志和"啊呀！啊呀"。我们根据"啊呀，啊呀，啊啦啦"的发音学习相关字母——据我所知，那是邓南遮的喊声。至于字母B，有贝尼托之类的词和介绍巴利拉的一整页。正在那一刻，收音机里开始播放一种陌生的音节发音：勃啊吧，宝贝来吻我。我不明白当初我是怎么学会 B 这个字母的，因为我的小詹焦至今还B、V 不分，把 verme 读成 berme。

巴利拉和狼之子。一页有个穿制服的男孩：黑衬衫，胸前有条斜挂的白色子弹带似的东西，胸口有个 M 字母，文字说明"马里奥是男子汉"。

狼之子。五月二十四日。古列尔莫穿上崭新的狼之子制服。"爸爸,我也是元首的一名小兵,对吗?我很快就将成为巴利拉少年,我会成为旗手,我会有一杆滑膛枪,以后我还会成为青年先锋。我也要像真正的士兵那样操练,我要做最棒的,我要获得许多奖章……"

那之后,有一页像是出自《埃比纳勒图片集》,只不过士兵的制服不是佐阿夫或者法国胸甲骑兵,而是法西斯青年的各个团队。

为了教 gl 的发音,书上举出 *gagliardetto*(三角旗),*battaglia*(战役),*mitraglia*(枪弹)为例。对象是六岁的儿童。六岁是春

光明媚、花蕾绽放的年纪。然而快到音节表的中间部分，却有守护天使的童谣：

> 男孩走在漫长的路上，
> 孤身一人，去向何方？
> 小小孩子，宽阔世界，
> 天使看到他，陪在他身旁。

天使要把我引向何方？引到枪弹飞舞的地方？前几年，教会和法西斯达成了和解协议，如今他们应该把我们培养成巴利拉孩子，同时不能忘掉天使们。

我是不是也穿着制服在大街上行进过？我想不想去罗马当英雄？那一刻，收音机正好在播放一支英雄颂歌，让人想起"黑衫军"青年游行的情景。随着第二支歌曲的播放，景象猛然改变：街上行进的是一个名叫皮波的人。大自然母亲和裁缝都有愧于他，因为他把衬衫穿在马甲外面。我联想到阿玛利亚收留的狗，觉得这个流浪汉神情沮丧，迎风流泪的眼睛老是睁不开，满口牙齿都掉光，笑起来一副弱智的模样，两条无力的腿和一双扁平足走路来摇摇晃晃。那么皮波和皮佩托之间有什么联系呢？

歌曲里的皮波把衬衫穿在马甲外面，可是收音机里的声音不像是"衬衫"，而像是"衬丝—安"（他把夹克穿在大衣外面/把衬丝安穿在马甲外面）。肯定是为了使歌词配合音乐。我觉得我在不同的场合下做过同样的事情。我像前一天晚上那样高唱《意大利青年进行曲》，不过这次唱的是为了贝尼托和墨索里尼，呀、呀、

像维斯塔从灶神庙喷出烈焰,
我们的青年人张开火的翅膀行进。
火把在祭坛和墓地上燃烧,
我们是新时代的希望。

元首,元首,谁会放弃誓言?
谁不会视死如归?
我们剑已出鞘!你一声令下,
我们便争先恐后来报到。
啊,元首,古时英雄的战旗与武器
为阳光下的意大利闪耀。

生活仍旧要继续,
带着我们奔向未来。

男子气概的青年团队
带着罗马意志和力量坚持战斗。

那一天将要来到,
英雄们的母亲向我们召唤,
为了元首、祖国和国王,
我们前进,缔造一个帝国!

可是皮波不知道
人们见他走路都在发笑,
裁缝店的女工们
朝他眨眼,把头发向后一甩。

他一本正经地说,"各位好,"
略微欠身致意,继续走他的路,
自以为高人一等,昂首阔步,
活像谷仓旁场地上的母鸡。

他把夹克穿在大衣外面,
把衬衣安穿在马甲外面。
每只鞋外面套一两只袜子,
系裤子虽然最好用腰带,
不过用一双鞋带也可以凑合。

可是皮波并不知道,
于是他一本正经走在路上,
自以为高人一等,昂首阔步,
活像谷仓旁场地上的母鸡。

啊啦啦。我们从来不唱为了贝尼托·墨索里尼，而唱为了贝尼托和墨索里尼。那个"和"字显然给墨索里尼添加了活力。为了贝尼托和墨索里尼，他把衬丝安穿在马甲外面。

但是在街上行进的是谁，巴利拉少年还是皮波？人们嘲笑的是谁？当权者会不会发觉皮波这个人物有所影射？我们的大众智慧是不是由于无休止地忍受豪言壮语，而想出那些几乎是幼稚的蠢话，聊以自慰？

我胡思乱想的时候，翻到了有关雾气的一页。

一幅图：阿尔贝托和他的爸爸，两个被其他影子衬托出来的黑影，整个人群在灰色天空和深灰色城市房屋的背景下形成剪影。读本指出，人们在雾气中像是影子。难道雾气也像影子吗？难道天空的灰色不能像牛奶或者兑水的茴香酒那样遮掩人影吗？我收集的一条引文说，影子在雾气中是衬托不出来的，它来自雾气，又和雾气混淆——即使在空无一物的地方，雾气也能使影子出现……如此说来，我的一年级课本甚至在雾气的问题上也骗我不成？事实上，课本最后祈求绚丽的阳光廓清迷雾。它所传递的信息是雾气不可避免，但令人不快。如果日后我对雾气产生隐秘的怀念之情，课本为什么向我灌输雾气不好的思想？

灰色，黑色，灯火管制。这些字眼又让人想起别的字眼。詹尼说，战争期间全城陷于一片黑暗，不能让敌军轰炸机看到，我们的窗户不能露出一丝光亮。如果他所言不虚，那么我们当时对雾一定感激不尽，因为雾向我们提供了保护。雾是好东西。

我的一年级课本是一九三七年出版的，当然不可能提到灯火管制。它只谈起令人生厌的、弥漫在杂树丛生的山坡上的雾气。我翻阅了以后几年的课本,即使五年级的也没有发现战争的痕迹,那本书一九四一年出版,战争已经进行了一年。那还是几年前的版本,只提到了西班牙内战和征服埃塞俄比亚时期的英雄人物。战争的艰苦不是适于课本的题材,课本宣扬过去的荣光,竭力避免涉及当下。

我的四年级课本,一九四〇年至一九四一年(那个秋季是我们进入战争的第一个年头),仍旧只有第一次世界大战的光荣历史,插图描绘了我们的步兵光着脊梁站在喀斯特高原上,肌肉发达,像古罗马的角斗士。

也许是为了调和巴利拉少年同天使的关系,课本别的地方出现了温馨明亮的圣诞夜的故事。到一九四一年年底,我们丧

失了意大利在东非的全部殖民地,那时课本已经在学校流通,我们引以为豪的殖民军队仍受到关注,一个穿着漂亮制服的索马里杜巴给了我深刻印象,制服是在我们正进行教化的原住民的服装基础上改进的:上身赤膊,只有一条白色的饰带系在子弹带上。文字说明像诗歌一样优美:军团之鹰展开翅膀——飞遍全球;唯有上帝才能阻挡。但是到了二月份,索马里兰已经落入英军之手,也许我是初次看到那一页。当时我知不知道?

不管怎么说,在那同一份音节表上我还看到了改编过的《篮子》:别了,霹雳炸雷!/别了,风雨交加的日子!/乌云已经散去/天空终于放晴……/世界得到了安宁,/和平像镇痛软膏/覆盖在一切痛苦上,/给予静谧和慰藉。

正在进行的战争情况又怎么样呢?我的五年级课本里收了一篇有关种族差异的思考,有一节谈到犹太人,说是应该注意这个不可信任的民族,"他们狡猾地渗透到雅利安人的区域……在北欧日耳曼民族中间引进一种由商业主义和唯利是图组成的新精神"。我在那些纸板箱里还找到好几册一九三八年创刊的《为种族辩护》杂志。(我不知道祖父会不会让我看,但是我认为迟早会被我看到的。)所附照片有的把原住民和类人猿比较,有的显示了一名中国女性和一名欧洲男性混血的可怕后果(然而这种退化现象似乎只在法国发生)。它们赞扬了日本民族,指出英格兰种族的不会被弄错的特点——双下巴的妇女、酒糟鼻、脸色红润的绅士——漫画上有个妇女戴着一顶英国钢盔,穿着很不检点,只有几张《泰晤士报》折成芭蕾舞短裙的形状：她在照镜子，《泰晤士报》报名 TIMES 在镜子里的反像成了 SEMIT（闪米特人）。至于真正的犹太人，放眼望去都是鹰钩鼻、蓬乱的胡子、贪婪淫荡的嘴巴、龅牙齿、圆头颅、有疤痕的颧骨、可鄙的犹大的眼睛，投机倒把分子衣着华丽但一肚子坏水，怀表袋里挂着金表链，贪得无厌的手伸向无产阶级的金钱。

　　祖父大概在那些纸张中夹了一张宣传明信片，画面背景是自由女神像，前景是个朝着观众挥拳的面目可憎的犹太人。还有一张明信片的画面是个戴着牛仔帽的、喝得醉醺醺的黑人，一只爪子般的粗手搂着米洛斯岛的白色维纳斯雕像的腰。画家显然忘了我们也向希腊宣了战，因此我们何必在意那个粗鲁的人乱摸一个断臂的古希腊女人呢？何况她自己的丈夫穿着短裙和罗马凉鞋到处乱跑。

作为对照,杂志显示了意大利种族的纯正的男子气概。如果说但丁和某些领导人没有小而挺的鼻子,我们就说他们是"鹰族"。如果说维护我同胞的雅利安纯洁性的呼吁没有完全使我信服,我的课本却刊出了有关元首的一首好诗(他的下巴方正,他的胸膛宽阔,/他的脚步像移动的柱子,/他的声音像喷泉的水流那么激越),并且把朱利乌斯·恺撒和墨索里尼的男性特征加以对照(我后来才从百科全书上看到,恺撒有同他的军团士兵上床的习惯)。

意大利人都俊美。墨索里尼本人很俊美,每周出版的《时代》画报为了纪念我们参战,刊登了他马上挥剑的英姿(不是某位画家的虚构,而是真正的摄影——难道他整天佩着剑?);高呼憎恨敌人和我们必胜之类的口号的"黑衫军"很俊美;伸向大不列颠的

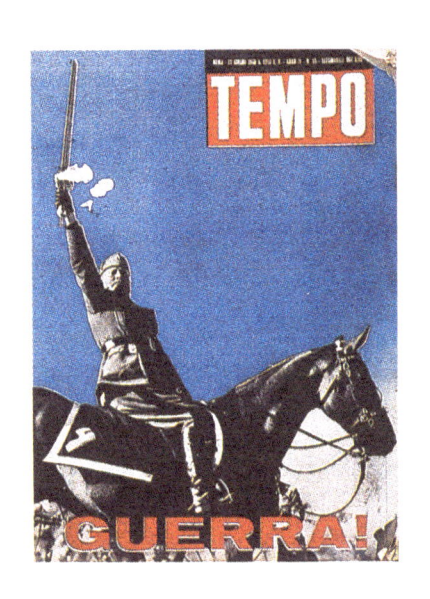

罗马剑很俊美；伦敦遭到轰炸起火时竖起大拇指的庄稼汉的手很俊美；出现在阿拉吉山废墟前的自豪的军团士兵发誓说"我们会回来的！"，形象也很俊美。

乐观主义。我的收音机继续播放：哦，他长得壮实，但是个子不高，人们管他叫作胖墩，他跳吉格舞，头重脚轻，开始跌倒，这儿摔一跤，那儿摔一跤，像皮球似的弹跳，但他逃不过宿命，掉进了池塘，最终还是浮了上来。

比这一切都更美丽的，是杂志和宣传招贴画上的纯种意大利妇女的形象，她们丰乳肥臀，是第一流的优生优育的机器，绝不是那些骨感的、有厌食症的英国女士和我们过去富豪时代的"危机妇女"所能比拟。那些仿佛踊跃参加"五千里拉买一笑"竞赛的年轻姑娘多么美丽，宣传招贴画上那个穿着诱人的裙子、迈开大步的背影姣好的女人多么美丽，收音机广播让我相信黑色眼睛也许美丽，蓝色眼睛也许很好，可是若要问我的喜好，还是她们的腿来得最妙。

歌曲里的姑娘都美丽得无与伦比，不管她们是意大利式的农村美女（"胸部丰满的农村姑娘"）或是"可爱的少女"之类的城市美女，例如那个面目清秀、薄施粉黛、在人群中匆匆走过的米兰妇女服饰商店的售货员……再不然就是双腿修长、有模有样、特立独行的典型职业妇女，骑自行车的美人。

当然，我们的敌人是丑陋的，意大利法西斯青年团的周刊《巴利拉少年》有好几期发表了附有德·塞塔插图的短篇故事，那些漫画对敌人极尽讽刺之能事：战争使乔治国王乱了方寸／他火烧火燎地去找首相／那个脑满肠肥的温斯顿·丘吉尔——还有另外

清秀的脸庞薄施粉黛,
优雅的步姿轻松愉快,
你拎着一盒新买的衣物,
在人群中匆匆走过。
啊,可爱的姑娘,
你迈着轻快的步子,
每天穿过人群,
一路上哼着歌曲。

啊,可爱的姑娘,
你为什么这么娇羞?
假如有个小伙走过,
朝你眨眨眼睛,
悄悄说句话,
问候一下立刻走开,
你脸上立刻泛起红晕……

你去哪里,骑车的美女,
骑着自行车匆匆离去,
修长的腿,有模有样,
使我心中充满渴望。
你心满意足,笑容迷人,
你秀发飞扬,要去哪里?
那要看你,梦想可以成真,
我们可能坠入真正的爱情。

我们看到一个姑娘路过,
我们该做什么?跟上去,
用我们狡黠的眼光
从头到脚猜测她的情况。
黑色眼睛也许美丽,
蓝色眼睛也许很好,
可是若要问我的喜好,
还是她们的腿来得最妙。

黎明时分,太阳升起,
照耀在阿布鲁佐大地,
胸部丰满的农村姑娘,
纷纷向山谷走去。
哦,美丽的农村姑娘,
你们是世界的女王。
你们的眼睛温暖人心,
山谷里盛开的花朵,
比不上它们的美丽!
你们的歌声和谐悦耳,
传遍山谷,仿佛在说:
"假如你们要生活幸福,
请来我们这里住下!"

两个恶棍……

从前，英国人坏，因为他们使用 Lei 的对应词 you，有品位的意大利人和他们熟悉的人谈话时只用意大利味十足的 Voi。而如今，稍微了解外国语言的人都知道，英语和法语中用的是 Voi 的对应词（you，vous），Lei 才是地道的意大利语，虽然也许受到西班牙语的影响，当时我们和佛朗哥统治的西班牙打得火热，像两个不分你我的小偷。至于德语中的 Sie，它相当于意大利语中的 Lei 或者 Loro，但不是 Voi。不管怎么说，也许由于对外国的了解不够全面，上层人物不接受 Lei 作为 you 的客气形式，而喜欢用 Voi——祖父收集的剪报对这一问题十分较真，毫不含糊。他甚至保留了一本名叫 Lei 的女性杂志的最后一期，通知说从下一期起，该杂志将改名为《安娜贝拉》。很明显，Lei 不是对理想读者"您"的称呼，而是代词"她"，表明杂志的目标读者是女人而不是男人。不管怎么说，Lei 一词即使在发挥不同的语法功能时，也成了忌讳。我纳闷的是当时这个插曲有没有让看到这本杂志的女性哑然失笑，不过这种事确实发生过，大家只得认了。

还有殖民地的美女，因为即使黑人像类人猿，阿比西尼亚人患有多种疾病，美丽的阿比西尼亚女子仍是例外。收音机播放的**歌曲说**：黑黑的小脸/甜蜜的阿比西尼亚小妞/等着我们/我们就要完成统治/我们会来找你们/给你们带去礼物/是啊，我们要给你们/新的法律和新的国王。

德·塞塔关于丘吉尔的彩色漫画清楚地说明如何处置美丽的阿比西尼亚女子，他描绘了意大利军团士兵把从奴隶市场上买来的、半裸的黑人女子打了邮包寄给国内的朋友。

UFFICIO POSTALE
Vorrei spedire ad un mio amico questo ricordo dell'AFRICA ORIENTALE...

但在殖民运动初期,一首感伤的大篷车风格的怀旧歌曲使人想起埃塞俄比亚的女性的魅力:蒂格赖人的车队/已经出发/开赴一个星球/不久将闪烁爱的光芒。

我被卷进了乐观主义的旋涡,我在想什么呢?答案可以在我的小学练习本上找到。只要看看封面,立刻就让人想到冒险和胜利。少数几本纸张又厚又白(价钱一定比较贵),封面有名人画像(我准在一位名叫莎士比亚的先生和他捉摸不透的笑容那一页上心不在焉地胡乱涂写过——我多半还按四个音节拼写他的名字,既练习拼写,又加强记忆),除了那几本,其余本子上的形象不是元首骑在马上,便是穿黑衬衫的英勇的战士朝敌人扔手榴弹,细长的鱼雷快艇击沉庞大的战舰,还有具有崇高牺牲精神的传令兵,他们的手虽然被手榴弹炸伤,但仍旧用牙齿咬着信件冒着敌人的机枪火力奔跑。

我们的男老师（为什么不是女老师？我不知道，但是我仿佛听到自己对老师说"先生"）向我们讲述了一九四〇年六月十日墨索里尼宣战那天发表的历史性讲话的要点，并且根据报纸上的报道添加了威尼斯广场上群众的热烈反应：

陆海空三军战士们！革命和军团的黑衫军！意大利的、帝国的和阿尔巴尼亚王国的男女同胞们！听我说！一个命运标志的时刻已经在我们祖国的天空响起。这是不可改变的决定时刻。我们已经向大不列颠和法兰西的大使递交了宣战书（震耳欲聋的欢呼声："战争！战争！"）。我们要和西方富豪的反动民主搏斗，因为他们无时无刻不在妨碍意大利人民前进，并且经常威胁意大利人民的生存……

按照法西斯道德准则，结交朋友要全心全意。（"元首！元首！元首！"的呼喊声）我们和德国、德国人民，以及德国了不起的武装力量以前是这样，以后还是这样。在这个具有历史重要性事件的前夕，我们想起皇帝陛下（提到萨伏依王室①时，群众爆发出排山倒海的欢呼声），皇帝陛下始终如一地代表着祖国的灵魂。我们向盟国大日耳曼的元首致敬。（提到希特勒时，群众发出长时间的欢呼）意大利第三次站了起来，现在它属于法西斯，比任何时候都更坚强、自豪、团结。（群众齐声高呼："是啊！"）我们的口号只有一个，斩钉截铁，对全体都有约束力。这个激动人心的口号已经插上翅膀，从

---

① 1861年至1946年间统治意大利的王室。

阿尔卑斯山飞向印度洋：胜利！我们必将胜利！（群众爆发出震耳欲聋的欢呼）

广播电台响应元首的讲话，在那几个月里肯定播放了《胜利》：

> 我们的民族满怀豪情，
> 发出时代的强音！
> "百人团、步兵队和军团，
> 注意听着，时候到了！"
> 前进，年轻人！
> 谁拖我们的后腿，
> 谁阻拦我们前进，
> 统统会被我们扫清！
> 我们永远不再做奴隶！
> 我们自己的海洋
> 再也不能把我们限制！
> 胜利，胜利，胜利！
> 我们将在陆海空取胜！
> 最高权威指示，
> 当前的口号就是
> 胜利、胜利、胜利！
> 不惜代价，排除万难！
> 只要一息尚存，
> 我们义无反顾。

我们今天宣誓：

誓死争取胜利！

战争刚开始时，我是怎么度过的呢？作为一次伟大的冒险，我是同我的德国战友并肩经历的。他名叫里夏德，广播电台在一九四一年广播：战友里夏德，欢迎……在那些光荣的岁月里，我得知我可能想象我的战友里夏德（歌曲的旋律不由得使我把明信片上的那个名字念成法语里的里夏尔而不是德语里的里夏德）和一个意大利战友一起，两个都是侧面像，神情刚毅而有男子气概，凝视着胜利的终点线。

我的广播电台播放《战友里夏德》之后，开始播放另一支歌曲（我相信是直播）。那是一支女声唱的德语歌，深沉嘶哑，几乎像是悲哀的葬礼进行曲，与我内心深处某些难以察觉的旋律同调：在军营前面/大门旁边/竖立着一根灯柱/却不见他出来……

那张唱片是我祖父的，不过那时候我不可能懂德语。

后来我很快听到了意大利语版，它与其说是翻译，不如说是意译或者改写：

每天晚上，
在街灯下面，
离军营不远，
我等你露面。
今晚我也去那里，
见了你，世界可以忘记，
和你一起，莉莉·玛莲，
和你一起，莉莉·玛莲。

道路泥泞，
背包沉重，
我感到迷茫疲倦，
可是不能停下脚步。
我去哪里，去干什么？
我想起你，露出笑容，
我想你，莉莉·玛莲，

> 我想你,莉莉·玛莲。

意大利文的歌词没有提,德文歌词却说灯柱在雾气中显现:每当夜晚浓雾显现。但在那个年代,我无论如何也无法理解(也许我无法理解的只是人们怎么会在灯火管制时点亮街灯),街灯下那个忧伤的声音来自一个神秘的妓女,"做皮肉生意的女人"。所以,在一些年后,我记下了科拉茨尼①《街灯》里的一段:在荒凉的街上,在妓院门前,混乱又悲伤,从香炉飘来的芬芳变得黯淡,也许是雾气令空气昏暗。

《莉莉·玛莲》是在令人振奋的《战友里夏德》问世之后不久播放的。也许因为总的说来,我们意大利人比德国人乐观,也许因为在此期间发生了某种事情,我们可怜的伙伴厌倦了泥泞道路上的行军,渴望回到街灯下面去。我却开始领悟:那一系列宣传歌曲说明了我们如何从梦想胜利转而梦想那个绝望程度不下于嫖客的妓女的敞开的怀抱。

经过初期的激动以后,我们不但逐渐习惯了灯火管制和轰炸,而且习惯了饥饿。一九四一年,当局鼓励小小的巴利拉少年在公寓阳台上开垦战时菜圃,如果不是食物紧缺的话,有什么必要在小得可怜的空间里硬抠出几棵蔬菜来呢?为什么巴利拉少年再也收不到在前线打仗的父亲的消息?

> 亲爱的爸爸,我的手有点颤抖,

---

① Sergio Corazzini(1886—1907),意大利黄昏派诗人。

但是你会明白我要说的话。

你离家已经好多天,

还没有告诉我你在什么地方。

泪水顺着我的面颊流下,

你可以相信那是自豪的眼泪。

我仍旧记得你的音容笑貌,

你的巴利拉张开双臂等待你。

我要为战争出力,我也在战斗,

我贡献的是纪律、荣誉和忠诚。

我要为我的国家结出优秀的果实,

因此我每天照看我的小菜圃

(我的战时菜圃!)每晚祈求上帝

呵护你,让我的爸爸平平安安。

胡萝卜换取胜利。对比之下,一个练习本里记录了校长的话,他说我们的英国敌人是每天进食五餐的民族。我一定想过我每天也可以享用五餐:早晨有咖啡、面包和橘子果酱,十点钟在学校里吃点心,然后是午餐,下午点心,晚餐。别的孩子也许没有这么幸运,一个每天吃五餐的民族不可能不引起在阳台上栽培西红柿的人们的忌恨。

可是英国人为什么那么瘦呢?我祖父的一张明信片(上面有一个大大的"嘘"字)上有一个狡诈的英国人,他支着耳朵,试图在酒吧里偷听粗心大意的意大利人可能泄漏的军事秘密。全国万众一心拿起武器的时候,怎么可能让这种事情发生?意大利人中间有没有刺探情报的？元首向罗马进军时，难道没有像我的课本里所说的那样清除颠覆分子吗？

本子里有几页提到了已经临近的胜利。我翻阅时，唱机里传来一支美妙的歌曲。歌曲讲的是我们坚守的一个沙漠据点杰格布卜的故事，守军最后弹尽粮绝，全部壮烈牺牲，他们的故事具有时代意义。几星期前在米兰的时候，我在电视里看了一部有关大卫·克洛科特和吉姆·鲍伊坚守阿拉莫的彩色电影。再也没有比围城主题更能振奋人心了。我认为我唱挽歌时的心情同今天看西部片的孩子是一样的。

我唱的那支歌是说英国的最后一搏从杰格布卜开始，但是让我想起《马拉猫，你为什么死掉？》，因为它颂扬的是战败——我祖父的报纸向我提供了更多的信息：经过英勇抵抗后，昔兰尼加的杰格布卜绿洲终于在一九四一年三月失守了。我觉得用失败让全国人民受到震惊是孤注一掷的举措。

至于同年流行的另一支歌有没有给人以胜利的希望？《天空即将放晴》断言四月份天空即将放晴——那时，我们即将失去亚的斯亚贝巴。不管怎么样，天气不好的时候，人们总爱说"天空即将放晴"，希望气候好转。凭什么指望（四月份）天空放晴呢？这表明冬季开始唱这支歌的时候，人们已经指望命运会发生逆转。

我们在英雄主义的宣传中成长，那些宣传或多或少影射到了挫败。如果说我们不是企盼、希望、料想回到我们曾经被打败的地方，那么歌词里的叠句"我们一定会回来"是什么意思呢？

《M营的颂歌》是什么时候出现的？

积雪渐渐融化，
雾气也在消散，
那些懦怯的英国人
无事可做，
只能大口喝酒，
吞服药片，
询问壕沟里的耗子，
天气什么时候改变。
四月不会带来
性情温柔的鸽子，
炸弹却像雨点
纷纷落向目标，
鱼雷从天而降——
这就是意大利的四月，
荣耀已经在望……
卑鄙的英国人
你们休想打赢，
我们的胜利
却要把你们压倒。

天空即将放晴，
天空即将放晴……
渔民的小岛，
将回归北方的怀抱
天空即将放晴，
天空即将放晴……
英国人呀，英国人，
你们的命运就在我们掌心。

苍白的月光
落在棕榈树梢；
古老的清真寺尖塔
高耸在附近的沙丘。
喧嚣、旗帜、机械、
爆炸、流血——赶骆驼人，
告诉我这是什么意思？
这是杰格布卜的节日！

"上校先生，我不要面包，
请在我手里放些子弹，
子弹和这些沙袋
够我今天的用途。
上校先生，我不要水，
请给我摧毁一切的火，
火和我心头的热血
将解除我今天的干渴。
上校先生，我不要休息，
这里谁都不会退却，
假如我们今天不牺牲，
我们不会后退一步。"

"上校先生，我不需要夸奖，
我要为亲爱的祖国献身。
只要说古老英国的最后一搏
在杰格布卜这里开始！"

元首之营，死亡之营，
以生命的名义建立，
春天开始了游戏，
各地火焰花一般怒放！
我们和墨索里尼的雄狮
在他勇气的激励下无往不胜。

死亡之营
也是生命之营，
所有的爱无不含恨，
游戏因此从头再来。

我们的 M 红得像血，
我们的流苏乌黑乌黑，
我们握着手榴弹面对死亡，
牙齿间咬着一枝花朵。

按照祖父记下的日期，这支歌是一九四三年问世的，在杰格布卜失守两年之后，又一次唤起了春天的回忆（停战协定是一九四三年九月签订的）。且不说高举手榴弹、嘴里衔着花朵、面对死亡的形象使我着迷，那场游戏为什么要在春天从头再来？它有没有停止过？可是他们要我们唱那支歌，要我们对最后的胜利怀有绝对的信心。

广播里播放的、唯一具有乐观主义的颂歌是《潜艇之歌》：在深海潜游，嘲笑死亡和命运女神……歌词使我想起另一些词句，我开始寻找一支名叫《年轻姑娘们，别理睬水兵哥》的歌。

他们不让我在学校里唱这支歌。电台显然仍在播放。因此那时的广播里既有潜艇之歌，又警告年轻姑娘们别去理睬水兵哥。两个世界。

别的歌曲给人的印象也是生活正沿着两条不同的轨道行进：一条是战况公报，另一条是我们的乐队大量提供的乐观主义和欢乐的教导。西班牙爆发了战争，是不是交战双方都有意大利人死亡，我们的元首是不是慷慨激昂，呼吁我们准备另一次规模更大、更血腥的冲突？卢恰纳·多利弗唱着（多么完美的火焰）"别忘记我的话，亲爱的，你不懂什么是爱"，巴尔齐扎乐队演奏"哦，亲爱的，我多么爱你，我做梦也想你，你睡了，我守在你身边，你在睡梦中露出微笑"，人人都在反复吟唱"菲奥林·菲奥雷洛，有你在我身旁，爱情多么美好"。当局是不是在赞扬美丽的农村姑娘和善于生育的母亲，同时征起了单身税？广播里说妒忌已不合潮流，成了粗鲁的东西。

当时战争有没有爆发，我们是不是必须蒙住窗户不让灯光外泻，整天守在收音机旁？播音员阿尔贝托·拉巴利亚蒂悄声叮嘱我们把音量调得很低很低，甚至从收音机里可以听到他的心跳。我们"打断希腊脊梁"的战役是不是开局不利，我们的军队是不是在泥泞里死去？不必担心，下雨的时候，人们是不做爱的。

难道皮波真的不知道吗？当局有多少人力可以动用？阿拉曼战役在非洲阳光下打得难分难解，收音机播放的是：我多么想

他们在漆黑的海洋深处，
悄悄地滑过朦胧的水体，
自豪地在瞭望塔上，
锐利的目光搜索守望。
潜水艇离开了基地，
悄然无声,不落痕迹！
英勇的海军，
英勇的心和机械，
对抗浩瀚无垠！

你一路遇到的敌人
都被你赶尽杀绝，
死无葬身之地！
在海洋深处，
波浪起伏的地方，
水兵就这样生活！
无论前途多么凶险，
无论敌人是谁，
他知道自己必将胜利！

谁知道如今的年轻姑娘
为什么都迷上水兵哥……
她们不了解,相信他们的话
和他们的作为是多么危险，
因为中间隔了宽阔的海洋……

年轻姑娘们，别理睬水兵哥……
哦，这是为什么，为什么？
因为他们会闯下滔天大祸
哦，为什么，为什么……

他们用"爱"这个动词
教你们怎么游泳，
你们溺毙了,他们却掉头不顾。

年轻姑娘们，别理睬水兵哥……
哦，为什么，为什么？

活下去,迎着太阳,快活地歌唱,充满了幸福。我们即将同美国作战,我们的报纸欢呼日本人轰炸珍珠港,广播把我们带到夏威夷的天空下,你可以看满月升起,想象人间天堂的美景。(但是听众也许不知道珍珠港在夏威夷,而夏威夷是美国领土。)陆军元帅保卢斯在斯大林格勒苦战,德苏双方伤亡惨重,尸体堆积如山,保卢斯支撑不住,快投降了,我听到的歌曲却是:我的鞋子里有一粒石子,哦,硌得我够呛。

盟军在西西里岛登陆,电台(是阿莉达·瓦利的声音!)让我们回味"爱情不会,不会像头发的金色那样退色"。罗马首次遭遇空袭,琼·卢恰伊昼夜歌唱"孤孤单单,手牵着手,到明日之朝"。

盟军在安齐奥登陆,收音机没完没了地播放《无尽的吻》;阿尔德阿廷墓地发生了大屠杀,广播电台用《秃头》和《扎扎在哪儿?》来振奋我们的精神;米兰遭到轰炸,米兰广播电台播放《比非-斯卡拉的风流姑娘》……

我又怎么样呢?在这个精神分裂似的意大利,我是怎么过来的呢?我对胜利有没有信心,我爱不爱元首,我愿不愿意为他献出生命?我信不信老师对我们诵读的、具有历史意义的、元首的讲话?他说过,开垦土地的是铧犁,但保卫土地的是刀剑,我们决不后退;我前进时请你们跟随,假如我后退,请你们杀了我。

在一九四二年五年级的一个本子里,我发现了一篇课堂作文,那一年也就是法西斯当权的第二十年:

主题:"意大利正在开创新的英雄主义文明,孩子们,你

别忘记我的话,亲爱的,
你不懂什么是爱,哦,我的宝贝,
爱像夏天的太阳,热烈辉煌,
两个人的爱增添了热量。
它渗进情人的脉管,
它缓缓充实了心房。
甜蜜的梦刚刚开始,
情人就要经受痛苦。

但爱情并不是那样……
我的爱情不会风一吹,
就像玫瑰花瓣那样不见踪影。
我的爱情坚贞不移,
不会凋谢消退。
我要珍惜爱情,
我要将它护卫,
对抗所有的危险,
不让它从我心中被夺走,
被撕得粉碎。

哦,亲爱的,我多么爱你,
我做梦也想你,
你睡了,我守在你身边,
你在睡梦中露出微笑。
啊,亲爱的,我多么想见你,
我弯下腰去吻你,
你从睡眠的深渊中醒来,
一定会保留这段记忆。

菲奥林·菲奥雷洛,
有你在我身旁,爱情多么美好!
我梦到你时,激动得发抖,
谁也说不出理由。
玫瑰花,牡丹花,
心脏的跳动,
需要爱情的激励,
如果缺少了爱,
生活还有什么意义?
雏菊花,康乃馨,
有时爱情给我们带来
悲哀和苦恼,
会像一阵微风,
盘桓片刻,
又飘然离去!
可是当你和我一起,
我感到无比幸福……
菲奥林·菲奥雷洛,
有你在我身旁,
爱情多么美好。

如今妒忌不合时宜,
已经变得卑鄙:
充分享受你的青春,
你必须与时俱进,
永远面带笑容。
你如果情绪低落,
就喝一杯苏打威士忌,
别把爱情太当一回事,
你就发现世界多么愉快,
你脸上就会有微笑。

们一生都必须维护这一文明。"（墨索里尼语）

论述：尘土飞扬的路上有一队少年行进。

他们是巴利拉少年，在早春温暖的阳光下显得自豪健壮，在队长简洁的命令下，他们步伐整齐，纪律严明；那些青年二十岁时就抛开笔，拿起滑膛枪，保卫意大利，对抗阴险的敌人。那些巴利拉少年星期六在街上行进，平时在学校里伏案学习，到了适当的年龄会成为忠诚坚贞的捍卫意大利及其文明的人。

"青年进军"期间，看着那些嘴上无毛、还有不少是少年先锋队员的游行队伍，有谁想到他们会以鲜血染红迈尔迈里卡的黄沙？如今看到那些欢笑嬉闹的少年，有谁想到不出几年他们也可能嘴里高喊着意大利的名字战死沙场？

我心头始终萦绕着一个想法：我长大后一定要当兵。现在我既然从收音机里听到我们的士兵勇敢、无畏、忘我的英雄事迹，这个想法就更深地扎根在我心中，不是人力所能拔除。

是啊！我要当兵，我要打仗，如果意大利希望如此，我要为新的、英雄主义的、神圣的文明献出生命，如果上帝希望如此，那种文明应该由意大利创建。

是啊！快乐活泼的巴利拉少年长大后，如果敌人胆敢亵渎我们神圣的文明，他们将像狮子那般勇猛。他们将像野兽那般搏斗，即使倒地，仍会爬起来继续战斗，他们必将战胜，为意大利，为不朽的意大利，赢来又一次胜利。

巴利拉少年有过去光荣的指引，当前光荣的鼓舞，对未来将要获得的光荣充满信心,今天的青少年将成为明天的战士,意大利将遵循它光荣的道路展翅高飞,走向胜利。

我是否真的相信这一切,还是在重复陈词滥调?当我把这些评到高分的作文带回家时,我的父母有什么想法?也许早在法西斯当权以前,他们自己就吸收了这种词句,对之深信不疑。众所周知,他们是在民族主义的氛围中成长的,那时候的人是不是把第一次世界大战看作净化灵魂的洗礼?未来主义者不是说过,战争是世界永葆青春的唯一途径?在阁楼上的旧书中间,我看到一本十九世纪后期著名的儿童读物,德·亚米契斯写的《爱的教育》,书中描写了帕多瓦爱国少年的英勇事迹和加隆尼的崇高行为,我发现恩里科的爸爸给恩里科的信中有一段赞美皇家军队的文字:

> 那些充满活力和希望的年轻人随时都可能应召入伍,捍卫我们的国家,几小时内就可能被枪弹和榴霰弹打得稀烂。每当你听到有谁兴高采烈地高呼"军队万岁,意大利万岁"的时候,我要你想象他们尸横遍野、血流成河的场景,你高呼军队万岁的声音就会更深沉,意大利在你心目中的形象就会更悲壮、更伟大。

如此看来,我和我的先辈受到的教育都是把热爱祖国当作与生俱来的义务。面对血流成河的景象时,感到的不是恐怖而是兴奋。在那方面,就连最高雅的诗人、伟大的莱奥帕尔迪,一百年前也曾写道：啊，以前的时候，人们为了保卫祖国，不怕牺牲，争先恐后，那些日子似有天佑，多么值得赞扬！

我知道，即使是《插图本海陆旅行历险日志》里描写的杀戮，在我看来也谈不上奇异，因为我是在恐怖崇拜的环境中长大的。这不仅仅是意大利独有的崇拜，因为在同一份画报里，我还读到其他颂扬战争和通过大屠杀得到灵魂救赎的诗篇，英勇的法国军队把色当的大溃败变为疯狂报复的神话，正如我们意大利人对待杰格布卜的做法一样。没有什么比失败的怨恨更能激起大屠杀的了。通过这些颂扬死亡的故事，我们几代人学会了怎么生活。

但是，我对死亡的渴望程度究竟有多深，我对死亡又有多少了解呢？我在五年级课本里看到一篇名为《瓦伦特山头》的故事。那篇故事的页面比别的地方破旧，标题用铅笔做了记号，许多段落下面画了着重线。故事写的是西班牙内战时期的一个英雄事迹：一个黑箭营驻扎在地势险恶、易守难攻的山头。有个排长名叫瓦伦特，二十四岁，黑头发，体格棒得像运动员，在意大利的大学专修文学，平时写写诗，在法西斯运动会拳击比赛中得过奖。瓦伦特自愿来西班牙作战，因为"作为拳击运动员和诗人都有用武之地"，他在充分了解任务危险性的情况下下令向山头发起攻击，故事描写了殊死战斗的几个阶段：赤党（"该死的赤党，他们在哪里？干吗不露面？"）用形形色色的武器劈头盖脸向他们射击，进攻的势头却像山火蔓延，越来越近。瓦伦特离山头只有几步之遥了，这时他的头部突然遭到猛击，耳朵里只听得一声可怕的轰响：

随之而来的是一片黑暗。瓦伦特的脸贴在草地上。现在黑暗不那么黑了,成了红色。我们的主人公贴近地面的眼睛看见了两三茎木桩一般粗的青草。

一名士兵来到他身边,低声告诉他,山头已经攻克。这时作者借瓦伦特之口说:"死亡意味着什么? 一般说来,吓人的只是死亡这个词罢了。现在他濒临死亡,自己也清楚,他没有热、冷,或者痛苦的感觉。"他只知道他履行了自己的职责,他攻克的山头将以他命名。

我初次看到真正死亡时的惊悚感觉,在我成年后再次阅读这些文字时重新出现。木桩一般粗的青草形象似乎从远古以来就盘踞在我心中,我阅读时几乎可以看到它们。我儿时经常到菜圃里去,俯卧在地上,把脸贴在一块芳香的草地上,以便真正看到那些木桩,我仿佛把这个动作当作一项神圣的仪式。那是大马士革快要失守时的事情,给我深刻印象,也许终生难忘。正是在那几个月里,我写了那篇如今使我十分不安的作文。难道真有这种两面派的表现? 也有可能我是在写好作文以后才读到那个故事的,难道那一刻后一切都起了变化?

随着课本里瓦伦特的牺牲,我的小学阶段也告结束。中学课本的趣味性要差一点——无论是否宣扬法西斯思想,只要主题是罗马的七王或者数学里的多项式,讲课内容都多少相同。我在中学时期的材料里见到一些叫作"记事"的东西。当时课程有了一些改革,不再命题作文,而是鼓励学生记叙日常生活中发生的事情,我们新换的一个教师用红铅笔批阅所有的记事,不打分数,而是写几句有关文笔或构思的评语。从评语中某些词的阴性词尾可以看出,这是一名女教师,并且显然相当聪明(也许我们崇拜她,因为看到那些红铅笔写的评语时,我觉得她一定年轻美貌,并且非常喜欢铃兰,我怎么会有这种想法也说不出道理),她一直试图鼓励我们为人真诚,要独立思考。

我得到极高评价的一篇记事是一九四二年十二月写的。那时我十一岁,在上一篇作文之后只过了九个月。

记事:打不碎的玻璃杯

妈妈买了一个打不碎的玻璃杯。其实仍是玻璃做的,真正的玻璃,使我感到惊奇,因为发生这件事的时候,笔者只是个几岁的孩子,他的智力还不够发达,认为玻璃杯掉到地上都会打碎(并会招来一顿好揍),他想象不出这个并不出奇的玻璃杯为什么打不碎。

打不碎!这个词仿佛有一种魔力。孩子尝试了一次、两次、三次,玻璃杯每次掉到地上都发出可怕的声响,弹跳起来,但完好无损。

一天傍晚,家里来了几个朋友,于是拿出巧克力招待(请注意,当时还有这类美味食品,而且数量很多)。我嘴里含着巧克力(记不起什么牌子了,可能是吉安杜佳、斯特雷利奥,或者口福莱),到厨房里拿了那个著名的杯子回来。

"女士们,先生们,"我像马戏演出报幕人招呼路人观看表演似的宣布说,"各位将要看到的是一个独特的、神奇的、打不碎的玻璃杯。现在我把它摔到地上,各位可以看到它不会碎,"我煞有介事补充说,"它会完好无损。"

我把它扔到地上……不用说,玻璃杯摔得粉碎。

我觉得脸顿时涨得通红,我震惊地盯着那些在吊灯照耀下像珍珠一样闪闪发亮的碎片……我的眼泪夺眶而出。

故事到此结束。现在我试图把它当作经典文本加以分析。我记叙的事发生在前技术社会,打不碎的玻璃杯是稀罕物,人们会单买一个做试验。如果打碎,非但有失颜面,而且对家庭经济也是一个打击。因此,无论从什么角度来说,都是一个丧气的故事。

这则一九四二年的故事使人想起战前比较快活的时光,那时候,人们在客厅或者有吊灯照明的餐室里招待客人,还有巧克力,而且有外国品牌。我对听众的呼吁,不像元首在威尼斯宫阳台上所做的那样,而是像我在市场上听到的招徕顾客的叫卖那么可笑。我联想到打赌、志在必得、十拿九稳的把握,但形势急转直下,我认识到自己的失败。

那是我亲身经历的故事之一,不是学童重复的陈词滥调,也不是某些冒险小说的改编。那是期票不能兑现的戏剧性事件。在吊灯照耀下闪着珍珠光泽的碎片中,我在十一岁的年纪庆祝了自己的虚空之虚空,践行了一种宇宙悲观主义。

我成了一个挫败的记叙人,我代表了易碎的描述对象,并与之相关联。尽管很讽刺,但从生存观点来说,我变得愤懑别扭,对一切极端怀疑,不存任何幻想。

一个人在九个月之内怎么会有这么大的变化?毫无疑问,是自然成长过程造成的,人随着年龄的增长而变得聪明,不仅如此,还有因豪言壮语未能践行的幻灭(当时我仍旧住在城里,或许我也看到了我祖父用红笔画线的剪报),我看到了瓦伦特的牺牲,他的英雄事迹融入了霉绿色木桩的可怕景象,这是最后一道把我同地狱隔绝开来的篱笆,让我落入每一个凡夫俗子的自然命运。

九个月内,我变得聪明了,我有了锐利的、醒悟的智慧。

至于别的,歌曲、元首的讲话、可爱的女孩、两颗炸弹带来的死亡和衔在嘴里的一枝花呢?根据本子的抬头标题判断,我念中学一年级(我写那篇记事)的时候仍住在城里,后两年则住在索拉拉。也就是说,我的家人决定彻底迁到乡间,因为空袭终于波及我们居住的城市。我记下那个打碎的玻璃杯后不久就成了索拉拉的居民,从中学二三年级起,记事都在回忆过去美好的时光,听到汽笛声时,你知道声音来自工厂,就对自己说:"正午了,爸爸马上要回来了。"还有对于回到平静的城市的感慨,对去年圣诞节的回忆。我已经脱下我的巴利拉少年的制服,成了一个小颓废分子,已经在追寻逝去的时光。

从一九四三年到战争结束,那是最黑暗的年代,游击队斗争活跃,德国人不再是我们的伙伴,那些日子我是怎么过来的?笔记本里没有记载,仿佛谈起可怖的当下是犯忌的,我们的老师不鼓励这么做。

我缺失了某些环节,也许是很多环节。某些时候我有改变,但是我不知道其中的原因。

十
炼金术士的塔楼

我觉得我的头脑比刚来时更混乱了。以前我至少没有记忆，头脑里一片空白。现在我依然没有记忆，但我知道了不少东西。我以前是谁？塑造扬波的是学校和"公共教育"，包括法西斯风格的建筑，宣传明信片，街上的招贴画，歌曲，萨尔加里和凡尔纳的小说，撒旦船长的游历，《插图本海陆旅行历险日志》里描写的残忍场面，罗坎伯莱探案，方托马斯的神秘巴黎，夏洛克·福尔摩斯的浓雾，或者写丘弗蒂诺和那个打不碎的玻璃杯的扬波？或是那一切的总和？

我困惑地打电话给保拉，向她解释我的焦虑，她听了哈哈大笑。

"扬波，对我来说，那一切都只是模糊的记忆。印象中我在防空洞里过过几个夜晚，有人突然把我弄醒，带我下楼。当时我只有四岁。请容许我扮演一下心理医生的角色：小孩在各种环境里都能适应；他们揣摩出怎么开电视，看新闻，他们听童话故事，观看图画书里神情善良的绿色妖魔和口吐人言的狼。桑德罗老是谈他在卡通书里看到的恐龙，但他不会指望在街角看到恐龙。他临睡前，我念《灰姑娘》的故事给他听，他十点钟下了床，悄悄的不让父母知道,在门口偷看电视,看到一个海军陆战队的士兵用机枪一梭子射死了十个人。小孩在心理上比我们更平衡,他们很会区别童话故事和现实;他们一只脚踩在这里,另一只脚踩在那里,从来不会搞混,除非个别生病发烧的小孩会看到超人飞翔,也在自己肩头系一条毛巾,从窗口跳出去。那是个别例外,并且几乎都要怪父母。你的情况不属例外,你把桑德坎和你的教科书分得非常清楚。"

"那当然,可是我认为哪一个是假想的呢?桑德坎的世界,还是元首甜言蜜语所说的母狼后代的世界?我和你谈过那篇作文,是吗?那时我只有十岁,但我是不是真的希望像一头野兽那样殊死搏斗,为不朽的意大利捐躯呢?现在我像十岁大的孩子那样说话,我不怀疑当时有审查制度,可是当时炸弹已经落到我们头上,一九四二年,我们的士兵在俄罗斯像苍蝇那样一片一片地死去。"

"可是扬波,当卡拉和尼科莱塔还是孩子的时候,以及现在即使有了外孙,你仍旧常说,小孩是溜须拍马的坏东西。你应该记得,几星期前詹尼来我们这里,小家伙们也在,桑德罗对他说:'詹尼爷爷,你来看我们,我真高兴。''你瞧,他们多么爱我。'詹尼说。而你说:'詹尼,孩子是溜须拍马的坏东西。这个小家伙知道你老是给他带口香糖。就是这么一回事。'孩子是溜须拍马的坏东西。你以前也是这样。你作文想得高分,就专挑老师喜欢的题目写。这个观点来自托托,你一直把他视为生活导师,你从他那里学到:人天生是马屁精,我谦卑地生而为马屁精。"

"你过于简单化了。就詹尼来说,溜须拍马是一回事,但是就不朽的意大利来说,却是另一回事了。此外,在那种情况之下,不出一年,我这个根深蒂固的怀疑主义者居然写了那篇有关打不碎的玻璃杯的记事,讽喻这个平淡无奇的世界——因为那是我想说的东西,我有感觉。"

"其实是因为你换了老师。新的老师可能解放了原来的老师不允许你发展的批判精神。再说,在你那个年纪,九个月长得像一个世纪。"

那九个月中间一定发生了什么事情。我回到祖父的书房时意识到这一点。我一面喝咖啡,一面翻阅书刊,我从杂志堆里抽出一本三十年代后期的幽默周刊《贝托尔多》。是一九三七年出版的,但我一定是在那一年以后看的,因为当时我还不会欣赏那种线状的绘画风格和那种转弯抹角的幽默。现在我在看一篇对话(每期头版左侧卷首的小栏里都印这类对话),很可能在那发生深刻转变的九个月里吸引过我的注意:

贝托尔多从那些扈从先生身边走过,径直到夸夸其谈大公身边坐下,大公生性随和,谈吐风趣,开始愉快地问他。

大公:你好,贝托尔多。十字军怎么样?

贝托尔多:高贵。

大公:任务呢?

贝托尔多:崇高。

大公:行动呢?

贝托尔多:骁勇。

大公:人们团结的浪潮呢?

贝托尔多：汹涌。

大公：榜样呢？

贝托尔多：高明。

大公：首创呢？

贝托尔多：勇敢。

大公：贡献呢？

贝托尔多：自发。

大公：姿态呢？

贝托尔多：绝佳。

大公听后笑了，把廷臣们叫到他身边，吩咐他们发动梳毛工的起义（一三七八年），起义结束后，廷臣们回到原来的地方，让大公和贝托尔多继续谈话。

大公：工人们怎么样？

贝托尔多：粗俗。

大公：他们的伙食怎么样？

贝托尔多：简单，但够吃饱。

大公：地方怎么样？

贝托尔多：土地肥沃，阳光充足。

大公：居民呢？

贝托尔多：热诚。

大公：景色呢？

贝托尔多：绝妙。

大公：郊区呢？

贝托尔多：迷人。

大公：别墅呢？

贝托尔多：华丽。

大公笑了，把所有的廷臣叫到身边，吩咐攻打巴士底狱（一七八九年），发起蒙塔佩蒂战役（一二六〇年），结束后廷臣们回到原来的地方，让大公和贝托尔多继续谈话……

对话在同一时间里模仿了诗人、报刊和官样文章的语言。如果我是个聪明的孩子，那以后我再也不会写一九四二年三月那种作文了。我已经为那篇打不碎的玻璃杯做好了准备。

这只是假设而已。有谁知道在那篇英雄主义的作文和幻想破灭的记事之间我遭遇了多少别的事情。我又一次决定暂时中断我的调查和阅读。我到镇上去。我的吉卜赛女郎牌香烟已经抽完，只得凑合着抽抽万宝路淡烟——那也不是坏事：我可以减少抽烟量，因为我不喜欢万宝路。我顺便去药剂师那里量量血压。和保拉通过电话以后，我的情绪松弛了不少——收缩压在一百四左右。有好转。

我回到家，特别想吃苹果，便走进主楼底层的房间。我在存放的水果和蔬菜中间溜达，发现底层的几个大房间用于堆放菜蔬，其中一间后面有几堆折叠帆布躺椅。我拿了一把到院子里，放在可以眺望景色的地方坐下来，浏览报纸，我觉得时事引不起我的兴趣，便把折叠椅转了一个方向，开始观看房屋的正面和背后的山丘。我问自己在找什么，想要什么，难道坐在这里眺望如此美丽的山丘还不够吗？就像那本小说里写的那样，那座山丘叫什么来着？主啊，我就在这里搭三座棚，一座为你，一座为摩西，一座为以利亚，然后浑浑噩噩地过日子，既无过去，也无将来。也许那就是天国的模样。

但是纸张的魔力占了上风。过了一会儿，我开始胡思乱想，想象自己是《孩子们的图书馆》丛书里一篇故事的主人公，我站在费拉克或者费拉尔巴的城堡前面，寻找必定藏有遗失的羊皮卷的密室或者储藏室。你按一下纹章上的一朵玫瑰花，墙壁戛然开启，出现了一座旋转楼梯⋯⋯

我看到屋顶上的老虎窗，老虎窗下面是我祖父那一翼房屋的二楼窗户，现在已全部打开，让屋子里面明亮一些，便于我溜达。我不知不觉地开始数窗户。中央是阳台，左边三扇分别是餐厅、我祖父的卧室、我父母的卧室。右边分别是厨房、浴室和阿达的房间。结构对称。我看不到最左边我祖父的书房或者我的小房间的窗户，因为它们在过道尽头，已经超过了建筑正面和左翼的衔接点，那几个房间的窗户面对建筑的侧面。

一种不安的感觉强烈地攫住了我，仿佛我的对称感被打乱了。走廊左面的尽头是我的房间和祖父的书房，可是走廊右面经过阿达的房间以后就消失了。因此，右面的走廊比左面短了一截。

阿玛利亚恰好走过，我让她指一指她所住的那一翼的窗户。"那好办，"她说，"底层那一间是我们吃饭的房间，那扇小窗是浴室，你亲爱的祖父特地辟出一间厕所，给我们中间某些不喜欢像农民那样在树丛里方便的人使用。至于其他窗户，你看到那两扇是我们存放工具杂物的储藏室,侧面有门进出。二楼是我房间的窗户,另外两扇是我父母的卧室和餐室,出于对他们的尊重,他们去世后房间一直保持原样,从没有打开过。"

"这么说,最后一扇窗是他们的餐室,那个房间在你所住的一翼和我祖父所住的一翼的衔接处。"我说。"一点不错,"阿玛利亚确认说,"其余属于东家。"

一切听来都很自然,我不再问什么了。但是我绕到房屋右侧靠近打谷场和鸡舍的地方转悠。我马上可以看到阿玛利亚厨房的后窗,然后是我几天前见过的通向农具储藏室的那扇摇摇晃晃的宽门。这次我进了屋,发现里面的长度有点异常,超出了右翼和主楼的接合部;换句话说,储藏室在我祖父所住一翼的楼下继续延伸,直到葡萄园对面的后墙,从可以瞥见小山脚的一扇小窗向外张望就看得清清楚楚。

没有什么特别的,我暗忖道,可是如果说阿玛利亚的房间只到两翼的衔接处为止,那么延伸部分的楼上又是什么呢?换句话说,我祖父的书房和我的小房间的左翼空间是什么呢?

我回到打谷场抬头张望。那个空间有三扇窗,正像对面一样(两扇是我祖父的书房,一扇是我的房间),三扇窗的百叶窗都没有打开,上面仍旧是阁楼的老虎窗,我早已知道,整座房屋的阁楼都是相通的。

我把在花园里忙活的阿玛利亚叫过来,问她那三扇窗后面是什么。她说什么都没有,仿佛那是世界上再自然不过的回答。你说什么都没有是什么意思?既然有窗户,窗户里面肯定有什么,那不是阿达的房间,她房间的窗户正对院子。阿玛利亚试图打断我的话:"那是你亲爱的祖父的东西,我什么都不知道。"

"阿玛利亚,别把我当傻瓜。怎么去那下面?"

"根本进不去,里面什么都没有了。时至今日,巫婆全搬走了。"

"我叫你别把我当傻瓜,你一定有办法进去,不是经过你在底楼的一个房间,便是另有一条该诅咒的路!"

"请不要诅咒。上帝只诅咒过魔鬼。你要我说的,正是你的好祖父要我发誓绝口不谈的事,我不会违背誓言,不然魔鬼真的会把我抓走的。"

"你发的是什么誓,什么时候发的?"

"那晚我发了誓,过后不久'黑色旅'来了,你亲爱的祖父先前已经吩咐过我和我母亲,说什么都不知道,什么都没有看见,事实上也没有让我们看到他和马苏鲁(我可怜的父亲)做的事情——因为如果'黑色旅'来了,他们会用火烧你的脚,不由你不说,你还是什么都不知道的好,那帮人穷凶极恶,即使舌头被他们割掉的人,也能掏出话来。"

"阿玛利亚,'黑色旅'已经是四十多年前的事了。我祖父和马苏鲁都已去世,'黑色旅'的人或许都死光了,你发的誓已经没有约束力了!"

"你亲爱的祖父和我可怜的父亲早都死了,这话不假,好人都先死。但是别人我就不清楚了,因为坏人总死不光。"

"阿玛利亚,'黑色旅'不存在了,战争早已结束,不会有人用火烧你的脚。"

"你说的话对我就像是福音书那么正确,可是保塔索是'黑色旅'的,我可记得他,当时他大概不满二十岁,现在他仍在这一带,他住在科塞利奥,每个月来一次索拉拉,他在科塞利奥开了一家砖厂,发了财,镇里还有人永远忘不了他干过的事,在路上见他迎面过来,便走到马路对面去。也许他不能再用火烧人们的脚了,但誓言总是誓言,教区神父也无能为力。"

"因此,即使我还在病中,我妻子以为你在帮助我恢复健康,你却不愿意把这件事告诉我,这样可能会害我病得更重。"

"扬波少爷,我要是想伤害你,就让我遭雷劈,不过誓言总是誓言,我说得对吗?"

"阿玛利亚,我是谁的孙子?"

"当然是你亲爱的祖父的孙子。"

"我是我祖父的继承人,是这里所有东西的主人,对不对? 假如你不告诉我怎么上去,等于是你偷盗属于我的东西。"

"假如我有偷盗你的东西的心思,让上帝立刻灭了我,我从没有听到过这么伤人的话,我勤勤恳恳为你把这座房子拾掇得干干净净,干了一辈子!"

"还有,我既然是我祖父的继承人,我现在说的任何话就等于是他说的,我郑重地解除你誓言的约束,行了吧?"

我提出了三个有说服力的论点:健康状况、财产权、拥有全部长子特权的直系亲属。阿玛利亚抵挡不住,终于让步了。扬波少爷的分量比神父和"黑色旅"要重,不是吗?

阿玛利亚带我上了主楼的二楼,往右拐,经过阿达的房间,朝过道尽头那个有樟脑味的大衣柜走去。她请我帮她挪一下大衣柜，后面露出一个砌墙堵死的门洞。那曾是小教堂的入口，因为把财产遗赠给我祖父的叔祖父住在这里的时候辟出了一个小教堂，专供家族星期天望弥撒，神父从镇上赶来主持。我祖父虽然喜欢耶稣诞生模型，却不爱去教堂，他接管房屋后，小教堂便遗弃不用了。长椅搬了出来，零散放在楼下的大房间里，小教堂既然已经空置，我求祖父允许我从阁楼搬几个书架下来放东西——我常常躲在那里。后来教区神父知道了我们的安排，请我们至少让他取出经过祝圣的祭坛石头，以免遭到亵渎，我祖父还让他取出一尊圣母像，以及圣酒瓶、圣餐盘和圣体盒。

冬天的一个傍晚（当时索拉拉附近已有游击队出没，掌管镇子的有时候是游击队，有时候又是"黑色旅"，那个月就是由"黑色旅"掌管。据说游击队在朗格山上），有人来告诉我祖父，他需要把法西斯搜捕的四个青年人藏起来。据我推测，他们可能还不是游击队员，只是迷了路，正要通过这一地区上山去参加抵抗运动。

父母、妹妹和我那两天都不在家，我们去看撤到蒙泰尔索洛的舅舅。家里只有我祖父、马苏鲁、玛丽亚和阿玛利亚，我祖父要女人们发誓，绝不把家里发生的事情说出去，事实上他很早就打发她们去睡觉。只不过阿玛利亚假装去睡了，然后躲起来偷看他们。青年人八点左右来了，我祖父和马苏鲁带他们上小教堂，给他们一些食物，然后去找了一些砖头和几桶砂浆。祖父和马苏鲁虽然不是泥瓦匠，但还是动手砌了那堵墙，把本来搁在别处的大衣柜搬到墙前。他们刚收拾完，"黑色旅"就来了。

"他们一副凶神恶煞的样子。幸好领头的有点教养，甚至还戴着手套，他同你祖父寒暄，多半听人说你祖父有田地，同类是不相残的。哦,他们探头探脑,到处看看,甚至上了阁楼,不过他们的时间很紧,显然是走走过场,因为还有许多农家要查,他们认为处境相似的人才会藏匿同类。他们什么也没有找到,戴手套的那个人为打扰我们而道了歉,说了一声'元首万岁',你祖父和我父亲很机灵,也说了'元首万岁',便万事大吉。"

那四个藏匿者在里面待了多久?阿玛利亚不知道,她装聋作哑,只知道有几天她和玛丽亚把面包、萨拉米和葡萄酒装在篮子里,放到一个约好的地点。我们回家后,我祖父只对我们说,小教堂的地板有点朽坏,他请泥瓦匠作了加固,泥瓦匠封闭了入口,以免小孩乱跑闯祸。

好吧,我对阿玛利亚说,谜团已经打破,那几个藏匿者既然进去了,总得出来,马苏鲁和我祖父想办法给他们送了几天食物。如此看来,即使砌了墙以后,肯定还另有一个出入口。

"我可以对你起誓,我确实没有考虑过他们是不是从那个洞进出。我认为只要是你亲爱的祖父做的事肯定都错不了。他封死了门?唔,封死就封死吧,对我来说那个小教堂再也不存在了,事实上即使现在也不存在,假如不是你问,我几乎早就把它忘得一干二净。也许他们从窗口递送食物,把食物放在篮子里用绳索吊上去,也许他们夜里也是从窗口离开的?"

"不,阿玛利亚,在那种情况下有一扇窗子会是开着的,事实上所有的窗都是从里面关好的。"

"我一向说你头脑好使。我从来没有想过那一点。呃,我父亲和你亲爱的祖父怎么把他们弄出去呢?"

"行吟诗人说,那是问题所在。"

"哪个行吟诗人?"

也许迟了四十五年,可是阿玛利亚确切地指出了症结所在。这个问题得由我自己解决。我把整座建筑检查了一遍,试图找出一扇隐蔽的门、一个洞穴、一道格栅,我把主楼两层的房间和过道再检查了一遍,然后像"黑色旅"那样搜查了阿玛利亚所住那一翼的两层楼。一无所获。

即使不是夏洛克·福尔摩斯,你也会得出那个唯一可能的结论:阁楼上有一条通向小教堂的路。小教堂有独立的楼梯,但是阁楼里却找不到入口。对"黑色旅"来说找不到,对扬波却不是。试想我们从外地回来,我祖父告诉我们说小教堂已经没有了,我听了相当满意,尤其是我显然把我一些最珍爱的物品存放在那里,我的反应似乎不合情理。我经常在阁楼里出没,一定熟悉那条通道,可以继续进小教堂,而且比以前更快活,因为它成了我的藏身之处,我待在那里谁都休想找到。

没有别的办法了,只有回到阁楼上去察看右翼建筑。当时有一场雷雨在酝酿,气温没有平常那么高。否则墙脚下堆放了这许多杂七杂八的东西,把它们挪开可不是容易的事,何况这一翼除了存放收割用的农具外,还有许多废弃的旧物——旧门扇、翻修房屋后拆下来的横梁、一卷卷带刺铁丝、大片镜子碎片、一捆捆用麻绳和油布包扎起来的旧毯子、不能用的揉面缸和堆放了几百年的被虫蛀朽坏的高背长椅。我把这些东西统统挪开,木板倒下来砸在我身上,生锈的钉子划破了我的手,可是我依然没有找到秘密通道。

接着，我领悟到再寻找也是白费气力，因为四面都是外墙，根本不可能有房门。既然没有房门，就必定有地板门。我的《孩子们的图书馆》丛书里有许多这类故事，当初我怎么没有想到，真傻。我应该检查的不是墙，而是地板。

地板自然比墙壁糟糕，我不得不跨过或者爬过形形色色的杂物：到处乱扔的木板、常年不用的床架、一捆捆的建筑钢筋、一具老旧的牛轭，甚至一副马鞍。还有一摊摊的死苍蝇，那是去年气候突然转冷时进来避寒的，却没有躲过一劫。蜘蛛网从一面墙挂到另一面墙，像是鬼屋里有过辉煌过往的帷幕。

一道距离相当近的闪电照亮了老虎窗。阁楼里却越来越暗——雨始终没有下来，暴风雨在别的地方化解了。《炼金术士的塔楼》《城堡的奥秘》《卡萨贝拉的美女囚徒》《莫兰德的奥秘》《北方塔楼》《钢铁侠的秘密》《旧磨坊》《消锒水的秘密》……天哪，我陷入了一场真正的风暴，一个闪电就可以把我头上的屋顶击穿。我却以古籍商的眼光来看这一切。我可以写一篇新的短篇故事，标题是《古籍商的阁楼》，署名用贝尔纳热或者卡塔拉尼。

我碰巧踩到某个地方，绊了一下；一层不成形状的废弃物下面有一级台阶。我顾不得刮破手，赶快清出一块空地，无畏的孩子得到了奖励：眼前赫然出现了一扇地板门。我祖父、马苏鲁和那些逃亡者使用过的门，我一定也使用过无数次，再现了书本中大量想象的历险和奇遇。多么美妙的童年。

地板门不大，很容易就掀开了，虽然在掀的过程中扬起不少尘埃，因为那些缝隙里积存了将近五十年的灰尘。地板门下出现了什么？一把简陋的梯子，我亲爱的华生医生，即使我弯着腰拖拉重物有两小时之久，四肢有点僵直，爬那梯子也不是特别费劲——换了以前，我可以一跃而下，可是如今我年近六十，我的动作像是一个仍旧能吮吸自己大脚拇指的孩子。（我发誓以前从没有这种想法，但是我夜里躺在床上的时候，有可能会试着咬咬自己的大脚拇指，证实一下能不能做到，这是很自然的事。）

总之，我爬了下去。里面漆黑一片，只有从关不严实的百叶窗缝隙透进来的几缕亮光。黑暗里的空间仿佛大得无边无际。我马上过去开窗：不出所料，小教堂的面积是我祖父的书房和我的房间的面积的总和。我看到一个破败不堪的镀金祭坛，上面靠着四张床垫：无疑是那四个藏匿者的卧具，此外没有其他相关的痕迹，这说明小教堂后来被人占用了，至少被我占用过。

窗前靠墙有几个白木架子，上面堆满了印刷品和报纸杂志，堆放的高度各各不同，似乎经过分门别类。房间中央有一张长桌和两把椅子。在本应是入口的旁边（从我祖父和马苏鲁在一小时内匆匆完成的粗糙的泥瓦匠活可以看出门的痕迹，过多的灰浆从砖缝里挤了出来——说到头，他们只能从外面，不能从里面抹平灰浆），我找到了电灯开关。我不存希望地开了一下灯，果然没有动静，虽然天花板下每隔一定的距离悬挂着一个带白罩的灯泡。也许在过去的五十年中，耗子啃光了电线，前提是它们能穿过地板门，到达这里，但是耗子……谁知道呢，也许我祖父和马苏鲁砌墙堵门时把电线全毁掉了。

那时刻,光线还够我观察。我感觉像是卡纳冯勋爵[①]踏进沉睡数千年的图坦卡蒙陵墓,我面对的挑战是避免被一直等候在那里的神秘的金龟子狠狠叮咬一口。里面的一切仍旧保持我最后离开时的模样。只要能看见就可以了,我甚至不希望把窗户开得太大,唯恐打扰房间里沉睡的气氛。

我不敢看架子上有什么东西。那上面的东西都是我的,只能是我的,不然的话,应该放在我祖父的书房里,早被我舅舅舅妈清理到阁楼上去了。此时此刻,何必费力去回忆呢?对人类来说,记忆只有充数的作用,时光流逝,往事如烟。我在经历一切从头再来的奇迹。我在重复以前做过的事情,像皮皮诺那样返老还童。我只要记住今后发生的事情就行了,说到头,那些事情同以前一模一样。

在小教堂里,时间凝滞了,不,或者不如说倒流了,仿佛时钟的指针回到了一天前。不管昨天的四点钟同今天的四点钟如何相似,你只要知道(唯有我知道)那是昨天的,或者是一百年前的四点钟。卡纳冯勋爵当时的感觉一定也是这样。

我想,此时此地假如"黑色旅"发现我的话,他们会认为我身在一九九一年夏季,而我(唯有我)知道我身在一九四四年夏季。即使那位戴手套的长官也会脱帽致意,因为他即将进入时间的庙宇。

[①] Lord George Carnarvon(1866—1923),英国贵族、考古赞助人,1922年与考古学家霍华德·卡特(Howard Carter,1874—1939)发现古埃及法老图坦卡蒙陵墓,后神秘死去。一说他受到法老的诅咒,也有科学家分析他是因昆虫叮咬而感染病毒。

十一
在卡波卡巴纳

我在小教堂里待了好几天，每天傍晚出来时总是带一包东西进我祖父的书房，在绿色灯罩下面翻看，（据我回忆）那时收音机一直开着，把我看的和听的内容糅合在一起。

小教堂的木架子上堆放着我儿时看的漫画和漫画剪报，剪报没有装订，可是分门别类，摆放得整整齐齐。这些东西不属于我祖父，日期从一九三六年开始，到一九四五年左右结束。

我从同詹尼的交谈中已经揣摩出来，我祖父是旧时代的人，他希望我阅读萨尔加里或者大仲马的作品。为了重申我想象的权利，我把我的连环画藏在他的控制范围之外。然而有些连环画的出版日期早在一九三六年我上学之前，那表明替我买连环画的人如果不是我祖父，肯定还有别人。也许我祖父和我父母会因此而产生矛盾——"你们为什么让你们的儿子看那些垃圾？"——不过我父母自己小时候也看过这类画报，因此对我比较宽容。

第一堆是积了好几年的《儿童邮报》，这是一份带插图的周报，一九三六年的报纸上印有"第二十八年"字样——那并不是法西斯执政的年份，而是出版日期。如此看来，《儿童邮报》早在世纪初就已存在，无疑给我父母带来过欢乐——他们念给我听时得到的乐趣,也许超过我央求他们念给我听时的乐趣。

不管怎么说,翻阅《小邮报》(我下意识地如此称呼它)让我重新感受到前几天的紧张。《小邮报》提到法西斯的荣耀与奇形怪状的童话人物的虚拟世界时不加任何区别。它提供给我的既有绝对正统的法西斯故事和严肃的卡通,也有百分百来源于美国的分格漫画。对传统做法的唯一迁就只在取消了画面上用线条圈出的人物对话,或者只作为装饰加以保留:《小邮报》上的全部故事都改用了说明文字——严肃的故事用长句的散文,滑稽的故事用儿歌似的韵文。

下文是好冒险先生的奇遇:这个扣人心弦的故事叙说了一位爱穿裤管特别肥大的白裤子的先生由于某种完全偶然的机遇,总能得到一百万里拉的大奖(当时的月工资一般只有一千里拉),可是一转眼又不名一文,只能等待下一次好运。也许他挥霍无度,像那个整天乐呵呵的潘普里奥先生一样,总是换房子。我根据画家的风格和签名判断,认为这些连环画的作者都是意大利人,比如小蚂蚁和多嘴知了的连环画,还有随时都准备外出旅行的卡洛杰罗先生,身轻如羽毛、随风飘荡的马丁·姆玛,以及打算发明惊人的超级颜料的兰比基教授,他画的人物都有生命,因此他的家里总是充斥着令人烦恼的古代人物,一会儿是查理大帝的十二武士之一疯狂的罗兰,一会儿又是虚拟之地被废黜后愤愤不平的扑克牌的国王。

菲力猫的超现实主义背景具有不容置疑的美国风格,那些殖民主义的流氓,诸如顽童班、快乐流浪汉、吉格斯和玛吉(以及那些凸显在克莱斯勒大楼外墙框架里的人物)也是如此。

CORRIERE dei PICCOLI

SUPPLEMENTO ILLUSTRATO del CORRIERE DELLA SERA SI PUBBLICA OGNI SETTIMANA

PER LE INSERZIONI RIVOLGERSI ALL'AMMINISTRAZIONE DEL «CORRIERE DELLA SERA» - VIA SOLFERINO, 28 - MILANO

Anno XXXI - N. 42 — 15 Ottobre 1939-XVII — Centesimi 40 il numero

1. Nelle tattiche, che inizio hanno preso San Sulpizio, colonnelli e capitani stan studiando i vari piani.

2. Un reparto "nazionale" (Marmitton n'è il caporale) deve entrar nell'intricato campo avverso trincerato.

3. Le difese formidabili sono affatto insormontabili. Non si vede che una via: passar sotto, in galleria.

4. Marmitton e i suoi soldati, zappatori diventati, incominciano lo scavo, e ciascun si mostra bravo.

5. Si lavora, scava, sterra, come talpe, sotto terra: dei lavori ha Marmittone la suprema direzione.

6. "Siamo, sotto, metri venti e mi sembran sufficienti, or pian piano si risale in iscavo verticale."

7. Giunti all'ultimo diaframma si delinea questo dramma: che a sboccar vanno bel bello dove dorme il Colonnello.

8. Or rimugina, in prigione, l'accaduto Marmitton: "Certamente era sbagliato il disegno del tracciato."

令人难以置信的是《小邮报》让我看到了晦气大兵的故事（穿着打扮和安乐乡的大兵一模一样），他们由于倒霉的基因，或者由于佩戴勋章、留着大胡子的将军的愚蠢，到头来总是被关进监狱。

晦气大兵算不上战士或者法西斯分子。可是在那些以史诗般的、而不是以荒诞的笔调描绘英勇的为开化阿比西尼亚而战的意大利青年的连环画中，也有他的一席之地（在《最后的总督》里，抵抗入侵的阿比西尼亚人被称作强盗），在《比亚埃尔摩萨的英雄》中，保卫佛朗哥军队的侧翼、对抗穿红衬衫的冷酷的共和军的意大利青年也是如此。当然，该连环画没有说明，尽管有些意大利人同长枪党并肩作战，另一些意大利人却在对立的阵营，在国际纵队里作战。

《小邮报》旁边是一叠名为《胜利者》的周刊，以及几卷大开本的彩页剪报，日期都在一九四〇年以后。当时我大概八岁，肯定要求看大人的刊物，也就是人物讲话有对话框的连环画。

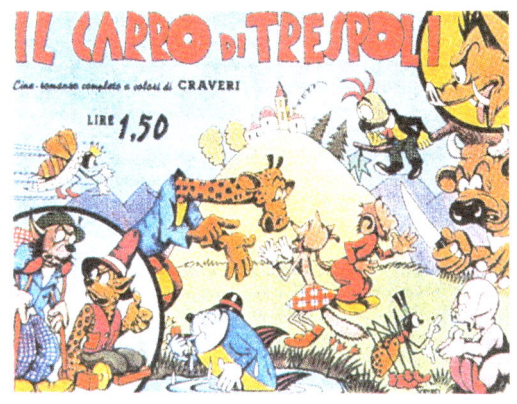

画报的内容也属于彻头彻尾的精神分裂。读者看到的是动物游乐园的有趣场景，人物包括长颈鹿麒麟风、鱼儿阿普利诺、猴子乔乔。又或者是皮波、佩尔蒂卡和帕拉等仿英雄历险记里的人物，再不然就是由于盗窃长颈鹿而遭逮捕的阿隆索·阿隆索（简称阿隆索），另外还有颂扬意大利往昔的荣耀，以及直接取材于当前的战争的故事。

描绘外籍军团成员罗曼诺的连环画给我的影响最为深刻，因为飞机、坦克、鱼雷艇、潜水艇等战争机器几乎达到了工程画的精细程度。

我重新研究了我祖父的报纸里的矛盾点以后，思维变得敏锐了一些，能够把日期加以比照。比如说，"向意属东非进军"的报道从一九四一年二月十二日开始。几星期前，英国人在厄立特里亚发起进攻，眼看二月十四日就要攻下索马里的摩加迪沙，尽管埃塞俄比亚似乎牢牢地掌握在我们手里，把我们的主角调到东非前线仍不失为好时机（他一直在利比亚作战）。罗曼诺奉派去送一个密件给意属东非部队总司令奥斯塔公爵，他从北非出发，穿越英属埃及苏丹。当时已有无线电设备，奇怪的是通讯内容（"抵抗到底，争取胜利"）却不保密；似乎奥斯塔公爵在自娱自乐。不管怎么说，罗曼诺和朋友一起上了路，经历了与原住民部落、英国坦克、空中飞机激战，以及画家所能想象到的种种艰难险阻。

三月份的几期刊物面世时，英国人已经深入埃塞俄比亚，仿佛只有罗曼诺没有注意到这一点，他一路上猎取羚羊，优哉游哉。四月五日，亚的斯亚贝巴陷落，意大利军队在加拉-锡达莫和阿姆哈拉重新结集，奥斯塔公爵向安巴-阿拉吉方向逃窜。罗曼诺继续挺进，甚至抽出时间捕猎了一头大象。他和读者们也许认为他仍旧在朝着亚的斯亚贝巴方向行进，虽然五年前被推翻的皇帝这时候已经回来了。四月二十六日的画报提到，罗曼诺的收音机被一颗步枪子弹打坏，这说明在那以前他有收音机，但怎么会不了解当时的形势，却叫人不明白了。

五月中旬，安巴-阿拉吉的七千名士兵弹尽粮绝，缴械投降，奥斯塔公爵和他们一起被俘。《胜利者》的读者可能不知道，但是

至少可悲的奥斯塔公爵已经注意到了,罗曼诺于六月七日在亚的斯亚贝巴会见公爵,发现他容光焕发,非常乐观。公爵看了罗曼诺送来的密件,确认说:"当然,我们会抵抗到底,争取胜利。"

那些连环画是几个月之前绘制的,尽管形势发生了变化,《胜利者》的编者没有中断发表的勇气。他们以为意大利的儿童没有听到那些丧气的消息——也许他们确实不了解。

第三堆是我收藏的《托波利诺》周刊,内容主要描写米老鼠(亦称托波利诺)和唐老鸭的事迹,但也包括"潜艇服务员"之类的勇敢的巴利拉少年的故事。我从《托波利诺》上可以追溯一九四一年十二月前后意大利和德国向美国宣战后发生的转变——我复核我祖父的报纸,实际情况确实是这样;我原以为美国人到了一定的时候对希特勒的胡闹感到厌倦,便宣布参战;其实不然,事实是希特勒和墨索里尼向美国人宣战,也许他们认为在日本人的配合下，花几个月时间就可以解决美国人。派一队德国党卫军或者意大利"黑衫军"去占领纽约显然很困难，但是我们已经在连环画上打了好几年仗，那时候用线条圈出人物讲话的做法已经过时，取而代之的是在每幅画下面用文字说明。此后，我一定注意到好几种连环画都有这种情形——美国人物开始消失，取而代之的是意大利的模仿者，最后——我认为那是最使人痛苦的最后一道栅栏——著名的老鼠被杀掉了。故事照旧进展，仿佛什么都没有发生，但是事先没有任何征兆，主角突然不再是托波利诺，而是换了一个名叫托弗利诺的人，不是鼠，尽管他像迪士尼旗下所有的拟人化动物一样只有四个指头；他的朋友，尽管都已经拟人化了，仍旧以本来的名字出现。那时候，我面对一个世界的崩溃采取了什么态度呢？也许是极度平静，因为美国人逐渐变坏了。可那时候我知道托波利诺是美国人吗？我的生活一定像是游乐场里充满戏剧性变化的滑车道。由于我看的故事中有大量戏剧性的情节，生活中的戏剧性变化一定显得稀松平常了。

继《托波利诺》之后，我发现了积攒了好几年的《探险家》，那是一本性质完全不同的刊物。第一期的出版日期是一九三四年十月十四日。

不可能是我自己买的，因为那时我还不满三岁，我认为我父母也不会为我买，因为刊登的内容根本不适合儿童阅读——那是一些美国连环画，读者对象是成人。因此一定是我后来找出来的，也许是用别的连环画交换来的。不容置疑的是，几年后我弄到了一些大开本的色彩鲜艳的剪报，封面像电影预告片似的，取材于内文刊登的故事。

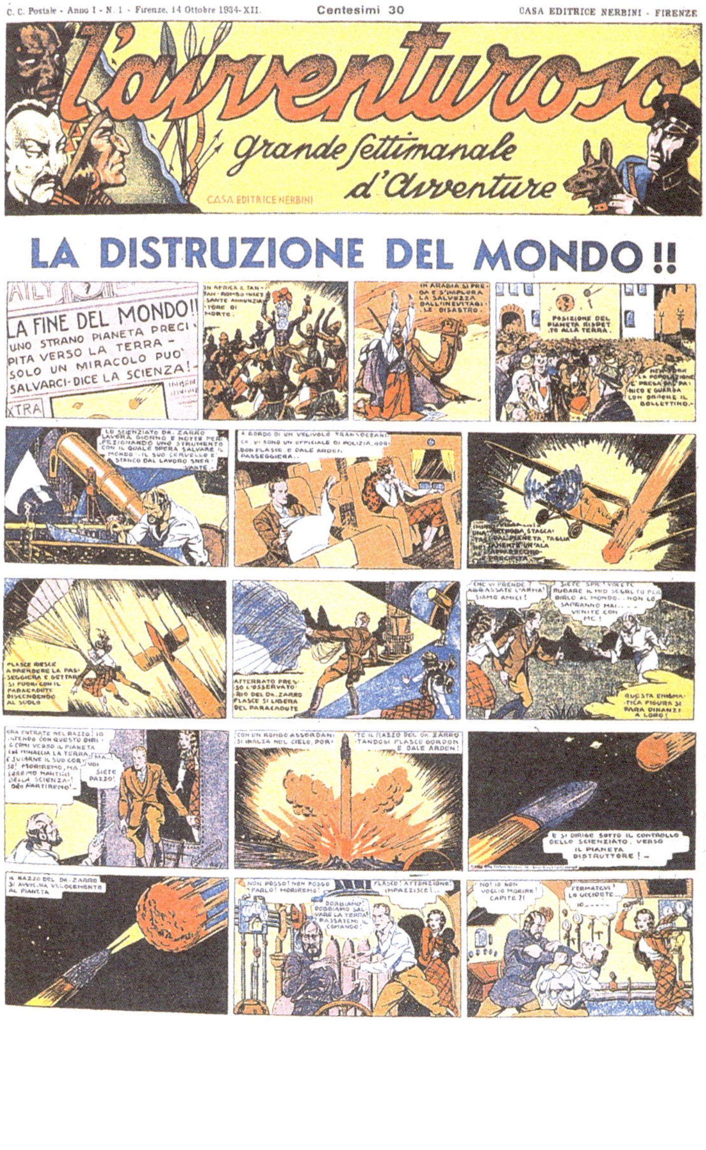

《探险家》周刊和剪报在我眼前展开了一个新的世界，第一期的第一页是一则题为《世界的毁灭》的故事，主人公名叫飞侠哥顿，在一个扎科夫博士的策划下，他登上了名为蒙戈的星球，星球的独裁者是残酷无情的明，他的名字和凶恶的长相都带有亚洲特征。蒙戈星球上的太空站是玻璃摩天大楼，水下有海底城市，幅员辽阔的王国跨越无边无际的森林，人物则有鬃毛狮人、鹰人、蓝色魔人的王后阿苏拉，他们的服装集古今之大成，既有电影里中世纪侠盗罗宾汉的打扮，也有野蛮时期的胸甲和头盔，偶尔还有十九二十世纪之交轻歌剧舞台上胸甲骑兵、长枪骑兵和龙骑兵的制服。他们不论善恶都佩带武器，既有刀剑弓箭，也有奇妙的激光枪，装备极不协调，他们乘坐的交通工具既有配备大镰刀的马拉战车，也有机首细长的星际火箭，机身油漆颜色鲜艳得像月神公园里的碰碰车。

哥顿金发碧眼，像雅利安英雄一样帅气，但是他所负使命的性质却使我大吃一惊。以前我见过的英雄人物都是什么样的？在我的课本和意大利的连环画报里，是为元首战斗、渴望以身殉国的勇士，在我祖父的十九世纪冒险小说里（假如那时候我已经涉猎那类小说的话），几乎全是为了个人利益或者生性歹毒的反社会的亡命之徒——也许只有基督山伯爵是例外，其实他也要为他个人所受的，而不是社会所受的冤屈进行报复。三剑客基本上站在善的立场，多少有些正义感，但是他们的作为出于团队精神，以国王手下的身份对抗主教的手下，再不然就是为了某些利益，或者是奉队长之命行事。

哥顿的情况不同，他反抗暴君，为自由而斗争。因此，飞侠哥顿一定是我心目中第一个英雄——我经过最近阅读的书刊之后才有了现在的认识,在当时并没有——在一个不容置疑的别处进行一场解放战争,在遥远的银河系炸毁壁垒森严的小行星。

我翻阅别的剪报簿时,神秘的火焰越烧越旺,我发现了课本里从未提到的英雄人物。蒂姆·泰勒和他的伙伴施普德,身穿查禁偷猎象牙的巡逻队的天蓝色制服,和一群白皮肤的人迅速穿过丛林,部分目的是掌控不驯服的部落,但更主要的目的是遏制偷猎象牙和劫掠殖民地人民的坏人(这么多白皮肤的坏人对付这么多黑皮肤的好人!),惊心动魄地追逐奴隶贩子和犀牛,追逐的场面不像我们的连环画那样画出乒乒乓乓的单发射击声,而是劈里啪啦的连续射击声,那些声音一定深深地铭刻在我试图分离出来的大脑额叶最隐秘的地方,因为我仍旧觉得那些声音是一个异国的承诺,是向我指点一个不同世界的手指。再一次,声音使我联想到一条至今没有找到的途径,或者不如说是字母的标音,而不是图像。

阿弗阿弗 克拉克 卜朗 卜兹咔伊 斯泼特 夏弗夏弗 克兰普 斯普莱许 克拉格 克拉格 克仑奇 德楞 戈许 戈仑特 杭克杭克 卡伊 喵 蒙勃尔 潘特 普洛普 卜特 洛阿 德林 仑普尔 博罗姆普 斯帕姆 卜伊兹 斯朗恰特 斯朗姆 普夫普夫 斯勒普 斯麦克 索卜 戈尔普 斯卜朗克 卜朗普 斯贵特 斯喻嘣 森普 普拉克 克朗 汤普 斯麦许 特拉克 呜啊 弗龙姆 吉达普 育克 斯普利夫 奥钦 斯拉普 佐姆 兹兹兹 斯尼夫……

L'IROSA E TERRIBILE VOCE DEL DITTATORE INTERROMPE AD UN TRATTO PER MEZZO DI MILIONI DI RADIO E DI ALTO PARLANTI STRADALI QUELLA DI TUTTO IL POPOLO FLITTONICO CHE ERA PIENA DI SPERANZA DOPO LA FUGA DEI DETENUTI POLITICI!
STURM!
KAPUT
KONCENTRAMENT...
BAU... BAU.. BAU.. BAU...
MIAOOOUUHH!
AHI FLITT!
AIUTO!
DEMOKRATEN
AUG!

CRACK
CRACK

BWOOM!

SOCK

BONG
BONG
DUE GIORNI DOPO

KRAK!

AAWRK

噪声。我在一幅又一幅的画面上看到各种各样的噪声。我从小就是在各种声息中长大的。在噪声中,一声"嘘"映入脑海,我的额头沁出了汗珠。我看看自己的手,它在颤抖。为什么?我在什么地方看到过"嘘"?也许那是我从未看到,而是亲耳听到的唯一的声音?

后来,我发现幻影侠的剪报簿时感觉自在了一些,幻影侠是不容于社会的善行者,他穿着性感的红色紧身衣,脸上蒙着一具黑色面罩,不见瞳仁,只露出凶狠的眼白,使他显得更加神秘。美丽的戴安娜·帕尔默一定爱他爱得发狂,吻他的时候浑身战栗,他从不脱掉包住他强壮肌肉的紧身衣(有时他受了枪伤,未开化的侍从替他疗伤,总是用绷带在他的紧身衣外包扎,紧身衣显然有防水功能,即使在闷热的南太平洋长时间游泳后,出水时仍旧非常合身)。

那些难得的亲吻是陶醉的时刻,因为或许由于误会,或许由

于一个觊觎的情敌,或许由于她身为美貌的国际旅行家的其他责任,黛安娜很快就被带走。他不可能追随她,让她成为他的新娘,因为他受到一个祖祖辈辈的誓言的束缚,必须保护孟加拉丛林里的人民,免受印度海盗和白人冒险家的祸害。

在遇到教我如何制服凶恶野蛮的阿比西尼亚人的连环画和歌曲之后(或者在同一时间),我遇到了一位英雄,他和俾格米人亲如兄弟地一起生活,并与他们一同抗击邪恶的殖民者——还有班达巫医古兰,古兰不是以忠实的索马里殖民军的身份,而是以善意的、睚眦必报的黑手党正式成员的身份,协助原住民击败了面目可憎的白人。相形之下,古兰比那些白人更文明,更聪明。

还有一些并不特别革命化的人物(在过去几天里,我的政治水平有所提高,以至于可以用这种观点来看问题),例如魔法师曼德雷克,他把他的黑人仆人洛泰尔当成朋友,其实更把他当作保镖和忠诚的奴隶。曼德雷克——在早期的意大利文版中,他被称作"曼德拉凯"——用魔法的力量击败了坏人,他只要一挥手就可以把对方的手枪变成香蕉。他是资产阶级英雄,不穿黑色或红色制服,而是一丝不苟地穿戴着燕尾服和大礼帽。另一个资产阶级英雄是秘密侦探X9,他穿夹克衫,打领带,经常套一件双排扣束腰带的雨衣。他追踪的不是某些政权的敌人,而是雅贼和团伙成员。他用精致的小手枪保护纳税人,即使在穿羽毛领丝绸衣服、浓妆艳抹的金发女郎手里,那种手枪也不失为小巧。

另一个天地,照说这个天地会毁掉学校努力教我正确使用的

语言,因为那些英语化的译文是很不规范的意大利语。那又有何妨？我在那些不合语法的剪报簿里遇到的人物显然不同于官方文化推出的人物,也许正是在那些花哨(并且如此迷人！)的连环画里,我初次有了不同的善恶观。

还有别的。那一堆旁边是一整套《黄金剪报》。其中有米老鼠的早期事迹,在城市背景中展开,和我所处的环境显然不同(我不知道当时我是否分得清那是一座小城市还是一个美国大都会)。《管道工助手》(哦,那个难以形容的派珀先生！)、《米老鼠寻宝记》、《米老鼠和七个幽灵》、《克拉贝尔的宝藏》(终于有了,和米兰的重版一模一样,不过改成了赭色和棕色)、《米老鼠在外籍军团》——并不是因为他是军人或者杀手,而是因为他出于公民责任感,同意参加国际间谍活动,结果在军团里受到奸诈的扳机霍克斯和阴险的木假腿皮特的迫害：米老鼠是我们的人/他将在沙漠里死去……

根据纸张磨损的程度判断,我翻阅得最多的一本是《米老鼠办报》：当局居然允许发表有关新闻自由的内容，这实在难以想象，审查官显然认为动物故事没有现实意义或危险性。我在哪里听到过"那是新闻界，亲爱的，你拿它有什么办法？"之类的牢骚？一定是以后的事情了。不管怎么说，米老鼠凭借有限的资源办起了自己的报纸，《战鼓日报》——第一期错字百出——继续无畏地刊登各种"适于发表的新闻"，尽管肆无忌惮的流氓团伙和贪污腐败的政客企图用一切必要的手段加以阻挠。那以前有谁告诉过我，自由的新闻界能够抵挡审查？

我分裂的童年的某些秘密开始解开。我看了课本和连环画，也许通过连环画，我艰难地形成了社会意识。毫无疑问，也许出于这个原因，我保存了破碎记忆的一鳞半爪，即使到了战后，我能弄到美国报纸（或许是士兵们带过来的），彩色的星期日副刊连环画让我认识了丛林小子和至尊神探之类

的英雄人物。我认为我们战前的编辑没有胆量出版这些连环画,因为风格过于现代化,会使人联想到纳粹所说的颓废艺术。

后来,我年纪大了一些,智力也有发展,是不是由于受到至尊神探的影响,我被毕加索深深吸引?

早期的连环画,除了飞侠哥顿以外,当然不会给我很大的触动。那些复制品有些是盗版,直接从美国刊物照搬过来,印刷质量很差,线条模糊,色彩失真。自从禁止从敌对国家进口以来,本土艺术家开始拙劣地模仿幻影侠,副刊上便出现了穿着引人注目的绿色紧身衣的、来历不同的人物。那些模仿《探险家》里的角色绘制的土生土长的人物大体上相似——举例说,像墨索里尼一样宽下颌的、身材高大的狄克·富尔明,痛打显然非雅利安血统的歹徒,例如黑人赞波,南美人巴雷拉,和后来的恶棍弗拉塔维昂(此人是妖魔化的曼德雷克,他的名字立刻让人想起可憎的但没有明确指出的种族,他的打扮不是美国魔法师的大礼帽和燕尾服,而是破旧的大帽子和土里土气的披风)。"瞄准了往要害打,我的小宝贝儿。"富尔明朝那些戴报童便帽、穿着皱巴巴的夹克的敌人嚷道,报复的拳头像雨点似的落了下去。"这家伙简直是魔鬼。"歹徒们说。这时候,富尔明的第四个不共戴天的敌人,白面具,从黑暗中现身,用大棒或者沙袋猛击富尔明的后颈,他闷哼了一声,倒在地上。但他并没有全盘皆输,因为虽然他被锁在地牢里,牢里的积水危险地逐步上涨,他还是可以运足气挣脱锁链,抓住那帮歹徒,把他们干净利落地交给警察局长(警察局长是个圆

脑袋的小个子，留着一撮更像银行家而不是希特勒式的小胡子）。

积水逐渐上涨的地牢是各国连环画里屡见不鲜的题材。我拿起一册尤文图斯画报时，胸口就好像有一块烧红的炭：《黑桃五：死神旗手的最后一集》。一个骑手打扮的男子，头部被圆筒形的红色面具罩住，披着一件红色的披风，他劈开双腿，张开双臂，四肢都用铁链拴在地牢的石墙上，然而有人打开了地下水闸，水源源不断地涌进石牢，即将把他淹没。

那些画报的附录部分还有内容更吸引人的连载故事。其中一篇名为《中国海上》，主角是詹尼·马蒂尼和他的弟弟米诺。奇怪的是这两个意大利青年并没有在意大利殖民地闯荡，和名字古怪的东方海盗、歹徒，以及德鲁西拉和伯玛等名字更为古怪的艳丽女人厮混。我当然会注意到绘画风格的差异,我那些为数不多的美国连环画可能是一九四五年从美国大兵那里弄来的,我很快得知故事原本叫《特里与海盗》。意大利文版是一九三九年以后问世的,也就是说,早在那时候就开始了把外国故事意大利化。我还注意到,在我收藏的为数不多的外国读物中,法国人已经翻译了飞侠哥顿,给他起的法国名字是飞侠居伊。

我再也放不下这些封面和故事了。我感觉像是在参加一个聚会,似乎同所有的人都打过交道,每张脸都似曾相识,但是说不出什么时候同这些人见过面,也叫不出他们的名字,只想招呼说:老朋友,你好吗?你伸出手,但马上又缩回来,唯恐认错了人闹笑话。

重访一个你感觉从未到过的地方会觉得别扭,就好像出了远门归来,却进了别人的家。

我翻阅画报时没有按照先后次序,既不按出版日期、编号,也不按人物分类。有时往前跳过几期,有时又回过头去察看旧的,当我突然想起要把爱国故事同曼德雷克和响尾蛇搏斗的故事加以对照时,我会从《小邮报》上的人物跳到迪士尼人物。回看《小邮报》上英勇的青年先锋队员马里奥和拉斯·艾图的对决时,我看到一幅插图,心脏似乎停止了跳动,我有一种类似勃起的感觉——或者某种更初级的感受,就像是那些阳痿的人应该感受到的那样。马里奥带着白种女人婕米从拉斯·艾图那里逃了出来,婕米是拉斯·艾图的妻子或者小妾,她现在明白阿比西尼亚的命运掌握在济世救人的"黑衫军"手里。那个坏女人的背叛（后来她当然变得善良正派）气得艾图七窍生烟，他下令焚毁两个逃亡者藏身的房屋。马里奥和婕米逃到屋顶上，马里奥发现一株巨大的大戟属植物，他说："婕米，抓住我，闭上眼睛！"

马里奥不大可能产生邪念，特别是在这种生死攸关的紧要时刻。可是婕米像所有连环画里的女主角一样，穿着质地柔软的束腰长袍，裸露出肩膀、手臂和部分胸脯。那四幅描绘他们逃跑过程和惊险跳跃的漫画，表明长袍，尤其是丝质长袍，首先会露出脚踝，然后露出小腿，假如那个女人心里害怕，勾住青年先锋队员的脖子，她的姿势自然就成了紧紧的拥抱，她那香喷喷的脸颊肯定会贴紧他汗津津的脖子。因此，在第四幅画里，马里奥抓紧大戟属植物的一根枝丫，只希望不要落到敌人手里，而婕米如今已经安全，有点忘乎所以，她的左腿仿佛从衣摆开衩的地方伸了出来，直到膝盖，露出她可爱的小腿和鞋跟细长的高跟鞋，露出脚踝的右脚和撩人心弦的大腿形成一个直角，她的长袍（可能由于炽热的风）贴在她潮乎乎的身上，衬托出她丰满的臀部和线条优美的大腿。画家不可能没有意识到他所造成的情欲效果，他无疑从好几个电影演员或者飞侠哥顿的穿贴身长袍、佩戴宝石饰品的女主角那里汲取了灵感。

我说不上那是不是我所见过的最撩拨人的形象，但肯定是我见到的第一个（因为《小邮报》的日期是一九三六年十二月二十日）。当时我只有四岁，我也想不起来身体上有没有反应——红脸、倒抽一口气——可以确定的是那个形象对我来说是永恒的女性的首次揭示，我不知道在那之后，当我把头偎依在母亲的怀里时，心思是不是像先前那么纯洁。

从一件质地柔软、几乎透明的长袍里露出一条大腿，突出了身体的曲线。假如那是我最早看到的形象之一，它有没有留下印记？

我开始一页一页地察看已经看过的画报，仔细寻找页边最细微的磨损痕迹，看看有没有汗手留下的指纹、皱褶、折角，我手指不止一次触摸而使页边起毛的地方。

我发现一系列从形形色色的女装开衩处露出来的大腿：有的是蒙戈妇女的服装，包括黛尔·阿登和明的女儿奥拉，宫廷舞会上使人眼睛一亮的宫女；有的是同秘密侦探X9撞个满怀的女士精美奢华的晨衣；有的是幽灵最终打败的天空帮的邪恶女郎的束腰长袍；再有的是《特里与海盗》里龙夫人的性感黑色晚礼服……当然，这些勾魂夺魄的女人使我浮想联翩，而意大利画报上穿着及膝裙和粗大的软木后跟鞋子的女人丝毫没有神秘感。若要问我的喜好，还是她们的腿来得最妙……最早引起我心中强烈欲望的是谁的大腿呢——是那些可爱的妇女服饰店的店员和骑自行车的美丽的家庭妇女，还是来自其他星球和遥远的大城市的妇女？显而易见，可望而不可即的美人比邻家女孩或者女人对我更有吸引力。但是有谁说得准呢？

如果说我梦想邻家女孩或在我家附近公园里玩耍的姑娘，这

NON VI RESTA CHE SCEGLIERE, ME O LA MORTE - SE FOSTE INTELLIGENTE NON CI PENSEREI DUE VOLTE!

LO ZIO E' STATO FERITO

VERAMENTE?

QUINDI RIENTRA CON DALE NEL PALAZZO

一直是我的秘密,从未向出版业提供过任何信息。

翻完那堆连环画后,我抽出几本零散的、我母亲很可能看过的妇女杂志:《小说》。其中有篇幅较长的爱情故事,每期有几帧精致的插图,图中人物是一些身材修长、容貌带有英国特征的绅士淑女,以及男女电影明星的照片。印刷油墨都是棕色的,色泽深浅不一,文字也是棕色。封面都是当时著名美女的特写照片,看到其中一张时,我的心好像被火舌燎过似的突然蔫了下来。我一时冲动,不由自主地低下头,用我的嘴唇去碰照片上的嘴唇。我肉体上没有感觉,但一九三九年,七岁的我出于某种冲动,偷偷地这么做了。那张脸像不像西比拉?保拉?范娜,那位抱银鼠的女子?或者像詹尼耻笑地提到的其他人:卡瓦西,或者伦敦书展上的美国书商,或者西尔凡娜,或者我三次专程去阿姆斯特丹看望的荷兰姑娘?

也许没有。我一定是把这些使我心醉神迷的形象拼凑成了我理想的组合,假如把我爱过的女人的面庞都摆在眼前,我就能够萃取出一个我从未得到但一生追求的形象。范娜和西比拉的脸有什么共同之处?也许共同之处比乍看第一眼的时候要多,比如说,调皮地眯起眼睛的微笑,露出牙齿的大笑,以及抚平头发时的姿态。她们手的动作就够像的了……

我刚才吻过照片的那个女人有点不同。假如我和她本人相遇,也许连看都不会看一眼。至于照片,照片永远给人陈旧的感觉,缺少肖像画那使人浮想联翩的空灵感。我吻过的她,不是我所爱的人的形象,而是夸大了的性的力量,是浓妆艳抹所炫耀的嘴唇。那不是迟疑不决的、怯生生的一吻,而是承认肉欲存在的相当原始的动作。我或许把它当作一件隐秘忌讳的插曲,很快就忘掉了,而那个阿比西尼亚女人却在我心目中成了可望而不可即的、美好的、使我不安的形象。

但是我怎么会保存我母亲的那几本画报呢?我上中学后回索拉拉的时候,一定开始抢救即使在当时也认为是遥远的过去的东西,把青少年后期用于追溯我儿童时代迷失的步伐。那时候,我命中注定已经要抢救记忆,只不过当时带有游戏性质,大量可供追忆的物品都归我支配,现在却成了无望的挣扎。

不管怎么说，我在小教堂里开始明白，我是怎么发现情欲以及它如何起解放和奴役的作用。好吧，那是一种逃避游行、制服和守护天使无性统治的方法。

那是不是全部？当然不是，举例说，还有阁楼上的耶稣诞生模型。我在宗教感情方面没有什么发现，但我觉得即使在一个世俗的家庭里，小孩没有一点宗教感情也是不可能的。此外，我没有发现任何可以说明一九四三年以后发生了什么的线索。也许正是在一九四三年到一九四五年之间的这个时期，小教堂被砌墙封死以后，我把已然开始在记忆的柔焦中模糊的最私密的童年证据都储藏在里面了：我在黑暗年月的漩涡中逐渐成人，决定把成年后怀念的过去保存在地下室里。

在多卷《蒂姆·泰勒的好运》的剪报簿中间，我终于翻出一本让我觉得登上了最后启示顶峰的东西。彩色封面，标题是《洛阿娜女王的神秘火焰》。我苏醒后感到震撼的神秘火焰，根源就在这里，我的索拉拉之行终于有了意义。

我打开剪报簿，看到一篇人类头脑所能想出来的最没有意思的故事。那篇故事漏洞百出，根本站不住脚：事件一再重复，人物莫名其妙地一见钟情，蒂姆和施普德发现洛阿娜女王既迷人又邪恶。

蒂姆、施普德和他们的两个朋友在中非旅行时偶然来到一个神秘的王国，同样神秘的王国女王守护着一个超级神秘的火焰，火焰能使人长寿，甚至永生，因为洛阿娜女王在这个野蛮人的部落里统治了两千年之久，依然年轻美丽。

洛阿娜在故事的某一阶段上场,她既不迷人,也不使人不安,但让我联想起最近在电视上看过的早期杂耍的模仿剧。故事结构松散得令人难以置信,既不吸引人,又不能共情,洛阿娜整天疲疲沓沓,日日为情颠倒,堕入了万劫不复的深渊。她一心只想同蒂姆和施普德的一个朋友结婚,因为此人酷似(一模一样)她两千年前心仪的一位王子,王子却拒绝了她的魅力,她一怒之下杀了他,把他化为石头。不知为什么洛阿娜会需要一个现代替身(尤其是这个男人也不爱她,而是一见钟情地爱上了她的妹妹),因为她本可以运用她神秘的火焰,让她化成石头的情人重新获得生命。

如同在别的连环画里一样,我注意到无论是那些妖冶的女人,还是魔鬼般的男人(以明与黛尔·阿登的故事为例)都无意于强暴、奸淫、禁锢他们情欲的对象,也无意与之发生性关系。他们总是想要正式结婚。这是源于美国的新教徒式的伪善呢,还是卷入人口战争的天主教政府强加于意大利翻译者的过分的羞怯呢？

对洛阿娜而言，种种灾难纷至沓来，神秘的火焰永远熄灭；而我们的主角则永远告别了永生的希望，其实那也没有什么了不起，因为他们拖着两条疲倦的腿寻求永生，历尽千辛万苦，到头来失去了火焰觉得也无所谓了。或许作者们的纸张用完了，总得有个交待，他们忘记了怎么开的头，为什么要开头，只好这样草草结束。

简而言之，这个故事沉闷得令人难以置信。但是正像皮皮诺的故事一样，这个故事也是我无意中读到的。你小时候看了一个故事，在记忆里加以培植、改造、颂扬、拔高，把最枯燥乏味的东西提升到神话的高度。事实上，激起我沉睡记忆的不是故事本身，而是标题。"神秘火焰"这几个字让我着了迷，且不说"洛阿娜"这个名字有多么悦耳，即使她本人不过是个打扮得像舞姬的时髦小女子。我在整个童年——或许还要长一些——培育的不是形象而是一个声音。忘了"历史上的"洛阿娜之后，我曾继续寻求别的神秘火焰的声响形成的光晕。多年后，我的记忆成了断垣残壁，我用火焰来界定被遗忘的欢乐的回响。

迷雾一如既往地弥漫在我心中，只是偶尔被一个书名的回声刺破。

我信手翻找，挑出一册布面精装剪报簿，打开后发现是一个集邮簿。显然是我的东西，因为开头就有我的名字，日期是一九四三年，大概就是我开始集邮的年份。集邮簿颇有专业水平，按国家名称的首字母顺序先后排列。邮票用透明纸固定,有些邮票背面不知涂了什么,板结得很厚——多半是那些年代的意大利邮票,我在旧信封或者明信片上发现后收集起来,开始了我的集邮生涯。我推测最早是涂了阿拉伯树胶,贴在便宜的练习本上。后来我知道了正确的做法,试图挽救第一批收藏,便把练习本的纸张扯下来浸泡在水里。邮票虽然取下来了,我的愚蠢的痕迹却难以磨灭。

我后来知道了正确的做法,证据就是集邮簿下面的一本一九三五年的伊韦尔-泰利耶集邮目录,目录可能是我从祖父的垃圾堆里找出来的。对于一九四三年的正规集邮者来说,那本目录显然过了时,对我却非常宝贵,因为我从中学到的不是最新邮品的价格,而是编目的方法和技术。

那些年,我从哪里弄到邮票呢?是我祖父给的,还是从商店里买的?那时候商店也把旧邮票混在一起,装在一个个信封里出售,正如今天米兰阿尔莫拉里街和科尔杜希奥之间的摊点上出售的那样?我可能把我少得可怜的资金全部投进了城里某家面向集邮新手的文具店,因此,那些在我眼里像是来自童话世界的邮票代表的就是现钱。另一种可能是在战争年代,国际和国内贸易萎缩,稍许值钱的东西都流进了市场,领退休金的人低价卖出,换了现钱买黄油、鸡,或者一双鞋子。

对我来说,那本集邮簿代表的不仅仅是具体的物质,而且承载了梦中景象。我每看到一幅图像,心中就会涌起一股热流。忘了那些旧地图册吧。我翻阅集邮簿时,眼前会浮现德属东非紫色边框中湛蓝的海洋；我看到了深绿色背景上纵横交错的阿拉伯地毯花纹，衬托出巴格达的房屋；我看到蓝色背景、粉色边框里百慕大的君主乔治五世的侧面像；我看到比贾瓦尔州满脸胡子的巴夏，或者苏丹，或者拉甲的正面像——或许是萨尔加里的印度王子——邮票的赭赤色使我感到压抑；豆绿色的纳闽岛殖民地当然飘扬着萨尔加里的回声；我在摆弄那枚印有但泽字样的红色邮票时，或许刚从报上看到格但斯克①爆发了战争；我在印多尔的邮票上看到英文的"五卢比"字样；我幻想英属所罗门群岛某地的紫色背景衬托出来的奇特的原住民双桅平底船。我根据危地马拉的背景、利比里亚犀牛、巴布亚的另一条原住民船（那张邮票比一般的要大，我发现国家面积越小，邮票面积就越大）编故事，我还琢磨萨尔和斯威士兰在世界的什么地方。

战争年代，我们被夹在两支冲突的军队之间，仿佛受到不可逾越的障碍的禁锢，我借助邮票的媒介游历了广阔的世界。即使在火车运输中断后——从索拉拉进城的唯一办法只有骑自行车——我在索拉拉依然可以任意翱翔，从梵蒂冈到波多黎各，从中国到安道尔公国。

我看到斐济的两张邮票时，心又怦怦地跳了起来（我怎么会知道这个国家的名称？）。斐济邮票不比别的国家的漂亮，也不比别的国家的难看。一张图案是一个原住民，另一张是斐济岛的地图。或许我费了大力气才换到这两张邮票，因而格外珍爱；或许那张地图像埋藏宝贝的方位图一样打动了我，或许我是在那枚邮

---

① Gdansk，波兰北部港口城市，旧称但泽（Danzig）。

ZANZIBAR
BAGHDAD
NEW GUINEA
Danzig
LIECHTENSTEIN
FIVE RUPEES
BRITISH
CENTRAL
AFRICA
LABUAN

票上初次看到那些闻所未闻的地名。我仿佛记得保拉曾经说我对斐济有偏爱：我想有朝一日去斐济，我去旅行社搜罗了有关的小册子，但终于打消了原意，因为去那里要绕到地球的另一面，去一次若待不足一个月是毫无意义的。

我凝视着那两枚邮票，开始哼唱前几天听到的一支歌曲：《在卡波卡巴纳》。和歌曲一起想起来的是皮佩托这个名字。邮票同歌曲有什么联系，歌曲同皮佩托这个名字又有什么联系？

索拉拉的神秘在于每到紧要关头我都会得到启示，然后，我在悬崖边站停，我面前是茫茫迷雾中看不清的峡谷似的深渊。峡谷又是什么呢？

十二

天空即将放晴

我问阿玛利亚知不知道峡谷。"当然知道,"她回答说,"峡谷……希望你不要有去那里的念头,在你小时候,那里就不是一个好去处,如今你已经不年轻了,你会摔断脖子的。别以为我不会打电话告诉保拉太太,哼。"

我向她保证,说我不会去的。我之所以问问,无非是想知道那是什么地方罢了。

"峡谷?从你卧室的窗口望出去,就能看见远处小山顶上一个小镇了,那就是圣马蒂诺,算不上镇子,只不过是个有百来居民的村子罢了,那些人不好相处,镇里有一座不高的钟楼,镇里人老是说,他们保存着圣安东尼的遗体,遗体干瘪得像豆荚,面孔黑得像牛屎,袍子下面的手指像树枝,我可怜的老爸老是说,一百年前他们从地底下刨出一具不知名的尸体,已经发臭了,不知往上面抹了些什么,搁在玻璃柜里,从游客那里弄些小钱,但是现在谁都不去那里了,人们不买圣安东尼的账,他根本不是这一带的圣人,当初选他当圣徒也许是闭上眼睛,在历本上随便点了一下。"

"可是峡谷呢?"

"峡谷——呃,到圣马蒂诺只有一条笔直的上坡路,即使今天有了汽车,要上去也不容易。没有一般人走的那种蜿蜒盘旋最后达到山顶的路。有就好了。可是没有。只有笔直,或者几乎笔直的路,因此才那么艰难。你知道什么原因吗?因为上山的路一边是果树和葡萄园,人们必须加固才能上去照顾果树和葡萄藤,否则会出溜下来摔到谷底,另一边都是荆棘、灌木和石头,没有立足的地方,那就是峡谷,甚至有人不知道它的厉害,贸然在那里送了命。夏天的情况已经够糟糕的,遇上起雾的日子,你去峡谷那里溜达,还不如找根绳索吊死在阁楼上,至少那样死得更快。再说,即使你有上去的勇气,也还有巫婆的问题。"

阿玛利亚第二次提到巫婆,但是我追问时她一概不回答,我不知道那是出于敬畏呢,还是她自己所知有限,经不住我刨根问底。我猜想她说的大概是女巫,平时像是孤苦伶仃的老太婆,可是夜晚就聚在最陡峭的葡萄园和峡谷之类的最荒凉的地点,对黑猫、山羊,或者毒蛇行使妖术。她们恶毒无比,碰到谁就让谁倒霉,让收成变坏。

"有一次,一个巫婆变成猫,溜进离这里不远的一户人家,抱走了一个婴儿。一个邻居也很担心自己的孩子,他就拿着斧子在摇篮旁边守了一夜,当猫进来时,他一下就砍掉了猫的一个爪子。接着,他若有所思地跑到路那头一个老太婆家里,注意到老太婆的袖管空荡荡的,里面没有手,他问老太婆怎么回事,老太婆支支吾吾说她割草时受了伤,他说让我看看,发现缺了一只手。猫就是那个老太婆,村里人便抓住她,把她烧死。"

"真有那种事吗?"

"不管有没有,反正我祖母是这么对我说的,有一次,我祖父一路回家一路嚷嚷：'巫婆，巫婆。'他打着一把雨伞从酒馆出来，老是觉得有人抓住伞把不让他走。我祖母说，别嚷嚷啦，你这个糊涂虫，一点不错，你就是糊涂虫，你醉得东倒西歪，被路边的树枝挂住了伞，哪有什么巫婆，数落了他一顿，终于让他清醒过来。我不知道这些事情是真是假，但是圣马蒂诺以前有个会驱鬼的神父，像所有的神父一样，也是共济会会员，他同巫婆们相处很好，你给教会捐了钱，他就把巫婆赶跑，你可以太平一年。过了一年再捐钱，再保一年太平。"

至于峡谷的问题，阿玛利亚解释说，我十二三岁的时候，经常同一帮像我一样调皮捣蛋的孩子去找圣马蒂诺的孩子打架，我们从后山爬过去，出其不意地袭击他们。阿玛利亚看见我就抓，往肩上一扛，带回家来，但是我像青蛇那样滑溜，谁都不知道我躲在哪个洞里。

我一想起悬崖和深渊就会联想到峡谷，肯定是这个原因。尽管目前想起的仅仅是名称。上午十点来钟，我不去想峡谷了。镇上捎话来说，有一个邮包等我去领。我到了镇上，邮包是工作室给我寄来的目录校样。我顺路去看看药剂师：我的血压又升到一百七。问题出在小教堂里的情绪波动。我决定当天放松一下，校样正好是个借口。出乎意料的是，校样可能使我的血压升到一百八，事实上也许确定到了一百八。

天空多云，院子里很凉爽。我惬意地伸直腿，开始看校样。页面还没有编排，不过文字无懈可击。我们准备了一批精彩的珍品书籍迎接秋季。干得不错,西比拉。

我正打算跳过一套仿佛无关紧要的莎士比亚作品集,却在书名前面愣住了:《威廉·莎士比亚先生之喜剧、历史剧与悲剧。按照真正原版排印》。我几乎厥倒。诗人莎士比亚的肖像下面印有出版者的名称和日期:"伦敦,艾萨克·亚加德—埃德·布朗特印行。一六二三年。"我检查了一下图书简介和开本(34.2厘米×22.6厘米,白边很宽):哎哟哟,真见鬼,邪了门了!——居然是一本千载难逢的《第一对开本》!

每一个古董商,我认为每一个收藏家,都有白日做梦的时候,梦想遇上一位九十岁的老太太。那位老太太一只脚已经踩进了坟墓,穷得连买药的钱都没有,她找上门说,想出售一批她曾祖父留下来的、搁在地下室里的书籍。你去她家看看,最初只看到十多部不值钱的东西,可是突然发现一部装订很差的对开本,羊皮封面磨损严重,书脊护舌缺失,书脊和封面接合处松脱,书角遭到鼠啮,污迹斑斑。引起你注意的是每页两栏花体字印刷的格式,你数一下行数,四十二,你赶快翻到版本记录页……竟然是古登堡的四十二行《圣经》,世界上第一本印刷的书籍。市场上最后成交的一本(其余都陈列在著名的图书馆)最近在拍卖会上卖到我忘了几十亿里拉——买主是几个日本银行家,他们立刻把它放进保险箱。新发现的、仍在市场上流通的版本是无价之宝,你可以漫天要价。

你瞅瞅老太太,你知道假如你给她一千万里拉,她就喜出望外了,但是你的良心在责备你:你给她一亿里拉,两亿里拉,足够她在她所剩不多的日子里花费。你激动得两手颤抖,回到家，却不知道该怎么办。为了卖出这本书，你得组织好几家拍卖行，它们要拿去一大块利润，其余一半要缴税，于是你宁愿抓在手里不放，但是你不能给任何人看，因为如果消息透露出去，全世界半数小偷会被引到你家，有了这么一件稀世珍宝却不能示人，让别的收藏家妒忌得面孔发绿，那又有什么乐趣呢？我们还忘了保险费，那笔支出高得会让你昏厥。你该怎么办呢？把它借给市政当局，让他们在斯福尔扎城堡找一个房间，把书保存在一个防弹玻璃柜里，由四个武装人员日夜守护？你想看看自己的书时，不得不从那些想见识世上最珍稀物品的闲人中间挤过去。然后你怎么办？把旁边的人推开说，那是我的书。值得这么费事吗？

那时你想到的不是古登堡，而是莎士比亚戏剧的《第一对开本》。售价低几十亿里拉，但是只有收藏界了解，收藏应该比出售容易。莎士比亚戏剧的《第一对开本》。每一位藏书家的第二号梦想。

西比拉标价多少？我震惊得目瞪口呆：一百万里拉，仿佛那只是一本普普通通的旧书。难道她不知道自己手里的是什么宝贝吗？工作室是什么时候收进的，她为什么从未提起？我要解雇她，我要解雇她，我气呼呼地嘟囔着。

我打电话问她，是否知道目录里第八十五号是什么。她有点吃惊：一本十七世纪的书，品相不太好，事实上，她把目录寄给我后不久就出手了，售价只比标价少两万里拉，她感到相当满意，现在她打算把它从目录里划掉，因为还够不上那种在书名后面标明"售出"，从而炫耀你们经售过什么好东西的地步。我急得要跳起来，准备申斥她一通的时候，她却哈哈大笑，劝我注意血压。

那是个玩笑。她故意把那个条目夹在里面，检验一下我看校样是否仔细，她顽皮地大笑，为自己的恶作剧感到得意——又说了一些我们旧书业有名的玩笑，某些目录本身就有收藏价值，因为上面刊登了不可能有的或者根本不存在的书籍，连专家都受到了愚弄。

那些都是我大学时候的事情了。"这个玩笑太过分了，"我终于说，我已经支持不住躺了下来，"你会因此付出代价的。不过其余的条目没有任何问题，因此不必把它寄回去了，我没有任何改动。去排吧，谢谢。"

我平静下来：人们不会理解，但是像我这样的人，处于我目前的状况，即使一个无伤大雅的玩笑也可能带来严重后果。

我和西比拉谈话结束后，天空的颜色变成了青紫：又一场暴风雨即将到来，并且来势很猛。以现在的光线来说，我没有必要、也没有兴致去小教堂。阁楼里还有老虎窗透进来的光线，我至少还有一个小时可以在那里翻阅书刊。

我找到另一个纸箱，纸箱外面没有贴标签，里面装的是画报，是我舅舅舅妈归置的。我把纸箱搬到楼下，像在牙医候诊室里那样随便翻阅。

我翻阅几本电影杂志，里面有许多演员的照片。当然是一些意大利电影，呈现出彻底的无可争议的分裂：一类是《阿尔卡扎尔之围》《空军敢死队》之类的宣传影片，另一类里则是穿吸烟装的男士、披雪白睡衣的放荡的妇女、奢华的用具和摆设，比如豪华

的床头白色的电话——我印象中,那时期的电话机普遍是黑色的,安装在墙上。

还有外国电影的剧照,我看到萨拉·朗德尔或者《黄金城》中克里斯蒂娜·泽德尔鲍姆性感的面孔时,心里微微有灼热的刺疼。

最后还有许多美国电影的剧照——舞姿轻盈得像蜻蜓点水的弗雷德·阿斯泰尔和金杰·罗杰斯,《关山飞渡》中的约翰·韦恩。与此同时,我想起收音机里播放的唱片,便挑选了几张名称熟悉的。天哪,弗雷德·阿斯泰尔一面在和金杰·罗杰斯跳舞,一面在同她亲吻,在那一时期,皮波·巴尔齐扎和他的乐队演奏我熟悉的旋律,因为那是大家所受的音乐教育的组成部分。不管如何意大利化,仍旧是爵士乐;那张名为《宁静》的唱片其实是《深蓝基调》的改编,另一张标签上印的是《时髦》,实际是《心情舒畅》的盗版,《圣路易的哀思》(路易九世还是路易·贡扎加?)其实是《圣路易斯蓝调》。除了笨拙的《圣路易的哀思》以外,乐曲都没有配歌词,这一来就不至于泄露它们的非雅利安起源了。

总之，我的儿童时代就是在小教堂里的连环画、爵士音乐和约翰·韦恩之间度过的，我学到的是我理应诅咒英国人，进行自卫，抵御那些亵渎米洛斯岛的维纳斯塑像的邪恶的黑人，与此同时，我热切地收听大洋彼岸的消息。

我从纸箱底抽出一扎收信人是我祖父的信件和明信片。我迟疑了一下，因为窥探他的个人秘密仿佛是对他不敬。但我随即考虑到，我祖父是收信人而不是寄信人，写信的是别人，我根本不必顾虑。

我浏览那些信件时根本没有指望从中获得什么重大信息，其实不然：给我祖父写信的人多半是他信任的朋友，谈起他们信中讨论的问题，我祖父的更精确的画像便跃然纸上。我开始理解他的思想，了解同他通信交往的是什么样的朋友。

我祖父的政治面目在我心目中得以重现，是我看到那个小瓶子以后的事情。其中有一个过程，因为阿玛利亚告诉我的情况需要认真分析，但是某些信件清楚地表达了我祖父的思想，另一些信件提到了他以前的事情。最后，我祖父在一九四三年把蓖麻油事件的结尾告诉了一个通信者，对方为他的杰出行为表示祝贺。

原来如此。我背靠窗户，面前是书桌，书桌后面是书架。只有在那种情况下我才看到正对面的书架顶上有个十来厘米高、深色玻璃的小瓶子，以前大概是盛药水或者香水用的。

出于好奇，我踩上椅子把瓶子取下来看。瓶盖拧得很紧，仍带有红色封蜡的痕迹。我仔细看看，晃动瓶子，但里面似乎什么都没有了。我费了一些力气，打开瓶盖，看到点点滴滴的黑色物质,散发出丝丝很不好闻的气味,像是腐烂了几十年的东西。

我把阿玛利亚叫来,问她是否知道这件事。她举起双臂,望着天空,开始大笑。"啊,蓖麻油,居然还在!"

"蓖麻油?我想是泻剂吧……"

"当然是的,你们小时候吃坏了肚子,积了食,也给你们喝过,一次一茶匙,随即给两匙糖,解去难闻的味道。但是那帮人灌你亲爱的祖父喝的比那稍稍多一点,至少比小瓶子里的多三倍!"

阿玛利亚多次听马苏鲁讲那个故事,她开头说我祖父卖过报纸。不,他卖的是书不是报纸,我纠正她说。她一口咬定(我是这么理解的)他最早是卖报纸的。后来我弄明白我们之间的误会出在什么地方。那一带的人把卖报的人也叫作"报人"。因此阿玛利亚说"报人"时,我理解成"卖报的摊贩"。她只是重复从别人那里听来的说法,而我祖父确实做过"报人",也就是新闻工作者。

我把他信件中的信息拼凑起来后得知,他在一九二二年以前做过新闻工作,为一家社会主义的日报或者杂志撰稿。当时,"向罗马进军"的运动正在积极酝酿,法西斯行动队队员在大街上用棍子击打颠覆分子的后背。但是当他们打算真正惩罚谁的时候,他们就强迫那人喝下一剂足量的蓖麻油,清除他的旁门左道的思想。

那时候的剂量就不是一茶匙了——至少是四分之一升。有一天,法西斯行动队闯进我祖父工作的报馆;考虑到他是一八八〇年前后出生的,一九二二年至少有四十岁,前来找事的都是一些小混混，比他年轻得多。他们见什么砸什么，包括那台小印刷机。他们把家具扔出窗外，离开前用木板把门钉死，揪住两个在场的编辑，揍了他们一顿，再逼他们喝下蓖麻油。

"我不知道你是否了解，扬波小少爷，他们强迫一个人喝下那玩意儿之后，假如那可怜的家伙自己能支撑着回家的话，我想我没有必要告诉你此后几天他是怎么过的，简直没法说，谁都经不起这么折腾。"

我从我祖父一位米兰朋友来信中的劝告揣摩，从那以后（由于几个月后法西斯掌了权），我祖父决定放弃新闻工作，开了那家灰头土脸的旧书店，二十年来寡言少语，只和可靠的朋友谈论政治或通信。

但他永远没有忘记当他被人捏紧鼻子时，把蓖麻油往他嘴里灌的那个家伙。

"那个家伙名叫梅洛，你亲爱的祖父念念不忘，二十年来一直在注意他的行踪。"

有几封信确实提到梅洛的活动。他在领袖的国民卫队里混上一个队长的职务，负责后勤供应，他肯定中饱私囊，捞了不少钱，因为他自己置办了一处乡间大宅。

"对不起，阿玛利亚，有关蓖麻油的事情我已经明白了，可是小瓶子里装的是什么呢？"

"哦，别问啦，扬波小少爷，实在开不了口……"

"你非告诉我不可，阿玛利亚，我必须知道。你勉为其难说说吧。"

在我追问之下，阿玛利亚试图解释前后经过。我祖父回到家,身体虚弱不堪,精神却没有垮掉。最初两次腹泻时,他没有时间思考,第三第四次时,他有了一个主意,决定把大便拉在一个罐子里。阿玛利亚解释说,罐子里装的就是蓖麻油和水泻的混合物。我祖父腾出祖母盛玫瑰水的一个小玻璃瓶,冲洗干净后把混合物灌进去,拧好瓶盖,用蜡封好,以免里面的液体挥发,并保留气味,就像保存葡萄酒那样。

他一直把小瓶子放在城里的住所,全家人来索拉拉避难时,他把瓶子带到索拉拉,放在书房里。马苏鲁显然知道这件事,同他休戚与共,因为马苏鲁每次去他的书房时(阿玛利亚老是在门外偷看或者偷听),总是先瞥一眼瓶子,然后瞅着我祖父,做一个手势:他伸出手,掌心朝下,转动手腕,让掌心朝上,狠狠地说:"假如时局起了变化——"我祖父就接口说(特别是后来几年):"正在变化,正在变化,我亲爱的马苏鲁,他们已经在西西里登陆了……"

终于到了一九四三年七月二十五日。前一晚,法西斯大委员会群起攻击墨索里尼,国王解除了他的职务,两名警察用救护车把他带到不知什么地方。法西斯完蛋了。我翻阅报纸合订本时重温了那些时刻。通栏标题:一个政权的垮台。

看以后几天的报纸也是十分有趣的事情。报上兴高采烈地说,群众把元首的塑像从基座上拉下来,劈碎了公共建筑墙上的法西斯标志,还报道说前政权的一些领导人物改头换面,混在老百姓中间人间蒸发了。一些日报在七月二十四日以前还保证说意大利人民坚决支持他们的元首,七月三十日却欢欣鼓舞地宣

CORRIERE DELLA SERA

Le dimissioni di Mussolini
Badoglio Capo del Governo

UN PROCLAMA DEL SOVRANO

Il Re assume il comando delle Forze Armate - Badoglio agli Italiani: "Si serrino le file intorno a Sua Maestà vivente immagine della Patria"

L'annunzio alla Nazione — **VIVA L'ITALIA** — **Soldato del Sabotino e del Piave**

Sua Maestà il Re e Imperatore ha accettato le dimissioni della carica di Capo del Governo, Primo Ministro segretario di Stato, presentate da Sua Eccellenza il cavaliere Benito Mussolini ed ha nominato Capo del Governo, Primo Ministro segretario di Stato Sua Eccellenza il cavaliere Maresciallo d'Italia Pietro Badoglio. (Stefani)

La parola di Vittorio Emanuele

Sua Maestà il Re e Imperatore ha rivolto agli Italiani il seguente proclama:

ITALIANI,

Assumo da oggi il comando di tutte le Forze Armate. Nell'ora solenne che incombe sui destini della Patria, ognuno riprenda il suo posto di dovere, di fede e di combattimento. Nessuna deviazione deve essere tollerata, nessuna recriminazione può essere consentita.

Ogni italiano si inchini dinanzi alle gravi ferite che hanno lacerato il sacro suolo della Patria.

L'Italia, per il valore delle sue Forze Armate, per la decisa volontà di tutti i cittadini, ritroverà nel rispetto delle istituzioni che ne hanno sempre confortato l'ascesa, la via della riscossa.

ITALIANI,

Sono oggi più che mai indissolubilmente unito a voi nella incrollabile fede nell'immortalità della Patria.

Firmato: VITTORIO EMANUELE
Controfirmato: BADOGLIO.

Roma, il 25 luglio 1943.

Precisa e chiara consegna

Sua Eccellenza il Maresciallo d'Italia Pietro Badoglio ha rivolto agli Italiani il seguente proclama:

ITALIANI,

Per ordine di Sua Maestà il Re ed Imperatore assumo il Governo militare del Paese, con pieni poteri.

La guerra continua. L'Italia, duramente colpita nelle sue province invase, nelle sue città distrutte, mantiene fede alla parola data, gelosa custode delle sue millenarie tradizioni.

Si serrino le file attorno a Sua Maestà il Re e Imperatore, immagine vivente della Patria, esempio per tutti.

La consegna ricevuta è chiara e precisa: sarà scrupolosamente eseguita; e chiunque si illuda di poterne intralciare il normale svolgimento, o tenti turbare l'ordine pubblico, sarà inesorabilmente colpito.

Viva l'Italia. Viva il Re.

Firmato: Maresciallo d'Italia
PIETRO BADOGLIO

Roma, 25 luglio 1943.

Manifestazioni a Roma
La folla al canto dell'inno d'Italia si è riversata sotto il Quirinale

Dimostrazioni in tutta Italia

L'esultanza di Milano

布解散法西斯议院和市政会,释放政治犯。报馆一夜之间换了经理,但是员工仍是原先那批,他们适应新的形势,或者他们中许多人多年来忍气吞声,现在终于有了报复机会。

我祖父的时刻也来到了。"形势变了。"他简单明了地对马苏鲁说,马苏鲁明白是时候采取行动了。他把帮他干农活的两个壮实的小伙子斯蒂夫鲁和吉焦找来,那两人经常在太阳底下干活,爱喝红葡萄酒,脸色红润,肌肉发达,特别是吉焦,遇有四轮运货马车陷进沟里的时候,他独自一人就能拉出来。我祖父把两人散出去,在附近镇上打听,他本人则在索拉拉打公用电话,从城里的朋友那里收集情况。

七月三十日,终于打听到梅洛的下落。他在离索拉拉不远的巴西纳斯科置办了一处乡间住宅,在那里隐居。他本来就不是什么了不起的人物,想着也许能被人遗忘,蒙混过关。

"我们决定八月二日出发,"我祖父说,"因为那家伙灌我喝蓖麻油的日子就是二十一年前的八月二日,我们晚饭后动身,首先因为那时凉快一点,其次因为那时他美美地吃过了晚饭,最适于帮助他消化。"

他们套了马车,太阳下山时驱车前往巴西纳斯科。

他们敲了梅洛家的大门,梅洛领子下披着一块方格子花纹的餐巾,出来问他们找谁,因为我祖父在他记忆中毫无印象。他们把梅洛推进屋,斯蒂夫鲁和吉焦把他按在椅子里,反拧着他的手臂,孔武有力的马苏鲁用大拇指和食指捏紧他的鼻子。

我祖父不慌不忙地叙说了二十一年前的事情,梅洛使劲摇头,似乎要说他们找错了人,他是一向不问政治的。我祖父交代清楚后,还提醒梅洛说,梅洛和他的朋友在灌蓖麻油之前还打他,强迫他在鼻子被捏紧的情况下喊出"啊啦啦"①。他是个爱好和平的人,不想使用棍棒,梅洛最好自觉合作,立刻喊"啊啦啦"从而避免尴尬的场面。于是梅洛用鼻音喊了"啊啦啦",那毕竟也是他学到的少数东西之一。

我祖父便把小瓶子塞进他嘴里,让他把油和溶解于其中的所有粪便吞了下去:那是一九二二年酿造的特品,在合适的温度下经过了充分陈化。

梅洛跪在地上,脸贴着砖,他想呕吐,但是鼻子被捏紧的时间过长,灌进嘴里的东西已经到了胃的下端。

那天晚上,我亲爱的祖父回家时眉飞色舞,高兴的样子是阿玛利亚前所未见的。梅洛吃过这次苦头以后心有余悸,即使九月八日以后——国王请求停战,逃往布林迪西,元首被德国人解救,法西斯分子又回来了——梅洛也没有去萨洛参加墨索里尼的新意大利社会共和国,而是待在家里种菜。如今那个坏蛋多半已经死了,阿玛利亚说,她认为即使他想报仇,向法西斯分子告发,那晚也很可能吓破了胆,回忆不起闯进他家的那几个人的容貌——再说,谁知道他给多少人灌过蓖麻油?"这些年来,一定还有受过他迫害的人密切注视着他的一举一动,我认为他吞下去的东西不止一小瓶,你可以信我的话,这种事情会让人失去搞政治的胃口。"

---

① "二战"期间意大利法西斯分子集会示威时的狂呼声。

祖父就是那样的人，他关心报上的新闻，注意收听伦敦广播的原因也就可以理解了。他在等待形势变化。

我发现一份七月二十七日的报纸，上面刊登了欢呼政权结束的公告，公告署名天主教民主党、行动党、共产党、社会党和自由党。当时假如我看到的话（事实上我一定看到了），我立刻会明白，那些党派一夜之间出来亮相，说明它们以前就存在于某处，只不过处于地下状态。也许从那时候起我开始了解什么是民主。

祖父还保存了萨洛共和国时期的大报，其中一份，《亚历山德里亚人民报》（上面居然有埃兹拉·庞德的文章，多么令人惊奇！），刊登了恶毒攻击国王的漫画，法西斯分子恨之入骨，非但因为他下令逮捕墨索里尼，而且因为他在逃往南部投奔英美之前请求停战，漫画对随同逃亡的国王的儿子翁贝托也恨得牙痒痒。两人被画得像是丧家之犬，国王矮胖得像侏儒，王子瘦长得像竹竿，一个被戏称为"溜得快的小短腿"，另一个被叫作"仙女继承人"。保拉说我一向赞同共和政体，我似乎从把国王奉为埃塞俄比亚皇帝的人那里得到了第一个教训。正如他们所说，这也是天意。

我问阿玛利亚，祖父当时有没有把蓖麻油的故事讲给我听。"那还用说！第二天就讲了。他笑得面孔通红！你一睡醒，他就坐在你床边，一五一十地讲给你听，还给你看那个小瓶子。"

"我有什么反应？"

"扬波小少爷，我记得清清楚楚，就像昨天的事情一样。你拍手大叫，好哇，爷爷，你比古东还要棒。"

"古东？古东是谁？"

"我怎么知道？你就是那么叫的，像昨天的事情一样，我记得清清楚楚。"

不是古东,而是哥顿。我赞扬祖父的作为,把它和哥顿反抗蒙戈的暴君明的事迹相比。

十三

脸色苍白的少女

我怀着翻阅连环画的兴趣密切注意我祖父的全部活动。但是在小教堂的收藏品中间，我没有找到一九四三年年中到战争结束时期的物件。只有一九四五年我从解放者那里收集的连环画。也许那几年不印连环画了，也许印了但没有运到索拉拉来。也许一九四三年九月八日后，我亲眼见证了真正传奇的事件——随着游击队和"黑色旅"来到我家，秘密印刷的大张宣传品也来了——它们的趣味远远超出了连环画。再就是那时候我认为自己过了看连环画的年龄，那些年我开始阅读《基督山伯爵》和《三剑客》之类更好看的书籍。

不管怎么说，到目前为止，索拉拉没有把真正属于我一个人的东西还给我。我重新发现的都是我以前阅读过的，也是无数别的人阅读过的东西。我的全部考古学发现只能归结到这一点：除了那个不碎玻璃杯的故事和我祖父的一件有趣的轶事，我重温的不是我自己的童年，而是属于一代人的童年。

到目前为止，歌曲作了最清晰的陈述。我到书房里打开唱机，随意选听歌曲。第一支是空袭时期流行的欢快狂热的歌曲：

昨晚我在街上闲逛，
一个荒唐的小伙，
突然走过来问我，
可否和他喝杯咖啡，
我欣然同意，陪他去了，
他口音古怪，讲了他的故事：
"我认识一位年轻小姐，
有一头美丽的金发，
但我不能向她表白我的爱慕……
我的祖母卡罗丽娜老是说，
在她那个年代，
年轻人是这样谈情说爱：
我多么想吻
你又长又黑的头发，
吻你红得像玫瑰的嘴唇，
吻你天真无邪的眼睛……
但是在我爱慕的佳人面前，
我永远没有这种胆量，
因为她有一头金发！"

第二支年代更久远，更催人泪下——它肯定赚了我母亲不少泪水：

脸色苍白的少女，

住在六楼大厅对面，
我每夜都梦回那不勒斯，
我已离开二十多年。

……我的小儿子（你猜得到吗），
在我一本纸张泛黄的拉丁文书里
发现了一朵干枯的三色堇……
泪水为什么模糊了我的眼睛？
哦，谁知道，谁知道原因……

而我自己呢？小教堂里的连环画让我明白我已经懂得性——但是有没有爱的经历呢？保拉是不是我生命中的第一个女人？

奇怪的是，小教堂里没有任何涉及我十三岁到十八岁——灾难发生之前的五年——期间的物品，而那时期我还经常来邸宅。

我突然想起，我曾经瞥见堆在圣坛前面而不是搁在架子上的三个纸箱。当时我沉湎于自己丰富多彩的收藏品，没有多加注意，也许值得一看。

第一个纸箱里是我小时候的照片。我期待有一些特别的发现，但是没有。我只感到一种强烈的宗教情感。我在医院里见过我父母的照片，也在书房里见过祖父的照片，凭他们的衣着和我母亲裙子的长短就能区别他们的不同年龄段。那个戴太阳帽，在拨弄石块上的蜗牛的小孩一定是我；那个一本正经牵着我手的两三岁的小孩是阿达；阿达和我都穿着白色衣服，我穿的像是燕尾服，她穿的像是新娘礼服，那是第一次领受圣餐或者受坚信礼；我是右数第二个巴利拉男孩,我的小滑膛枪紧握在胸前,一脚前跨;那张照片上也是我,挨在一个黑人美国大兵旁边,美国大兵笑得露出了六十四颗牙齿,这也许是四月二十五日以后我遇到的第一个引以为荣的解放者。

只有一张照片真正地触动了我:一张快照(从模糊度可以看出,照片被放大了),一个小男孩身子窘迫地稍稍前倾,一个穿白色小鞋子的更小的女孩踮起脚,搂住小男孩的脖子,吻他的脸。妈妈或者爸爸一定是趁我们不注意的时候按下了快门,因为阿达大概摆姿势摆得烦了,终于在结束时作为回报给了我一个妹妹的亲吻。

我知道小男孩是我,小女孩是她,看到时心里不由得一热,但感觉像是看电影,或者是陌生人看到表现手足之情的艺术作品时的反应。仿佛是看到米勒的《晚祷》、海耶兹的《吻》,或者拉斐尔前派画家画的奥菲莉娅溺水前浮在满是长寿花、睡莲、水仙花瓣的水面上的景象。

那真是水仙花吗？我怎么知道呢，这一次展现力量的是字眼而不是形象。人们说我们的大脑有两个半球：左边的半个掌管理性和语言，右边的半个处理情感和视觉。也许我的右半边已经瘫痪。事实上又不像，因为我一直在追寻什么，几乎达到了力竭的地步，而追寻是一种现炒现卖的激情，不是像报复之类要放凉了再吃的冷餐。

照片只能唤起我不熟悉的事物，我便把它们放在一边，搬出第二个纸箱。

第二个纸箱装的是宗教题材的画片，很多画的是道明·沙维豪，他是堂鲍思高①的学生，画家总是把他画得很虔诚，画像里他膝盖以下的裤管总是皱巴巴的，仿佛他整天都在跪着祷告。然后是一本黑色封皮红边的祈祷书之类的精装书：堂鲍思高自己写的《有远见的年轻人》，一八四七年出版，已经相当破旧了。不知道是谁给我的。有教化作用的读物，收录了许多赞美诗和祈祷文，把纯洁奉为最高的道德境界。

别的小册子也有一些虔诚的规劝，规劝人们非礼勿视，勿交损友，勿读危险的书刊。十诫之中最重要的似乎是第六诫，即不可有不洁行为，许多教导明显地针对不正当的自我触摸身体，甚至规劝年轻人夜里要仰睡，双手交叉放在胸前，这样腹部就不会受到压迫。避免与异性接触的告诫却很少，似乎由于严格的社会

---

① 指圣若望·鲍思高（San Giovanni Melchiorre Bosco，1815—1888），意大利天主教神父，慈幼会创办人，天主教会册封他为"青少年的主保圣人"。道明·沙维豪（Domenico Savio，1842—1857）是鲍思高的学生，因肺炎去世尚不满十五岁，是为数不多的少年圣人之一。

习俗,这种事情不大可能发生。头号敌人是自慰,一般情况下都转弯抹角,竭力避免直接用这个词。一个小册子阐释说,唯一自慰的动物是鱼类,这里指的大概是体外受精,许多鱼类把精子和卵子排在水里,让受精过程在水里完成——也就是说那些可怜的生物不会因为没有把精子排在不恰当的受体里而犯罪。小册子只字不谈天性喜欢自慰的猴子。在同性恋的问题上也讳莫如深,似乎允许神学院学生触摸自己并不是罪过。

我还拿起一本非常破旧的堂多梅尼科·皮拉写的《小殉道者》。故事讲的是两个虔诚的青年,一男一女,受到反对教权主义、崇拜撒旦的共济会会员的残酷折磨,那些人憎恨我们神圣的宗教,教唆两个年轻人,让他们沉湎于罪恶的欢乐。但是罪恶没有受到惩罚。为共济会创作渎圣塑像的雕塑家布鲁诺·切鲁比尼夜里惊醒,看到他以前纵情声色的搭档沃尔凡戈·考夫曼的幽灵。他们最后一次纵酒狂欢后,沃尔凡戈和布鲁诺作出约定:先去世的人必须回来向另一人通报地狱是什么模样。因此,沃尔凡戈死后身披尸布,鬼脸上鼓着眼睛,从愁云惨雾的地狱现身。炽热的身体发出不祥的光亮。幽灵自报姓名,说道:"地狱确实存在,我去了!"他还对布鲁诺说:"如果你要证据,伸出你的右手。"雕塑家伸出手,幽灵流下一滴汗水,像熔铅似的,烧穿了布鲁诺的手掌。

书和小册子上虽有日期,却没有让我得到任何有效信息,我无法确定在什么年龄段读的它们,所以,我不知道是在战争快结束的时候读的,还是在我回到城市,开始虔诚修行以后。我开始

Dinanzi a lui era comparso uno spaventoso fantasma avvolto in un ampio lenzuolo.

修行,是因为反对战争吗?那是一种应对青春期的风暴的方式,一番使我投入教会热情怀抱的醒悟吗?

唯一真正能拼凑齐全的信息在第三个纸箱里。最上面的是一九四七年和一九四八年的几份《无线电邮报》,某些节目下面画了线,加了注释。肯定是我写的,那些报纸表明我要收听的是什么。底下画线的节目,除了少数几个深夜播出的有关诗歌的节目外,大多是室内乐和音乐会。一些清晨、下午或者深夜幕间插播的短小作品:三支练习曲、一支夜曲和一支完整的奏鸣曲。绝对是为铁杆乐迷而设,全部安排在非工作时间。战后我回到城里,急切地等候那些音乐节目,慢慢入了迷,我把耳朵贴在收音机上,音量调到最小,以免妨碍家人。祖父有几张古典音乐唱片,谁能说他后来不是为了鼓励我的新爱好而特意为我买的呢?那之前,我悄悄记下可以收听音乐的时间,有时到厨房里收听等待已久的节目,但碰到有人忙碌,或者有喋喋不休的推销员,或者有收拾厨房、准备揉面擀面条的妇女,我那时候简直懊恼到了极点。

肖邦是我着重画出的作曲家。我把纸箱搬到祖父的书房里,打开唱机和我的德律风根收音机,开始寻找降B小调奏鸣曲作品第三十五号。

《无线电邮报》下面有几册一九四七年至一九五〇年我中学最后三年的笔记本。我的哲学老师肯定十分了不起,因为我所掌握的哲学知识大部分都记在上面了。另外还有素描和漫画,我和同学分享的笑话,班级的期末合影:我们大家排成三四排,老师们在中间。我对那些脸庞已经毫无印象，甚至连自己都认不出来，必须靠一撮丘弗蒂诺式的额发，运用排除法才找得出来。

和学校笔记本混在一起的有一个一九四八年启用的本子，但字迹逐渐发生变化，或许是接下来的三年里写的东西。是一些诗歌。

十分拙劣的诗歌，除了我以外，不可能是别人写的。青春期的疱疹。我认为人人十六岁的时候都要写诗，那是从青少年过渡到成人的一个必然阶段。我不记得在什么地方见过这样的话：诗人有两类，好诗人到了一定阶段会销毁他们的坏诗，去非洲摆弄步枪；拙劣的诗人会发表他们的诗，继续写下去，直到老死。

真实情况也许并不是那样，但是我的诗很糟糕。不是可怕，也不是可憎，那至少意味着某种煽动的天分，而是可悲地浅显。我是不是要回到索拉拉才能发现自己是个写手？不过有一点值得自豪：我把那些失败的作品封存在纸箱里，放在门被堵死的小教堂里，自己转而从事收集别人书籍的行当。我十八岁的时候一定头脑清楚，为人正直。

我虽然封存了那些诗，其实是保留了下来，即使过了青春期，对它们仍有眷恋。像老唱片似的。有些人打掉寄生在他们肠子里的绦虫后，把绦虫的头节浸泡在酒精里，还有些人保存他们膀胱里排出的结石。

最早期的诗是面对大自然倏忽即逝的美景的感触，是每个初出茅庐的诗人都爱写的东西：在冰霜中偷偷盼望春天来临的冬晨，色彩绚丽的秋日黄昏触发的抒情述怀，皎皎月光（太多的月夜描写），只有瞬间的谦逊。

> 告诉我,天上的月亮,你在做什么?
> 我在过我自己的生活,
> 沉闷苍白的生活,
> 因为我是一堆
> 泥土,和没有生命的山谷,
> 以及令人生厌的
> 死火山。

天哪,说到头,我也许没有那么傻。也许当时我刚发现了主张消灭月光的未来主义诗人。紧接着,我看到一些关于肖邦、他的音乐和不幸生平的诗句。想想看,谁都不会在十六岁的时候写出献给巴赫的诗歌,巴赫唯有在他妻子去世那天茫然失措,当收敛师问巴赫希望举行什么样的葬礼时,巴赫让收敛师去问她本人。肖邦仿佛天生有使十六岁的年轻人感动得流泪的本领:死亡盘旋在瓦尔德摩萨修道院上空时,他把康斯坦蒂亚的缎带珍藏在胸前,离开了华沙。只有年纪大一些的时候,你才会发现他写了一些很好的音乐,但在那之前,你只是流泪。

后面的几首诗是关于回忆的。我乳臭未干,却已经迫不及待在为记忆的消退担忧。有一首诗是这么写的:

> 我为自己营造了记忆。
> 我把生活押成

> 这片蜃景。
> 随着时间的流逝，
> 每分每秒，
> 我颤抖的手
> 轻轻地翻过一页。
> 记忆如波浪，
> 激起了水面涟澜，
> 旋即消失。

极短的诗句，毫无疑问，我是从隐逸派诗人那里学来的。

许多诗以沙漏为题材，沙漏把时间化为一缕细沙，存放在记忆密集的储藏所里，献给俄耳甫斯(!)的一首颂歌，我在诗中向他进言：你无法两次进入记忆的王国/指望看到首次盗窃的东西/依然光鲜如新，毫发无损。我向自己进言：我一点时间都不能浪费……多么奇妙，需要的仅仅是一根充盈的动脉，而我浪费了一切。到非洲去，到非洲去，去耍步枪。

除了一些抒情的垃圾以外，我还写爱情诗。敢情我还恋爱过。或者不如说，像那种年龄常有的情况一样，我曾爱上了爱情？不管怎么说，我写过"她"，虽然难以触摸；

> 转瞬即逝的神秘，
> 包围着你，
> 使我无法靠近，
> 也许你生的意义

就在于这些诗句,

而你却不自知。

颇有行吟诗人的风格,回味起来还有点大男子主义。为什么她仅仅生活在我可怜的诗歌中?假如她不存在,我就是一个一夫一妻制的帕夏,把女人统统变成我假想的后宫里的皮囊,即使通过羽毛管笔射精,也只能称作自慰。但是假如被神秘包围的确有其人,并且确实不为人知的话,又怎么样呢?那我准是笨蛋,但她是谁呢?

我眼前没有形象,只有文字,而且我没有感觉到神秘的火焰,或许是因为洛阿娜女王使我感到失望。但是我有点感觉,甚至预先料到了我正在读的诗句;有一天你会消失/也许那只是个梦。诗的虚构永远不会消失,你把它写成文字让它永存。假如我怕它消融,是因为那句诗不够格地代替了我无法接近的事物。我在一张脸前面/消磨的时光/像转瞬即逝的沙子/我轻率地营造。/你注定要我营造一个世界/但我不知道是否为那一刻感到后悔。我为自己营造一个世界,但目的是为了迎接另一个人。

事实上,我读到一段细致入微的描写,似乎不可能是虚构的人物:

她在五月的和风中轻快地走过,

头发梳成新的样式,

她身旁的大学生

(年纪大一点,高个子,金发)

咧着嘴对他的朋友说,
他脖子上的橡皮膏
盖住了一个梅毒瘤。

后来出现了一件黄色的夹克衫,仿佛是第六个吹号的天使。那姑娘确有其人,我不可能凭空想象出偌大一个梅毒瘤。爱情诗部分的最后一首是怎么一回事?

圣诞节前三天,
和今天相似的一个傍晚,
我生平第一次
开始琢磨爱情的意义。
和今天一模一样的傍晚,
马路边的积雪踩碎时发出声响,
我在一扇窗下投扔雪球,
弄出动静,希望引人注意,
我认为自己举止文雅,
足以跻身上流社会。
如今已过了许多岁月,
我身体里的细胞和组织都已更新,
即使在记忆中,我也许都不存在。

你呀你,只有你,
不知道去了哪里(你去了哪里?)

而我仍能在内心深处

找到你，

那惊奇的程度

和圣诞节前三天无异。

    这个人物肯定是真实存在的，我把我性格形成时期最重要的三年奉献给了她。可是我失去了她（你去了哪里?）。也许在我丧失了父母和祖父，准备迁往都灵的时候，如同最后两首诗里写的那样，我决定把她抛到脑后。那两首诗虽然混进了笔记本，但不是手写的而是打字机打的。我觉得中学生不大可能用打字机。因此最后这两首诗一定是我上大学初期的习作。在这里看到也有点奇怪，因为人们都说，从那时开始，我就不来索拉拉了。也可能在我祖父去世后，我舅舅舅妈清理了一切，我回到小教堂，把我舍弃的记忆画个句号，留下那两页纸作为遗嘱和告别。字里行间都有告别的意味，仿佛我把一切都抛在身后，包括我的诗作和软性通奸。

    第一首是这样开头的：

哦，雷诺阿笔下脸色苍白的少女

马奈油画中阳台上的仕女

林荫大道边上的露天茶座

四轮马车上的白色遮阳伞

随着贝戈特咽下最后一口气

最后的卡特来兰香消玉殒……

我们对瞅着眼睛：
奥黛特·德·克雷西
是了不起的婊子。

第二首标题是《游击队》。内容涵盖了我从一九四三年到战争结束时的全部记忆：

塔利诺、吉诺、拉斯、卢佩托、夏波拉，
春天里请你们一起过来，
高唱"大风呼号，大雨滂沱"。
我多么怀念那几年的夏天，
高山上突然响起枪声，
打破了在等待中消逝的午后的寂静，
人们平静地奔走相告：
"第十师在撤退，巴多里奥的人
明天就会开到，路障已经拆除，
去奥尔贝尼奥的交通已经断绝，
他们用马车搬运伤员，
我看见他们经过小礼拜堂，
加兰尼队长把自己反锁
在市政厅里……"
突然响起可怕的喧闹，
穷凶极恶的噪声，拍打
房子外墙，后街传来人声……

夜晚降临，一片寂静，圣马蒂诺
有零星枪声，以及最后的扫荡……

我喜欢梦想那些漫长的夏日，
急切地盼望确切的消息，
在那些日子里，
塔利诺、拉斯和吉诺
也许面对过真理。

但是我办不到，因为
通向峡谷的路上
还有我自己的路障。
我合上记忆的笔记本。
这一切如今已成往事，
月明星稀的夜晚，
游击队员待在树林里，
提防小鸟歌唱，
好让美人继续熟睡。

  这些诗句一直使我迷惑不解。我显然经历了一个我认为是英雄的时期，至少在我看别人充当事件主角的时候。在尝试解决对童年和少年时代的全部疑问时，我曾在成年的门槛上试图回忆起某些兴奋和确定的时刻，但是遭到阻挠（在我家门外进行的那场战争的最后一个路障），我在什么东西前面屈服来着？我不能也不愿回想的东西,和峡谷有关的东西。又是峡谷。我有没有在那里见到女巫,同女巫的会见是不是让我懂得必须抹掉一切记忆?再不然,由于那时我已经意识到我失去了笔下的那个人物,我便把其余的日子和峡谷变成失落的象征——因而说明我为什么把以前的一切都存放在小教堂里不可侵犯的箱子里?

什么都没有留下,至少索拉拉没有。我只能推定,经过那次舍弃之后,我身为大学生,决定献身古籍,把我的注意力转移到同我毫不相干的别人的经历上去。

但是那个促使我把我中学时代和我在索拉拉的时光搁置起来的人是谁呢?我是不是有我自己的苍白的少女,住在六楼大厅对面的可爱的姑娘?如果是那样的话,那仅仅是人们偶尔都会哼唱的另一支歌曲而已。

对这件事有所了解的人只有詹尼。假如你坠入情网,而且是初恋,你至少会向你的同桌吐露。

几天前,我还不要詹尼以他的冷静的光亮清除我记忆中的迷雾,可是在这个节骨眼上,我能指望的只有他的记忆了。

我打电话给他时已是傍晚,我们谈了好几个小时。我没有立刻切入主题,而是远兜远转,先谈肖邦,从电话中得知我们当时对肖邦的音乐怀有极大的热情,而收音机则是我们能听到的唯一途径。高中三年级时,城里成立了一个音乐之友协会,协会偶尔开一次音乐会,至多有个三重奏,我们班至多只有四个同学偷偷去听,因为其余的学生年龄虽然还不到十八岁,却老是想去逛妓院,把我们看作愣头青。好吧,我们都是在寻求刺激,我也可以冒冒险。"高一时,我已经开始惦记女孩了吗?"

"敢情你连那都忘了。黑暗中总有一线光明。那是多年前的事情了,何必再操心。得啦,扬波,多考虑考虑你自己的身体吧。"

"得啦,我发现这里有些使我迷惑的事,我必须弄明白。"

他迟疑了一下,接着揭开了记忆的盖子,变得相当欢快,仿佛谈恋爱的是他自己。情况几乎是这样,因为他告诉我说,他到那时为止还没有受过恋爱的折磨,我对他推心置腹使他陶醉,仿佛坠入爱河的就是他。

"此外,她确实是女生班上最好看的女孩。你的要求很高。你爱上一个女孩,最美丽的女孩。"

"Alors, moi, j'aime qui? ... Mais cela va de soi! /J'aime——mais c'est forcé——la plus belle qui soit!"①

"你说什么?"

"我不知道,突然冒出来的一句话。谈谈她的情况吧。她叫什么名字?"

"莉拉。莉拉·萨巴。"

多美的名字。我觉得它会像蜜糖一样在我嘴里溶化。"莉拉。好名字。怎么回事呢?"

"高一时,我们男孩还长青春痘、穿短裤。年纪和我们相仿的十六岁左右的女孩已经是女人模样了,她们都不正眼瞧我们。她们更喜欢同在校门外等她们的大学生搭讪。你见过她一次,就迷

---

① 引自法国剧作家埃德蒙·罗斯丹(Edmond Rostand,1868—1918)的代表作《西哈诺·德·贝热拉克》(一译《大鼻子情圣》),大意为:那么,我爱的是谁?……这还用说!我爱的——那当然——是天底下最漂亮的女人!

上了她。像是《神曲》里贝阿特丽丝似的人物。我不是随便说说的,因为那一年学校里安排我们学《新生》和《清冽的甘泉》之类的作品,你把那些东西背得滚瓜烂熟,因为它们道出了你的心声。总之,你失魂落魄,茫茫然有一星期之久,喉咙仿佛有什么堵住似的,你不吃不喝,你父母以为你病得不轻。接着,你想知道她叫什么名字,又怕别人猜到你的心事,不敢随便打听。幸好她同班的妮内塔·福帕,一个松鼠脸的善良姑娘,住的地方离你家很近,你们小时候经常一起玩耍。你在楼梯上遇见她时,先谈了些别的事情,然后问她前天和她一起的姑娘是谁。至少打听到了她的名字。"

"后来呢?"

"听我说,你失魂落魄的样子像是中了邪。那时候,你笃信宗教,你去看你的精神导师,堂雷纳多神父,他戴贝雷帽,骑一辆摩托车,大家都说他开明。他甚至允许你看禁书目录里的书籍,因为他认为从中可以培养批判能力。要是我,我可不敢把这种事情讲给神父听,但是你总得找个人吐露吐露。你就像是笑话里说的那个人,他遭遇海难,漂流到一个孤岛上,同他一起的只有那个全世界最美丽最有名的女演员,不可避免的事情发生了,但是男人闷闷不乐,觉得不满足,最后他说服女演员,让她换了男人的衣服,用木炭画了胡子,他抓住女演员的胳臂说:'古斯塔夫,你怎么都猜不到我和谁上床了……'"

"别这么俗气,这对我是严肃的事。堂雷纳多怎么说来着?"

"即便是开明的神父,你指望他能说什么话? 他说,你的感情固然高尚、美好、自然,但是你不能把它变成肉体关系,毁坏了它,重要的是在婚前应该保持纯洁,把秘密深深埋在心底。"

"我呢?"

"你像个傻瓜,你把秘密深深埋在心底。依我看,有部分原因是你不敢同她接触,几乎有病态的恐惧。总之,你的心思还不够深,于是你来找我,向我和盘托出,我不得不成了你的同谋。"

"难道我从未和她接触过?"

"情况是这样的:你家就住在学校后面。你从学校出来,在街角拐个弯就到家了。校长订的规矩有一条是女同学放学的时间要比男同学晚一点,因此根本没有机会见到她,除非你像傻瓜似的守在学校门口的台阶上。我们男同学和女同学基本上都要穿过花园,到了明盖蒂广场,然后各走各的路。她家就在广场上。你出了校门后,假装陪我走到花园边上,等女同学统统出来,然后你返回去,这时候她和同学正走下台阶。你从她身边经过,瞅她一眼,仅此而已。每天这样。"

"但是我已经满足了。"

"不,你不满足。你开始想出各种花样。你掺和到慈善活动里,校长让你一个班级一个班级去卖什么活动的入场券,你在她的课桌前假装找零钱,多磨蹭半分钟。你假装牙疼,因为你父母认识的牙医诊所也在明盖蒂广场,诊所的窗户对着她家的阳台。你抱怨说牙疼得不得了,牙医看不出问题,为了保险起见,只有钻孔检查。你平白无故钻了好几颗牙,你每次去诊所都比预约时间早到半小时,你待在候诊室,窥视窗外她家的阳台。你从来没有如愿,她一次也没有出来过。一个下雪的傍晚,我们几个同学看完电影出来,影院也在明盖蒂广场,你开始扔雪球,发疯似的大叫大嚷,我们以为你喝了酒。其实你希望她听到喧闹,到窗口看看你的表现。结果窗口出现的是个老太婆,她威胁说,再这么闹下去她要报警了。后来你又想出一个好主意。你组织演出,中学的文艺大汇演。那年你心里只有汇演、剧本、音乐节目、舞台设计,考试几乎不及格。盛大演出终于来到:连演三场,全校师生、学生家长都能在大礼堂观看世上最伟大的演出。她一连看了两场。压轴节目是关于自然科学老师马里尼夫人的,她瘦得像竹竿,胸部平得像木板,头发盘成一个髻,老是戴一副玳瑁边大眼镜,穿一件黑色的罩衣。你像她一样瘦,很容易打扮成她的样子。你的轮廓太像她了,一上台,台下一片掌声,受欢迎的程度可以和男高音卡鲁索相比。马里尼夫人上课时经常从手提包里掏出止咳糖,放一片在嘴里,从一边换到另一边,可以含半小时之久。你打开手提包,假装往嘴里放一片糖,然后用舌头顶起腮帮子,这一下引来满堂喝彩,足足有五分钟。你舌头一动,几百人为你倾倒。你成了明星。但是让你感到兴奋的是她,她在场,并且看到了你。"

"到了那个分上,难道我还不认为可以上前搭讪吗?"

"当然啦,你是怎么对堂雷纳多神父说的?"

"除了卖入场券以外,难道我没有同她说过话?"

"说过几次。比如说,学校带大家到阿斯蒂剧院观看阿尔菲耶里的悲剧,下午的场次是为我们留的,我们四个同学甚至占了一个包厢。你朝别的包厢和乐池张望,发现她淹没在后座大量的观众中间,根本看不清舞台。幕间休息时,你设法蹭到她面前,问她喜不喜欢演出,她说可惜看不清楚,你说我们有个舒适的包厢,还空着一个座位,问她愿不愿意过去。她过去了,她向前探着身子看完了演出,你坐在她后面的小沙发上。你看不到舞台,但是你盯着她的后颈看了两小时。几乎处于亢奋状态。"

"后来呢?"

"后来她谢了你,回到她朋友那里。你对她好,她谢了你。我刚才说过,她们已经是女人了,根本不把我们当一回事。"

"即使我已经是学校大汇演的明星?"

"不错,你以为女人都会爱上杰利·刘易斯?她们只觉得他机灵罢了,没有别的。"

好吧,詹尼给我讲了一个中学生乏味的浪漫史,但他在讲故事时帮助我弄懂了某些东西。我在极度兴奋的状态下度过了高一。暑假开始了,我惶惶不可终日,因为我不知道她在什么地方。秋季开学后,她回来了,我继续默默地爱慕(与此同时,我现在知道了而詹尼不知道,我继续写我的诗)。我仿佛天天同她在一起,我想夜里也是如此。

高二过了一半,莉拉·萨巴消失了。她离开了学校,后来我从妮内塔·福帕那里听说,她和家人离开了当地。情况暧昧不明,连妮内塔都不完全了解,只有一些零星的传闻。她父亲遇到了麻烦,像是破产诈骗之类的问题。他把全部事务委托律师处理,在得出眉目之前,自己在海外找了一份工作——案子仿佛始终没有眉目,因为那家人从此没有回来过。

谁都不知道他们去了哪里,有人说阿根廷,有人说巴西。反正是在南美洲,那时候,连瑞士的卢加诺都像是神秘遥远的地方。

詹尼多方打听：莉拉有一个最好的朋友似乎叫桑德丽娜，而这个桑德丽娜出于忠诚，始终守口如瓶。我们肯定她和莉拉有信件往来，可就是不漏风声——说到头，我们算老几，她凭什么要告诉我们？

高中毕业前的一年半里，我一直惴惴不安，愁眉苦脸，情绪低落。我心里想的只有莉拉·萨巴，她会在哪儿呢？

詹尼接着说，我上大学时似乎把她全忘了；从大学一年级起，到取得学位为止，我交过两个女朋友，那之后，我遇到了保拉。莉拉多半成了谁都有过的青春时代的美好回忆。我却不是那样，我一直在找她。我甚至打算去南美洲，希望在火地岛或者巴西伯南布哥州的街头同她邂逅。在感情脆弱的时候，我向詹尼坦白说，我在有过关系的女人身上都希望看到莉拉的面孔。我希望死前至少再见她一面，不管她变成什么模样。詹尼说，那会破坏我美好的记忆。我不在乎，这个问题不解决，我死不瞑目。

"你一生都在寻找莉拉·萨巴。我常说，那只是你找别的女人的借口罢了。我一直没有当它一回事。到了四月份，我才发现你是认真的。"

"四月份出了什么事？"

"扬波，那正是我一直不愿意说的，因为我是在你遭遇意外前几天告诉了你这件事。我不是说两件事之间有什么直接联系，但是为了保险起见还是不提为好，再说我认为也不是什么大事……"

"不，你必须毫无保留地全说出来，否则我的血压又要升高了。你说呀。"

"好吧,我四月初回家,像有时候做的那样,带了一些花去公墓凭吊,因为我对老城有点怀旧。和我们离开的时候相比,一切都没有发生变化,因此回去让我觉得年轻。我在公墓里遇到桑德丽娜,她和我们一样,也是六十开外的人了,但是看上去没有什么变化。我们去喝了杯咖啡,叙叙旧。谈着谈着,我问起了莉拉·萨巴。难道你不知道吗,她说——我怎么会知道呢?——我们毕业后,莉拉就去世了。别问怎么死的,什么原因,她说,我往她在巴西的地址去信,她母亲把信退了回来,把情况告诉了我,你想想看,可怜的人,十八岁就去世了。基本上就是这些。即便对桑德丽娜来说,那也是很久很久以前的事了。"

四十年来,我一直为一个故去的人魂牵梦萦。上大学后,我同过去完全割裂,在我所有的记忆中,她是我唯一无法忘怀的人,但是轮子一直在坟墓里空转,我却不知道。多么诗意。多么令人悲痛。

"莉拉·萨巴什么模样?"我追问道,"你至少要告诉我,她长什么模样。"

"你要我说什么呢?她很美,我也喜欢她,我对你说这话时,你很得意,仿佛听人说他妻子如何漂亮似的。她一头金发,垂到腰际,面相介于天使和魔鬼之间,她笑的时候露出两颗牙齿……"

"一定有她的照片吧,我们班级的集体照!"

"扬波,高中,我们的老学校,六十年代烧毁了,墙壁、课桌、档案,烧得一点不剩。现在盖了一所新的中学,可惜。"

"她的朋友,比如说,桑德丽娜,或者别人一定有照片……"

"有可能,你要的话,我可以去打听一下,不过怎么打听,我实在没有把握。此外,你能做些什么?几乎五十年了,连桑德丽娜恐怕都记不清她搬迁到哪个城市,据说名字很古怪,不像里约热内卢那么出名——你总不见得翻查巴西每个城市的电话簿,寻找所有姓萨巴的人吧?可能找到一千个。而且他们逃走后可能改了姓氏。即使你到了那里,你要找谁?如今她父母肯定已经老死了,或者已经老糊涂了,肯定都九十多岁了。难道你到了那里说,对不起,我路过这里,想看看您的女儿莉拉的照片?"

"为什么不行?"

"得啦,你何苦老是追逐幻想?过去的事情让它过去吧。你甚至不知道她的墓碑在哪一个公墓里。再说,她用的名字甚至不是莉拉。"

"她的名字是什么?"

"哎哟,瞧我这张嘴。四月份的时候,桑德丽娜对我提过那个名字,我随即告诉了你,因为巧合得有点离奇,但是我马上发现那个消息对你的打击太大了。简直可以说异乎寻常,因为那仅仅是巧合而已。好吧,我不妨也说出来。莉拉就是西比拉的昵称。"

我儿童时期在法国画报上看到的一幅侧面像,我少年时期在学校楼梯上遇到的一张脸,然后或许是由同一条线串联起来的别的面孔,保拉、范娜、漂亮的荷兰女人,等等,直到活着的西比拉,她很快也要结婚了,从而我也将失去她。一场跨年代的接力赛跑,一种没有希望的追寻,因为早在我停止写诗之前,我追寻的东西已经消失了。

我背诵道:

> 我孤身一人,在雾气中
> 靠着路边的树干……
> 心里空落落的,
> 只记得你的模样,
> 苍白而模糊,
> 消融在透过远处树木的
> 清冷光线中。

诗句很美,因为不是我写的。模糊而苍白的记忆。索拉拉有许多宝藏,可是找不到一张莉拉·萨巴的照片。詹尼能回忆起她的相貌,清晰得像是昨天的事,我是唯一有资格的人,却什么都回忆不起来。

十四

三玫瑰饭店

索拉拉还有我要做的事情吗?现在看得很清楚,我少年时代最重要的事件是在其他地方展开的,在四十年代后期的城里,在巴西。那些地方有的已经不存在了(比如说,伴我长大的房屋,我的高中),更为遥远的,比如说莉拉度过她短暂生命最后几年的地方,可能也无迹可寻。索拉拉能提供给我的最后的文件只有我写的诗,我在诗中隐约瞥见她的模样,却看不到她的面庞。在我面前又是一堵迷雾的墙。

今天早晨我想的就是这些事。我一只脚已经跨出门,但又想和阁楼作最后的告别,我深信那里已经没有我要找的东西了,但是仍有一种不切实际的愿望,想找到某些最后的痕迹。

我再回到那些已经相当熟悉的空间:这儿是玩具,那儿是装满书的大衣柜⋯⋯我注意到两个大衣柜之间还有一个没有打开的纸箱。里面是更多的小说,包括几本康拉德和左拉的经典作品,还有几本通俗小说,例如奥齐男爵夫人的《海绿红花》⋯⋯

再有一本三十年代的意大利侦探小说,奥古斯托·玛丽亚·德·安杰利斯写的《三玫瑰饭店》。我又一次找到了一本叙述我自己的故事的书:

雨下个不停,汽车前灯发出的光柱中雨丝闪着银光。雾气四处弥漫,沾到脸上像是针刺。无数的雨伞底下都有自己的故事,后浪推前浪地在人行道上挤挤插插。路当中有汽车、少数几辆马车、拥挤的电车。十二月初的米兰,晚上六点钟天色已经漆黑。

三个女子排开周围的行人,匆匆跑来。三人都穿着战前式样的黑衣服,戴着缀有网纱和珠子的小帽子……

三人十分相似,若不是下巴底下系帽子的缎带有淡紫、深紫和黑色之分的话,从她们身边走过的人会以为自己看花了眼,连续三次看到同一个人。她们从公熊大道出来,拐上韦特洛桥大道,走到灯光明亮的行人道尽头,三人突然都消失在卡尔米内广场的黑暗中……

跟在她们身后的男子仿佛不愿意追上去,她们穿过广场时他却停住了脚步,冒雨站在教堂的正门外……

他面有愠色。凝视着狭小漆黑的入口……他一直盯着教堂狭小的入口在等待。每隔一小会儿就有一个黑影穿过广场没入门中。雾气越来越浓。半个多小时过去了。那人仿佛死了心……他把雨伞靠在墙上控干,慢慢地、有节奏地搓着手,不出声地自言自语……

他走出卡尔米内广场,上了市场大道,再上庞塔齐奥大道,到了一扇宽大的玻璃门前,里面是灯光明亮的宽敞的休息室,他推开玻璃门,走了进去。玻璃上漆着大字:**三玫瑰饭店**……

那就是我：在四处弥漫的雾气中，我瞥见了三个女子，莉拉、保拉和西比拉，但由于雾气的关系，她们的面目难以辨认，接着她们突然消失在黑暗中。现在再要寻找是没有意义的，尤其因为雾气越来越浓了。也许有别的解决办法。不如拐到庞塔齐奥大道上，走进一家灯光明亮的饭店的休息室（但是休息室会不会不通犯罪现场？）。三玫瑰饭店在哪里？对我说来，在任何地方。一朵叫任何别的名字的玫瑰。

纸箱底下有一层报纸，报纸底下有两册年代更久远的大开本书籍。一册是有多雷版画插图的《圣经》，品相极差，比街头小贩出售的牲口饲料好不了多少。另一册是半皮革装订，装订历史不会超过一百年，书脊上没有烫字，大理石花纹的硬纸板已经褪色。但我一打开，就立刻肯定那是一本十七世纪的古书。

印刷字体和每页两栏的排版方式立刻引起了我注意，我赶快翻到扉页，赫然在目的是：《威廉·莎士比亚先生之喜剧、历史剧与悲剧》。莎士比亚肖像，艾萨克·亚加德印行……

即使对于健康正常的人来说，如此意外的好运也会引起心脏病发作。无可置疑，这次不是西比拉开的玩笑：这是一册一六二三年的《第一对开本》，页边有宽敞的空白，除了少许淡淡的水渍外，完整无缺。

这本书怎么会到我祖父手里的？也许是从某位小老太太家里整批收购的十九世纪的藏书之一，小老太太把那些碍事的东西处理给旧货商，一向不在价钱方面斤斤计较。

我祖父不是古籍珍本方面的行家，但也不是一无所知。他肯定知道手头的这本书相当值钱，甚至或许由于得到莎士比亚全集而高兴，但是他没有拍卖目录，没有想到去查阅。当我舅舅舅妈把杂物清理到阁楼上时，这个对开本也给扔了上去，它在别的什么地方等了三个多世纪，又在阁楼上躺了四十年。

我的心狂跳起来，但是我不去理会。

如今我在我祖父的书房里，用颤抖的手抚摸着我的宝藏。在一阵强风过后，我走进了三玫瑰饭店。这不是莉拉的照片，但它是一份返回米兰，回到当下的邀请。既然莎士比亚的肖像在这里，莉拉的肖像应该在那里。游吟诗人将指引我找到我的黑夫人[①]。

[①] 莎士比亚一共写了154首十四行诗，第127至152首写诗人对"黑夫人"（Dark Lady）的爱慕。

高血压把我困在索拉拉将近三个月之久，我在邸宅的四墙之内发现了许多秘密，但这一册《第一对开本》正陪伴我经历一个更加令人兴奋的冒险故事。激动的心情使我头脑混乱，使我的脸发烫。

这肯定是我一生中最惊心动魄的事件。

第三部

OI NOΣTOI[①]

① 希腊语,归来。

十五

你终于回来了，我的雾气朋友！

  我在洞壁发出磷光的隧道里行进。我奔向远处一个让我感到亲切的灰色的斑点。这是不是死亡？一般人认为死过一次又活过来的人说的情况正好相反：你先经过一条幽暗的、令人眩晕的通道，然后兴高采烈地从一个明亮得使人不敢逼视的地方出来。三玫瑰饭店。因此说来，不是我没有死，就是他们说的不是真话。

  我快到隧道口了，外面浓密的雾气飘浮进来。我在其中慢慢翻腾，几乎没有觉察我是在一层悬浮的烟雾中行进。这是雾，不是别人用文字描写的、我自己读到的雾——而是真正的雾，我在雾里面。我回来了。

  雾气在我周围升腾，使世界显得柔和空灵。假如我能分辨出房屋的轮廓，我就会看到雾气悄悄潜入，从周边开始慢慢啃掉屋顶。但是它已经吞没了一切。也许这就是田野和山峦上空的雾气。我不知道自己是在飘浮还是在行走，地面上也只有雾。我像是踩在雪地上似的。我一头扎进雾里。肺里吸满了雾气，又把它呼出去，像海豚似的在雾里翻腾打滚，正如我时常梦到自己在奶油里游泳那样……友好的雾气欢迎我，围着我转，抚摸我的面颊，顺着我的衣领和下巴滑下去叮我的脖子——味道像是变质发酸的东西，像雪，像酒，又像烟草。我像是在索拉拉的拱廊下面行走，永远看不到全部天空，低矮的拱廊像是酒窖拱形的天花板。*你活动轻灵矫健，仿佛弄潮儿在浪里荡魄销魂。你在深邃浩瀚中快乐地耕耘，怀着无法言说的雄健的快感。*

好几个黑色的轮廓逐渐靠近。粗看像是多臂巨人。它们发出微弱的热量，所到之处雾气融化，我看见它们仿佛是在暗淡的街灯下，我担心它们扑过来制服我，便躲到一边去，我像是穿过幽灵似的从它们中间穿过，它们纷纷散开。那感觉好像是坐在火车里，在黑暗中看见信号灯越来越近，又看见它们被黑暗吞没消失。

忽然出现了一个滑稽的形象：一个套着蓝绿两色弹力紧身衣的恐怖的小丑，他把人肺似的松软的东西塞进自己的胸部，粗鄙的嘴里喷出火焰。他撞到我身上，像喷火器似的燎了我一下，随即离开了，留下一股热气，短暂触发了驱逐烟雾装置。一个顶上栖息着巨鹰的圆球滚到我面前，鹰后面是面色灰白的、长老会派送铅笔的工作人员，头上竖着百来支铅笔，仿佛是由于恐惧而竖立起来的头发……我认识他们，我小时候发烧躺在床上时，他们曾陪伴过我，当时我感觉仿佛浸泡在黄色的皇家浓汤里慢慢沸腾炖熬。现在正如那些夜晚一样，我躺在漆黑的房间里，黑黢黢的衣柜门打开了，出来一大帮加埃塔诺舅舅。加埃塔诺舅舅长着一颗三角形的脑袋，尖下巴，卷曲的头发在太阳穴附近形成两个赘疣，他的面孔瘦削憔悴，眼神忧伤，满口烂牙当中有一颗大金牙。好像是派送铅笔的人。加埃塔诺舅舅们先是成双成对地出场，人数随即猛增，在我房间里跳

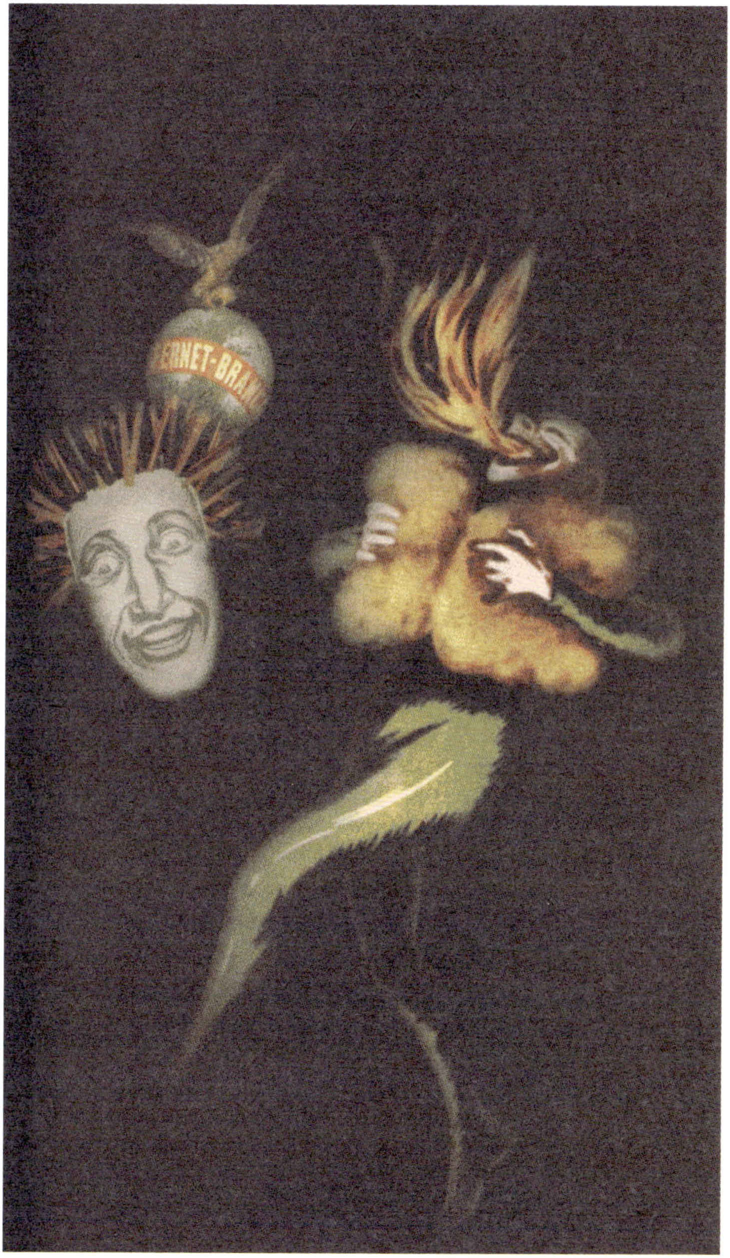

起舞来，动作像是提线木偶，手臂弯成几何图形，有时又接成两米长的杆子。每逢感冒、麻疹或者猩红热流行期间，傍晚我体温升高时，他们都要来骚扰我，我见了他们就害怕。他们来得快，去得也快——也许他们回到了衣柜里，后来我康复了，我战战兢兢打开衣柜，细细检查，但是从未发现他们来去自由的秘密通道。

康复后，星期日中午我有时会在林荫道上遇到加埃塔诺舅舅，他露出金牙朝我笑笑，摸摸我的脸，说一声"好孩子"，然后走开。他是个老好人，我怎么也弄不明白，为什么我生病的时候老是恍恍惚惚见到他，我也不敢问我父母，为什么加埃塔诺舅舅的身世和为人那么暧昧、圆滑而隐隐使人不安。

当我差一点被汽车撞倒，保拉一把拉住我的时候，我对她说什么来着？我说我知道汽车会轧死路上的鸡，司机为了避免这类事故会使劲踩刹车，以致刹车盘冒黑烟，然后会有两个戴墨镜、穿风衣的人，用曲柄重新发动引擎。当时我并不知道，但现在我知道了，那两个人是我发烧谵妄时在加埃塔诺舅舅后面出现的。

那两个人就在这里,我在迷雾中突然遇见了他们。

我差点被他们那辆面目可憎的汽车撞上,两个戴面具的人从车上跳下来揪我的耳朵。我的耳朵毛茸茸、软绵绵的,长得惊人,长度几乎达到天文数字,可以拉伸到月球上。你要小心了,如果你行为不端,且不说你的鼻子会像匹诺曹那样越来越长,你还会有咪咪猫那样的耳朵。为什么那本书不在索拉拉?我生活在《咪咪猫的耳朵》里。

我恢复了记忆。只不过我的记忆——祸不单行——像蝙蝠一样在围着我盘旋。

我吃了金鸡纳霜后,已经退烧了:父亲坐在我的小床旁,念《四剑客》给我听。不是三剑客,是四剑客。那是一部把全意大利男女老少都吸引到收音机旁的模仿作品,因为它同一个广告比赛挂上钩,每一盒佩鲁吉娜巧克力都附有一张彩色的人物画片,收集成套后可以获得级别不同的奖品。

只有运气最好的人才能碰到最稀缺的画片——凶恶的萨拉丁,并且获得一辆菲亚特巴利拉汽车,于是全国上下都猛喝巧克

力(或者赠送亲戚、情人、邻居、雇员),希望获得凶恶的萨拉丁。

你听到的故事里,/会有手套和羽毛装饰的帽子,/有佩剑和决斗,还有偷袭,/有可爱的贵妇人和幽会的情人……他们甚至出了一个单行本,附有插图。爸爸念给我听,我朦朦胧胧看见红衣主教黎塞留(他脚边有许多猫在打转),或者美貌的书拉密女,于是昏昏入睡。

为什么索拉拉(什么时候?昨天?一千年前?)有祖父的大量痕迹,却没有爸爸的痕迹?因为我祖父经营书籍杂志,而书籍杂志正是我常看的东西,纸张,纸张,纸张,爸爸或许为了保住工作,整天干活,从不涉足政治。我们在索拉拉的时候,他遇到周末会设法来看我们,平时尽管有空袭,他仍待在城里,只有我生病的时候,才在我床边陪我。

嘣 克拉克 卜朗 斯普莱许 克拉格 克拉格 克仑奇 戈仑特 卜特 洛阿 仑普尔 卜隆 斯邦 卜斯 斯朗恰特 斯朗姆 斯卜朗克 卜朗普 斯嗡 嘣 森普 克朗 通 特拉克 呜啊啊 弗仑 哦姆 飕……

城里遭到空袭时,我们从索拉拉的窗口都可以望见远处的闪光,听到雷鸣似的隆隆声。我们像看热闹似的观望,也担心爸爸可能被压在坍塌的房子里,只有到了星期六他该回来的那天才知道情况究竟如何。有时候星期二空袭,我们就要等四天。战争使我们成了宿命论者,轰炸和风暴一样稀松平常。我们这些孩子照旧平静地玩耍,度过星期二晚上、星期三、星期四、星期五。但我们是不是真的平静呢?当劫后余生的人穿过遍地的尸体,难道我们没有焦虑、震惊和悲伤吗?

现在我开始觉得我是爱我的父亲的,我又一次看到他作了一辈子奉献的沧桑的面庞——为了购买后来出交通事故的那辆汽车,他使劲工作,也许为了不依赖我一生不缺钱的祖父,再由于祖父的政治经历和他对梅洛的报复,他头上还有英雄主义的光环。

爸爸坐在我旁边,念达达尼昂的虚构的历险给我听,书里把他描写成穿着高尔夫球裤似的灯笼裤。我闻到了妈妈乳房的气息,我手脚伸展,躺在床上,她放下手里的《爱主论》,轻轻地唱一支圣母的颂歌,在我听来像是《特里斯坦》的前奏曲的升半音版本。

我现在怎么恢复了记忆?我是谁?我从模糊的远景来到最鲜明的家居生活的画面前,寂静笼罩着一切。我觉得身外空无一物,一切都在身体里面。我试图动动手指,动动手,动动脚,但我的身体仿佛不存在了。我仿佛在太虚中飘浮,滑向呼唤无底深渊的深渊。

是不是有人给我下了药?下药的人是谁呢?我记忆中最后是在什么地方?人们醒来时通常记得入睡前做的事情,甚至记得他合上在看的书,把它放到床头柜上。有时有这样的情况:你在旅馆里醒来,或者经过长途旅行后在自己家里醒来,你朝左面寻找电灯,其实是在右面,或者你从错的一边下床,自己还以为是对的一边。我印象中,睡前爸爸给我念《四剑客》似乎还是昨晚的事情,我知道那至少是五十年前的事了,但我仍在使劲回想我醒来前身在何处。

我手里拿着莎士比亚的《第一对开本》,不是在索拉拉吗?后来呢？是不是阿玛利亚在我喝的汤里放了LSD致幻剂，于是我在雾气中飘荡，形形色色的人物从我过去经历的每一道缝隙涌现出来。

我真傻，其实事情很简单……我在索拉拉发生第二次意外，他们以为我死了，埋葬了我。我在墓中醒来。我给活埋了，经典的情节。但是在这种情况下，你慌了神，你扭动手脚，拍打铁皮棺材的侧壁，你张大嘴呼吸。恐慌万分。但是这次不一样，我的身体毫无感觉，我镇静得出奇，我只体验那些困扰我的记忆，从中得到乐趣。同你在墓中苏醒过来的感觉不一样。

如此说来，我已经死了，死后灵魂的生活就是这个平静沉闷的地带，我将在这里无休无止地重新经历我有过的生活，如果很可怕（那就是地狱），算我倒霉，反之就是天堂。哦，得啦！假设你生来就是驼背、瞎子、又聋又哑，或者假设你亲爱的人——父母、妻子、五岁的儿子——在你周围像苍蝇般纷纷死去，难道你死后灵魂的生活只是你在尘世中遭受的全部苦难的延续和重复？难道地狱不是他人，而是我们死后留下的痕迹？即使最残酷的神也不会为我们设想这样的命运。除非格拉诺拉说的是对的。格拉诺拉？我认为我以前认识他。但是我的记忆搅拌在一起，我必须加以梳理，把它们排列好，不然我又会迷失在雾中，散发热量的小丑又会出现。

也许我没有死。假如我死了，我就没有尘世的感情，没有对父母的爱，没有对空袭的焦虑。死亡意味着逸出生命的周期，脱离心脏的跳动。不管地狱的煎熬有多么可怕，我仍旧可以隔着恒星的距离观察我以前的情况。在沸腾的沥青里煎熬得皮开肉绽并不是地狱。你反思你干过的坏事，永远也摆脱不了，你知道得清清楚楚。但你只是纯粹的精神。我的情况不同，我非但记得，而且能体验梦魇、感情和欢乐。我感觉不到我的身体，但仍旧有记忆，并且为之痛苦。正像截掉一条腿的人仍旧感到腿疼那样。

我再回想一下。我发生了第二次意外，比第一次更严重。我太激动了，首先由于想到了莉拉，之后由于发现了《第一对开本》。毫无疑问，我的血压升到前所未有的高度。我陷入昏迷。

我躺在床上，深度昏迷，守在外面的有保拉、我的女儿们、所有爱我的人，以及格拉塔罗洛，也许他本应把我留院严密观察至少六个月，却放了我出来，因而后悔不已，使劲揪自己的头发。仪器显示我的大脑已经没有生命迹象，他们绝望地商量是否继续等下去，还是拔掉电源。等待的时间可能很长，要以年计。保拉握着我的手，卡拉和尼科莱塔在唱机上来回放几张唱片，她们看到书报上说，昏迷的人听到声音、呼唤，受到任何刺激，都可能突然醒来。我命悬一线，她们这样等下去，也许甚至要耗上几年。还有一点尊严的人都会说，立刻结束这种局面吧，让那几个可怜的女人终于感到绝望，但同时也得到了自由。我也认为他们应该拔掉电源，但是我说不出话。

众所周知，处于深度昏迷状态的大脑没有活动的迹象，而我却在思索、感觉、回忆。那只是外面的人们的想法。科学认为脑电图这时候应该是平直的，但科学对人体的运行策略又有多少了解呢？也许我的脑电波在屏幕上显示的是平直线，而我是用肠子、脚趾尖、睾丸思索的。他们以为我的大脑已经没有活动，但我仍旧有内部活动。

我不是说脑电图呈现平直线时，灵魂仍旧在某个地方活动。我只是说他们的仪器在某种阈值内记录了我的大脑活动。在那种阈值之外，我仍旧在思索，可是他们不知道。假如我能再醒过来，说出我的经历，有人也许可以获得神经学方面的诺贝尔奖，而那些仪器统统可以扔到垃圾堆里去。

如果能从过去的迷雾中重新出现，在爱我的人和希望我死去的人面前显得生动有力，"看着我，我是埃德蒙·唐泰斯！"基督山伯爵有多少次站在以为他已经死去的人面前说。对以前有恩于他的人，对梅尔塞苔丝，对那些企图毁掉他的人说："看着我，我回来了，我是埃德蒙·唐泰斯！"

或者能逃离这片寂静，轻灵地飘浮在病房上空，观望人们在我毫无动静的身体旁边哭泣。参加自己的葬礼，又不再受肉体的拖累。用一具身体同时实现人们共有的两个愿望。相反的是，我被禁锢，动弹不得，只能空想。

事实上，我不存怨恨之心。假如我觉得不高兴，那也是因为我自我感觉良好，却说不出来。要是我能动动手指，眨眨眼，发出一个摩尔斯电码之类的信号就好了。但我彻头彻尾只有思想，没

有行动。没有感觉。我在这里可能待了一个星期、一个月、一年，而我没有心脏跳动的感觉，没有饥渴的痛楚，没有睡觉的愿望（持续不断的清醒状态使我害怕），我甚至不知道自己是否排泄（也许这一切都通过管道解决了），我不知道我是否出汗，以及是否呼吸。说不定我的外面和周围没有空气。我想到保拉、卡拉和尼科莱塔，她们认为我不中用了而觉得伤心，但是我绝对不能在伤心面前屈服。我不能承担全世界的痛苦——但愿我具有极端自私的本领。我自顾自为自己活着，我遭到第一次意外后，什么都忘了，唯独记得这一点。这就是我的生活，现在如此，将来也许永远如此。

如此说来，除了等待以外，我没有别的事情可做了。假如他们能使我复苏，大家都会惊奇。也许我永远醒不过来了，我必须做好思想准备，不间断地反复经历过去的生活。也许我只能维持一个短时期,然后死掉——在那种情况下我必须充分利用现有的时间。

假如我突然停止思想,之后会怎么样?会不会有另一种死后灵魂的震动,和我特别私密的现世生活相似,或者是永永远远的黑暗和无意识?

我把所剩不多的时间浪费在思考这种问题上未免太傻。某人或者命运给了我记起自己是谁的机会。我必须抓住。假如我证明自己干过什么需要忏悔的事,我就认罪忏悔。但在忏悔之前,我先要回忆起我干过什么。拿我回忆起来的有限的情况来说,保拉或者被我欺骗过的寡妇早已原谅了我。说到头,假如有地狱的话,里面也是空的。

在索拉拉的阁楼里,我入睡之前发现了一只同安杰罗熊这个名字和"奥西摩医生的糖果"这句话有关的铁皮青蛙。现在我明白这些字句的意思了。

脑袋光得像剥壳的熟鸡蛋、戴着浅蓝色眼镜的奥西摩医生是罗马大街药房的药剂师。妈妈每次带我上街买东西办事,在药房逗留时,即使只买一卷脱脂纱布,奥西摩医生也会打开一个装满芳香的白色圆球的大玻璃罐,给我一包牛奶糖。我知道我不可以一下子吃光,而必须维持至少三四天。

我们前一次上街时——那时我不满四岁——我没有发现妈妈的肚子有什么异样,但是去奥西摩医生那儿后的第二天,我被送到楼下,托付给皮亚扎先生照看。皮亚扎先生的房间大得像森林,里面都是栩栩如生的动物:公鸡、狐狸、猫、鹰。我听说他收动物,但只要自然死亡的,收去后不是埋掉,而是往它们身体里塞稻草。我坐在他家里,他陪我玩,向我解释那些动物的名称和特点,我在那个奇妙的墓地里待了很长时间,在那里,死亡仿佛并不可怕,而带有埃及的韵味,散发着只有在那里才闻得到的气味,也许是化学溶液、灰扑扑的羽毛和鞣制过的皮革的混合气息。那是我生平最美妙的下午。

家里派人来接我,我回家上楼时听说,我在动物标本王国逗留期间,我的小妹妹诞生了。稳婆发现她在一颗卷心菜里,便把她抱了回来。我看到的裹在白色襁褓里的小妹妹只是一个粉红色的肉球,一个黑窟窿里发出刺耳的哭声。家里人告诉我,那并不表明她病了:小妹妹出生后的哭叫是她表达快活的方式,因为她如今有了妈妈、爸爸和一个小哥哥。

我极度兴奋,立刻提出给她吃一颗奥西摩医生的牛奶糖,但家里人说婴儿出生后没有长牙齿,只能吮吸妈妈的奶。把那些白色小圆球扔进那个黑窟窿该是多么有趣的事。也许我能赢一条金鱼。

我跑到玩具箱那儿取出铁皮青蛙。小妹妹虽然出生不久,一按肚皮就会呱呱叫的青蛙不可能不让她快活。但是不行,我把青蛙也搁到一边去,灰溜溜地出去了。新来一个小妹妹有什么好处?还不如和皮亚扎先生的死鸟待在一起好。

铁皮青蛙和安杰罗熊。在阁楼上,它们突然同时从我心里冒了出来,安杰罗熊和我妹妹也有关,因为她后来成了我游戏的同谋——也是牛奶糖的吃客。

"住手,努奇奥,安杰罗熊再也经受不住了。"我一再央求表哥停止折磨安杰罗熊。但是他比我大,神父们把他送进寄宿学校,整天穿着制服憋得够呛,一回到城里,他就撒野了。经过一场长时间的战役后,他俘虏了安杰罗熊,把它绑在床脚上,百般鞭打凌辱。

安杰罗熊,我从什么时候开始拥有它的?关于它来到的记忆早已湮没在格拉塔罗洛说的我们学会梳理记忆之前的时间里了。安杰罗,我的土黄色的长毛绒朋友,手脚像玩偶一样都能活动,因此能坐,能站,也能高举手臂。它高大威武,两只棕色的眼睛闪闪发亮。阿达和我选它为玩具之王,统帅全部玩具士兵和玩偶。

岁月催它老去,同时使它显得更德高望重。它获得了与日俱增的、颤颤巍巍的权威,像身经百战的老兵一样,它少了一只眼睛,然后又少了一条手臂。

搁脚凳翻转过来就变成一艘船,一艘海盗船,或者是船头船尾都方方正正的凡尔纳小说里的冒险船:安杰罗熊坐在舵手旁边,它前面是决定远航路线的土豆上尉和安乐乡兵团,由于身材的关系,它们更为重要,虽然模样也比它们的泥塑士兵兄弟更滑稽,这些士兵的伤残程度比安杰罗更严重,有好几个缺头、缺手、缺脚,像许许多多高个子约翰·西尔弗一样,脆弱的断肢露出铁丝钩。那艘辉煌的船驶出卧室海,穿过门厅洋,在厨房半岛登陆,安杰罗的身材比那些小人国的臣民高出许多,失调的比例非但没有使我们觉得别扭,反而加强了格列佛的气派。

由于它用起来方便，善于做各种各样的杂技动作，加上努奇奥表哥发泄的怒火，安杰罗熊失去了第二只眼睛、第二条手臂、以及两条腿。随着阿达和我年龄的增长，它的伤痕累累的身躯开始稀稀拉拉地掉落稻草。爸爸妈妈认为那团破烂东西会滋生虫子，也可能成为细菌的培养基，扬言要等我们在学校里的时候把它扔到垃圾堆里去，我们终于被迫放弃了它。

我们亲爱的跖行动物落到这个地步，在阿达和我眼里简直惨不忍睹，它无法自己站立，长时间开膛剖肚，内脏流了出来很是不雅。我们接受了它必死的现实——其实早应被认为已经死去——因此决定为它举行隆重的葬礼。

我们很早起身，爸爸生好了向整座房屋供热的中央锅炉。我们排好了庄重的送葬队伍。锅炉旁边是现存的玩具，由土豆上尉牵头。它们井然有序，采取立正致敬的姿势，给予战败者应有的待遇。我捧着软垫，上面摆放亡者遗骸，缓步行进，后面跟着所有家庭成员，包括清洁工。

我怀着肃穆的内疚把安杰罗熊放进火神的血盆大口，它如今只是一包稻草，火苗蹿上去，顿时灰飞烟灭。

那是一场有预兆的仪式，因为过后不久锅炉本身也熄灭了。最早用的燃料是无烟煤，无烟煤断档后，改用鸡蛋形的煤粉球。战争持续，煤球也需要配给，我们不得不改用日后在索拉拉用的那种厨房炉子，木块、纸张、硬纸板都可以当燃料，我们还用一种酒红色物质压成的煤饼，烧起来很慢，勉强有点火焰。

安杰罗熊之死没有使我悲痛,也没有使我心潮起伏,念念不忘。也许在之后的几年里就是这样,也许在我十六岁开始专注于恢复前不久的记忆时,我才会想起,反正当时没有。当时我不是生活在时间的洪流里,我幸福地生活在永恒的当下。安杰罗就在我眼前,它的葬礼和它辉煌的时刻也历历在目。我可以从一个记忆转移到另一个记忆,我把每个记忆都当作此时此刻来体验。

如果这就是永恒,那有多么美妙——我何必再要等到六十岁才能得到?

莉拉的脸呢?照说我现在应该看到了,但记忆仿佛是按先后次序排列,一个接一个自动呈现。我自己无法控制,必须耐心等待。

我坐在客厅里德律风根收音机旁边。收音机里在播放广播剧,爸爸按时收听,我吮吸着大拇指,坐在爸爸膝头。家庭伦理剧、桃色事件、赎罪忏悔,这类事情我不明白,但是遥远的声音使我昏昏欲睡。我上床时要他们敞开卧室门,让我看到客厅里的灯光。我年纪虽小,却很机灵,我已经琢磨出主显节前夜东方三贤士的礼物是父母花钱买的。阿达不信,我不能让一个小姑娘的幻想破灭,一月五日夜里,我拼命熬着不睡,好听到外面在做什么。我听到他们在分礼物。第二天早晨,我假装高兴,为奇迹出现而惊异,因为我是个狡猾的小坏蛋,不想拆穿大人的把戏。

我是个机灵鬼。我已经琢磨出小宝宝是从妈妈的肚子里生出来的,但是我不说。妈妈和她的朋友谈论女人的事情(某某人有喜了,嗯,某某人,嗯,卵巢有粘连),有人发现小孩在场,不让她说下去,妈妈说没有关系,我们那种年纪不会懂得。我躲在门背后,洞察了生命的秘密。

我从妈妈的带镜衣柜的小圆门里偷出一本书:乔瓦尼·莫斯卡的《死亡不是那样的》,一首彬彬有礼的、讽刺性的挽歌,描写墓地日子的欢乐和躺在一抔黄土下面的愉快。我喜欢这种死亡的邀请,也许这是我在遇到瓦伦特的绿色木桩之前同死亡的第一次遭遇。但是一天早晨,在第五章里,由于一时软弱而接纳了掘墓人的可爱的玛丽亚,感到肚子里一阵扑腾。到那时为止,作者始终十分端庄,只提到一段不幸的爱情和一个尚未出生的小生命。可是现在毫无顾忌地作了一段现实主义的描写,让我大吃一惊:"从那天早晨开始,她的肚子像一个关了许多麻雀的笼子似的开始扑腾……小宝宝在动。"

这段赤裸裸的现实主义的文字,是我生平第一次看到有关怀孕的描写。我了解到的事情证实了我本来就知道的东西,并没有使我感到惊奇。我害怕的是我看禁书的时候被人撞见,知道我了解了不该了解的东西。我有负罪感,因为我违反了禁忌。我把书放回衣柜里,尽量掩饰我翻动过的痕迹。我知道一个秘密,因此有罪恶感。

这件事早在我亲吻《小说》杂志封面上那个可爱的女歌手的面孔之前,那只不过揭示了生孩子的部分情况,不牵涉到性的问题。据说某些原始人从来没有把性行为同怀孕直接联系起来(正如保拉所说,九个月是非常漫长的时间),我也经过很长时间才明白成人的性行为同婴儿之间的神秘联系。

我父母从不担心我是不是苦恼。他们那一代人感觉仿佛滞后一点,或者他们忘了他们自己的儿童时期。父母牵着我和阿达的手,遇到一个朋友,爸爸说我们去看《黄金城》,爸爸的朋友别有用心地朝我们两个小孩笑笑,悄悄说那部电影有点"那个"。爸爸冷冷地回说:"我想我们得给他们擦擦下巴了。"看到克里斯蒂娜·泽德尔鲍姆热烈拥抱的时候,我的心提到了嗓子眼。

在索拉拉的走廊上,我琢磨"世界各地的种族和民族"这句话的含义,心头浮现出一个毛茸茸的女阴的形象。是啊,我念中学时,和几个朋友一起待在某个同学的父亲的书房里,翻看比亚苏蒂的《世界各地的种族和民族》。我们飞快地翻到有毛茸茸的卡尔梅克妇女照片的那一页,照片上可以看到她们的性器官,或者不如说她们的体毛。卡尔梅克妇女,在性方面自主的妇女。

我又在迷雾中。为了避免引起敌机注意，城里有灯火管制，在雾气笼罩下，全城黑漆漆的。当我从地面上观察它时，城市仿佛已经消失了。我拉着爸爸的手，在雾气中行走，像是一年级课本插图里的小孩，爸爸戴的博尔萨利诺帽子和插图里的男人戴的一模一样，不过没那么漂亮，衣服也陈旧一些，插肩袖，没有垫肩——我的衣服更旧，都露线了，纽扣孔开在右边，表明是用爸爸的一件旧大衣翻改的。爸爸右手握的不是手杖，而是一个不用电池的手电筒。它像自行车的前灯那样，是靠摩擦转动发电的，爸爸用四根手指按压一个开关，电筒发出轻微的声响，勉强能把人行道照亮，可以看到台阶、拐角，或者路口的边缘，他松开手指，亮光就消失。我们凭着先前的印象，像盲目飞行似的往前再走十来步，然后又重新让手电筒亮一会儿。

雾气中，人们的影子擦肩而过。有时低声打个招呼，有时说声对不起，人们低声说话似乎理所当然，尽管仔细想来，轰炸机里的人看得见光亮，却并不能听到声音，我们在雾气中完全可以放声歌唱。但是谁都不这样做，似乎我们的肃静能鼓励雾气保护我们的步伐，使我们和我们的街道一同隐形。

这些严格的灯火管制真的有用吗？也许只能给我们一点安慰，特别是因为他们要轰炸的话完全可以白天来。半夜里响起了警报。妈妈哭着叫醒我们——她哭不是由于害怕，而是因为她的孩子睡不成了——她给我们在睡衣外面套上厚厚的大衣，带我们进防空洞。不是自己房子里的防空洞，那只是用几根柱子和沙包加固的地下室,而是一九三九年预计要开战时在我们房屋后面建造的防空洞。院子有墙,我们不能直接穿过院子而要绕路,我们匆匆跑去,希望警报拉响时飞机还有相当长的距离。

防空洞很漂亮,水泥墙上有一道道蜿蜒的水迹,灯光暗淡温暖。大人都坐在长凳上瞎侃,小孩们在中间的空地上跑来跑去。我们听到低沉的高射炮声;人人都认为即使炸弹落在这个街区的房屋上,防空洞也不会坍塌。这种说法没有根据,但让人安心。这幢房子的看守是我的小学老师莫纳尔迪。他专注地转来转去,一副羞愧的样子,因为他是民兵队的百夫长,但没来得及穿上制服,佩戴法西斯行动队的勋章。在当前这个时候,凡是参加过"向罗马进军"的人都像是伟大的拿破仑战争的老兵——我祖父向我解释说,在一九四三年九月八日以后,人们才认为那次进军只是小偷拿着手杖的游行,假如国王下令镇压,几个步兵连就能阻止他们。不过国王是个胆小如鼠、临阵脱逃的矮胖子。

不管怎么说,现在莫纳尔迪老师和邻居们一起,安抚他们,照顾孕妇,开导他们说为了最后胜利难免要作出一些小牺牲。响起了解除警报的信号,人们拥到街上。一个男子——谁都不认识他,他走到附近时响起警报,便和我们一起躲进了防空洞——点燃了一支香烟,莫纳尔迪老师揪住他的胳膊,问他知不知道现在是战争时期,有灯火管制。

"轰炸机即使在正上空,也看不到火柴光。"那男子说着开始抽烟。

"哦,您有把握吗?"

"我当然有把握。我是空军飞行员中队长,我驾驶轰炸机。您有没有轰炸过马耳他群岛?"

见过世面的真英雄。莫纳尔迪老师憋着一肚子气溜掉了。邻居中间有人奚落:我早就说过他自以为是,夸夸其谈,有点地位的人都这样。

莫纳尔迪老师和他的气势恢宏的作文。我想起晚上爸爸妈妈居高临下地看着我。明天我们要在课上写作文,纳入文化测验成绩。"不管出什么题目,"妈妈说,"必定同元首和战争有关。因此你应该准备一些能留下深刻印象的华丽的词句。比如说,意大利和意大利文化的忠诚卫士,在任何主题下都是合适的词句。"

"假如题目是抢收小麦呢?"

"你照样可以套上去,动动脑筋,发挥想象力。"

"要记住,我们士兵的鲜血染红了迈尔迈里卡灼热的沙漠,"爸爸出主意说,"别忘记我们的文化是新型的、英雄主义的、神圣的。那始终能给人深刻印象,即便是抢收小麦。"

他们希望儿子得到好分数。崇高的目标。假如好分数取决于平行公设,那就应该学几何。假如取决于法西斯少年先锋队员那样的谈吐,那就应该记住少先队员是怎么说话的。不管正确与否。我的父母并不知道这一点,但是欧几里得的第五公设只适用于平面,理想的平面不存在于现实生活。法西斯政权是当前人人适应的平面——他们并不在意曲线涡旋里的平行线是冲突呢,还是无可挽回地偏离。

我眼前又浮现几年前的一个场景。我问道:

"妈妈,革命是什么?"

"革命就是工人们闯进政府,砍掉你爸爸那样的办事员的脑袋。"

我写作文后的第三天,出了布鲁诺那档子事。布鲁诺眼睛长得像猫,牙齿尖尖的,头发鼠灰色,有两块秃斑或者疮痂斑点。那是黄癣瘌痢留下的痕迹。由于环境极不卫生加上营养不良,穷苦人家的小孩头上总是长黄癣。在我们小学班级里,人们认为德·卡罗利和我是有钱人家的子弟;事实上,我们的家庭同老师属于同一个社会阶层,我爸爸是办事员,平时打领带,我妈妈戴一顶漂亮的帽子(因此不是普通妇女,而是夫人),德·卡罗利的爸爸有一家小布料店。别的小孩出身都比较低微,在家里同父母讲方言,因此常犯拼写和语法错误,他们中间最穷苦的是布鲁诺。布鲁诺制服外面的黑色罩衣是破的,他没有用白领子,即使用的话,领子也是脏的或者破旧的,不用说,他不像体面的小孩那样打蓝色领结。他长过疥疮,因此剃了光头——那是他家里用来对付疥疮或者虱子的唯一办法——秃斑是疥疮痊愈后留下的痕迹,是低人一头的烙印。总的说来,老师是个好人,但是他当过法西斯行动队队员,觉得应该培养我们的男子气概,他揍起人来够狠的。但他从没有揍过我或者德·卡罗利,因为他知道我们会告诉父母,而我们的父母同他是平起平坐的。(而且我妈妈同校长的姑子是表亲,低头不见抬头见,做人总得留有余地。)老师和我住在同一个街区,他主动提出每天放学后带我和他的儿子一起回家,省得我爸爸来接我。

布鲁诺情况不同,挨揍是家常便饭,因为他精力充沛,又调皮捣蛋,布鲁诺上学穿的罩衣每天都是脏的。他老是被罚,站在黑板后面示众。

一天,布鲁诺迟到得出奇。老师卷起袖子正准备揍他,他却哭了起来,断断续续地说他爸爸死了。老师软了心肠,因为即使法西斯行动队也是有感情的。对他说来,社会公平意味着慈善,他便发动我们大家捐款。我们的父母也是软心肠,第二天人人都带来几枚硬币,还有人带来了一些旧衣服,一罐果酱,一公斤面包。布鲁诺体会到了集体的温暖。

就在那天早晨,当我们在院子里齐步行进时,他却手脚并用在地上到处爬,我们都觉得他父亲才去世不久,他就做出这种事来实在丢人。老师嚷嚷说他缺乏最基本的感恩之心。他两天前丧父,得到同学的关怀和帮助,现在却干出这种事来:这种家庭出身的孩子简直不可救药。

我目睹了那场小闹剧,不免有点困惑。写作文的第二天早晨,我就有类似的感觉,我醒来时心里很不踏实,怀疑自己是否真正爱元首,但还是伪善地写了那篇东西。我看见布鲁诺在地上爬,心里明白那是一次自尊心的突然爆发,是我们冷漠的慷慨在他心中造成了屈辱的反作用。

几天后,在一次周六集会上,我有了进一步的了解。集会上,巴利拉少年列队宣誓——大家都穿着新制服,布鲁诺还是那件脏兮兮的黑色罩衣,蓝色领结也打得歪歪扭扭。队长带头说:"以上帝和意大利的名义,我保证执行元首的命令,竭尽全力实现法西斯革命的事业,如有需要,愿意付出鲜血和生命。大家是否都宣誓保证?"我们都高呼:"我保证!"我清清楚楚听到离我很近的布鲁诺喊道:"鸡巴!"这是造反。我生平第一次看到这种叛逆行为。

他的叛逆出于自发,还是因为他的父亲像"世界各地的意大利男孩"的父亲一样是酒鬼?不管怎么样,我现在明白,布鲁诺是第一个教我如何对付那些假话、大话、空话的人。

在我十岁的作文和十一岁五年级结束时的记事之间,布鲁诺的例子使我有了转变,他是革命的无政府主义者,我是刚出头的怀疑论者,他的一声"鸡巴"是我的当头棒喝。

现在很清楚,在我昏迷的寂静中,我对自己一生的遭遇有了大彻大悟。这种彻悟是不是人们在生死边缘的醍醐灌顶?像马丁·伊登那样,他们大彻大悟,但他们领悟之日,也就是失去知性之时?我还没有达到生死边缘,比死去的人多沾一点光。我理解,我知道,(如今)我甚至记得我知道。那是不是使我成了一个幸运儿?

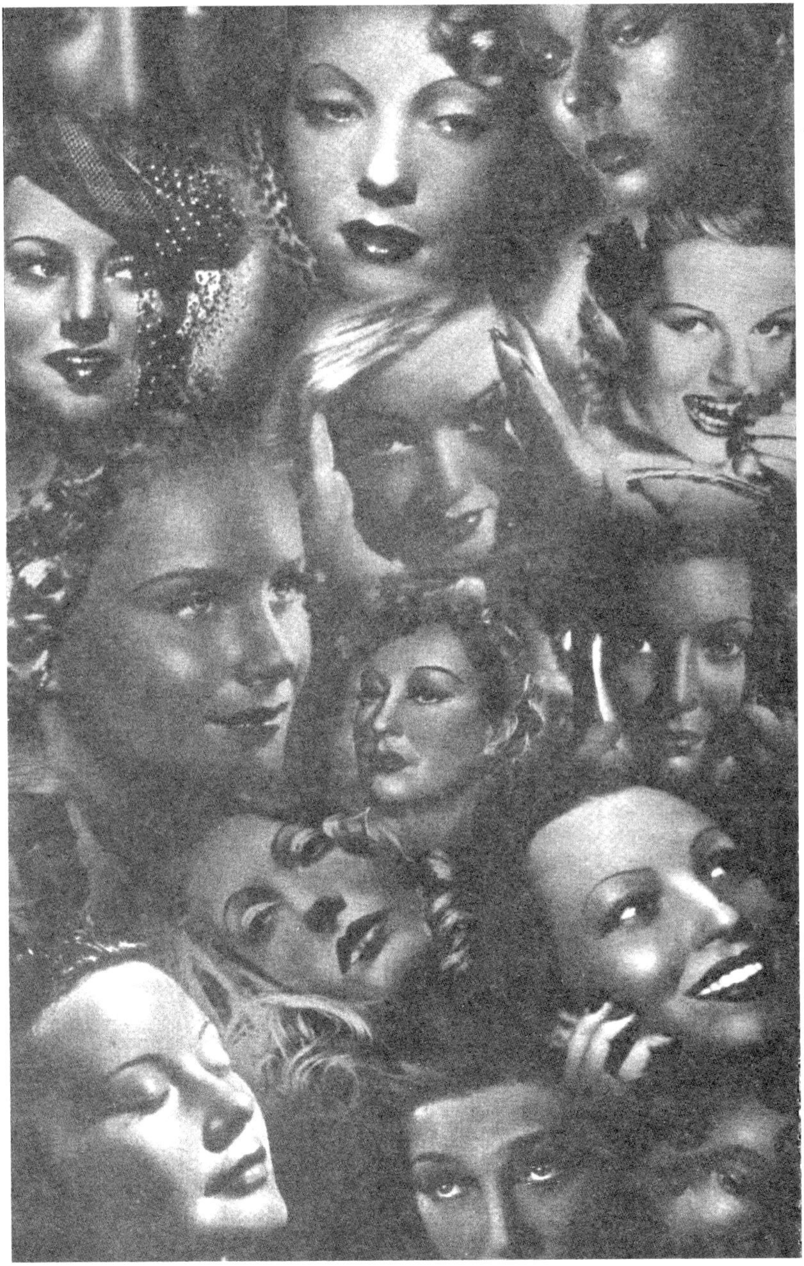

十六
风在呼号

我很想回忆起莉拉……莉拉长什么模样？半睡半醒中浮现出许多形象，唯独没有她的模样……

在正常情况下，人们可以说我想回忆去年的假期。假如他保留了点滴印象，他就可以回忆起来。我不能。我的记忆像绦虫，是由节片组成的，和绦虫不一样的是它没有头，它在迷宫里转悠，任何一点都可能是它旅程的起点或者终点。我必须等待记忆按照特有的逻辑自动出现。雾里的情况就是这样。你在阳光底下看东西可以隔着一定距离，你可以任意改变方向，满足某些特殊要求。在雾中，如果有人或物向你靠近，要到很近时你才会发现。

这也许很正常，你不可能让许多事物在同一瞬间涌来，记忆像烤肉串一样是有顺序的。保拉提到心理学家们谈论具有魔力的数字"七"时，是怎么说的？记住一张清单上的七件东西并非难事。但是一旦超过七件，就会觉得太多。甚至七件也多。《白雪公主》里的七个小矮人是哪几个？开心果、糊涂蛋、瞌睡虫、爱生气、害羞鬼、万事通……还有呢？你怎么也想不起第七个。罗马的七王呢？罗慕路斯、努马·彭皮留斯、图卢斯·霍斯提留斯、塞维乌斯·图里乌斯、塔奎尼乌斯·普里斯库斯、塔奎尼乌斯·苏佩布斯……第七个呢？哦，第七个小矮人是喷嚏精。

我想我记忆中最早的形象是一个穿戴得像是军乐队鼓手的铅铸玩偶：白色的军服、半圆柱形的军帽，你用一把小钥匙给它上足弦，它就咚咚地敲个不停，直到发条松掉为止。在以后的岁月里，萦绕在我父母记忆里的是这个情景，还是经过我修正的印象？再不然就是无花果树下的情景？我待在无花果树下，一个名叫基里诺的农民爬上梯子替我摘那颗最好的无花果——当时我口齿不清，只会说"胡花果"。

记忆中最后一件事：在索拉拉找到莎士比亚戏剧的《第一对开本》。保拉和其他人是否知道，我昏迷时手里拿的是什么？他们应该立刻把书交给西比拉，因为假如我老是这样昏睡下去，所需开支他们会负担不起，最终不得不卖掉工作室，再卖掉索拉拉

的宅子,钱可能还不够,有了这个对开本,他们就可以聘用十个护士照顾我长期住院,他们可以每个月来看我一次,然后去过他们自己的生活。

我眼前浮现另一个广告里的形象:一个人朝我咧嘴狞笑,双手拿着一个巨大的白色药片。他仿佛要向我扑来,把我裹住,然后消失在雾中。

戴半圆柱形军帽的鼓手过去了。我躲在祖父的怀里,脸贴近他的坎肩时闻到了烟斗的气味。祖父抽烟斗,身上有烟草味。他的烟斗怎么不在索拉拉?一定是我可恶的舅舅舅妈觉得烟斗锅被火柴烤焦了,不值钱,就连同祖父的钢笔、吸墨水纸、一副眼镜、一只破袜子和他最后一罐还剩一半的烟叶统统扔掉了。

雾气逐渐散去。我记得布鲁诺手脚并用在地上爬行的模样,但是不记得卡拉何时出生,不记得我的毕业典礼和第一次见到保拉的情景。以前我什么都不记得,现在我记得我早年生活的一切,但是记不起西比拉第一次来我的工作室求职的情景——或者我最近一次写的诗。我记不起莉拉·萨巴的脸长什么样子。假如我能记起,先前的全部昏睡也就值得了。我回忆不起我整个成年时期到处寻找的那张脸,因为我仍然回忆不起我的成年时代,也回忆不起我试图忘怀的刚进入成年时代的情景。

我必须等待,不然必须做好准备,在我生命前十六年的所有小径上永远徘徊。假如我重新经历了每一个瞬间、每一个事件,我就可以把目前的这种状态再忍受十六年。时间够长的,到时候我七十六岁,合理的寿命……在此期间,保拉必须不停地琢磨,应不应该拔掉电源线。

心灵感应是否存在?我可以把思想集中在保拉身上,给她发个信息。或者在孩子清纯的心灵上做个试验:"呼叫桑德罗,呼叫桑德罗,这里是菲奈特·布兰卡的灰鹰,这里是灰鹰,请回答。完毕……"要是他能给我回电就好了:"收到,灰鹰,你的声音很响,我听得清楚……"

我在城里待得腻烦了。我们这些穿短裤的、在房屋前面街上玩耍的男孩一共有四个,街上每隔一个小时才有一辆汽车开过,而且开得很慢。因此大人允许我们在那里玩耍。我们玩打弹子,穷人的游戏,即使没有别的玩具,打弹子还是有条件的。有些棕色弹子是黏土烧制的,另一些是玻璃的,有的透明,中央有彩色的涡卷线,有的是乳白色的,夹着红色纹路。第一种游戏叫"浅坑":我们先在人行道旁边挖一个浅坑,用食指擦过拇指从街心准确地把弹子打进浅坑(技术好一点的用拇指擦过食指打出弹子)。有的一发就可以打中,打不中的依次再打。第二种游戏叫"打拃":打出的弹子要尽可能挨近第一颗,但距离不能小于一拃。

我非常佩服会打陀螺的小孩。有钱人家的小孩玩的是漆着彩色条纹的铁皮陀螺,用带有把手的金属杆上下推动几次后一松手,陀螺就旋转起来,形成彩色花纹,煞是好看。我们玩的陀螺是削成梨形的木头疙瘩,肚子上刻出螺旋形凹槽。你把绳索绕在凹槽里,使劲一抽,陀螺就转起来。不是每个人都会玩,我受那些价钱比较贵的、容易玩的铁皮陀螺之累,始终没有掌握木陀螺的窍门——别的孩子老是取笑我。

今天我们不能在街上玩了,因为好几个穿夹克衫、打领带的男子在人行道旁用小锄除草。他们没精打采地干着活,其中一个还和我们搭讪,谈论几种不同的弹子游戏。有一种叫"圆圈",是用粉笔在人行道上,或者用木棍在泥地上画一个圆圈,把弹子摆在圆圈中央,然后用一颗大一些的弹子把中央的弹子打出圈外,打得多的就是赢家。"我认识你父母,"他对我说,"告诉你父母,说是开帽子店的费拉拉先生问好。"

我回家后说起这件事。"那些是犹太人,"妈妈说,"他们被派去干杂活。"爸爸抬眼望天,哼了一声。后来我去祖父的书店,问他为什么要派犹太人干杂活。祖父嘱咐我以后遇到他们要有礼貌,因为他们是好人,其余的事情目前不能都告诉我,因为我太年轻。"小心一点,不要到处乱讲,特别是不能对你的老师讲。"有朝一日,他会告诉我一切。世道在变。

当时我不明白为什么卖帽子的都是犹太人。我看到墙上招贴画和杂志广告里的帽子都是漂亮的高档帽子。

那时候,我还没有为犹太人担心的理由。后来,一九三八年,在索拉拉,祖父给我看一份公布种族法的报纸,不过一九三八年我只有六岁,还看不懂报纸。

后来有一天,不见费拉拉先生和别人在人行道上锄草了。当时我想,他们应该是完成了小小的赎罪后获准回家了。但是战后,我听到有人告诉妈妈说,费拉拉先生死在德国。战争结束时我学到了许多知识,不仅有关婴儿是怎么出生的(包括十月怀胎的前期准备），还有犹太人是怎么死的。

我撤到索拉拉后生活有了改变。在城里时，我是个忧郁的孩子，每天和同学们玩几小时，其余的时间我蜷缩着捧一本书看，或者骑着自行车到处转。在祖父书店里消磨的时间是我感到最着迷的时候，祖父同一个顾客聊天，我则到处翻看，无穷无尽的发现使我惊喜万分。与此同时，我的孤独感也逐渐增加，我独自生活在自己的幻想中。

在索拉拉时，我独自步行到镇上的学校，可以穿越田野和葡萄园，自由自在，我面前展开了未经探索的领域。我有许多一起漫游的朋友。我们的主要目的是为我们自己建立一个堡垒。

现在，在小礼拜堂里的那段日子像电影似的展现在我眼前。不再是绦虫之类节片动物那样的片段，而有逻辑的连贯性。

堡垒不一定要和房子一样，非有屋顶不可。通常是一个坑或者一条沟。用树枝和树叶覆盖，形成掩体似的构造，我们在里面可以控制一个山谷，或者至少一片开阔地。手杖可以当成机枪那样瞄准开火。正如杰格布卜据点一样，只有在断粮的情况下才会陷落。

我们开始去小礼拜堂那里玩耍，因为我们发现足球场一头那个有矮墙围住的高地是构筑堡垒的理想地点。星期日足球赛双方二十二名球员全部在射击范围之内。我们在小礼拜堂基本上没有人管束——只有六点钟左右进行教义问答和感恩祷告时才把我们圈在家里，其余的时候我们可以为所欲为。我们在那里建了一个简陋的旋转木马、几个秋千架、一个小剧场，我在小剧场演出的《小巴黎人》一剧中初次登台，获得了舞台经验，后来给莉拉留下了印象。

年纪大一些的孩子，甚至青年人（在我看来那些算是老年人了）也去那儿打乒乓球或者玩纸牌，虽然不赌钱。小礼拜堂的主管堂科尼亚索是个好人，他不要求来礼拜堂的人必须是信徒，来礼拜堂总比成群结队地骑自行车往城里跑，冒空袭的危险，或者去窥视全省有名的妓院玫瑰宫要强得多。

一九四三年九月八日后，我在小礼拜堂第一次听到游击队的消息。以前的游击队员只是一些企图逃避意大利社会共和国的新兵役法，或者逃避被纳粹抓劳工送到德国去干活的青年人。后来人们管他们叫反叛分子，因为官方公报上是这么称呼的。没过几个月，我们发现有十名游击队员被处死——其中有一个索拉拉人——当我们听说伦敦电台向他们传播消息时，便开始按照他们的意思叫他们游击队员或者爱国者。索拉拉百姓支持游击队，因为游击队里都是这一带土生土长的小伙子，现在虽然都用假名——刺猬、菲鲁齐奥、闪电、蓝胡子等等，人们仍旧叫他们的老名字。我见过他们有不少人在小礼拜堂玩过纸牌，那时穿着破旧的夹克衫，如今他们头戴有檐的贝雷帽，肩上挂着子弹带、冲锋枪，腰带上挂着两颗手榴弹——有的还佩着带皮套的手枪。他们穿红色衬衫或者英国军队的上衣，裤子和裹腿则是意大利国王的军官的。很帅气。

一九四四年，他们在索拉拉露面。他们趁"黑色旅"在别处活动的时候抽个空当，来索拉拉转一下就迅速撤离。有时候，系蓝领巾的巴多里奥派也下山来，人们说他们是支持国王的，打仗冲锋时高呼"萨伏依王室万岁"；有时候来的是加里波第纵队，他们系红色领巾，唱着反对国王和巴多里奥的歌曲：风在呼号，雨在咆哮，/我们的鞋子已经破烂，但是必须继续行军，/迎接胜利的红色春季，/明天的太阳即将升起。巴多里奥派的武器配备比较好——据说英国人的援助只给他们，不给别人。加里波第纵队和"黑色旅"一样，也有冲锋枪，是遭遇敌人或者偷袭敌人军火库时缴获的，巴多里奥派有最新型号的英国斯登冲锋枪。

斯登冲锋枪比机关枪轻便，枪托是空心的，子弹夹安在一侧，而不是在枪管下方。一个巴多里奥战士曾让我开过一枪。他们平时开枪是防止生疏，或者是为了在年轻姑娘面前卖弄。

有一次,圣马可法西斯分子露面了,他们唱着"圣马可!圣马可!/死有什么了不起"。

人们说他们是好人家的子弟,也许站错了队,他们对本地人很客气,追求姑娘们时相当有礼貌。

另一方面,"黑色旅"的成员多半是从监狱或者少年犯管教所里出来的(有的还不到十六岁),他们要的正是人们见了他们就害怕。日子越来越不好过,我们即使遇到圣马可海军陆战队的人也要多一个心眼。

我跟妈妈去镇上望弥撒,几公里外一座别墅里的太太和我们结伴同行,那位太太一路上都在说她家佃农的坏话。说佃农少缴租,是赤色分子,而法西斯是反对赤色分子的,她自然就是法西斯了。我们从教堂出来,两个圣马可军官发现了女士们——她们虽然不年轻,但是仍有风韵——此外,当兵的见到女的就像猫见到荤腥。军官借口不熟悉本地情况,上前问路。两位女士对他们很

客气(说到头,毕竟是两个帅气的年轻人),问他们远离家乡感觉如何。一个军官说:"亲爱的夫人们,一些叛徒玷污了这个国家的荣誉,我们是为了恢复荣誉而战的。"我们的邻居说:"你们真好,和我刚才谈论的人不一样。"

其中一个军官露出奇特的笑容说:"我们很想知道那位先生的姓名和住址。"

妈妈脸色刷地变白了,随即满面通红,但她应付得很得体:"呃,中尉,我的朋友谈的是一个阿斯蒂人,前几年常来这儿,最近不知到哪儿去了,据说给送到了德国。"

"罪有应得。"中尉笑笑,不再追问了。双方致意后告了别。在回家的路上,妈妈咬紧牙,对那位没头脑的太太说,如今这种时候说话要多加注意,一不小心,就会害人家送掉性命。

格拉诺拉。他常来小礼拜堂。他一再声明他的姓氏念"格拉诺拉",但是大家仍旧称呼他"格拉尼奥拉",那个词让人联想到密集的火力。他说他是性情平和的人,朋友们却说:"得啦,我们都了解。"传说他同山上的加里波第纵队有联系——有人甚至说他是个大头目,他住在镇上所担的风险比躲藏起来大得多,一经发现就会被枪毙。

格拉诺拉曾经和我在《小巴黎人》里同台演出,此后,他对我很有好感。他教我玩二十一点纸牌游戏。他和大人相处时仿佛不自在,和我却谈得来。这也许是由于职业关系,因为他当过教师。再不然,是因为他知道他说话口没遮拦,别人听了会把他当反基督分子,他只能信任一个孩子。

他给我看秘密印刷的地下传单，但从不让我带走，因为他说身上被搜出这种传单的人是要枪毙的。罗马阿尔德亚丁大屠杀的消息就是从他那里听来的。"我们的同志们守在山上，"格拉诺拉常对我说，"这类事情再也不会发生了。德国人会统统完蛋！"

他告诉我说，印发那些大张宣传品的神秘的党派早在法西斯上台之前就已经存在，一直在国外秘密活动，他们的领导人多半是普通体力劳动者，一旦被元首的追随者发现，就会被活活打死。

格拉诺拉在中等职业学校当过教师，我不知道他教什么课程，只见他每天早晨骑自行车去上班，下午两三点钟回来。但他不得不停止——有人说那时候他已经全心全意投入游击队的工作，另一些人说他害了肺痨，支撑不下去了。格拉诺拉确实一副病病的样子：脸色灰白，两颊凹陷，颧骨那里总有两块潮红，老是干咳。他一口蛀牙,走路有点瘸,背有点驼,或者由于脊柱弯曲,肩胛骨突了出来,衣领和脖子之间有很大空隙,身上的衣服像是挂在衣架上似的。他在舞台上总是扮演坏蛋,或者一座神秘别墅里的瘸腿看门人。

人们说他学识渊博,有大学请他去任教,但他舍不得扔下原来的学生,竟然回绝了。"胡说八道!"他后来对我说,"扬波,我只在穷孩子的学校里做过代课老师,由于这场肮脏的战争,我大学都没有毕业。二十岁时,我被派去打断希腊的脊梁骨,我的膝盖受了伤,不过这没有什么大不了的,但是在泥泞的壕沟里,我害了一场大病,此后老是咯血。假如那个傻瓜落到我手里,我不会宰掉他,因为我不幸是个胆小鬼,可是我会踢他屁股,让他这辈子再也坐不下来。"

我有一次问他,人人都知道他是无神论者,他怎么会来小礼拜堂呢?他告诉我,他唯有在这个地方才可以见到别人。此外,他并不是无神论者,而是无政府主义者。当时我不了解无政府主义者是什么样的人,他解释说,那些人要自由,不要主人、国王、国家、神父。"尤其是不要国家。"

他把盖塔诺·布雷西的事迹讲给我听,布雷西本来待在美国,日子过得很安稳,由于翁贝托一世下令屠杀米兰工人,他所属的无政府主义者小组抽签决定由他惩罚国王,他义无反顾来了意大利。他被捕后死在狱中,官方宣布他是出于悔恨在狱中上吊自尽的。可是无政府主义者从来不会悔恨以人民的名义做的事情。格拉诺拉给我讲无政府主义者的传奇事迹,他们到处受到警察的追捕,但会唱着"再见吧,美丽的卢加诺",从一个国家流浪到另一个国家。

随后他解释说,他之所以来小礼拜堂,是因为这里是个好地方。神父和追随加里波第的人一样,他们出身不好,但中间也有一些正派人。"尤其是目前这种时候,谁知道这些小伙子会怎么样,直到去年为止,他们受到的教育是书本和滑膛枪可以造就十足的法西斯。小礼拜堂至少不会让他们学坏,而是教他们要正派,即使自慰也不必大惊小怪,那算不上什么不得了的事,因为大家都那么干,早晚都会忏悔的。我来小礼拜堂,协助堂科尼亚索组织孩子们游戏。望弥撒时,我悄悄坐在最后一排,因为即使我不尊重上帝,对耶稣基督还是尊重的。"

一个星期日,下午两点钟,小礼拜堂里没有几个人,我谈到邮票,他说他也收藏过邮票,但从战场回来以后,对邮票不再感兴趣,统统扔掉了。现在剩下二十来枚,我要的话,可以给我。

我去他家,意外的收获使我大为惊喜:他送给我的邮票中间有两枚斐济邮票,我在伊韦尔-泰利耶集邮目录里见过,并且向往已久。

"你也有伊韦尔-泰利耶集邮目录?"他好奇地问道。

"是啊,不过是一本旧的……"

"一流的目录。"

斐济群岛。这就是为什么在索拉拉的时候,那两枚斐济邮票让我如此着迷。格拉诺拉送给我后,我拿回家,在我的集邮簿里辟出一个专页加以保存。那是一个冬天的晚上,爸爸回过家,当天下午又回城里去了,要等到下星期再来。

我待在主楼的厨房里,家里的柴只够生火,整栋房子只有那里是暖和的。灯光很暗。不是因为索拉拉特别重视灯火管制(谁会来轰炸我们?),而是因为电灯泡被灯罩挡住了,灯罩外面挂了一串串珠子,就像项链一样,有人可能会送给斐济原住民做礼物。

我坐在桌边摆弄我的藏品。妈妈在收拾,妹妹在角落里玩耍。收音机开着。我们刚听完米兰版的《罗西家发生了什么?》的结尾,那是萨洛共和国制作的宣传节目,故事围绕一个家庭的成员展开,探讨了政治问题,结论自然是同盟国是我们的敌人,游击队是违抗征兵令的懒散的匪徒,北方的法西斯为了维护意大利的荣誉正和德国同志们并肩作战。那个节目还有一个罗马版隔天播出,节目叙述的那户人家也姓罗西,住在同盟国占领下的罗马,局势恶化后终于领悟到以前的日子多么美好,妒忌仍然在协约国旗帜下自由生活的北方邻居。从我妈妈摇头的样子可以看出她并不相信,不过节目相当热闹。我们没有选择,要么收听,要么关掉。

祖父靠脚炉取暖,一直坚持待在书房里,后来我们能收听伦敦电台的广播了,他也来厨房和我们一起。

伦敦电台的广播开始是一连串铜鼓声,几乎像贝多芬的《第五交响曲》,然后是斯蒂文斯上校那声动人的"晚上好",让人想起美国喜剧二人组劳莱和哈代的配音。我们熟悉的另一个声音是法西斯官方电台的马里奥·阿佩里乌斯,他广播结束时祈求胜利总是高呼"上帝诅咒英国人",斯蒂文斯不诅咒意大利人,事实上他号召意大利人和他一起欢呼轴心国的失败,他每晚同我们谈话,仿佛在说:"你们明白你们的元首干了什么吧?"

斯蒂文斯广播的内容不限于战场的形势。他还描述了我们的生活,我们这些人守在收音机旁边听《伦敦之音》,顾不上害怕被人告密,把我们投入监狱。斯蒂文斯讲的是我们这些听众的事情,我们信任他,因为他讲的正是我们大家做的,他讲的是本地的药剂师,甚至是街头的警察,警察了解局势,他在期盼局势变化。他连这种掏心窝的话都说了出来,我们当然可以信任他。我们,包括小孩在内,都知道他的报告是宣传,但是我们爱听打折扣的宣传,不爱听豪言壮语和牺牲的号召。同斯蒂文斯上校的报告相比,我们每天听到的东西使我们感到厌烦。

不知什么原因,我觉得这个人就是曼德雷克——其实我只听到他的声音——他穿着笔挺的燕尾服,两撇像魔法师那样修得很整齐的胡子稍稍有些花白,他仿佛随时都能把一把手枪变成香蕉。

上校讲完话后,开始播放给游击队的特别信息,那些信息像蒙特塞拉特邮票似的既神秘,又引人遐想:给弗兰奇的口信,高兴就是不高兴,雨过天晴,我的胡子是金黄色的,贾可莫内亲吻穆罕默德,鹰在飞翔,太阳照样升起……

我仍在欣赏斐济邮票,十点到十一点之间,空中突然响起了飞机引擎的嗡嗡声,我们熄掉所有的灯,跑到窗口等皮佩托飞过。我们每晚总是在大约相同的时间听到,至少人们当时是这样传说的。有人说那是英国侦察机,另一些人说那是美国飞机,给山上的游击队空投包裹、食物和武器,游击队离我们不远,也许就在朗格山丘。

那晚既没有星光,也没有月亮,我们看不到山谷里的灯光和山丘的轮廓,皮佩托从我们头上飞过。谁都没有见过他本人,他只是夜里的声音而已。

皮佩托飞过去了,今晚一切又恢复正常,我们回去听收音机播放的结束曲。那一晚,米兰可能遭到轰炸,一群群的德国牧人可能在山里搜捕皮佩托帮助的人,收音机里兴奋的声音在唱:在卡波卡巴纳,在卡波卡巴纳,女人统治一切,至高无上,我在想象中看到一个懒洋洋的歌唱家(也许在《小说》上见过她的照片),她轻盈地从白色的楼梯上下来,她踩到的梯级逐一亮灯,周围穿白色燕尾服的年轻男子在她经过时单膝下跪,脱帽致敬。通过卡波卡巴纳(的确是卡波卡巴纳,不是科帕卡巴纳),性感的歌唱家向我传递的信息同我的邮票一样富有异国情调。

播放了几支光荣和报复的颂歌后,广播结束。但是我们不能马上关掉收音机,妈妈知道。收音机静了好长时间,仿佛要等到第二天才开播时,我们又听到里面有一个真诚的声音唱道:

你会回来的

回到我身边……

你知道,星星也这么说,

> 你会回来的。
> 你会回来的,
> 这是铁的事实,
> 我深信不疑,
> 因为我信你。

刚才我在索拉拉又听到了那支歌,不过索拉拉这首是情歌:你会回到我身边/因为你是我心中唯一的梦,/唯一的梦。/你会回来的,/因为假如/没有你那些热吻/我就无法生存。敢情我那些夜晚听到的是战时版,在许多人的心目中一定有诺言的意味,或者是对远方某个人的诉求,此时此刻那人在草原上正冻得要死,或者正面对持枪瞄准的行刑队。夜这么深了,谁还在唱歌呢?一个准备关闭广播室的怀旧的雇员,或是一个执行上级命令的人?我们不清楚,但是那个歌声使我们昏昏欲睡。

快到十一点钟了,我合上集邮簿,准备上床。妈妈把一块砖,真正的砖,放进炉灶,烤得很烫很烫,然后用毛织物包好,塞在毯子底下,床上就暖和起来,脚搁在上面非常舒服,特别能减轻冻疮的刺痒。那些年由于寒冷、维生素缺乏、内分泌失调,我们的手指脚趾红肿疼痛,有时还溃破流脓。

山谷里某个农场有条猎犬在吠叫。

格拉诺拉和我无话不谈。我把我看的书讲给他听,他兴致勃勃地和我讨论:

"凡尔纳比萨尔加里好,"他说,"因为他写的东西有科学性。

制造硝化甘油的塞勒斯·史密斯比桑德坎实际,桑德坎迷恋上一个十五岁的傻姑娘,竟然会用指甲抓破自己的胸膛。"

"你不喜欢桑德坎吗?"我问道。

"我觉得他有点法西斯。"

有一次我告诉他我看过德·亚米契斯的《爱的教育》,他叫我把那本书扔掉,因为亚米契斯是法西斯。"你有没有注意到,他们都反对家境贫困的老弗兰迪,但争先恐后地讨好那个法西斯老师。故事内容讲的又是什么呢?讲的是马屁精加罗内,讲的是伦巴第的小哨兵,国王的一个混账军官派那孩子去瞭望敌人动静,害他丢了性命,讲的是撒丁岛的小鼓手,他小小年纪,战斗激烈时竟然被派去送信,还有那个可恶的上尉,当那可怜的孩子被打断一条腿时,竟然张开双臂扑到他身上,在他胸口连吻三次,即使是皮埃蒙特军队里的上尉也应该有点常识。还有科雷蒂的父亲,他和那个屠夫国王握过手,竟然用那只带有余温的手抚摸他儿子的脸。穷途末路!穷途末路!德·亚米契斯那类人开拓了通向法西斯主义的道路。"

他给我讲苏格拉底和乔尔达诺·布鲁诺。还有巴枯宁,巴枯宁的生平和著作我都不了解。他同我谈康帕内拉、萨比和伽利略,这些人企图传播科学思想,却遭到僧侣监禁或者酷刑折磨,他还同我谈遭到梵蒂冈压制的、割喉自杀的罗贝托·阿尔迪戈。

我查阅过《全新梅尔齐百科全书》里的"黑格尔"词条("泛神论的德国哲学家"),我向格拉诺拉了解他的情况。"黑格尔并不是泛神论者,那个梅尔齐是个无知的家伙。乔尔达诺·布鲁诺可以算是泛神论者。泛神论者认为上帝无处不在,甚至在你看到的那只苍蝇身上。你不难想象,那种说法多么令人满意,无处不在,就等于哪里都不在。黑格尔本意想说无处不在的不是上帝,而是国家,因此他是法西斯。"

"他不是一百多年前的人吗?"

"那又怎么样?听我说,你太年轻了,给你上一堂神学课你都不会明白。我们只能从你明白的地方开始。你先把十诫背给我听听,看看你身在小礼拜堂是不是有助于你记忆。"

我背诵了十诫。"好,"他说,"注意。那十诫里只有四条是与人为善的,你想想看,只有四条,即使那四条——不可杀人、不可偷盗、不可作假见证陷害人、不可贪恋人的妻子——其中最后一条也是告诫重视操守的人:一方面,它告诫你不要勾引朋友的妻子,给朋友戴绿帽子,另一方面是维护自己的家庭,那一点我可以容忍。无政府主义连家庭也要废除,但是你不可能一下子全部做到。至于其他三条,我表示同意,但常识告诉我们,那只是最低要求。关键时候也得斟酌斟酌,有时候我们会说谎,甚至是善意的谎言,至于杀人,那绝对不行,你永远不可杀人。"

"即使国王派你去打仗也不行吗?"

"难就难在这里。教士会告诉你说,假如国王派你去打仗,你就可以杀人,而且应该杀人。责任在国王。他们用这种方式说明战争是正当的,其实是残忍的野蛮,尤其是那个傻瓜派你去打仗的时候。戒条并没有说在战争中杀人就没有问题。只说不可杀人。到此为止。而且……"

"而且什么?"

"我们来探讨探讨其余的戒条。我是耶和华你的神。这不能算是戒条，否则就成为十一诫了。那是一个序言。一个虚假的序言。我们设想一下：有人在摩西面前现身，或者甚至根本没有真正现身，而是不知什么地方传来一个声音，于是摩西告诉追随他的人说，他们必须遵守戒条，因为它们来自神。但是来自神这句话是谁说的？是那个声音：'我是耶和华你的神。'如果不是又怎么样呢？设想一下，假如我在街上截住你，说我是便衣宪兵，你得缴纳十里拉罚款，因为那条街道不准通行。假如你很机灵，你会反问：我怎么才能肯定你是宪兵，而不是靠勒索老百姓为生呢？让我看看你的证件。相反，上帝对摩西说他是上帝，因为这话是他说的，如此而已。一开始就是假见证。"

"你不相信上帝向摩西传递戒条？"

"不，我相信确实是上帝传递的。我只是说他耍了一个花招。他一向这样：你必须相信《圣经》，因为《圣经》是受到上帝启示的，但是谁告诉你《圣经》是受上帝启示的呢？是《圣经》本身。你看出其中奥妙没有？我们接着往下探讨。第一诫说除了上帝之外，你不可以有别的神。上帝借此防止你去想安拉，或者佛陀，或者甚至维纳斯——老实说，有维纳斯那样一个女人作上帝也不坏。但这也意味着你不应该信哲学，或科学，或者拥有人是从猿进化而来的这类思想。你只能信上帝。注意，其余的戒条都是法西斯式的，目的在于迫使你接受社会现状。你还记得关于纪念安息日，把它守为圣日的戒条吗？……你是怎么看的？"

"呃，它主要说了星期日去望弥撒——那有什么不对吗？"

"那是堂科尼亚索对你说的话，同所有的神父一样，他连《圣经》里最基本的东西都不懂。你要清醒！在摩西带领下走出埃及的原始部族里,这意味着你必须遵守仪式,而仪式的目的——无论是以人为献祭,或是在威尼斯广场举行的群众大会——目的都是搞乱人们的头脑!后面呢?孝敬父母。哦,别对我说小孩听从父母是好事,小孩需要引导。孝敬父母是尊重长辈的意见,别违背传统,别擅自改变部族的生活方式。明白不?别砍掉国王的脑袋,尽管神知道,我们肩膀上长着一颗脑袋,我们有思考能力,我们非砍国王的脑袋不可,尤其是萨伏依的矮子那样的国王,因为他出卖了他的军队,派他的军官们去送死。如今你明白,即使'不可偷盗'那样的戒条也不像文字表面上那么无害,因为它告诫你不要侵犯私人财产,而那些私人财产恰恰属于通过偷盗你而变得富有的人。这不算完。还有三条戒律。'行为不可不洁'是什么意思?世界上的堂科尼亚索们要你们相信,它唯一的意思是不让你们晃动那个挂在两腿中间的玩意儿,而且在《摩西十诫》中硬扯进一条,即偶尔自慰也不可以。像我这样失败的人能做什么?我美丽的母亲生下的我却不美丽,而且我还瘸了一条腿,我从没有碰过真正的女人,难道他们连那种发泄的机会都不给我?"

当时我已经知道婴儿是怎么生出来的,但是有关婴儿形成的概念仍旧模糊。我听朋友们谈起自慰和别的发泄方式,但我从来不敢做进一步的探究。再说,我不希望在格拉诺拉面前丢脸。我只是默默地严肃地点点头。

"上帝可能说过,你可以性交,但只限于生儿育女的目的,因为那时候世界上的人口不够。但是十诫没有说,你既不可贪恋朋友的妻子,又不可有不洁的行为。什么时候才允许性交呢?我的本意是说,你试图制定一条适用于全世界的法律——罗马人不是上帝，但他们制定的一些法律至今仍有意义——于是上帝扔出了十诫，十诫不就概括了最重要的内容吗？你也许会说：禁止不洁行为的戒条不允许婚外性交。情况果真如此吗？对于希伯来人，什么是不洁行为？希伯来人的清规戒律十分严格，比如说他们不能吃猪肉，不能吃不经过特别方式屠宰的牛，不能吃据说是用银鱼做饵钓起来的鱼。因此，不洁行为就是当权者禁止的一切行为。什么行为呢？当权者列为不洁行为的所有事物。你打量一下周围就知道了。攻讦法西斯主义是不洁的，你如果攻讦，就把你关起来。单身是不洁的，你得缴纳单身税。凡此种种，不一而足。我们现在探讨最后一诫：不可贪恋别人的东西。你有没有问过自己，既然有了不可偷盗，为什么还要这一诫？假如你贪恋像你朋友那样的自行车，是不是罪恶呢？不，假如你没有偷你朋友的那辆车，就不是罪恶。堂科尼亚索会对你说，这一诫禁止妒忌，妒忌当然不是好事。不过它有好坏之分，如果你的朋友有一辆自行车而你没有，你盼望他下坡时摔断脖子，那就是坏的妒忌，如果你希望买一辆和他一样的自行车，哪怕是旧的，因而拼命工作挣钱，那就是促进世界进步的好的妒忌。还有一种妒忌，正义的妒忌，当你不明白为什么有人拥有一切，有人却饿得要死，因而感到妒忌。假如你感到这种好的妒忌，也就是社会主义的妒忌，你就会努力去创造一个财富分配得更合理的世界。然而那正是戒条禁止你做的事情：不可贪恋你没有的东西，要尊重物权法则。在这个世界上，有些人通过继承，拥有两块生产粮食的土地，有些人为了挣面包糊口，在那些土地上使劲干活，使劲干活的人不可以贪恋主人的土地，否则国家就乱了套，我们会面临一场革命。第十诫禁止革命。

因此,我亲爱的孩子,你不可杀人,不可偷盗像你一样穷苦的孩子,但可以再进一步,夺回别人从你那里夺去的东西。明天的太阳已经在望,正因为如此,我们的同志待在山上,要打倒那个得到地主资助和希特勒的狗腿子拥护的傻瓜,希特勒要征服世界,让那个制造伯莎大炮的克房伯出售更多的大炮。你是在发誓服从元首的命令中长大的,你怎么会懂得这一切呢?"

"不,我懂,尽管不是所有的都懂。"

"我希望这样。"

那天夜里,我梦见了元首。

有一天,我们在山里散步。我以为格拉诺拉会像以往那样同我谈大自然之美,但是那天他只指点一些衰败的东西给我看:在干牛粪堆上嗡嗡打转的苍蝇,感染了霜霉病的葡萄藤,在树皮上列队爬行、很快就会把一棵树蛀死的毛毛虫,芽眼比块根还要大的、已经不能食用的马铃薯,沟里一具腐烂得分不清是貂还是野兔的动物尸体。他一支接一支地抽着香烟,他说那对他的结核病有好处,因为烟能给肺消消毒。

"孩子,要知道,世界是由邪恶统治的。我说的不只是那种为了几枚钱币而杀害同胞的邪恶,也不只是纳粹党卫军处死我们的同志的邪恶。我说的是邪恶本身,是使我的肺烂掉的细菌,是造成歉收的气候,是毁掉小葡萄园主的收成、使他破产的冰雹。你有没有问过自己,世界上为什么有邪恶,为什么有死亡,尤其是当人们如此热爱生活时,死亡突然来临,不论贫富贵贱一概带走,连婴儿也不放过。你有没有听人谈起宇宙的死亡?我看过书,我了

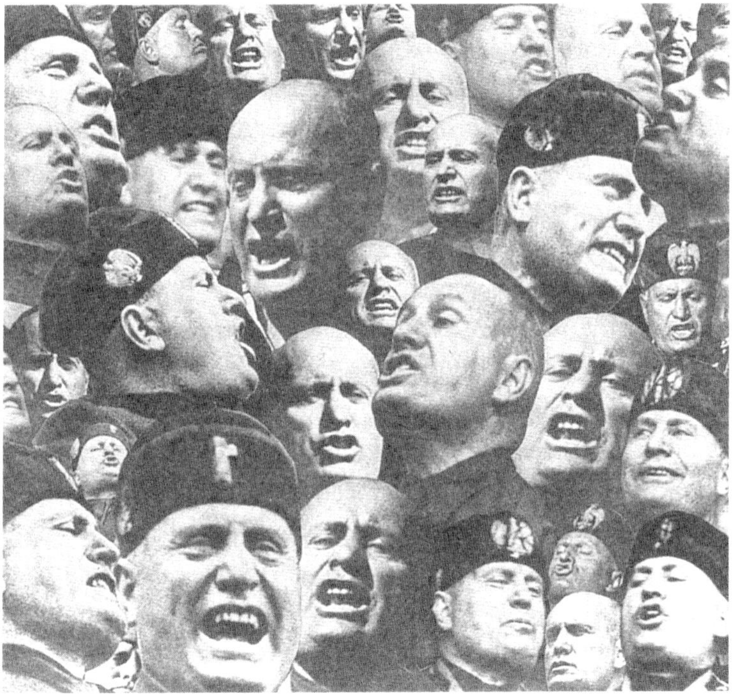

解：宇宙，一切包括在内，星辰、太阳、银河，像电池似的不停作用，直到电能耗光为止，它总有一天要耗光的。那就是宇宙的结束。邪恶中的邪恶，宇宙本身注定是要消亡的。可以说，它从形成之日开始就注定了要消亡。因此，有邪恶存在的世界是什么样的世界呢？没有邪恶的世界不是更好吗？"

"呃，是啊。"我颇含哲理地说。

"当然，你可以说世界的形成就是一个错误，世界是拖累宇宙的疾病，而宇宙早在我们出现之前就已经感到不适了，某一天，我们的太阳系，这个难以愈合的溃疡，在宇宙中出现，我们与之同来。但是星辰、银河、太阳并不知道它们注定是要消亡的，因此它们并不担心，而我们是宇宙疾病的产物，我们运气不好，头脑比较聪明，知道我们注定是要消亡的。我们是邪恶的受害者，而且我们心里明白。问题就出在这里。"

"无神论者常说，世界不是哪一个人创造的，你又说你不是无神论者……"

"我不是无神论者，因为我怎么也无法让自己相信，我们所看到的周围的一切——树木生长结果、太阳系的运行、我们大脑的功能——都是偶然产生的。它们的构成太巧妙了。因此必定有一个创造性的头脑，也就是上帝。"

"然后呢？"

"然后你怎么在上帝与邪恶之间取得调和呢？"

"我不能马上说出所以然，让我想想……"

"哦，让我想想，说话轻巧，就好像世界上最聪明的人几百年来没有动过脑筋似的……"

"他们得出什么结论呢？"

"一文不值的结论。他们说邪恶是反叛天使带到世上来的。果真是这样吗？上帝无所不知，预见一切，难道他不知道天使要反叛吗？既然知道天使要反叛，又何必创造他们呢？就好像轮胎制造商，明知道他生产的轮胎用了两公里后会爆裂，但仍旧继续生产，他岂不是傻瓜？不，他一意孤行，创造出天使，沾沾自喜地说，瞧我多么聪明，连天使都能创造……随后他等待天使反叛（他垂涎欲滴等天使走错第一步路），然后把他们打进地狱。如果情况是那样的话，他太不够意思了。另一些哲学家持不同意见：他们认为邪恶不是上帝身外之物，而像疾病似的，存在于他体内，他穷尽永恒的时间要摆脱它。可怜的家伙，也许情况就是这样。我知道自己有结核病，我永远不要子女，免得生出别的可怜虫，因为结核病是父子相传的。上帝既然知道自己有那种病，难道会替你们创造一个肯定要被邪恶统治的世界？那是十足的邪恶。再说，某一夜我们可能过于莽撞，没有用避孕套，结果有了一个本不想要的孩子，可是上帝创造世界却完全按照他的既定计划。"

"假如有时候自己控制不住，像小便失禁那样呢？"

"你以为自己不正常，其实某些聪明的头脑早就想到了。世界像我们小便失禁那样从上帝那里漏了出来。世界是上帝失禁的结果，像是前列腺肥大那样。"

"前列腺是什么？"

"那无关紧要，我不妨另举一个例子。即使上帝控制不住，世界从上帝身体里漏了出来，一切都是他所携带的邪恶造成的后果——这是替上帝辩解的唯一方式。我们的处境狼狈不堪，他也不比我们好多少。然而，他们在小礼拜堂里向你宣讲的一切，说上帝是'善'的化身，说它是创造天地的完美的代表，这些话像熟透的果实一样纷纷脱落下来。他之所以创造天地，恰恰是因为他自己非常不完美。因此他把星辰创造成不可充电的电池那样。"

"且慢，或许上帝确实创造过一个世界，而我们这些世界上的人都注定要死的，但假设他这样做是为了试验，让我们获得天堂，从而获得永恒的幸福。"

"或者在地狱里受煎熬。"

"屈服于魔鬼诱惑的那些人才受地狱煎熬。"

"神学家都不诚实，你说的话像他们。他们和你一样，说邪恶是客观存在，但上帝赐给了我们世界上最伟大的礼物，也就是我们的自由意志。我们可以做上帝吩咐我们做的事，也可以做魔鬼诱惑我们做的事，如果我们最终进了地狱，那只是因为上帝创造我们时并没有把我们塑造成奴隶，而是自由人，我们之所以落到这个下场，完全是因为我们不恰当地运用了我们的自由，完全是自作自受。"

"一点不错。"

"一点不错吗？那么谁告诉你说自由是礼物？换句话说，你要留神不能混淆概念。我们在山上的同志为争取自由而战斗，而那是反对那些企图把他们变成许许多多小机器的人的自由。自由是人与人之间的一种美好；你没有权利要我想你所想，做你要我做的事情。此外，我们的同志们可以自主决定上山或者躲到别的地方去。上帝给予我的是什么样的自由呢？是上天堂或者下地狱的自由，没有中间道路。你既然活在世上就不得不赌一把,赌输的话万劫不复。如果我不赌呢?那个傻瓜在干下许多坏事的同时也干过一些好事,他封掉了赌场,因为那些场所会把人们引入歧途,毁掉他们的生活。别对我说,人们有去赌场的自由,也有不去的自由。上帝虽然把我们创造成自由的人,我们的性格却软弱得令人难以置信,我们容易受到诱惑。你把它称作礼物?那好比我把你从山上推下去,并且对你说,别担心,你有抓住灌木丛再爬上来的自由,但是也可以撒手滚下去,摔成阿尔巴地区爱吃的碎肉馅饼。你或许会问:我在上面待得好好的,你干吗要推我下去?我会回答:试试你有多结实。真好笑。你才不要试试你有多结实呢,你不摔下去就心满意足了。"

我发觉格拉诺拉脖子上老是挂着一个狭长的皮囊,藏在衬衫里面。

"那是什么呀,格拉诺拉?"

"一把柳叶刀。"

"你以前学医吗?"

"我是学哲学的。这把柳叶刀是我在希腊时,我们团队里的一位医生临死前给我的。'我再也不需要这把手术刀了,'他对我说,'一颗手榴弹炸破了我的肚子,我现在需要的是妇女用的针线包。不过肚子上的窟窿太大,针线缝不住了。这把柳叶刀送给你做个纪念吧。'此后我一直带在身边。"

"为什么?"

"因为我是个懦夫。凭我做的事情和我了解的情况,假如觉卫军或者'黑色旅'抓到我,肯定要严刑拷打。假如他们严刑拷打我,我会招供,因为我怕邪恶,那样一来,我会害同志们送命。因此,假如他们抓住我,我就用柳叶刀割断自己的喉咙。只要一秒钟,刷的一下就解决问题。法西斯分子会失望,因为他们休想从我嘴里掏出任何东西;神父会失望,因为他们认为自杀是罪恶;上帝会失望,因为决定死亡的是我自己而不是他。让他们统统见鬼去吧。你不妨琢磨琢磨。"

格拉诺拉的言论让我伤心。倒不是因为它们恶,而是因为我怕它们善。我很想同祖父探讨探讨,但是我不知道祖父会有什么反应。尽管他和格拉诺拉都反对法西斯,他们相互可能并不理解。祖父以独特的方式解决了他同梅洛和元首之间的恩恩怨怨。他在"黑色旅"的眼皮底下救了小教堂里的四个小伙子,情况就是这样。他不去教堂做礼拜,但这并不说明他就是无神论者——假如是的话,他怎么会制作那具耶稣诞生模型呢?假如他信奉上帝,他所信奉的上帝一定是快活的上帝,人们看到梅洛翻江倒海呕吐的模样,有谁不哈哈大笑?——祖父替上帝省去了把梅洛打入地狱的麻烦,因为他喝了蓖麻油,只要被打进炼狱,慢慢跑肚拉稀就行了。而格拉诺拉生活在被上帝害苦的世界里,他只有谈起苏格拉底或者耶稣的时候才会露出温柔的笑容。我想这两人都是遭受迫害而死的,我不明白有什么可以笑的。

然而他并不招人厌恶,他爱周围的人。唯有在上帝面前,他才有这种态度,那确实麻烦,就好像是朝犀牛扔石块——犀牛根本没有感觉,只关注它自己的事,而你却怒气冲天,几乎心脏病发作。

我的朋友和我是什么时候开始玩那场大游戏的？在人们互相射击的世界里，我们需要敌人。我们选中圣马蒂诺，也就是陡峭峡谷山顶上那个村子里的孩子作为敌人。

峡谷的险恶程度比阿玛利亚说的严重得多。你根本爬不上去——更不用说爬下来了——因为每走一步都可能失足。不长荆棘的地方，脚踩上去泥土就可能垮塌，你也许看到一片刺槐或者黑莓的灌木丛中有块空地，以为发现了小径，其实只是一块岩石，再走十步，你脚下就开始打滑，摔到一边，至少滚落二十米。即使没有摔断骨头，拣了一条命，荆棘也可能刮出你的眼珠。除此以外，据说还有许多毒蛇。

圣马蒂诺的居民对峡谷怀有极大的恐惧，部分原因是女巫，凡是信奉圣安东尼的都怕女巫。圣安东尼是一具木乃伊，像是从坟墓里爬出来的，初为人母的妇女见到他乳汁都会凝固。他们是最合适的敌人，因为在我们看来，他们都是法西斯。情况并不是这样的，事实上，圣马蒂诺只有两兄弟参加了"黑色旅"，他们的两个弟弟留在村子里，成了一帮人的小头目。但总而言之，那个村子里的人总是喜爱参军的子弟，于是，索拉拉纷纷传说圣马蒂诺人靠不住。

不论圣马蒂诺的孩子是不是法西斯，我们都说他们和畜生差不多。生活在这么一个倒霉的地方，每天总得想出一些捣乱的把戏调剂调剂。他们要到索拉拉来上学，我们这些住在镇上的人把他们当作吉卜赛人那样加以观察。我们来校多半带一些面包果酱等食物，他们能带一些遭虫蛀的苹果就算不错了。他们对我们怀有敌意，有好几次，当我们到达小礼拜堂门口时，他们纷纷向我们扔石头。我们当然要报复。于是我们决定去圣马蒂诺,趁他们在教堂广场上踢球时攻击他们。

去圣马蒂诺只有一条笔直的路,路上如果有行人,从教堂广场上就能看得一清二楚。我们认为出其不意地攻打他们的成功率不高。农民的孩子杜兰特皮肤像阿比西尼亚人那样黝黑,脑袋显得特别大,他提出假如我们攀爬峡谷,就有可能打他们一个措手不及。

攀爬峡谷需要训练。我们花了一个季节,第一天爬十米,每一步路和每一条石缝都要牢记在心,下来时脚要踩在原先攀爬的地方,第二天攀爬第二个十米。从圣马蒂诺那边看不到我们,因此我们有充裕的时间进行训炼。一切都要周密规划,我们必须变成栖息在峡谷山坡上的草蛇、蜥蜴之类的小动物。

我的朋友中间有两个崴了脚,一个滑落时用手乱抓,手掌皮肤严重擦伤,最后我们成了全世界少数几个能攀爬峡谷的人。一天下午,我们冒险尝试;我们爬了一个多小时,气喘吁吁到了顶,从圣马蒂诺村边一个浓密的小树林里突然现身。村边房屋和峭壁之间有一条走道,边缘砌了矮墙,防止人们夜间行路失足摔下去。我们采取的路线尽头的矮墙有个豁口,可以过人。豁口后面的小径经过教区神父的住所,通到教堂广场。

我们冲进广场时,他们正在捉迷藏。偷袭这一招确实高明:蒙着眼睛的孩子当然看不见,别的孩子正在东躲西闪,无暇顾及。我们扔出携带的弹药,打中一个孩子的前额,别的孩子逃进教堂,寻求神父庇护。我们见好就收,通过豁口,跑回小径,爬下峡谷。神父来到时,只看见我们的脑袋消失在灌木丛中,他声色俱厉地呵斥我们,杜兰特用左手拍打右臂,大喊:"哈!"

圣马蒂诺的孩子们吃一堑长一智,发现我们能从峡谷爬上来,便在薄弱环节布置了哨兵。我们在被他们发觉之前几乎到达了围墙,但最后几米要通过低矮的荆棘地,哨兵觉察后有足够的时间发出警报。他们备足了晒干的泥团,在我们到达走道之前就劈头盖脸地朝我们扔来。

我们费了这么大的劲练习攀爬峡谷,最后却要彻底放弃,实在心有不甘。这时杜兰特又发表高见了:"我们可以在起雾的时候攀爬。"

当时刚进入初秋多雾的季节,遇有有浓雾的日子,索拉拉全镇都消失在雾气中,连祖父的房子也看不见了,只有圣马蒂诺的钟楼竖立在灰蒙蒙的雾海上。此时身在钟楼就像是在云上的飞艇里。

在这种日子里,我们已经能够到达雾气比较稀薄的围墙,圣马蒂诺的孩子们不可能整天傻望着灰蒙蒙的空间,天黑下来时更是如此。雾气浓密时会翻过围墙,淹没教堂广场。

在雾中攀爬峡谷比在阳光下困难得多。你必须记住每一步的位置,要能说出哪一块岩石在什么地方,要留神一片荆棘丛的边缘,朝右再走五步(不是四步或六步,而是五步)地面突然下降,到了巨砾以后,左面是个空当,假如一步踏空,就会坠落悬崖。还有许多要点,一点不能马虎。

我们在晴好的日子进行了几次勘探性的攀爬,然后花了一个星期在脑子里反复记忆。我试图按照探险书里描写的那样制作一张地图，可是我的朋友们有一半不会看地图。真没有办法。我只能死记在脑子里，闭上眼睛都能说出峡谷的一草一木——夜雾里爬峡谷，要求基本上也就是这样。

等到人人都熟悉了路线之后，我们继续练习了几天，专挑雾气最浓密的时候和日落之后，试试能否在他们吃晚饭之前赶到围墙那儿。

经过多次试验，我们开始第一次远征。谁都不知道我们是怎么登上峡谷顶部的，但是我们爬上去了，广场上没有雾，孩子们在扎堆闲聊——因为在圣马蒂诺那种地方，晚饭吃了陈面包泡汤或者牛奶后，要么在广场上消磨时间，要么上床睡觉。

我们冲进广场，狠狠地揍了他们一顿，他们四散逃回家，我们在后面嘲笑，然后爬下峡谷。下去比上来困难，因为上来时如果失足，你还有机会抓住灌木丛，下去时失足，后果就不堪设想，在你停止坠落之前，两腿会刮得鲜血淋漓，裤子也彻底报废。但是我们成功到了下面，兴高采烈。

那之后，我们又发动了几次袭击，即使天刚黑，他们也无法布置哨兵，因为他们都怕女巫、怕天黑。我们常去小礼拜堂的人不把女巫当一回事，因为我们知道，只要念半句"万福马利亚"，基本上就把她们驱散了。持续了几个月后，我们开始感到厌烦，无论在什么气候条件下，攀登已经没有挑战性。

家里谁都不知道我爬峡谷的事，否则他们会把我揍个半死，我每次天黑后出门总是说去小礼拜堂练习唱诗。不过小礼拜堂里的人都知道实情，我们昂首阔步，神气活现，因为全镇唯有我们对峡谷了如指掌。

那是一个星期日的中午。气氛不对头,好像要出事,大家都有预感:两辆德国卡车开到索拉拉,搜查了半个镇,然后朝圣马蒂诺驶去。

那天清晨起了浓雾,白天的雾比晚上更恼人,因为白天有光线,你却不得不像在黑暗中摸索。教堂的钟声都听不见,灰蒙蒙的雾仿佛成了消声器。枝头喊喊喳喳的麻雀声传到耳边,仿佛隔了一团棉花。镇上原先安排举行一场葬礼,送葬队伍不敢冒险去公墓,掘墓人也带话来说,那天谁都不埋葬了,就怕出什么差错,棺木吊下墓穴时把他也埋进去。

有两个镇民尾随德国人,去看他们要干什么,只见他们开亮卡车前灯慢慢往前蹭,开了一米,刚到通向圣马蒂诺的上坡路口,就停下来不动了。他们当然不打算开卡车去,因为他们不知道陡峭的斜坡两边是什么,他们不想摔下悬崖——他们甚至担心路上有危险的急拐弯。他们不知道前面的路况,也不敢徒步行进。有人告诉他们,通往圣马蒂诺的路只有这一条,在这种气候条件下,没有别的路可走,于是德国人在路口搭了路障等候。他们打开卡车前灯,枪支摆成平射位置,不让任何人通过。与此同时,一个德国兵对着野战电话机嚷嚷,也许是请求支援。讲本地话的人告诉我们,听到他说了好几次 volsunde,volsunde。格拉诺拉立刻解释说,他请求派 wolfshunde,也就是牧羊犬。

德国人等到下午四点左右,一切仍笼罩在灰色的浓雾下,但还有光亮。他们看见一个人骑自行车前来。那是圣马蒂诺的教区神父,他长年在这条路上来往,十分熟悉,下坡时可以用脚刹车。德国人看到神父时没有开枪,因为我们事后听说,他们要找的不是穿长袍的神父，而是哥萨克人。神父使劲打手势解释，索拉拉附近一个农场里有人快去世了，派人请他去做临终圣事，他把挂在自行车把手上的一个盛法事用品的袋子给德国兵看，德国兵信了他的话，放他过去。神父到了小礼拜堂，赶紧找堂科尼亚索悄悄说话。

堂科尼亚索不是那种喜欢搞政治的人，不过他还是分得清是非，他立刻请神父把该通知格拉诺拉和他的朋友的话转告他们，因为他自己不便插手。

一群年轻人很快围坐在牌桌边，我悄悄混在后面蹲下，避免被人注意，我听到了神父传达的话。

德国部队里有一支哥萨克小分队。我们以前不知道，可是格拉诺拉早就得到情报。他们是俄国前线的战俘，由于历史原因，有许多人（为了金钱、对当局的仇恨、怕死在俘虏营，或者想抓住离开的机会，带着他们的马匹、大车、家眷）以外国援军的身份加入了德军。大部分在卡尼业等东部地区作战，他们的勇猛和凶残遐迩闻名。帕维亚地区还有一个土耳其斯坦师——人们管他们叫作蒙古人。在皮埃蒙特周围活动的游击队中间还有一些俄罗斯战俘，但不一定是哥萨克人了。

如今谁都知道战争快结束了，何况那八个哥萨克人是有宗教原则的。他们目睹两三个城镇被夷为平地，几十个穷苦人被绞死，加上他们自己的两三个伙伴由于拒绝执行枪杀老人小孩的命令而被处了死刑，他们决定不再跟党卫军了。"不仅如此，"格拉诺拉解释说，"如果德国人打败了，其实现在已经败了，美国人和英国人会怎么样？他们会抓住那些哥萨克人，把他们交还给他们的俄国盟友,到了俄罗斯,这些家伙只有死路一条。因此,他们试图参加盟国军队,希望战后能得到庇护。"

"确实是这样,"神父说,"这八个人听说游击队在帮助英国人和美国人作战,便要求同他们接触。他们消息很灵通,并且有自己的想法:他们不想加入加里波第纵队,要参加巴多里奥游击队。"

他们在某地开了小差,朝索拉拉方向赶去,仅仅因为听说那一带有巴多里奥游击队。他们避开大路,只在夜间行动,多走了一倍的路程,党卫军一直跟在后面,咬住不放。他们偶尔在沿途农场要些食物充饥,尽可能和当地人沟通,因为他们只会说些简单的德语,只有一个懂意大利语,经常遇到可能告发他们的人,最后他们居然到了我们这里,可以说是奇迹。

前一天,听说尾随他们的党卫军快要追上了,他们便直奔圣马蒂诺,认为在那里可以打退敌人一个营的兵力,固守几天,他们死也要死得英勇。另外,听说那里有个名叫塔利诺的人,知道有谁可以帮助他们。事已至此,他们只有这一条路可走。他们天黑后到了圣马蒂诺,找到了塔利诺,塔利诺告诉他们,村里有一户法西斯分子,村子太小,有什么秘密立刻就会传开。他能想到的唯一办法就是让他们躲在教区神父住处。神父收留了他们,不是出于政治原因,而是因为让他们在外面晃悠比把他们藏起来更危险。但他也不可能长期收留,因为他没有供八个人吃的粮食,他抓头挠耳,急得要命,因为德国人一到就会挨家挨户搜查,教区神父的住处也不例外。

"孩子们,你们要理解,"教区神父说,"德国人到处张贴凯塞

继众所周知的告意大利人民书之后,陆军元帅凯塞林向所辖各部颁布命令如下:

1. 对于一切武装反叛分子,和采取有害行动妨碍战争进程、秩序和治安的破坏分子及罪犯,均将采取最严厉的惩罚措施。

2. 凡有武装团伙继续存在的地区,均应拘捕一定比例的人质,如该地区发生破坏行为,即处死人质。

3. 凡有向德国军事人员或单位开枪的地区,均将采取报复措施,包括焚烧该地区的住房。

4. 杀人者及武装团伙的头目,均将在公共广场处以绞刑。

5. 电报或电话线路如有中断,交通遭到破坏的村镇(路面撒碎玻璃、铁钉或其他物品,损坏桥梁,阻塞道路),该地区居民均应负责。

陆军元帅凯塞林

林的公告，你们也看到了。假如他们发现任何一户人家收留了那种人，就会把全镇烧光。更糟糕的是，如果有谁朝德国人开冷枪，他们就会把我们统统枪毙。"

不幸的是，我们确实见过陆军元帅凯塞林的公告，即使没有见过，我们也知道党卫军对这类事情是毫不含糊的，事实上他们已经烧了几个村镇。

"后来呢？"格拉诺拉问道。

"后来，上帝保佑，下了这场大雾，他们发现德国人不熟悉这个地区，索拉拉那面便派人来把这些哥萨克人带下山，去参加巴多里奥的游击队。"

"为什么要从索拉拉来人呢？"

"说实话，首先因为，假如我和圣马蒂诺的人商量，消息很快就会传开，现在这种时候，知道的人越少越好。其次，因为德国人封了路，谁都出不去。我们只有从峡谷出去。"

一听到"峡谷"，大家七嘴八舌议论开了，怎么？在这种浓雾天去峡谷，难道我们发了疯？那个叫塔利诺的家伙干吗不去？教区神父提醒大家，说塔利诺是八十岁的老头，即使太阳最好的日子也去不了圣马蒂诺，他又说——我认为当初我们这些小礼拜堂的孩子把他吓得够呛，他是存心报复——即使在大雾天，能通过峡谷的人只有这些孩子。他们既然有魔鬼般的搞恶作剧的本领，就让他们发挥才能做些好事。你们派一个孩子，帮忙把哥萨克人带下山去吧。"

"天哪，"格拉诺拉说，"把他们接下来以后又该怎么办呢？难道让他们待在索拉拉,到了星期一早晨,让德国人发现他们和我们而不是和你们一起,让我们的村镇被烧光?"

当年帮助我祖父逼迫梅洛喝下蓖麻油的斯蒂夫鲁和吉焦也在人群里,人们都知道他们和抵抗运动有联系,头脑比较灵活的斯蒂夫鲁说:"不必紧张,我们所说的巴多里奥游击队在奥尔贝尼奥一带,党卫军和'黑色旅'一向不敢去碰他们,他们配备了性能极好的英国机关枪,居高临下控制了整个山谷。即使在这样的大雾天,像吉焦这样熟悉路径的人,假如能用贝尔切利的装有防雾前灯的卡车,从这里到奥尔贝尼奥只要两小时就到了。我们把时间打得宽裕些,算它三个小时,现在天已经黑了,估计是五点钟,吉焦八点钟可以到,通知他们后,让他们下来走一段路,在维尼奥莱塔路口等候。十点钟回到这里,我们把时间打得宽裕些,算它十一点,把卡车藏在峡谷脚下圣母小教堂附近的树林子里。十一点以后,我们中间一个人从峡谷爬上去,找到教区神父家的哥萨克人,带他们下来,上了卡车,天亮之前,那些人就和巴多里奥游击队一起了。"

"我们费了这么大的劲,冒了摔断脖子的危险,难道就为了这八个直到昨天为止还和党卫军一起的马穆鲁克、卡尔梅克、蒙古人,或者不管什么人?"一个红头发的大概名叫米利亚瓦卡的人说。

"嗨,老兄,这些人思想已经转变了,"格拉诺拉说,"那本身就是好事,再说他们还是八个会打枪的壮汉,因此他们有用,其余的就不用管了。"

"他们对巴多里奥游击队有用。"米利亚瓦卡厉声说。

"巴多里奥游击队也好,加里波第纵队也好,他们都为争取自由而战,正如大家所说,遇事要考虑大局。我们非救那几个哥萨克人不可。"

"不错,说到底,他们是苏联公民,属于伟大的社会主义祖国。"一个名叫马丁能戈的人说,他还跟不上形势,不太习惯于转变立场。那些时候,做什么的人都有,就拿吉诺来说,他参加过"黑色旅",是个狂热分子,后来开小差参加了游击队,系上一条红领巾回到索拉拉,他急于和一个姑娘见面,在不该回来的时候回来,"黑色旅"抓住了他,一天清晨在阿斯蒂将他处决。

"总之,这件事可以做到。"格拉诺拉说。

"只有一个问题,"米利亚瓦卡说,"即使教区神父说只有孩子们能攀爬峡谷,我也不愿意把孩子牵连进这种棘手的事情里。判断的问题暂且不谈,他们有可能随便乱说,泄露秘密。"

"不至于,"斯蒂夫鲁说,"就拿这个扬波说吧,你们谁都没有注意到他,但是他全都听到了。他祖父如果知道了会宰了我,可是我要说扬波对峡谷的地形了如指掌,他明辨是非,不是那种多嘴多舌的人,我可以拿性命保证。再说,他的家人都是我们这边的人,我们绝对不会冒什么风险。"

我出了一身冷汗,赶紧说时间不早了,家里在等我回去。

格拉诺拉把我拉过一边,喋喋不休地说了一套大道理。说什么那是为了自由,为了救八个可怜的人,我这种年龄的孩子也能做出英雄行为,毕竟我攀爬过好多次峡谷,这次没有什么不同,只不过这次我背后多了八个哥萨克人,我得多加注意,别让他们走散,不管怎么说,那些蠢货德国人等在道路的起点,根本不知道峡谷在哪里。他本人虽然有病,仍旧会和我一起去,因为责任要求你去的时候,你不能退缩。他还说我们不是十一点而是半夜出发,那时候我家里的人都睡着了,我可以神不知鬼不觉地溜出来,第二天他们发现我仍在床上,仿佛什么都没有发生。他滔滔不绝地说了许多,要我就范。

最后我说好吧,我同意去。毕竟这是一次以后可让我吹嘘的冒险经历,是一次游击队的行动,是飞侠哥顿在阿尔波里亚的森林里的任何壮举都不能比拟的。特雷马尔·奈克在黑森林里的任何冒险也不能与此相比。比汤姆·索亚在神秘岩洞里的历险精彩得多。缉查盗猎象牙的巡逻队也从没有闯过这种丛林。总而言之,这将是我奉献给正确而不是错误的祖国的光荣时刻。不是胸前斜挂着子弹带、手握斯登冲锋枪耀武扬威的模样,而是狄克·富尔明那样赤手空拳的孤胆英雄。总而言之,我阅读过的东西都浮现在眼前。假如我非死不可的话,我也终将看到木桩一样粗的草叶。

我头脑比较灵活,马上和格拉诺拉谈妥几件事。他说八个哥萨克人跟在我们后面,有走散的危险,我们应该像登山那样,用一根结实的长绳串联起来,即使看不见路也可以拽着绳索依次行进。我说不行,假如我们用绳索拴在一起,一个人摔倒,会把所有的人连带拉下去。我们需要的是十根绳索,每人紧紧握住他前后各一人的绳索,假如觉察到有人摔下去,我们立刻撒开手里的绳索,因为一个人摔下去总比大家都摔下去好。你的办法好,格拉诺拉说。

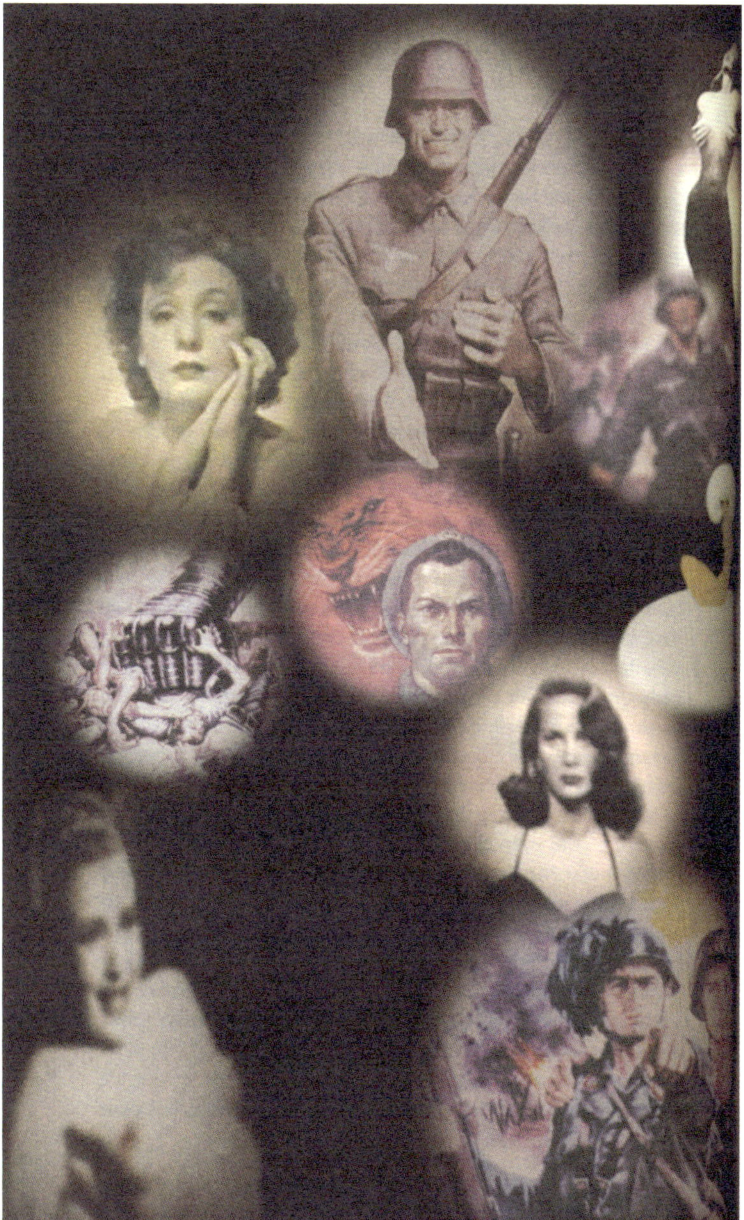

我兴奋地问他,此去是否携带武器,他说不带,首先因为他连一只苍蝇都不会伤害,其次,万一(但愿不会)发生接触,哥萨克人是配备武器的,最后,即使他运气坏透,不幸被捕的话,身上没有武器就不至于当场被处决。

我们去告诉教区神父,我们已经谈妥,务必让哥萨克人在凌晨一点准备就绪。

我七点左右回家吃晚饭。我们约好午夜在圣母小教堂碰头,走得快一点,只要四十五分钟。"你有表吗?"格拉诺拉问道。"没有,不过到了十一点,等大家都睡了,我去餐室等,那里有钟。"

在家里吃晚饭时,我心里火烧火燎,饭后我装着听了一会收音机,翻看集邮簿。麻烦的是爸爸也在家,由于大雾,他不敢驾车回城,希望第二天一早能走。他很早就上床了,妈妈跟他一起上了床。那时候我父母都已四十多岁了,难道还做爱?我不清楚。我认为我们父母的性生活对于我们都是神秘的事,弗洛伊德构想了原始的场景。我不能想象他们会让我们看到。我回忆起战争开始时妈妈同她的朋友们的一次谈话,那时她刚四十岁出头(她故作乐观地说:"四十岁生活刚开始。"):"哦,当年我的杜伊利奥尽到了责任……"那是什么时候的事?阿达出生之前?那以后他们就停止了性生活?"谁知道杜伊利奥独自一人在城里,和公司的女秘书一起,背着我干了什么名堂。"妈妈有时候在祖父面前开玩笑说。她讲的不是由衷之言。但是我可怜的爸爸在空袭期间会不会抓住某个人的手壮壮胆呢?

十一点钟,整幢房子一片寂静,我待在漆黑的餐室里,时不时划亮一根火柴察看时钟。十一点十五分,我溜出家门,在雾气中直奔圣母小教堂。

我至今想起来仍旧毛骨悚然。我仿佛看到了各种怪诞的形象。也许确实有女巫。她们在小树丛后面等着我,我在雾中却看不到(谁说她们是牙齿掉光的老太婆?也许她们的舌头是分叉的),随后她们会用轻机枪对着我,在一阵突突声中把我浑身打出血淋淋的窟窿。我眼前都是毫不相干的景象……

格拉诺拉已经到了,他埋怨说我迟到了。我发现他在颤抖。我没有发抖。我如鱼得水。
格拉诺拉把绳索的一端递给我。我们开始攀爬峡谷。

峡谷的地形我都记在脑子里,但是格拉诺拉不断说:天哪,我要摔下去了。我叫他安心。我是带队的。我知道怎么通过苏育哈纳的杀手出没的丛林。我的脚像钢琴家随着一支乐谱的音符那样移动——当然,钢琴家移动的是手,不是脚——一步都不错。格拉诺拉虽然跟着我,但老是跌跌撞撞。还咳嗽。我不得不常常转过身去拉他一把。雾气很浓,可是半米开外我们互相还能看到。我一拉绳索,格拉诺拉周围的雾气好像就突然消失,他在我面前冒出来,仿佛是揭掉尸布的拉撒路。

攀爬足足持续了一小时,同平时相差无几。我唯一一次提醒格拉诺拉叫他留神,是到达巨砾的时候。假如不绕着它拐一个弯,回到小径上,而是走错到左边的话,你脚下踩到小石子,很可能就摔到谷底。

我们到了顶部围墙的豁口,圣马蒂诺影影绰绰。我叫格拉诺拉顺着小径笔直往前,至少走二十步,便到教区神父的住处。

我们按照约定的暗号敲门:敲三下,停一会儿,再敲三下。神父来应门,让我们进屋。他灰扑扑的,像是夏天长在路边的铁线莲。那八个哥萨克人也在,像强盗似的佩着刀枪,又像孩子似的害怕。格拉诺拉和那个懂意大利语的人交谈。他说的意大利语虽然带外国腔调,但相当流利。格拉诺拉却像同外国人说话那样全部用原形动词。

"你在你的朋友前面走,跟着我和孩子。把我说的话告诉你的人,叫他们照着做。懂吗?"

"我懂,我懂。我们已经准备好了。"

神父想解小便,他打开门,让我们走到小径上。正在这时,我们听到村头那边的路上有几个条顿人的说话声和一条狗的嗥叫声。

"真该死。"格拉诺拉说,神父却不动声色。"德国佬已经上来了,他们带着狗,狗才不理会有没有雾呢,它们是靠鼻子认路的。我们现在怎么办?"

哥萨克人的头目说:"我了解他们的规律。每五个人牵一条狗。我们按原来的计划,有可能碰上不带狗的。"

"够倒霉的,"经验老到的格拉诺拉说,"慢慢走,只有我说开枪的时候才能开枪。准备一些手帕或者破布,再准备一些绳索。"然后他向我解释:"我们先去小径那头,在拐角等候。假如没有人,我们立刻翻过墙跑掉。假如人来了,并且带着狗,那比较麻烦,我们就朝他们和狗开枪,不过还要看他们人数有多少。如果他们没有带狗,我们就先放他们过去,跟在他们背后扑上去,捆住他们的手,塞住他们的嘴,不让他们嚷嚷。"

"把他们留在原地?"

"对。不,我们把他们带到峡谷,没有别的办法。"

他很快地把这些话告诉哥萨克人的头目,头目再传达给他手下的人。

神父给了我们一些破布和法衣上的短绳。去吧,去吧,上帝保佑你们。

我们沿小径走去,到了拐角处,我们听到左面有德国人的说话声,但没有狗叫。

我们紧贴着墙。我们听到那两个人逐渐靠近,他们边走边谈,似乎在抱怨什么也看不见。"只有两个人,"格拉诺拉打手势表示,"让他们先过去,然后从背后扑上去。"

有几个德国人牵了狗在广场周围巡逻,派这两个来搜查这一区域,他们平举着步枪,蹑手蹑脚,根本没有看见小径,摸瞎似的走了过去。哥萨克人朝两个黑影扑上去,干净利落地把他们撂倒在地,两个凶神恶煞似的哥萨克人按住一个德国人,往他嘴里塞了破布,第三个反捆住他的手。

"我们成功了,"格拉诺拉说,"扬波,把他们的步枪扔到墙那边去,还有你,把德国人押在后面,跟我们走。"

我吓得要命,格拉诺拉现在成了领队。我们很容易通过了围墙的豁口。格拉诺拉分发了绳索。现在的问题是,除了每队第一个人和最后一个人,每个人的双手都占用了:一手抓住前面的绳索,另一手抓住后面的绳索。推两个捆住手的德国人往前走时,就无法抓住绳索。最初的十来步路,整队人是推推搡搡走过来的,最后,我们在第一个小丛林里摔倒了。这时候,格拉诺拉试图重新安排绳索。带领德国人的两个人把他们的绳索系在各自俘虏的步枪腰带上。押解俘虏的两人用右手揪住俘虏的衣领,左手抓住他后面那人的绳索。可是,我们刚要出发,一个德国人绊了一下,倒在他前面的守卫身上,带倒了后面那个守卫,整个链条就此断裂。哥萨克人用他们的语言低声咒骂,他们还算理智,没有大声嚷嚷。

一个德国人摔倒后挣扎着站起来,脱离了大队。两个哥萨克人开始摸索寻找,很可能再也抓不住他了,可是他不知自己身在何处、该往哪里去,没走几步又滑了一下,朝前摔倒,哥萨克人再次抓住了他。混乱中,他的钢盔掉了。哥萨克人的头目说非找回来不可,因为狗到了这里会嗅出气息,跟踪而来。那时候,我们才注意到第二个德国人也光着头。"那几个该死的杂种,"格拉诺拉喃喃说,"我们在小径那里抓住他时,他的钢盔掉了。假如带狗的德国人赶到,就有嗅迹可以追寻。"

没有别的办法。当我们听到上方有人声和狗叫时,我们发现只前进了几米。"他们到过小径,狗嗅到了钢盔,他们正朝我们这里来。大家安静,别出声。他们首先要找到围墙的豁口,不熟悉的人并不容易找到。其次,他们必须下来。假如他们的狗小心谨慎,跑得很慢,他们也会很慢。假如他们的狗跑得快,他们跟不上就会摔跤。他们没有你带路,扬波。我们完全可以上路,你快跑吧。"

"我试试吧,可是我害怕。"

"你不怕,只是紧张罢了。深吸一口气,走吧。"

我和神父一样,也想解小便,我明白现在全得靠我了。我咬咬牙,在那一刻,我宁愿做长颈鹿或者乔乔,而不愿做军团成员罗曼诺,我宁愿做贺瑞斯马或者母牛克拉贝尔,而不愿做七幽灵屋里的米老鼠,我宁愿做公寓里的潘比诺先生,而不愿做阿尔波里亚沼泽地里的飞侠哥顿,既然踏进了舞池,你就得跳舞。我尽可能快地爬下峡谷,心里念着每一步的位置。

两个俘虏延缓了我们行进的速度,他们嘴里塞了破布,呼吸困难,时不时要停下来喘气。走了至少十五分钟以后,我们到了巨砾,我完全可以肯定它的位置,还没有看到的时候,我已经伸出手去摸到了。我们绕着它走的时候要相互靠拢,因为谁只要偏右一点,就会踩到岩脊,脚下一滑摔进沟壑。从我们上方传来的人声仍旧清晰可闻,但不知道那是德国人在大声催促他们的狗快跑呢,还是他们已经走过围墙,正朝我们靠近。

两个俘虏听到伙伴的声音后,企图挣脱,即使不是真的摔倒,他们也假装没有站稳,一骨碌滚到路边,受伤也在所不惜。他们发觉,我们为了避免发出太大的声响,不能开枪打他们,而他们不管滚到什么地方,总能被狗找到。反正他们没有什么可输的,正如输光本钱的无赖一样,他们变得十分危险。

我们突然听到了机关枪声。德国人下不来,便决定开枪。他们面前的峡谷几乎有一百八十度的俯角,对我们的去向又一无所知,因此他们的射击毫无目的,只是乱开一通。其次,他们不了解峡谷的陡峭程度,射击的角度几乎呈水平。他们朝我们射击时,我们听到子弹从我们头上嗖嗖飞过。

"我们走,我们管我们走,"格拉诺拉说,"现在的子弹还打不着我们。"

第一批德国人开始爬下峡谷,他们对地形有了一些概念,狗也朝比较正确的方向追来。他们现在开枪射的也是我们这个方向。我们听到附近灌木丛里有子弹穿过的声音。

"不用怕,"哥萨克人说,"我了解 Maschinen 的 Reichweite。"

"机关枪的射程。"格拉诺拉解释说。

"不错。如果他们还在那个高度,而我们快一点走的话,子弹就打不到我们。赶快吧。"

"格拉诺拉,"我想起妈妈,眼里噙着泪水说,"我可以走得更快一点,可是你们不行。你们不能带着那两个人走,他们一直拖我们的后腿,即使我像山羊似的跑在前面也没有意义。我们把他们留在这里吧,要不然我就自己逃命了。"

"如果我们把他们留在这里,他们一转眼就会挣脱绳索,招呼其余的人来。"格拉诺拉说。

"我用机关枪托砸死他们,不会有太大动静。"哥萨克人低声说。

我想到要处死那两个可怜虫,心里立刻凉了半截。格拉诺拉低声说:"妈的,那不行,即使我们把他们弄死留在这里,狗也会找到他们,其余的人就会知道我们行进的方向,"他一紧张说话就不全用原形动词了,"只有一个办法:他们摔倒的地方不在我们行进的方向,狗循迹而去,我们可以争取到十分钟或者更多一点时间。扬波,这里的右边是不是一条通向沟壑的绝路?好吧,我们押着他们朝那里走,你说过到那里去的人都不会注意岩石突出的部位,很容易摔下去,狗就会带领德国人直到谷底。等他们缓过神来,我们已经到了山谷。在那里摔下去,会让他们送命的,对吗?"

"不,我没有说过他们摔下去肯定送命。但会骨折,运气不好会磕破脑袋……"

"该死的,你怎么可以刚才是一种说法,现在又是一种说法?如此说来,他们摔下去的时候,绳索可能松开,停止下坠时,他们还有力气呼救,提醒别人小心!"

"那么说,他们摔下去之前必须已经死亡。"哥萨克人说,他了解这场肮脏战争中的游戏规则。

我挨着格拉诺拉,可以看到他的脸。他脸色一向不好,现在更苍白了。他站在那儿仰望天空,似乎祈求上苍给他灵感。那时我们听到附近一人高的地方有子弹飞过的呼啸声。一个德国人猛推他的守卫,两人都倒在地上,哥萨克人开始咒骂,因为那人用脑袋撞他的牙齿,他不顾一切,尽量弄出响声。格拉诺拉这时作出决定:"有他们就没有我们。扬波,我朝右面走,几步能到岩石突出的部位?"

"十步,我的步子是十步,你也许八步就够了,你朝前伸脚,会感觉地面倾斜,从那里到岩石突出的部位有四步远。为了保险起见,走三步吧。"

"行,"格拉诺拉说着转向哥萨克人,"我朝前走,你们两个押着这两个家伙,抓紧他们的肩膀。其余的人都等在这儿。"

"你打算干什么?"我问道,牙齿在打战。

"你给我闭嘴。这是战争。你和其他人在这里等着。这是命令。"

他们去巨砾右边，消失在雾气中。我们等了几分钟，听到石子的滚动声和几声沉重的撞击，格拉诺拉和两个哥萨克人重新出现，德国人不见了。"我们走，"格拉诺拉说，"现在的速度可以快一些了。"

他的手按着我的胳臂，我可以感到他在颤抖。现在他和我挨得更近，我又可以看清他了：他穿着一件领口很小的汗衫，放柳叶刀的皮囊挂在胸前，似乎他曾经掏出来过。"你把他们怎么了？"我嚷了起来。

"别去想，应该那么做。狗会嗅出血腥味，把其余的人引过来的。我们现在安全了，走吧。"

他发现我眼睛睁得老大，便说："有他们就没有我们。两条性命，保住十个人。这是战争。我们走吧。"

我们听到上方传来呼喊声和狗叫，差不多持续了半小时之久，不过那些声音不是朝我们这里来，而是渐行渐远，我们终于到了峡谷底部和路边。吉焦的卡车在附近的树丛中等候。格拉诺拉让哥萨克人上了车。"我和他们一起去，确保他们到达巴多里奥游击队。"他说。他尽量不看我，急于看我离开。"你走你的路，回家去吧。你表现很勇敢。应该得到一枚奖章。别的事就不必想了。你尽到了你的责任。假如谁有过错，只能是我。"

夜里很冷，但我到家时浑身冒汗，筋疲力尽。我躲进自己的小房间，即使整夜无眠也觉得庆幸，可是情况很糟，由于劳累，我迷迷瞪瞪地打起瞌睡来，但每次只睡几分钟，梦中看到的都是加埃塔诺舅舅那样的人，喉咙给割断了，还在跳舞。也许我在发烧。我必须忏悔，必须忏悔，我不断对自己说。

第二天早上情况更糟。我必须和平时差不多时间起身，看爸爸出门，妈妈不明白我怎么会变成那种糊里糊涂的样子。几小时后，吉焦来了，找祖父和马苏鲁很快商谈了一下。他临走时，我向他打手势，要他在葡萄园里等我，他可不能对我有什么隐瞒。

格拉诺拉陪哥萨克人到了巴多里奥游击队，然后跟着吉焦的卡车回了索拉拉。巴多里奥游击队说，夜里外出不应该不带武器。他们听说有一支"黑色旅"来支援索拉拉，于是给了格拉诺拉一支步枪。

去维尼奥莱塔路口打个来回要三个小时。他们把卡车还给贝尔切利农庄，然后步行去索拉拉。他们以为任务已经完成，加上没有听到什么动静，便安心赶路。根据雾气的明暗程度判断，他们估计快破晓了。经过那番紧张，他们拍拍后背，互相鼓励，发出了响声。他们没有注意到有"黑色旅"蹲守在沟里，结果被抓住，地点离镇上不到两公里。他们被截住时身上带着武器，任怎么解释都脱不了身。他们给推进货车车厢，同行的只有五个法西斯分子，两个在前，两个在后对着他们，另有一个站在前面的踏板上，帮助司机在雾中察看路况。

吉焦和格拉诺拉像麻包似的给扔在车厢里，法西斯分子甚至没有捆绑他们，面对他们坐着的两个法西斯分子把冲锋枪搁在腿上。

在路上，吉焦听到一种像是撕破布料的奇特的声音，随即觉得有黏糊糊的液体溅到他脸上。一个法西斯分子听到喘息，打开手电筒,赫然看到格拉诺拉手里握着柳叶刀,割破了自己的喉咙。两个法西斯分子开始诅咒,把货车停住,吩咐吉焦帮忙,把格拉诺拉拖到路边。他已经死亡,或者快断气了,血溅了一地。另外三人也过来察看,互相埋怨,说不应该让他这么死掉,因为上级还没有审问,他们办事不力,没有捆绑俘虏,都得被捕。

他们围着格拉诺拉的尸体争辩,暂时忘了吉焦,吉焦在混乱中想,此时不走更待何时。他溜到一边,跳过沟,知道沟后面是陡峭的斜坡。法西斯分子开了几枪,但他已经像雪崩似的滚到了山底,躲到树下。现在要在浓雾中找他,比在干草垛里找一枚针更困难,再说,法西斯分子显然也不想小题大做,他们更希望藏好格拉诺拉的尸体,回到指挥部,装作那夜没有抓到任何人,免得自找麻烦,无法对上级交代。

那天早晨,"黑色旅"离开伏击地去和德国人会合后,吉焦带了几个朋友到发生悲剧的地点,在沟里搜查了一会儿,找到了格拉诺拉。索拉拉的神父不允许把尸体存放在教堂里,因为格拉诺拉生前是无政府主义者,最后又是自杀身亡,堂科尼亚索说,那就把它存放在小礼拜堂里,因为天主比他的神父们更懂道理。

格拉诺拉死了。他救了哥萨克人,让我安全回到家,然后自己死了。我非常了解事情是怎么发生的,他以前多次对我说过,他是懦夫,如果遭到拷问,他会招供的,他会说出姓名,把同志们送进屠宰场。他是为同志们而死的。就那么嚓的一下,我敢肯定两个德国人也是那样被他干掉的——也许是但丁式富有诗意的正义行为。懦夫勇敢的死亡。他为他生平仅有的暴力行为付出了代价,在那过程中他净化了他无疑会感到难以忍受的愧疚感。

他一挥手，嚓的一下，让法西斯分子、德国人、上帝统统见鬼去了。

而我还活着。我怎么都不能原谅我自己。

甚至在我的记忆中，雾气也逐渐消散了。现在我看到游击队胜利开进索拉拉，四月二十五日，传来米兰解放的消息。人们拥上街头，游击队员坐在他们卡车的保险杠上进城，朝天放枪。几天后，我看到一个穿黄绿色军服的士兵，在两排七叶树中间的车行道上骑自行车。他告诉我说他是巴西人，然后快活地去探看异国风情了。难道美国人、英国人中间还有巴西人？我从没有听人说起。奇怪的战争。

一星期后，第一个美国分遣队来到。他们在小礼拜堂的院子里支起帐篷，安顿下来，我和一个信奉天主教的下士交上朋友，他把老是放在前胸口袋里的一帧圣心画片给我看。他送给我一些有丛林小子和至尊神探连环画的报纸和几片他称之为"口香糖"的东西，我放在嘴里嚼了好长时间，晚上取出来，像老年人泡假牙似的放在水杯里。他表示想吃些意大利通心粉作为交换，我请他去我家，心想玛丽亚一定愿意为他做些肉饺，蘸野兔肉汁吃。我们到家时，下士发现另一个黑人已经坐在院子里，而且是一个少校。他狼狈不堪，找个借口走了。

美国人想替他们的军官安排比较高级的住处，找我祖父商量，我们在左翼腾出一个讲究的房间供他们使用，也就是保拉后来布置给我们当作卧室的那个房间。

穆迪少校身躯肥硕，笑起来像路易斯·阿姆斯特朗，他懂一点法语，便凑合着用法语同我祖父交谈，那时候，我们这一带受过教育的人懂的外语只有法语。他同妈妈和住在附近的太太们也说法语。太太们来看这个解放者——甚至那个憎恨佃农的法西斯太太也来了。她们在院子里围着一张小桌子就座，桌子上摆放着精致的瓷茶具和大丽花。穆迪少校用法语说"多谢"和"是，夫人，我喜欢香槟酒"。他的举止像一个最终被白人家庭（而且是相当高级的白人家庭）接纳的黑人那样矜持而彬彬有礼。太太们窃窃私语，哎呀，一个真正的绅士，居然有人说他们是醉醺醺的野蛮人。

德国人投降的消息传来了。希特勒死了。战争已经结束。索拉拉街上仿佛在开盛大的庆祝会，人们互相拥抱，有的在手风琴的伴奏下跳舞。尽管夏季刚开始，祖父决定立刻回城，因为大家在乡间都住得腻烦了。

在一群兴高采烈的人中间，我从那场悲剧中走了出来，眼前仍浮现着两个坠下沟壑的德国人以及格拉诺拉的形象，格拉诺拉满怀恐惧、爱和轻蔑，既像是圣母又像是烈士。

我没有勇气去堂科尼亚索那里忏悔……再说我忏悔什么呢？忏悔我没有做过、没有看见，而仅仅是揣测的事情？既然没有请求宽恕的理由，我甚至无法得到宽恕。让一个人永远觉得受到诅咒可不好受。

十七

有远见的年轻人

主啊！一想到我对您的冒犯，/我就十分悲痛，无地自容……那些诗篇是他们在小礼拜堂教我唱的，还是我回城之后学的？

城里晚上又有了灯光，人们又到街上来，在河畔的休闲俱乐部喝啤酒、吃冰激凌，露天电影院开始营业。我很孤独，怀念索拉拉的朋友，我还没有同詹尼取得联系，只有等开学后才能见到他。傍晚，我跟父母出去，很不自在，因为我不再牵着他们的手，而他们又不让我独自一人待得太久。我在索拉拉更自由。

我们常去电影院，我在《约克中士》和《胜利之歌》等影片里发现了进行战争的新方式，詹姆士·卡格尼跳的踢踏舞让我知道了百老汇的存在。"我是个唱扬基歌的花花公子……"

我在弗雷德·阿斯泰尔的老片子里初次看到踢踏舞，可是卡

格尼的风格更有力、更奔放、更自信。阿斯泰尔的舞姿赏心悦目，卡格尼给我的感觉像是重任在肩，事实上甚至有点爱国主义的意味。通过踢踏舞表现出来的爱国主义发人深思，金属打掌的鞋子取代了手里的手榴弹，牙齿咬的一枝花。还有作为世界缩影的舞台的魅力和命运的无情。演出必须继续。我通过迟来的音乐片了解到一个新的世界。

《卡萨布兰卡》。维克多·拉兹洛演唱《马赛曲》……我至少看到了正义一方的悲剧……里克·布莱恩枪杀了施特雷瑟少校……格拉诺拉说得对，战争毕竟是战争。里克为什么非离开隆德岛不可？那是不是说我们不应该恋爱？山姆当然是穆迪少校，那么乌加特是谁呢？他是不是格拉诺拉，那个最后被"黑色旅"抓住的迷惘倒霉的胆小鬼？不，老是冷嘲热讽的格拉诺拉更像是勒诺上尉，他最后和里克在雾气中淡出，去刚果布拉柴维尔参加抵抗运动，和朋友一起欣然面对命运……

格拉诺拉不能和我一起进入沙漠。我没有和格拉诺拉一起体验一场美好友谊的开始,却体验了那场友谊的结束。我没有摆脱记忆的出境证明。

报摊上摆满了新名称的报刊,杂志封面都是妖冶迷人的女郎,低领口衬托出高耸的胸部,紧身上衣突显了乳房的轮廓。丰腴的乳房成了电影海报的主题。我的世界在乳房的形状中得到了新生。但是还有蘑菇云。我见到原子弹落到广岛的照片。大屠杀的场景也开始出现在报纸上。我们后来还看到了堆积如山的尸体,当时看到的是俘虏刚刚被释放时的照片,他们眼窝深陷,骨瘦如柴的胸腔上每一根肋骨都清晰可见,肘关节奇大,手臂却细得像棍子。直到那时为止,我知道的有关战事的消息都通过间接途径得来,数字(击落飞机十架,死亡多少人,俘虏多少人),据说有多少游击队员被处死,但是除了峡谷里的那夜之外,我从未

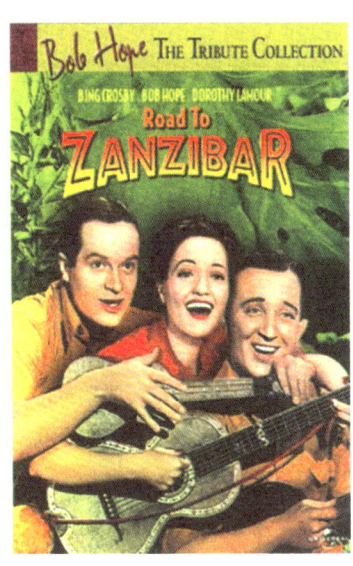

见过有损尊严的尸体——事实上，即使那一夜我也没有见到，因为我最后看到那两个德国人时，他们仍旧活着，其余的情况我是在梦魇中看到的。我在照片上细细辨认有没有那个会打弹子的费拉拉先生，不过即使照片上有他，我可能也认不出了。*劳动带来自由*。

我们在电影院里看到阿博特和科斯特洛滑稽的面相就哈哈大笑。平·克劳斯贝和鲍勃·霍普随之而来，还有那个穿着不可或缺的纱笼围裙的多萝西·拉莫尔，前去桑给巴尔或者巴厘岛旅行，一九四四年后，人人都觉得生活是美好的。

我每天中午骑了自行车到一个黑市商人那里，他总是给我们这些孩子留两个白面包卷，好几年来，这是我们第一次吃到白面包，之前老是啃那些烤得很差的、黄黄的粗面包棍（据说是麸子做的），里面有绳头甚至死蟑螂。我骑了自行车去拿这个财富复兴的象征，然后在报摊前停下来。墨索里尼的尸体头冲下倒吊在洛雷托广场上，旁边是他的情妇克拉雷塔·贝塔西，好心人用安全别针在她两腿之间别住裙子，免得她死后还要出丑。纪念被处死的游击队员的集会。我不知道被枪决或者绞死的人竟有这么多。刚结束的那场战争的死亡人数已经公布。据说是五千五百万。同这种大屠杀相比，格拉诺拉之死又算得了什么？难道上帝真是邪恶的吗？我看了纽伦堡审判的报道，除了戈林以外，都被实施绞刑，戈林是用他妻子最后亲吻时传递给他的氰化物自杀的。维拉尔巴塞大屠杀标志着公开暴力的回归——如今又可以仅仅由于个人原因而杀人了。凶手们被逮捕，一天早晨由行刑队执行枪决。和平时期,处决仍在继续。莱昂纳达·钱丘利由于战争期间把俘虏的脂肪制成肥皂被判有罪。丽娜·福特用铁棒打死了她情人的妻儿。有一家报纸描绘了她白皙的胸部,她那个像加埃塔诺舅舅那样有一口烂牙的干瘦情人为之神魂颠倒。我父母带我去看的最早的几部电影展示了战后躁动不安的意大利——晚饭后,年轻人聚集在街灯下面,无所事事。我独自一人在城里的街道上行走……

星期一早上有集市。"可能"表哥在中午时分到达。他的真名叫什么来着?阿达管他叫"可能",因为他不论遇到什么事都说"可能"。"可能"表哥是很远的远房亲戚,我们在索拉拉的时候开始往来,他每次进城都要来看看我们。谁都明白他指望我们请他吃饭,因为他没有钱上饭馆。我一直弄不清楚他是干什么的,只知道他来是找一份工作。

我脑海中浮现出"可能"表哥坐在桌前点滴不漏地喝通心粉汤的模样,他面色黧黑,两颊深陷,稀疏的头发精心地梳往脑后,夹克衫袖子的肘弯处破损不堪。"你知道的,杜伊利奥,"他每星期一都会这么说,"我并不是要找十分气派的工作。我只希望在国营企业里有一份坐办公室的活儿,最低工资标准就可以了。我要求的只是一丁点儿。每天都有那么一丁点儿,每个月三十个一丁点儿。"他做一个叹息桥的手势,模仿那个落到他几乎谢顶的头上的一丁点儿。每次畅想这种仁慈的折磨,脸上就会放光。一丁点儿,他重复说,但是每天都有这么一丁点儿。

"今天我几乎找到工作了,我去见了卡洛尼,你知道,那个农业联合企业的家伙。重要人物。我带了一封推荐信——你知道，如今没有推荐信什么都办不成。今天早晨我出去时，在车站买了一份报纸。我不关心政治，杜伊利奥，只是随便买了一份，看都没有看，因为火车上没有座位，我便把报纸折起来，放进口袋里，一般人都这么做，因为即使当天没有时间看，第二天还可以用它包东西。我见到了卡洛尼，他十分友好地接待了我，打开推荐信，但是我发觉他的眼光越过信纸上缘在打量我。他随后打发我走，说是短时期内不打算聘用新人。我离开时察觉我放在口袋里的是《团结报》。杜伊利奥，你了解我一向支持政府，我随便买一份报纸，没有注意什么报。那家伙看到我口袋里揣着一份共产党的报纸，便打发我走人。假如我把报纸反折，此时此刻的情况就不同了……我运气向来不好……这也是命。"

城里新开了一家舞厅，我的另一个表哥努奇奥成了明星。他终于可以不受寄宿学校的约束：他现在成了青年人，或者说花花公子（其实他揍安杰罗熊的时候已经显得十分老成）。他的亲友引以为荣的是当地的一家周报刊登了一幅他跳流行的布基伍基舞的漫画，浑身扭曲仿佛没有关节似的。我年纪太小，不敢也不被允许进舞厅，而且那里的氛围让我感到是对格拉诺拉割断的喉咙的冒犯。

夏季刚开始，我们就回来了，我觉得非常无聊。下午两点钟，我骑了自行车在城里行人稀少的街道上游荡。为了消除闷热天气的腻烦，我在空旷的地方骑得精疲力竭。也许我想消除的不是闷热，而是贯穿我孤独、兴奋的少年时代的内心的悲哀。

下午两点至五点，我一刻不停地骑着自行车。三个小时内可以绕全城兜几个圈子，只要稍稍变更一下路线：我飞快地穿过市中心向河边驶去，然后上环形公路，在环路和南去的省道相交的路口折回，到了通向公墓的路口再上环路，快到火车站时朝左拐个弯，通过笔直空旷的二级公路再次穿过市中心，进入集市大广场。广场大得过分，四周有拱廊，不论太阳在什么方位都有阳光照射下来，下午两点钟时阒无一人，比撒哈拉沙漠更为荒凉。广场上空荡荡的，你可以骑车穿过，不必担心远处有没有人看见你，或者朝你挥手。因为即使远处有你认识的人走过，他在你眼里或者你在他眼里都只是光晕包围的小点。之后，你沿着阔大的同心圆在广场四周绕圈子，像是在空中盘旋的、没有发现猎物的猛禽。

我不是随意瞎逛，我有目的地，但是我常常故意过门不入。我在火车站的书报摊上见到一本皮埃尔·伯努瓦的《大西国》，根据它低得像是战前的定价判断，也许是几年前的旧书了。引人注意的封面上有一个宽敞的大厅，厅里满是石雕的宾客，内容肯定精彩。定价不贵，我口袋里的钱恰恰够买，但是买了书就一文不剩了。我偶尔也会冒险：我在火车站停下，把自行车支在人行道上，走进车站，对着那本书足足盯了十五分钟。书陈列在橱窗里，我无法打开，多少浏览一下内容。我第四次进去时，摊主怀疑地打量着我，他可以尽情看我，因为火车站没有别人——没有人来到，没有人离开，也没有人等待。

城里只有空间和阳光，以及一条供我那辆轮胎凹凸不平的自行车行驶的车道，火车站里那本书是我回到不太绝望的现实中去的唯一保证。

五点钟左右,我和书之间、书和我之间,以及我的欲望和无限空间的抗拒之间——一往情深地在空泛夏日的街道上骑着自行车,不停地、极其痛苦地沿着同心圆逃避——那场持久的诱惑终于结束:我作出决定,从口袋里掏出资金,买下《大西国》,回家蜷缩着看起来。

安蒂内亚,那个艳丽妖冶的女子披着一袭埃及克拉夫特出来了("克拉夫特"是什么?肯定是一种华丽诱人、严实又暴露的衣服),沉甸甸的金色织物裹着她浓密卷曲的、黑得发蓝的头发,顺着苗条的腰肢垂落下去。

"她披着一条夹有闪闪发亮的金线的黑纱巾,里面是一件薄如蝉翼的上衣,用白色的薄纱带宽松地束住,腰带上缀有闪出彩虹光芒的黑珍珠。"那些服饰里面是一个身材苗条的少女,一双细长的黑眼睛,脸上露出东方女人罕见的笑靥。你无法看到那些穷极奢华的服饰里面的肉体,但是她的上衣侧身开衩的地方却敞开着,娇小的乳房和手臂都没有遮盖,透过纱巾隐约可以瞥见神秘的黑影。荡人心腑的处女。男人可以为她去死。

七点钟,父亲回到家,我局促不安地合上书本,父亲以为我只是在掩饰读书这件事。他说我书看得太多,眼睛要看坏了。他对妈妈说我应该多去户外,骑骑自行车。

我不喜欢阳光,但是我一点也不在意索拉拉的阳光。他们说我经常眯起眼睛,皱着鼻子。"你的样子像是眼睛看不清,其实不是这样的。"他们时常责备我。我等待秋天的雾。我的恐怖之夜是在峡谷里度过的,我怎么会喜欢雾呢?因为即使在峡谷里,还是雾保护了我,为我提供了不在犯罪现场的证据:雾气很浓,我什么都没有看见。

随着起雾日子的到来,我重新发现了城市以前的样子,那些夸张的、清冷的空间被一扫而光。空旷消失了,白茫茫、灰蒙蒙之中突然无中生有地出现了街灯、街角、建筑的门面。使人安心。正像灯火管制期间那样。一代又一代的人就是按照在半暗不明的光线下贴着墙根行走时的意境构思、设计、建造我的城市的。结果产生了美和安全感。

《大饭店》,第一本专供成人阅读的连环画,是那一年还是第二年问世的?第一本连环画小说的第一个形象就把我引向诱惑,但是我逃避了。

那是一本法国杂志,同我后来在祖父的书店里看到的东西相比,简直算不上什么,但当时我一看到脸上就发烧,赶紧偷偷地把杂志塞进衬衫,离开了书店。

我到家就扑在床上,一面翻看杂志,一面使劲用小腹顶着褥子,那正是教会发的小册子里规劝你不要做的事情。杂志里有一帧约瑟芬·贝克的袒胸露乳的照片,尺寸不大,但清晰得出奇。

我盯着她那双抹了眼影的眼睛,尽量不去看她的胸部,但是我的目光不由自主地移到下面(我想那准是我生平第一次看到乳房——跟裸体的卡尔梅克妇女胸前那对丰满的、松弛的东西可不一样)。

我的血管里像蜜水似的涌动,嗓子里火辣辣地发热,我额头发紧,裤裆里翻江倒海。我胆战心惊地、湿漉漉地站起来,不知道自己得了什么病,但又为了原生浆液的形成而感到欣喜。

我想那是我生平第一次射精：比割断德国人的喉咙更不可原有。我又一次犯下了罪孽——峡谷里的那一夜是死亡奥秘的无言见证,这一次却是闯进生命奥秘的禁区。

我待在忏悔室里。一个满怀激情的嘉布遣会修士向我详细宣讲了纯洁的优点。

他讲话的内容我在索拉拉的手册里都看过,也许他用的词句使我想起堂鲍思高的《有远见的年轻人》：

> 即使在你年幼的时候,魔鬼也已经布下圈套,要剥夺你的灵魂……你远离有百害而无一利的机遇,远离庸俗低级的谈话和演出,就会大大地帮助你免受诱惑……尽可能不让自己感到无聊;当你确实不知道该做什么的时候,不妨装饰圣坛、布置圣像和图片……之后,假如仍旧不能排除诱惑,不妨画个十字,吻吻圣器说：圣类思修士,保佑我不要做冒犯上帝的事情。我说出这位圣徒的名字,是因为教会宣布他是青年人特别的保护者……
>
> 尤其重要的是,避免与异性厮混。要明白,我的意思是说男青年绝对不要同女青年亲昵……眼睛是罪恶得以进入我们心灵的窗户……因此,你不应该驻足观看任何稍有违反谦逊的现象。圣类思·公撒格上床或者下床时从不让自己的脚被人看到。他甚至不让他的亲生母亲正眼看他……他身为西班牙皇后的扈从有两年之久,却从没有看过皇后的脸。

仿效圣类思的所作所为不是轻而易举的事，或者不如说规避诱惑的代价太高，因为那个年轻人把自己折磨得太苦，他在床单下面垫小木块，做梦也不让自己安逸。他没有苦行者的苦衣，便把马刺放在衣服里面，无论站、坐还是行走，处处都自找苦吃……听我忏悔的修士要我学习的榜样是道明·沙维豪，此人跪的时候太多，裤管总是皱巴巴的，不过他的苦行不如圣类思那么严重，他甚至要我看圣母马利亚的面容，把她当作圣洁美丽的范例。

我试图迷恋上崇高升华的女性气质。我参加童声合唱团，礼拜天郊游时在教堂的半圆形后殿或者别的圣所里唱诗。

> 你黎明时起身，仪态万方，
> 缕缕光线都给世界带来欢欣。
> 天空把夜晚的星星推到一边，
> 谁的可爱都不能同你相比。
>
> 你娟美如太阳，
> 皎洁如月亮，
> 同你相比，最明亮的星星
> 也如烛光那般微弱无力。
>
> 你的眼睛比海洋更为深邃，
> 你的额头像百合那般白皙，
> 你的面颊像阳光抚摸的玫瑰，

你的双唇像花朵那般娇艳。

虽然我还不敢肯定,也许我那时已经为我和莉拉的相遇在做准备。她一定也是无法触及的,在她的天国里辉煌无比,她的美丽超凡脱俗,可以供奉在心中而不至于激发邪念,她的目光洒脱高远,不像约瑟芬·贝克那样偷偷地打量我。

我有责任通过冥思、祈祷和牺牲偿付我自己和我周围的人所犯的罪孽。专心致志地为维护信仰而奋斗,因为第一批杂志和海报已经开始宣传赤色威胁,说哥萨克人居然在圣彼得大教堂的圣水池饮马。我不明白,哥萨克人是不是也要杀掉格拉诺拉这样的无政府主义者。在我看来,这些哥萨克人很像掳走米洛斯岛的维纳斯的那个邪恶的黑人,而先前的那个画家已经改弦易辙,参加了新的十字军。

乡间一个小修道院的宗教仪式。食堂里散发出酸臭味,随着图书管理员一起穿过回廊,他建议我看帕皮尼的作品。晚饭后,我们大家都聚在唱诗班席位上,在烛光下诵读善终祈祷。

忏悔神父为我们诵读了《有远见的年轻人》中的有关段落:我们不知道死亡会在什么地方出乎意外地袭击我们——不知道是在你睡眠时,在你工作时,在街上,或者什么别的地方要了你的命;不知道起因是血管爆裂、黏膜炎、大出血、发烧、长疮、地震、雷击——其中任何一个情况都可以夺去你的生命,出事的时间可能在一年、一个月、一星期、一小时后。也许就在你看完这一段文字之后。那时候,我们会觉得头脑昏暗,眼睛生疼,舌头发干,牙关紧锁,呼吸困难,血液发凉,肌肉松弛,心脏破碎。我们咽下最后一口气,我们的尸体用几片破布一裹,被扔进沟壑,老鼠和蛆虫会啃光我们的肉,什么都不剩,只有几根白骨和一些恶臭的尘埃。

然后是冗长的祈祷文,复述了濒临死亡的人的痛苦挣扎,四肢的剧痛,初期的震颤,脸色逐渐苍白,最后出现了希波克拉底面容①,还有临终时的喉鸣。我们的最后过程分为十四个阶段(我只对其中五六个阶段有清晰的记忆),每一阶段的描述说明了身体的姿势和当时的剧烈痛苦,结束语都是"慈悲的耶稣,怜悯我吧"。

当我动弹不得的双脚提醒我,我在世间的日子即将结束时,慈悲的耶稣,怜悯我吧。

当我麻木颤抖的手再也握不住神圣的十字架,无奈地让它滑落到我受苦的床榻上时,慈悲的耶稣,怜悯我吧。

当我昏暗的眼睛由于死亡的接近而充满恐惧,虚弱垂死的目光注视你时,慈悲的耶稣,怜悯我吧。

当我苍白发青的面颊引起旁观者的怜悯,当死亡的汗水湿透了我的头发,说明我的末日已经来到时,慈悲的耶稣,怜悯我吧。

当我的想象充满可怕的幻觉,即将陷入临死的悲伤时,慈悲的耶稣,怜悯我吧。

---

① 指垂危病人的面容。

> 当我丧失了所有的官能,全世界在我眼前逐渐消失,我在临终痛苦中呻吟时,慈悲的耶稣,怜悯我吧。

我在黑暗中诵读着,思索着我自己的死亡。这正是我所需要的:不再思索别人的死亡。重温那过程时我不再心怀恐惧,而是平静地意识到凡人皆有一死。向死而生的这一课使我对命运有了心理准备,这也是所有人的命运。五月间,詹尼给我讲了一个笑话,有个医生建议一个绝症病人洗沙浴:"那有好处吗?"病人问道。"没有太大的好处,不过能让你习惯待在地底下的感觉。"

我开始习惯了。

忏悔神父站在祭坛的短围栏前,像我们大家,像整个教堂一样,由一支单独的蜡烛照耀着,烛光在他周围形成一个光环,他的脸却在黑暗中。在解散会众之前,他给我们讲了一个故事。一个夜晚,女隐修学校里死了一个年轻、虔诚、美丽的修女。第二天早晨,她被抬到教堂中殿的灵柩台上,送葬人为死者念经超度,突然间,尸体坐了起来,睁大眼睛,指着主持仪式的神父瓮声瓮气地说:"神父,不要为我祈祷!昨夜我有一个不洁的念头,仅仅一个念头——现在我被罚进了地狱!"

听众打了一个寒战,惊悚的情绪传播到会场和拱顶,烛光仿佛也在摇曳。神父让我们回家睡觉,但是谁都不愿离开。忏悔室前排起了长队,人人都要忏悔了自己最轻微的罪孽后才去睡觉。

我在教堂中殿带有威慑力量的昏暗舒适的氛围中躲避世纪

的邪恶,在冰冷的激情中消磨岁月,即使圣诞颂歌以及我童年时期看到就高兴的圣诞塑像,也让我联想到圣子投身人间恐怖的情景。

> 睡吧,不要哭,甜蜜的耶稣,
> 睡吧,不要哭,亲爱的救世主……
> 美丽的孩子,快闭上你温柔的眼睛,
> 别去看那些极端可怕的景物。
> 因为你明亮的眼睛还在顾盼,
> 粗糙的柴草硌得你皮肉生疼。
> 快闭上眼睛吧,
> 睡眠至少是所有痛苦的解药。
> 睡吧,不要哭,甜蜜的耶稣,
> 睡吧,不要哭,亲爱的救世主……

星期天,父亲带我去看一场水平不高的足球比赛,他是个足球迷,而他的儿子却喜欢整天看书,看坏了眼睛,让他有点失望。这是一场小型比赛,白色的台阶在太阳底下是白花花的一片,看台上几乎空无一人,只有少数几个观众,他们穿着各色的衣服,就像是白布上的污迹。边线裁判的哨声暂时中断了比赛,一方队长提出抗议,其余的球员漫无目的地在球场上跑动。两种不同颜色的球衫乱成一团,腻烦的运动员在绿茵场上打转。一切都停顿下来。戛然而止。现在发生的事情像教区电影院里声响突然中断,动作缓缓展开,变得更加小心翼翼,画面一帧一帧地跳动,像熔蜡似的消失在银幕上。

就在那一刻,我忽然得到了一个启示。

如今我明白,认识到世界是漫无目的的,是一个误会造成的懒惰的果实,这种感觉是多么痛苦,不过在那一刻,我把这种感觉理解为:"上帝并不存在。"

我怀着撕心裂肺的愧疚从足球场上出来,径直去了忏悔室。上次听我忏悔的脾气火爆的神父这次面带笑容,和颜悦色地问我怎么会有这种念头,他提到自然之美,表明冥冥之中有一个富于创造性的、井然有序的意志,随后详细阐述了公认的意见:"我的孩子,但丁、曼佐尼、萨尔瓦内斯基这样的大作家都是信奉上帝的,大数学家范塔皮埃①也是如此,难道你不求上进吗?"在当时的情况下,公认的意见使我平静下来。那准是足球赛的过错。保拉对我说过,我从来不去看足球赛,至多看看电视转播的世界杯决赛。从那天开始,我的头脑里一定形成了一个想法:去看球赛意味着灵魂的迷失。

但还有其他方式也会使灵魂迷失。我的同学们开始低声交谈,吃吃窃笑。他们话里有话,作一些暗示,他们从家里偷出杂志书籍,相互传看,他们谈论由于年龄关系而不准我们进入的神秘的玫瑰宫,他们不顾票价多么昂贵,也要去电影院看衣着暴露的女演员的喜剧电影。他们给我看伊萨·巴尔齐扎在杂耍歌舞舞台上穿着暴露的衬裤的照片。我不能像伪善的法

---

① Luigi Fantappiè(1901—1956),意大利数学家。

利赛人那样装着视而不见,于是我大大方方地看了,你们知道,世上唯有诱惑是不可抗拒的。我不希望撞见熟人,下午很早就去电影院。在《两孤儿》(托托和卡洛·坎帕尼尼参演的影片)里,伊萨·巴尔齐扎和另外几个修女不顾隐修院院长的禁令脱光衣服洗浴。

少女们在淋浴帘子后面,她们的身体影影绰绰,看不清楚。她们洗浴时举手投足像是舞蹈。我应该去忏悔室,那些幻灯片似的影像让我想起我在索拉拉时偷偷阅读、有人来时赶快合上的一本书:维克多·雨果的《笑面人》。

我城里的家没有那本书,但我认为祖父的书店里肯定有。我果然找到了,祖父和别人聊天时,我蜷缩在书架下飞快地翻到禁忌的地方。格温普兰儿时遭到人贩子的摧残,容貌畸形,像是面具,一直被排斥在社会之外,但后来突然发现自己被尊为克朗查理爵士,家赀巨万,有贵族头衔。他还没有搞清楚是怎么一回事,就已经换上华贵的服装,给带进一座魔幻似的宫殿,仿佛孤身一人进了金碧辉煌的沙漠,无数华丽的房间使他目不暇接,头晕眼花。他从一个房间到另一个房间,最后到了一个凹室,一个一丝不挂的女人躺在床上,床边有一个准备好香浴的澡盆。

实际上,她并非真的一丝不挂,雨果狡猾地指出。她穿着衣服,只不过是一件薄如蝉翼的无袖长内衣,以致看上去像是湿漉漉的赤身裸体。随后的七页文字描绘了一个裸体女人的模样和她给笑面人的震撼。此前,笑面人只爱慕过一个盲女。在他眼里,那女人像是从大海泡沫中跃出的、睡眼惺忪的维纳斯,她慵懒的动作带出又消去了泡沫,在蔚蓝的天空形成迷人的云朵。雨果指出:"一个裸体女人就是一个全副武装的女人。"

那个女人名叫约瑟安娜,是女王的妹妹,她突然醒来,认出了格温普兰,便使出浑身解数来引诱他。美色当前,任何男人都无法抗拒,只不过到了紧要关头时,她却迟迟不肯委身于他。她做出一系列匪夷所思的动作,一会儿静若处子,一会儿又像妓女那样放浪,急切地要享受他的畸形期许给她的乐趣。加上蔑视世俗和宫廷的兴奋,这些前景使她深深陶醉,几乎像是濒临双重情欲高潮的维纳斯:既能私下拥有,又能公开展示她的武尔坎。

正当格温普兰再也无法支持时,女王派人送信通知她妹妹说,已经查明笑面人其实是克朗查理爵士,女王要约瑟安娜和他结婚。约瑟安娜说:"好吧。"然后从床上起来,不称呼格温普兰为"你",而改口为"您",吩咐她刚才还想同他颠鸾倒凤的男人说:"走吧,既然您是我的夫君,走吧……您无权待在这里。这里是我情人的地方。"

极端的堕落——我指的不是格温普兰,而是扬波。约瑟安娜给我的许诺,远远超过了在浴帘后面的伊萨·巴尔齐扎,她的不知羞耻征服了我。"您是我的夫君,走吧,这里是我情人的地方。"难道世上竟有如此夸张的、压倒一切的罪恶?

难道世上竟有约瑟安娜夫人和伊萨·巴尔齐扎这样的女人?我有没有机会和她们邂逅?在她们面前我会不会呆若木鸡——嚓的一下——作为我胡思乱想的惩罚?

至少在银幕上可以看到她们。另一天下午,我偷偷去电影院看《碧血黄沙》。泰龙·鲍尔把脸紧贴着丽塔·海华丝肚子的爱慕神情,让我感到有些女人即使不赤身裸体也有强大的武器。她

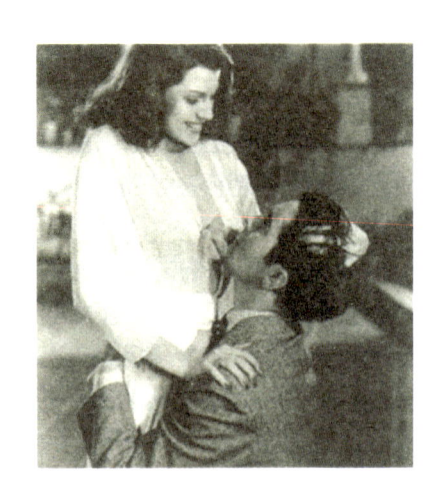

们只要不顾羞耻就可以。

受过有关罪恶恐怖的强化教育,结果又被罪恶征服。我对自己说,那准是压抑激起的幻想。于是我下定决心,我如果要避免诱惑,必须避免"纯洁教育"的想法:两者都是魔鬼的策略,相辅相成。这一直觉,不管怎么离经叛道,像鞭子抽打似的,给了我深刻印象。

我退入一个完全属于我个人的世界。我培养对音乐的兴趣,下午,清晨,有时晚上播放交响乐的时候,我耳朵紧贴着收音机。我的家人宁愿听别的节目。"老是听这种哀乐烦死人了。"他们抱怨说。阿达和缪斯女神无缘。一个星期日早晨,我在街上碰见加埃塔诺舅舅,他苍老了许多,一颗金牙也没有了,也许是战争期间拔下来换了钱。他和蔼地问起我的学习情况,爸爸告诉他,近来我对音乐着了迷。"啊,音乐,"他快活地说,"我太理解你了,扬波,我崇拜音乐。各种各样的音乐,你知道。只要是音乐,什么都行。"他思索了片刻又补充说:"只要不是古典音乐。当然,一开始播放古典音乐,我就转台。"

我是流放在非利士人中间的异类。我孤芳自赏,落落寡合。

我高中一年级的课本上有几位当代诗人的作品。我发现人们能从宇宙浩瀚中得到启发,会遭遇生活之恶,也能被一束阳光穿透。我并不完全理解,但是我喜欢它的含义:"现在我们能告诉你的只有一点:我们不是什么,我们不企盼什么"。

我在祖父的书店里找到一册法国象征主义诗人的选集。我的象牙塔。我融入朦胧而又深邃的境界,我首先寻觅音乐,于无声处寻觅,我密切注意难以表现的、起决定作用的眩晕。

如要自由地面对这些书籍,必须摆脱种种禁令,于是我选择了詹尼介绍给我的思想开明的忏悔神父。堂雷纳多看过平·克劳斯贝主演的《与我同行》,影片里美国天主教神父穿着教士服装弹奏钢琴,对全神贯注的姑娘们深情歌唱。

堂雷纳多不能像美国人那样打扮，但他是新一代的神父，他戴贝雷帽，骑摩托车。他不弹奏钢琴，但他收集了一些爵士乐唱片，爱好优秀的文学作品。我告诉他说，有人建议我看帕皮尼的作品，他说他最喜爱的不是信教之后的帕皮尼，而在信教之前。他思想开明。他借给我看《失败》一书，也许认为精神上的诱惑可以帮助我免遭肉体上的诱惑。

那是一部忏悔录，忏悔者是个多思、乖戾、招人厌恶的老头，他没有童年，儿童时期过得悲惨。和我的情况不同，我的儿童时期阳光灿烂（名副其实）。但是在索拉拉，我在一个焦虑不安的夜晚失去了童年。挽救那个乖戾的、招人厌恶的老头的是他对学问的渴求，他迷失在书籍中间，"绿色的书脊磨损严重，宽阔的书页布满皱褶，由于受潮而颜色泛红，往往有撕裂和墨水污迹"。那就是我，不仅仅是在索拉拉阁楼里度过的童年，也是我此后选择的人生。我从未从书本中走出：如今我在持续清醒的睡眠中获得这个认识，但第一次领悟到它却是在我回忆的这个时刻。

这个人从小就是个失败者，他非但阅读，而且写作。我也能写作，能把我臆想出来的怪兽加进那些在寂静的海底张牙舞爪快速爬行的怪兽的行列。此人整天看书写字损伤了视力，他沉湎于案头，墨水瓶底积了一层土耳其咖啡似的渣滓。他小时候在烛光下看书，在昏暗的图书馆里看书，视力减退，眼皮红肿。他担心失明，看东西时借助于高倍数的放大镜。他虽然没有失明，却落下了麻痹的毛病——他的神经崩溃，一条腿疼痛麻木，手指老是不由自主地抽搐，头一直晃动。他写字时用的镜片特厚，几乎要碰到纸张。

我视物清楚。我骑自行车,我脾气不乖戾——我随时随地都可以绽露人们难以抗拒的笑容,但是那对我有什么好处?我并不责怪别人对我不笑面相迎,因为我觉得我没有理由对别人微笑……

我不像《失败》里的人物,但是我愿意成为那样的人。我想从他近乎疯狂的藏书癖里找到我自己逃避现实的可能。我要建立一个完全属于我自己的世界。但是我并不倾向于改变信仰,事实上我刚刚转变回来。我寻求一种可以替代的信仰,我迷恋上了颓废。哥呵,惨淡的白莲,我愁思着美艳……我仿佛成了拜占庭宫廷的阉人,眼看着高大白皙的野蛮人来来往往,懒散地编写一些离合诗;我通过科学的方法在我惨淡经营的作品里建立精神核心的圣诗,我在地图册、植物志和礼仪书里搜寻。

只要我为灵巧和某种病态的苍白感到神魂颠倒的时候,我仍能想到永恒的女性。我阅读,面红心跳。

> 他触碰到这个垂死少女的衣服时,仿佛碰到最火辣的女人,浑身觉得火烧火燎。自古以来,恒河两岸的神庙舞女,伊斯坦布尔浴场的宫女,一丝不挂的酒神女祭司,没有哪一个的拥抱能比触碰这个垂死少女的衣服,触碰她虚弱发烧的手更撩起他的情欲,他的骨髓仿佛会沸腾,他甚至可以隔着手套感觉她的汗液。

我甚至不需要向堂雷纳多忏悔。这是文学作品,即使涉及变态的裸女和男不男、女不女的怪物,也可以供我阅读。它们和我

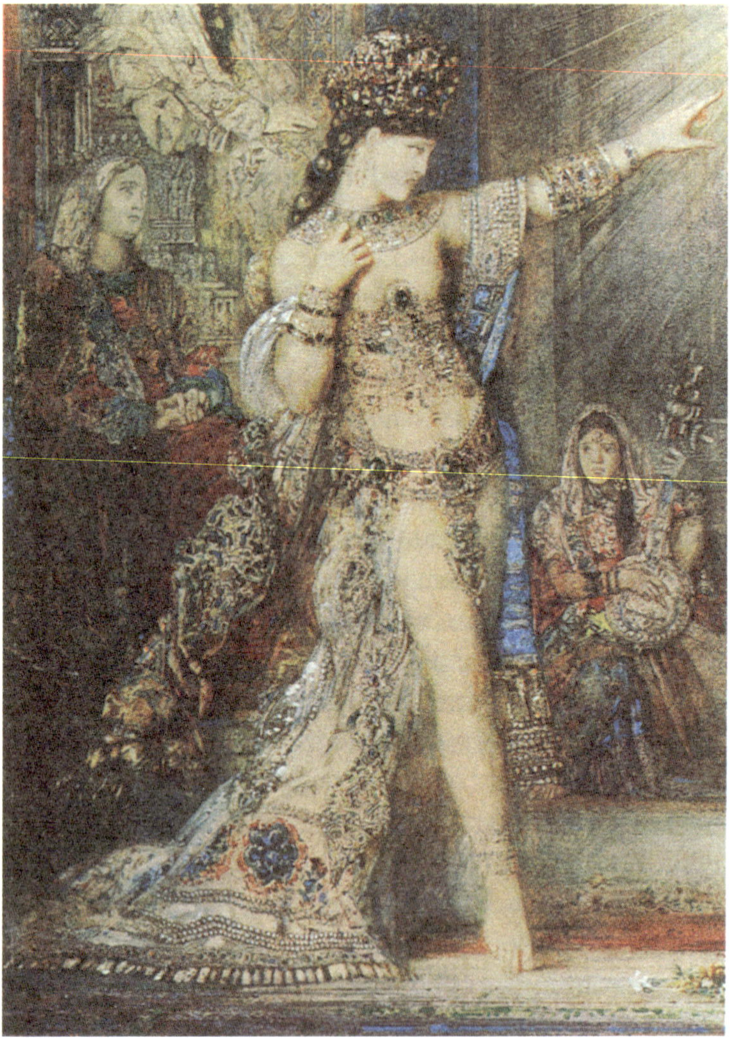

的体会相距甚远,我不可能受到诱惑。它们是文字,不是有血有肉的实体。

高中二年级快结束时,我看到了于斯曼的《逆流》。这本书的主人公德塞森特来自古老的武士家族,他孔武有力,两撇穆斯林弯刀似的胡子令人生畏,但他列祖列宗的画像泄露了近亲结婚、血统逐渐退化的迹象,他祖先的画像上已经显示出血液里黏液质过多而弱化的模样,有娇弱、贫血、神经质的特征。德塞森特一出生就带有返祖现象的罪恶:他儿童时期很悲惨,受到瘰疬和持续发烧的折磨,他的母亲身材修长,面容苍白,沉默寡言,老是待在家族城堡的一个坟墓般黑暗的房间里,灯罩隔绝了多余的光亮和外界的嘈杂。他十七岁时,母亲去世,剩下他孤零零的一个人,他喜欢看书,喜欢阴雨天在外面漫无目的地散散步。"他最喜欢去峡谷,一直走到朱蒂尼",一个位于山丘脚下的村庄。进了峡谷后,他舒展身体,躺在地上,倾听磨坊低沉的声音,然后爬上山脊,眺望塞纳河谷,看河水流向远处,融入蓝色的天际,他看到普罗文的教堂和塔楼,在阳光照耀的金色空气的尘埃中颤抖。

他阅读,耽于空想,在孤独中自得其乐。他成人后对生活的乐趣和文人的委琐感到失望,他梦想有一个高雅的静居处,一片私隐的沙漠,一个舒适宁静的挪亚方舟。于是他建立起完全人为的隐居所,阴暗的绿色玻璃把他同沉闷的自然景色隔开,他把音乐转换成风韵,把风韵转换成音乐,陶醉在颓废派风格的、结结巴巴的拉丁语中,用苍白的手指抚摸华贵的外衣和紫晶、石榴石之类的半宝石,在活的乌龟壳上镶嵌蓝宝石、西方绿松石、康珀斯特拉红锆石、南曼兰的海蓝宝石和青灰色宝石。

描述德塞森特初次决定去英格兰的那一章是我最喜欢的。促使他产生离家想法的是他周围雾蒙蒙的天气,天穹像灰色的枕套把四面八方罩得严严实实。为了同他要去的地方在感觉上取得协调,他选了一双枯叶色的短袜、一套鼠灰色方格带深褐色波点的衣服,然后戴上一顶常礼帽,带着小提箱、旅行包、帽盒、雨伞和手杖,前去火车站。

他到巴黎时已经精疲力竭,便雇了一辆马车游览雨中的城市,消磨出发前的时间。煤气灯光在雾气中闪烁,灯火周围有淡黄色的光晕,使他联想起同样多雨的庞大的伦敦城,以及铸铁的气味、烟样的迷雾、一排排的码头、起重机、绞盘和货包。接着,他走进一家英国人经常光顾的普通酒店,店里墙边堆放着烙有皇家纹章的酒桶,桌上放满了帕尔默饼干、香喷喷的蛋糕、肉馅饼和三明治,他扫视店里出售的好酒:老港口、里贾纳佳酿、极品科克本……坐在他周围的是一些普通英国百姓:面色苍白的办事员,屠夫似的肥胖的男子,头发蓬乱、满脸胡子像人猿似的壮汉。他忘情地沉浸在想象中的伦敦,听着异乡口音和河上驳船的汽笛声。

他茫然离去,此时日光映照着房屋的正面,里沃利街的拱廊让他联想到泰晤士河床底下幽暗的隧道,他进了另一家酒馆,看见吧台上的泵嘴溅出啤酒,长着大板牙、长手长脚的、健壮的盎格鲁-撒克逊女人狼吞虎咽地在吃后臀尖牛排饼——像馅饼那样裹着面包屑、用蘑菇调味汁烹调的牛肉。他要了牛尾汤、鳕鱼、烤牛肉、两品脱麦芽啤酒,慢慢咀嚼着斯提耳顿干酪,最后喝了一杯白兰地,把这些东西统统冲刷下去。

他要了账单,酒店门开,有人进来,带来了被雨淋湿的狗和煤块的气味。德塞森特有点纳闷,不明白自己为什么要费劲渡过英吉利海峡:事实上他已经来过伦敦,闻过伦敦的气味,尝过伦敦的食品,见过伦敦典型的装潢——他已经餍足了不列颠的生活,他吩咐马车司机把他拉回索镇车站,他带着手提箱、旅行包、雨伞回到他原来的避难所,"仿佛经过长时期艰险的旅程,身心感到极度疲倦的人那样"。

我成了现在这副模样:即使到了春天,我也被裹在浓密的雾气中。只有疾病才能为我对生活的排斥作出解释(事实上我难得生病)。我必须向自己证实我的逃避是对的。

我发现自己病了。我听人说嘴唇发紫是心脏病的症状,那些年我母亲显示出心脏不好的迹象。情况并不严重,但是我们全家都受到困扰,几乎到了疑心病的地步。

一天早晨,我揽镜自照,觉得我的嘴唇发乌。我来到街上,开始发疯似的奔跑:我上气不接下气,胸口一阵阵地抽痛。看来我心脏有病。我像格拉诺拉一样凶多吉少。

心脏病让我牵肠挂肚。我关注它的进展,眼看我的嘴唇越来越乌,面色越来越憔悴,加上我那时期的粉刺使得我脸上泛出病态的潮红。我会像圣类思·公撒格和道明·沙维豪那样英年早逝。但是我在精神方面坚持了下来,我慢慢地重新安排了我的善终祈祷,我逐渐抛弃了苦衣,换上了诗歌。

我生活在耀眼的黄昏中:

> 那一天终究会来到,我知道,
> 突然之间,我炽热的血液
> 会放慢流动的速度,
> 我手中墨水未干的笔,
> 咔嗒一声掉到地上……
> 那就是我死亡的时刻。

我要死了,不再是由于生活之恶,而是在疯狂之下生活平淡无奇,单调地重复着死亡的仪式。作为世俗的忏悔人和唠叨的神秘主义者,我让自己相信最美的岛屿尚未被发现,它有时会出现,但只在远处,在特内里费岛和帕尔马岛之间。

> 船只沿着幸福的海岸航行:
> 空中散发着葱茏树木的芳香;
> 遍地是无名的花,参天的棕榈;
> 豆蔻在啜泣,橡胶树在淌汗……
> 尚未发现的岛屿有如深闺仕女,
> 不见其人,只闻其香,
> 水手一旦驶近,隐约的容颜
> 便融入遥远的蓝色海洋。

对于无法把握的事物的信念使我结束了悔罪的插曲。有远见的年轻人的生活向我承诺的是个娟美如太阳、皎洁如月亮的姑娘。但是只要生出一个邪念,她就会从我身边被夺走。尽管如此,那个尚未被发现的岛屿既然无法企及,也就永远属于我。

我为同莉拉的相逢在做准备。

十八

你娟美如太阳

莉拉也是一本书的产物。十六岁时,我即将迈入高中,开始在我祖父的书店里阅读罗斯丹的《西哈诺·德·贝热拉克》,译者是马里奥·乔伯。我不明白为什么在索拉拉的阁楼或者小教堂里都没有找到那本书。也许因为我翻来覆去看过许多遍,那本书已经破得散了架。直到现在,我仍能把那本书背下来。

故事情节是人所共知的,我遭遇意外后假如有人问我《西哈诺》,我相信我仍能说出所以然,我会说那是一出夸张的浪漫主义的情节剧,是巡回剧团的保留节目。我会说出人人都知道的情节,其余的就说不出了,其余的同我的成长,我初恋的激动联系在一起,我只是最近才重新发现。

西哈诺是个了不起的剑客和天才诗人,但受一个大鼻子之累,容貌丑陋。(他的鼻子大得出奇,/随着语调的改变,有许多意思可以表达。/比如,挑衅性的:"假如我长了这么一个鼻子,/我会毫不迟疑地把它砍掉!"/友好的:"喝酒的时候,你一定会把它浸在酒里;/喝酒得用高脚杯。"/描述的:"险岩,悬崖,海角!/海角?不,它的形状更像是半岛!")

西哈诺爱慕他的表妹罗克珊娜(她风致韵绝——有谁可以相

比!),她可能也为他的才华机智倾倒,但西哈诺由于自己的丑陋,永远也不会吐露他的爱慕之意。有一次,她主动要求同他见面,他满以为会有什么好事,结果却是残酷的失望,她吐露说,她心仪俊美的克里斯蒂安男爵,男爵刚加入了加斯科涅士官团,她请求表哥照顾他。

西哈诺作出最大的牺牲,决定通过克里斯蒂安之口追求罗克珊娜。克里斯蒂安容貌俊美,激情有余,但不善言辞,西哈诺便替他写炽烈如火的情书。一天夜里,他代替克里斯蒂安来到罗克珊娜的阳台下,悄声说出他那段赞美亲吻的名言——但是随后爬上阳台领取奖赏的却是克里斯蒂安。上来摘取这朵无与伦比的花……一颗心的蜜意……一只蜂的嗡鸣……永恒的一刻……"爬上去呀,傻瓜。"西哈诺催促他的情敌说,那一对男女亲吻时,他在暗处流泪,品味他的微弱的胜利:罗克珊娜在被误导的嘴唇上,吻到的是我刚才说的话。

西哈诺和克里斯蒂安离家从军时,罗克珊娜来找他们,她被西哈诺每天给她的信深深打动,比任何时候更深地陷入爱情,不可自拔,她向表哥倾吐心中秘密,说她爱的不仅是克里斯蒂安俊美的外表,更是他炽热的内心和高尚的精神。即使他容貌丑陋,她也会爱他。此时,西哈诺明白,她爱的是他自己,但是正当他要说出真相时,消息传来,克里斯蒂安中弹身亡。罗克珊娜跪倒在尸体旁哭泣,西哈诺知道,他永远没有机会说出真相了。

岁月流逝,罗克珊娜进了修道院,整天思念去世的克里斯蒂安,重读沾有他血迹的最后一封信。她忠实的朋友和表哥西哈诺每星期六都来看望她。这个星期六,他遭到政敌和妒忌的文人的袭击,受了伤,头上的绷带沾着血迹,他用帽子遮住,不让罗克珊娜看到。罗克珊娜第一次把克里斯蒂安最后的信给西哈诺看,西哈诺大声念了出来,那时天色已经很黑,罗克珊娜纳闷他怎么能够辨认沾了血迹的模糊字迹,突然间,她恍然大悟:他是在背诵他自己写的最后一封信。她所爱的人表面上是克里斯蒂安,实际却是西哈诺。十四年来,他扮演了为别人带来欢乐的老朋友的角色!不,西哈诺企图否认,那不是事实。不。不。亲爱的朋友——我从来没有爱过你。

我们的主人公此时摇摇晃晃,站立不稳,他的好朋友赶来责备他不应该下地,并且向罗克珊娜透露说西哈诺生命垂危。西哈诺背靠一棵树,似乎对敌人的影子作最后的拼搏,但慢慢倒了下去。他最后说,他带往天国的是他帽子上洁白无瑕的羽饰(这是剧本里最后的一个词),罗克珊娜俯身吻了他的额头。

这个吻,舞台指示没有作出解释,人物对话里没有提到,不敏感的导演甚至可能忽略,但是在十六岁的我眼里,却成了中心场景,我非但看到罗克珊娜俯身对着他,而且和西哈诺一起首次体验到(她的脸挨得这么近)她呼吸的香泽。临终的一吻补偿了原应归西哈诺、而西哈诺没有得到的那个吻,深深地打动了每一个观众。最后的这一吻很美,因为西哈诺临终前得到了它,而罗克珊娜再一次从他身边溜走,那正是我和主人公融为一体时感到自豪的地方。我幸福地吐了最后一口气,没有触碰我所爱的人,让她继续处于未被玷污的梦的天国中。

我的心中装着罗克珊娜的名字,我现在需要的是一张配合名字的脸。那就是莉拉·萨巴的脸。

据詹尼后来告诉我,有一天,我在中学里见她迎面从楼梯上下来,从此莉拉永远占据了我的心。

帕皮尼描述过他对失明的恐惧和他的高度近视。"我看任何东西都模糊不清,仿佛在雾中似的,到目前为止,雾仍很稀薄,但弥漫各处,绵延不绝。晚上远处的人形象模糊,偶尔遇上一个男人在我看来是女人;小火苗像是一条红色的光带,顺流而下的小船像是河面上的一块黑斑。面孔是一块块的亮斑;窗户是房屋上的暗斑;树木是阴影中浮现出来的高密度的暗块,天空充其量只有三四颗最大的星为我闪耀。"这正是我目前在极度警醒的浅睡中所经历的。我重新醒来恢复记忆的时候(那是几秒钟以前,或是一千年以前?),我十分清晰地看到了我的父母,看到格拉诺拉、奥西摩医生、莫纳尔迪老师和布鲁诺,看到他们脸上的每一个细微之处,嗅到他们的气息,听到他们的声音。除了莉拉的脸以外,我周围的一切都十分清晰。仿佛是为了保护未成年被告或者斧头案凶手的无辜妻子的身份,故意模糊了照片上的脸。我像告密者一样偷偷地跟踪莉拉时,可以辨出她黑罩衣里苗条的轮廓和轻盈的步子,但是我还没有看清她的面容。

我仍旧在和障碍较劲,仿佛害怕自己经受不住那种光亮。

我看到自己在写献给她的诗,《转瞬即逝的神秘女人》,我想到我的初恋,发现自己回忆不起她露出两颗门牙的笑容时,觉得十分焦急——詹尼却记得她的模样,该死的家伙。

我必须保持镇静,让自己有充分的时间恢复记忆。目前已经可以了;如果我在呼吸,我的气息一定开始平静,因为我能感觉我已经抵达。莉拉离我只有一步之遥。

我看到自己走进女生班级去推销入场券。看到妮内塔·福帕探询的目光、桑德丽娜平平的相貌,接着我已经站在莉拉面前,磨磨蹭蹭地找零钱给她,却没找到,同时想说些俏皮话,拖延我待在偶像面前的时间,以免这个形象像电视屏幕突然关掉一样消失不见。

那晚在剧场里,我假扮马里尼夫人往嘴里搁止咳糖。整个剧场像开了锅似的沸腾起来,我心里感到无限自豪和难以言宣的力量感。第二天,我向詹尼解释:"那是放大效应,花很少一点能量就会爆炸,你觉得自己用很小一点力气就释放出巨大的力量。沿着这条路走下去,我可能成为一个煽起听众狂热的男高音歌唱家,一个率领成千上万民众在《马赛曲》的鼓舞下冲向死亡的英雄,但是我再也不可能感到昨夜那样的陶醉了。"

我现在有的正是那种感觉,我在剧场,舌头在嘴里转动,我听到大厅里的喧响。我知道莉拉大约坐在什么地方,因为演出前我曾从帷幕缝里偷看过,可是现在我不能朝她坐的方向张望,那一来会坏事,嘴里含着止咳糖的时候一定采取侧面的姿势。我转动舌头,发出母鸡似的咯咯声(像马里尼夫人本身一样毫无意义),把注意力集中在我看不见她,而她却看得见我的莉拉身上。那出戏剧的成功让我得到了性交一样的快感,相比之下,我第一次对着约瑟芬·贝克相片的早泄简直像是有气无力的喷嚏。

那件事之后,我完全摒弃了堂雷纳多和他的劝告。假如我们不能从秘密中得到陶醉,那么把它深藏在心里有什么好处?再说,假如你爱什么人,你就希望那个人了解你的一切。相知才能相爱。我要向她和盘托出。

我不会在她离开学校时和她相遇,而会在她独自一人到家的时候。每星期四,女生有一小时的体操课,她四点钟左右回家。我日复一日地练习开场白。我可以说几句风趣话,例如:不用怕,我不是劫道的。她听了会笑,我就说最近我不对劲,以前从未有过这种感觉,她也许可以帮助我……不管怎么样,她一定觉得纳闷:我们不熟悉,他干吗要对我说这些话,或许他喜欢我的一个女朋友,自己不敢去搭讪。

于是她会像罗克珊娜那样,突然恍然大悟。不,不,我亲爱的朋友,我从来没有爱过你。那是一个高明的手段。对她说我不爱她,然后请她原谅我的疏忽。她会理解我的俏皮话(难道她不是高雅的淑女?),她会挨近我,带着出乎我意外的温柔喃喃说"别傻啦"之类的话。她脸上泛起红晕,会用手指触摸我的脸。

总之,我的开场白会是一篇风趣微妙的杰作,令人难以抗拒,——我既然爱她,就不可能认为她的想法和我的不一致。其实和所有恋爱中的人一样,我想错了,我把心给了她,要求她和我一样行事,但是情况的发展不可能尽如人意,千百年来都这样。否则的话,文学根本不会存在。

我选定了日子、时间，为机会的降临创造了全部条件，三点五十分时，我已经站在她家的大门外。三点五十五分，我觉得进出的人太多，决定走进大门，在楼梯脚下等她。

从三点五十分到三点五十五分，这段时间漫长得像是几个世纪，接着，我听到她进了门厅。她在唱歌。一首有关河谷的歌——我记不清歌词是什么，只模糊地记得调子。那些年的歌曲可怕极了，和我童年时代的歌曲无法相比。白痴似的战后时期，白痴似的歌曲：《来自弗利的尤拉里亚·托里切利》《维吉乌的消防队员》《好苹果，好苹果》《加斯科涅的士官生》——充其量只是一些黏黏糊糊的爱的表白，诸如《美妙的小夜曲》或者《我在你怀里安然入眠》。我讨厌它们。至少努奇奥表哥是跟着美国歌曲的节奏跳舞的。一想起莉拉可能喜欢那种东西，我心里不禁一凉（我想她必定和罗克珊娜一样高雅），虽然我怀疑当时我的思路是否清晰。事实上我不在听，而只在等待她出现，我紧张焦急，有十秒钟之久，但这段时间仿佛长得没完没了。

她到楼梯口时，我走上前。假如叙述故事的是别人，我会插嘴说，这里不妨添枝加叶，加强悬念，营造气氛。但是我脑子里只有刚才听到的那支歌曲。我心跳剧烈，几乎有理由说我病了。但相反，我浑身充满力量，准备应付最崇高的时刻。

她走到我面前，吃惊地站停。

我问她："范采蒂是不是住这儿？"

她说不是。

我说，谢谢你，请原谅，我搞错了。

我走了。

范采蒂（那家伙是谁？）是我在慌乱之中首先想到的名字。那天夜里，我前思后想，觉得那种情况再好不过了。是终极策略。因为假如她大笑起来，并且说：你是怎么想的，你真让人高兴，我感到十分荣幸，但是你要知道，我另有意中人了——在那种情况下我该怎么办？我会把她抛到脑后去吗？她害我丢人现眼，会不会招我怨恨？往后的日子里，我会不会像粘蝇纸那样粘住她，苦苦哀求她再给我一个机会，从而成为学校里遭人嘲笑的对象？然而，我保持了缄默，我保留了已有的一切，没有任何损失。

事实上，她确实另有意中人。一个高大身材、金黄头发的大学生有时候在学校门口等她。他叫范尼——那是姓还是名字，我就不清楚了——有一次，他脖子上贴了一块橡皮膏，他邪恶地、兴高采烈地对他的朋友说，那只是一个梅毒瘤。有一天，他来时骑着一辆韦斯帕小轮摩托车。

韦斯帕是上市不久的新产品。我父亲常说，只有纨绔子弟才

骑那种车。对我来说，骑一辆韦斯帕就像是去剧院观看只穿短衬裙的歌舞女郎的演出。有罪恶的味道。我的一些朋友在校门口跨上他们的韦斯帕，有的傍晚时骑着韦斯帕在广场露面，人们喜欢坐在经常不喷水的喷泉池前的长椅上，一连几小时闲聊，有的转述听来的花街柳巷的传闻，或者介绍杂志上有关旺达·奥西里斯的故事——信息灵通的人总能引起别人病态的欣羡。

在我眼里，韦斯帕不是诱惑，而是罪过。因为我想都不敢想自己能拥有一辆，它只是明显或者隐晦地证明了当你带一个姑娘侧身坐在摩托车的后座上飞驰而去时可能出现的情况。那不是欲望的目标，而是由于故意摈弃而未能满足的欲望的象征。

那天，我从明盖蒂广场回来，朝学校走去，希望和她以及她的朋友迎面相遇，她不在她的朋友们中间。我加快脚步，担心某个妒忌之神把她从我身边夺走，担心发生了可怕的事情。她仍在学校楼梯脚下，似乎在等什么人。这时，范尼骑着韦斯帕来到。她坐到后座上，熟门熟路地伸出双臂搂住他的胸膛，飞驰而去。

第二次世界大战期间，女裙的下摆在膝盖以上，喇叭裙的长度和膝盖齐平，这时候已经逐渐加长，到了小腿肚——美国战后的第一批漫画中，里普·柯比的亭亭玉立的女友们就是这种打扮。

长裙并不比短裙更端庄，事实上，它自有一种媚人的风韵，特别是姑娘搂住她的骑手坐在摩托车后座，裙子被微风吹拂的时候。

那种裙子俏皮而不失端庄地在风中飘拂，使人怦然心动。韦斯帕大大咧咧地消失在远处,像轮船似的留下一道泛着泡沫的浪花和腾跃嬉戏的海豚。

那个上午,她坐上韦斯帕摩托车后座,消失在远处,在我眼里,韦斯帕更成了折磨和单相思的象征。

和以前一样,她的裙子和飘拂的头发只让人看到一个背影。

事情经过是詹尼告诉我的。在阿斯蒂看演出期间,我只瞧她的后颈。可是詹尼没有向我提起另一晚的演出(或者我没有给他提起的机会)。一个巡回演出剧团来到我们的城市上演《西哈诺》。我第一次有机会看它搬上舞台,我说服四个朋友预订了包厢的票子。我期待在关键时刻剧透演员说什么台词,从而感到愉快和自豪。

我们提前到了剧场,我们的座位在第二排。演出开始前不久,一群姑娘在第一排找到了她们的座位,恰好在我们前面:妮内塔·福帕、桑德丽娜,另外两个姑娘,还有莉拉。

莉拉的座位在詹尼前面,詹尼的座位挨着我,于是我又一次瞧她的后颈,我如果稍稍偏一下头,就可以看到她微微照亮的侧影。我们飞快地打招呼,你好,你好,见到你很高兴,我也很高兴。正如詹尼指出的那样,对她们来说,我们太年轻了,即使我是个嘴里含着止咳糖的电影明星,也无非是阿博特或者科斯特洛那样的明星,人们可以被我说的笑话逗笑,却不会爱上我。

可是对我来说,这已经够了。我逐字逐句跟随着《西哈诺》的台词,由于她就在我前面,我眩晕起来。我不记得舞台上扮演罗克珊娜的女演员是谁了,因为我的罗克珊娜就在眼前。我觉得我可以确切地指出她什么时候被剧情打动(即使心肠最硬的人看了《西哈诺》也会一掬同情之泪,有谁不会被打动呢?),我完全相信,她不是和我一起被感动,而是为了我,由于我而感动。我有自己,有西哈诺和她,就够了。其余只是不知姓名的观众。

当罗克珊娜俯身亲吻西哈诺的额头时,我和莉拉融成了一体。在那一刹那,即使她自己尚不清楚,她也不可能不爱上我。说到头,西哈诺毕竟等待了多年,罗克珊娜才终于明白。我当然也可以等待。那一晚,我离天堂只有数步之遥。

爱上一个人的后颈。以及一件黄颜色的夹克衫。一天,她穿了那件夹克衫来学校,在春天的阳光下,容光焕发——从此,我诗情高涨。从那天开始,我一见到穿黄夹克衫的女人心里就会一动,感到难以忍受的哀愁。

现在我明白詹尼对我说的话的意思:在我一生的恋爱事件中,我一直在寻觅莉拉的脸。我一生都在等待同她一起演出《西哈诺》最后一场戏的机会。当我领悟到我永远不会遇到那种场景时,我大为震惊,也许因此出了意外。

我现在明白,我十六岁时是莉拉给了我希望,让我忘掉那夜在峡谷的遭遇,是她让我重新唤起对生活的热爱。我写的歪诗取代了善终祈祷。有莉拉在近处——虽然不属于我,但我可以看见——我最后几年的中学生活可以称作一种提升,我逐渐同我的童年取得和解。自从她突然消失,到我上大学为止,我一直恍恍惚惚,怅然若失,后来——当我童年的象征,我的父母和祖父相继离世时——我摈弃了一切善意的重新尝试。我勉强自己从头再来。一方面,我躲进一个冷僻但是轻松的研究领域(我甚至不拿抵抗运动的历史当作我的论文题目,而是选择了《寻爱绮梦》),另一方面,我认识了保拉。假如詹尼的话有道理,我内心深处一直有一种不满。除了莉拉的面容以外,我压抑了所有别的想法,我一直在人群中寻找莉拉的脸,希望能再见到——不是像缅怀死者那样,而是在寻求未来时见到,尽管我现在知道那只是妄想。

我这次昏睡充斥着突如其来的、迷宫似的电路短路——我仍能识别不同时期的先后顺序,我能撇开指示时间的箭头。我来回穿行——好处是现在可以全部重新经历一次,不再受前进或后退的影响,而是沿着永恒的圆周不停运动,在这个圆周或者螺旋中,莉拉始终在我旁边。而我则像蜜蜂似的围着她夹克衫上的黄花粉胆怯地飞舞。莉拉始终在场,还有安杰罗熊、奥西摩医生、皮亚扎先生、阿达、爸爸、妈妈、祖父,我重新闻到了那些年代厨房烹饪的香味,我怀着悲悯之情重新理解了峡谷之夜和格拉诺拉。

我是不是有点自私?保拉和女儿们还在等我,多亏有了她们,四十年来我才可能隐蔽地、不断地寻找莉拉,同时又不脱离同现实的接触。她们使我走出我封闭的世界,即使我在古籍和羊皮纸文稿中漫游时,我仍在释放新的生命。她们在受苦,我却感到幸福。但我现在有什么办法呢?我无法回到外面的世界,既然如此,我不如安于这种悬而未决的状态。这种状态使我怀疑,从我最初苏醒到现在仿佛一直在梦中,虽然只过了短短几秒钟,这几秒钟却长得像是几百年。

或许我确实处于昏迷状态,在昏迷中做了梦,只是记不得梦中情景了。我知道在某些梦中我们似乎有记忆,并且觉得记忆是真实的,醒来后,我们很不情愿地作出结论,说那些记忆不是我们的。我们梦到虚假的记忆。比如说,我好几次梦到终于回到一座我打算去看而没有去成的房屋,因为那是我曾经居住过的秘密居所,我在那里留下了许多东西。在梦中,我清晰地记得每一件家具和每一个房间,唯一使我困扰的是,我知道客厅后面通向浴室的过道里应该有一扇通向另一个房间的门,可是不见那扇门,似乎是砌了一面墙堵死了。我醒来时会深切怀念我隐秘的避难所,但很快就醒悟过来,知道那是梦中的记忆,我是不可能记起那座房屋的,因为——至少在我的生命中——它根本没有存在过。事实上我常想,我们往往在梦中接收了别人的记忆。

我生平有没有现在这样在梦中做另一个梦的情况呢?如果有,就可以证明我不在做梦。此外,梦中的记忆是模糊而不精确的,而我现在能够逐页回忆两个月前在索拉拉阅读的书刊。记忆里的那些事确实发生过。

可是有谁能说我昏睡中记得的一切确实都发生过呢?也许我的母亲和父亲是另一种容貌,也许根本没有奥西摩医生和安杰罗熊,我根本没有经历过峡谷那一夜。更糟糕的是,我甚至梦见我在医院里醒过来,却失去了记忆,我有一个名叫保拉的妻子、两个女儿和三个外孙。也许我从来没有失去过记忆,我是另一个人——鬼知道是谁——由于某件意外事故而处于目前这种状态(昏迷或者灵魂出窍),所有这些形象都是雾气造成的光学幻觉。不然的话,为什么到目前为止我所记得的一切都在雾气的笼罩之下呢？那无非表明我的生活只是一场梦。人生如梦。那是一句引语。假如我对医生、保拉、西比拉，对我自己说的都是引语，都是这场持久的梦境的产物，会是什么样呢？卡尔杜齐和艾略特从来没有存在过，帕斯科利和于斯曼也是如此，我在我包罗万象的记忆中寻找的所有其他人都是如此。东京不是日本的首都。拿破仑非但没有死于圣赫勒拿岛，而且根本没有出生过，如果说我身外还有什么东西存在的话，那就是一个平行宇宙，谁都不知道那里正在发生或者已经发生过什么事情。也许我的同类——和我自己——身上都披着绿色的鳞甲，头上的独眼上方长着四根可以伸缩的触角。

事实并非如此，但我无法证明。假如我在大脑里构想了整个宇宙，这个宇宙非但包含保拉和西比拉，还包含但丁的《神曲》和原子弹，也许我应该具备超过任何一个个人所能具备的发明才能——同时仍然假设自己还是一个个体，一个人类，而不是由许多大脑连接而成的石珊瑚。

假如相反，是有人直接在我的大脑里放电影呢？也许我是浸泡在某种溶液或者培养基里的一个大脑，就像我见过的浸泡在玻璃容器福尔马林溶液里的狗睾丸，此时，有谁向我发出刺激，让我相信我也曾有过躯体，周围有过别的人——实际只有大脑和刺激物。可是假如我们是浸泡在福尔马林溶液里的大脑组织，我们能接受我们只是福尔马林里的大脑，或者宣称我们不是吗？

假如情况果真如此，除了等待进一步的刺激外，我没有别的事情可做。作为理想的观众，我会把这次昏睡当成晚上在电影院看电影,放映的电影无休无止,内容正是我自己的经历。也许我现在梦见的只是第一〇九九九辑,我已经梦见了一万多辑。在其中一辑里,我以为自己是朱利乌斯·恺撒,我渡过了卢比孔河①,像进了屠宰场的猪一样被捅了二十三刀;在另一辑中,我成了制作鼬鼠标本的皮亚扎先生;在又一辑中,我是安杰罗熊,不明白我忠心耿耿服务了这么多年之后,怎么会被付之一炬。在某一辑中,我有可能是西比拉,忐忑不安地揣摩有朝一日会不会想起我和她的恋爱关系。此时此刻,我可能是暂时的我;明天我可能是即将在冰川期冻死的恐龙;后天我又摇身一变,成了一颗杏子、一只麻雀、一头鬣狗、一根树枝。

我不能放弃,我要弄明白我究竟是谁。有一件事是肯定的。我认为我刚开始昏迷时浮现的记忆是模糊昏暗、杂乱无章、残缺不全的(我为什么记不起莉拉的面容呢?),然而索拉拉的情况,以及我在医院苏醒以后的情况都很清晰,都有逻辑顺序,我可以按时间先后顺序排好,我可以说出,我在科尔杜希奥市场的摊点买狗睾丸之前,在凯罗利小广场遇见了范娜。当然,我梦中的记忆可能既有模糊的,也有清晰的,根据这一区别,我要作出决定。为了生存(对我这样也许已经死去的人来说,"生存"一词有点古怪),我必须肯定格拉塔罗洛、保拉、西比拉、我的工作室、索拉拉的一切,包括阿玛利亚和祖父的蓖麻油的故事,都是真实生活中的记忆。在正常生活中,我们的所作所为就是这样的:我们可以假设我们受过某些恶魔的欺骗,但是为了能够继续前进,我们把

---

① 源自恺撒的渡河典故,意为"破釜沉舟"。

一切都看成是真实的。假如我们不再操心，假如我们怀疑我们周围有一个世界，我们就停止作为，我们会在恶魔制造的幻觉中从楼梯上摔下来或者活活饿死。

索拉拉是个真实的地方，我在索拉拉读我献给一个人的诗篇，我在索拉拉的时候，詹尼打电话告诉我说，那个人确实存在，她名叫莉拉·萨巴。如此说来，在我的梦中，即使安杰罗熊可能是假的，但莉拉·萨巴是真实的。再说，假如我是在做梦的话，那么梦境为什么不成人之美，让莉拉的面容也在我眼前重现？在梦中，甚至有死者把中奖彩票的号码告诉你，我为什么就无缘见到莉拉呢？假如我什么都记不起来了，那是因为梦的外围有些阻塞，出于某些原因不让我穿越。

当然，我这些混乱的论点都经不起推敲，我完全可以梦到阻塞确实存在，刺激物（出于恶意或者怜悯）拒绝把莉拉的形象发送给我。在梦里，一些熟悉的人会出现在你面前，即使看不到他们的脸，你也知道他们是谁……我觉得确凿无疑的事情都经不起逻辑的考验。但我可以诉诸逻辑，证明我不在梦中。梦境是不符合逻辑的。人们在梦中不会对此进行哀叹。

因此，我得出结论，认为事物有它坚定不移的方式，我很希望有人出来反驳我。

假如我能见到莉拉的面容，我就相信她确有其人。我不能求别人帮我，我得自己想办法。我不能恳求我以外的任何人，上帝和刺激物——假如存在的话——都在梦境之外。同外界的联系已经中断。也许我可以请求某一个别的女神，我知道她道行较差，但至少应该为了我赋予她生命而对我有感激之心。

除了洛阿娜女王以外还有谁呢？我知道，我再次借助于纸上记忆，但我想到的不是连环画里的洛阿娜女王，而是我心目中虚无缥缈的守护复活火焰、能把任何远古时代石化的尸体召回人间的洛阿娜女王。

我疯了吗？这也是一个合理的假设：我没有昏迷，而是陷于一种嗜睡的孤独症里，我自以为昏迷，以为我梦见的不是真实，而我有权利把它当成真实。可是疯子怎么能做出理性的假设呢？再说，一个人疯狂与否，要根据别人制定的标准，这里没有别人，唯一的尺度是我自己，唯一的真实是我记忆的奥林匹斯山。我被禁锢在与世隔绝的黑暗中，禁锢在极端的自我中心中。情况果真如此的话，为什么要区别妈妈、安杰罗熊和洛阿娜女王呢？我的本体被摧毁了。我有至高无上的权力，可以创造我自己的神祇和我自己的妈妈。

于是我开始祷告："啊，善良的洛阿娜女王，我以你绝望的爱情的名义宣布，我并不请求你唤醒沉睡千年的石头，只请求你让我再看到一张脸……我在我被迫昏睡的深渊底层看到了我所看的东西，我请求你提升我，给我一个健康的外貌。"

有些人奇迹般地治好了病，而治好他们的仅仅是他们表示对治愈有信心，目前的情况不就是这样吗？因此我强烈地希望洛阿娜拯救我。我一心扑在这个希望上，假如我不是处于昏睡状态的话，很可能是中风了。

伟大的上帝啊，我终于看到了。我像耶稣的门徒那样看到了。我看到了我的阿莱夫，在它的中心点闪闪发光的不是无穷无尽的世界，而是我杂乱记忆的笔记本。

我确实看到了，但是我最初看到的景象光彩夺目，使我不敢逼视，我仿佛又陷入雾一般的睡眠中。我不知道人能不能在梦中梦到睡眠，但可以肯定的是，假如我在做梦的话，我梦见自己已经醒来，并且记得我见到的东西。

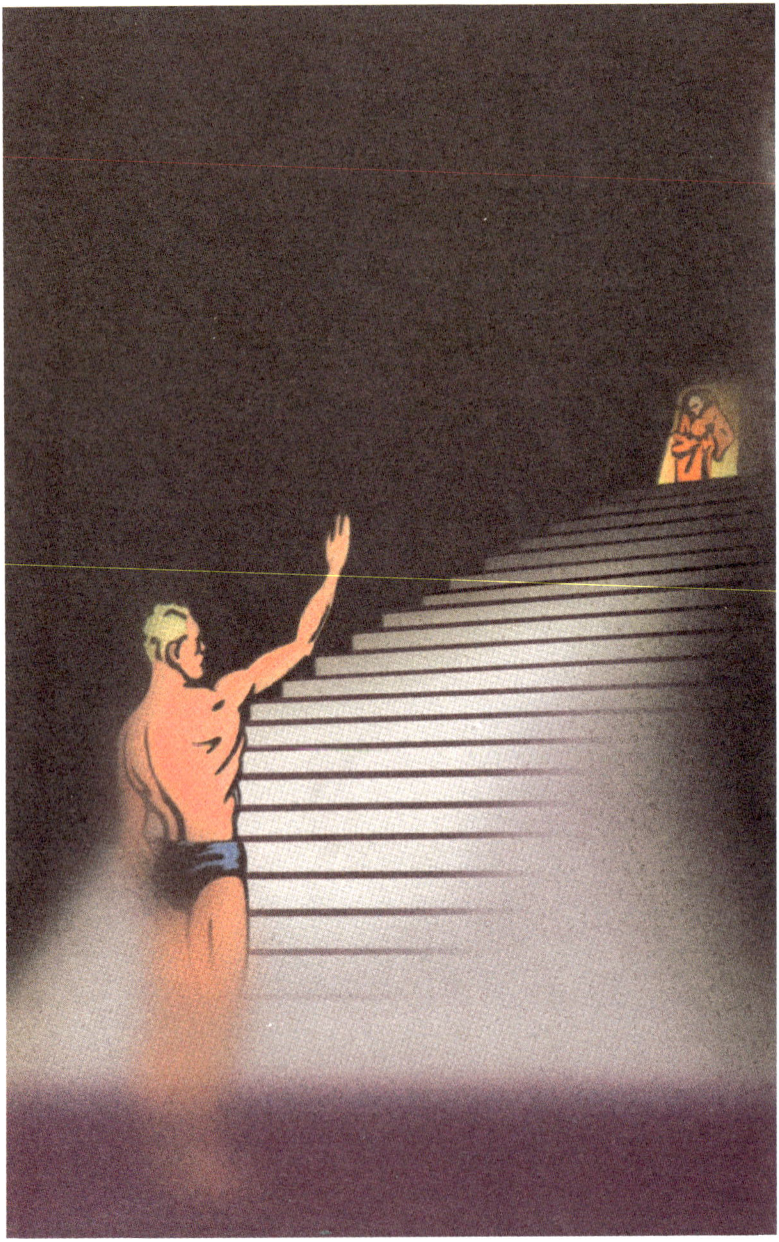

我站在中学台阶下，台阶通向学校大门口，两旁有新古典主义风格的白色石柱。我精神恍惚，只听得一个有力的声音对我说："你所看见的，当写在书上，没有任何限制，因为谁都不会看你的书，因为你只是在梦中写书！"

台阶最高处有一个宝座，坐在宝座上的人金色脸皮，露出蒙戈人狰狞的笑容，他头上散发着火焰和翡翠的光芒，人们举着高脚酒杯，赞美蒙戈王公——无情的明。

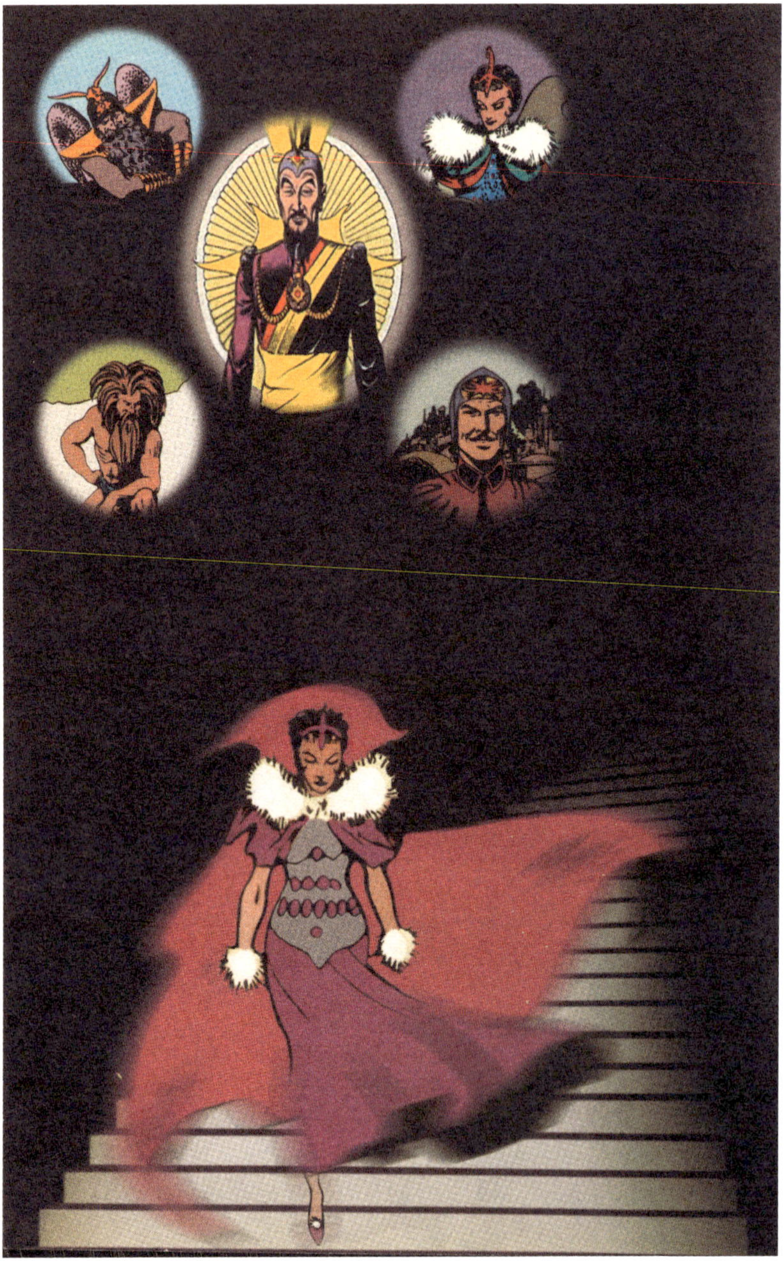

宝座中央和周围有四个活物：狮面图恩、鹰人武尔坦、阿尔波里亚亲王巴林，以及蓝色魔人的巫后阿苏拉。阿苏拉披着火焰从台阶上款款走下来。她身穿大紫大红的衣服，佩戴珠宝黄金首饰，活像是大淫妇，她喝地球人的血，我见到她万分吃惊。

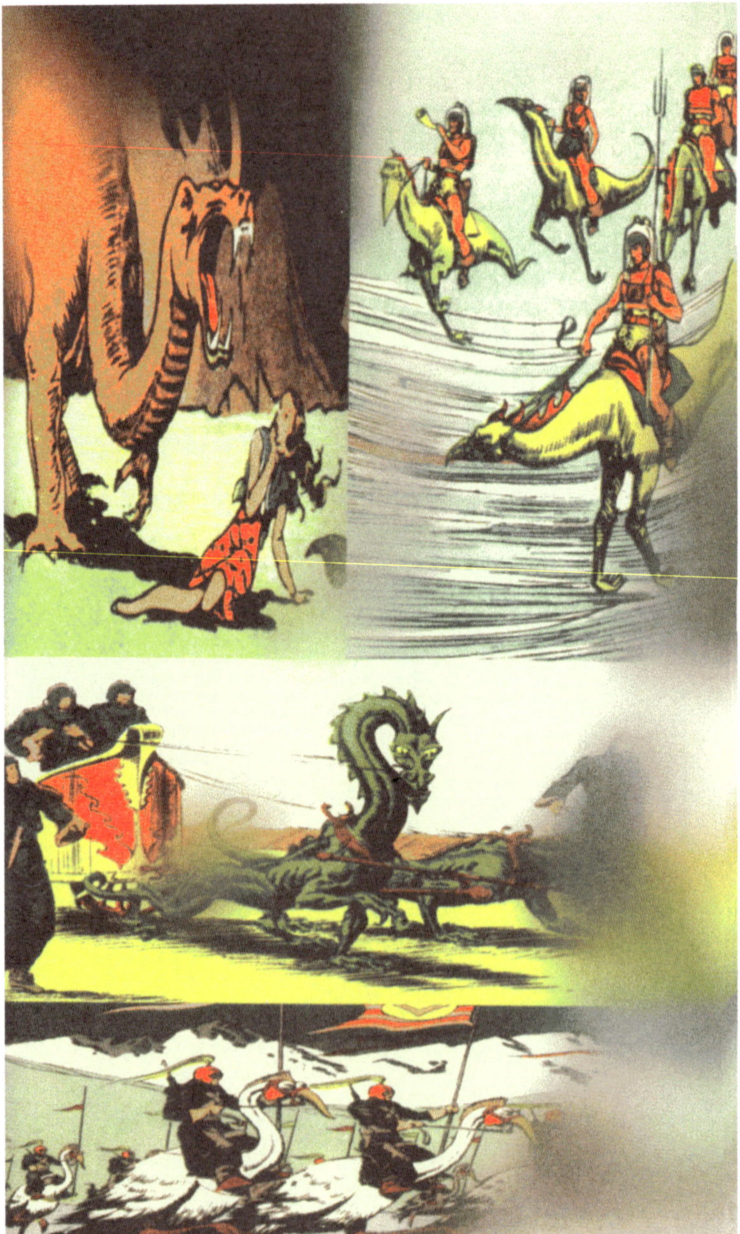

明坐在宝座上说,他要审判地球人,他见到黛尔·阿登时露出淫荡的嗤笑,下令拿她去喂海中来的兽。

海兽前额有一个可怕的独角,牙齿和爪子由于掠夺成性,尖利无比,尾巴像千百个蝎子,黛尔哭喊救命。

科雷利亚海底世界的武士们来救黛尔,他们骑着只有两条腿、却有一条海鱼长尾巴的尖喙怪物登上台阶……

忠于哥顿的蓝色魔人乘坐金红两色的双轮战车,拉车的是长脖子上长着鳞片的绿色狮身鹰首兽……

弗里亚的长矛轻骑兵跨在雪鸟背上,雪鸟的尖喙像黄金丰饶角那样卷曲,最后乘坐白色战车,伴随雪后来到的是飞侠哥顿,他朝明喊道:蒙戈大比武就要开始了,明将为他所有的罪行付出代价。

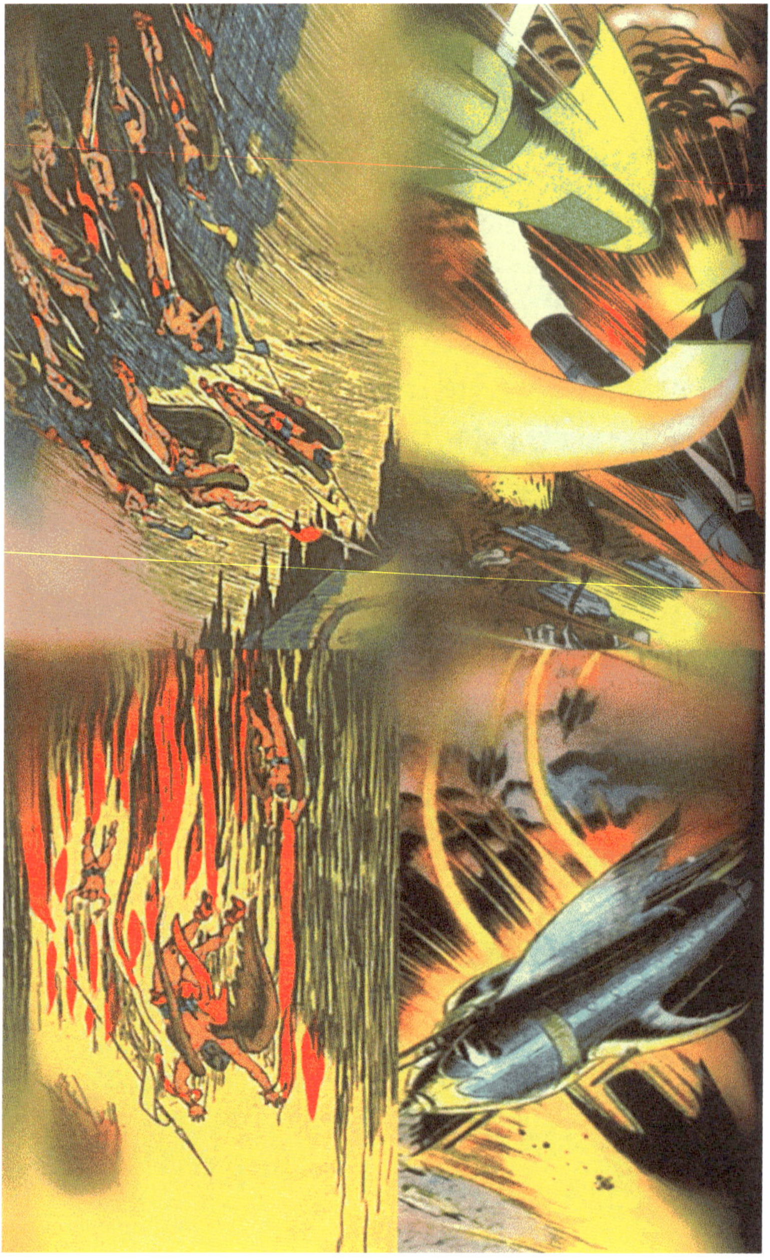

明发出信号,成群的鹰人从天而降,像蝗虫那样遮天蔽日,向哥顿发起攻击,狮人配备的武器是绳网和三叉戟,在台阶前面的空地上呈扇形展开,企图活捉此时骑着韦斯帕出现在对方阵营里的范尼和其他学生,战斗正酣,胜负难分。

明对那场战斗没有把握,他再发出一个信号,他的火箭飞船向着太阳直上云霄,然后飞向地球,此时哥顿一声令下,扎科夫博士麾下的其他飞船也发射了,一场声势浩大的比拼就此开始,杀气重重的射线咝咝作响,火蛇乱舞,天空的星星纷纷坠落到地球上,金的大游戏日子到了,明的空中火箭裹在彩色的火焰中撞到地面,把空地上的狮人压得粉碎。鹰人也拖着火焰栽下。

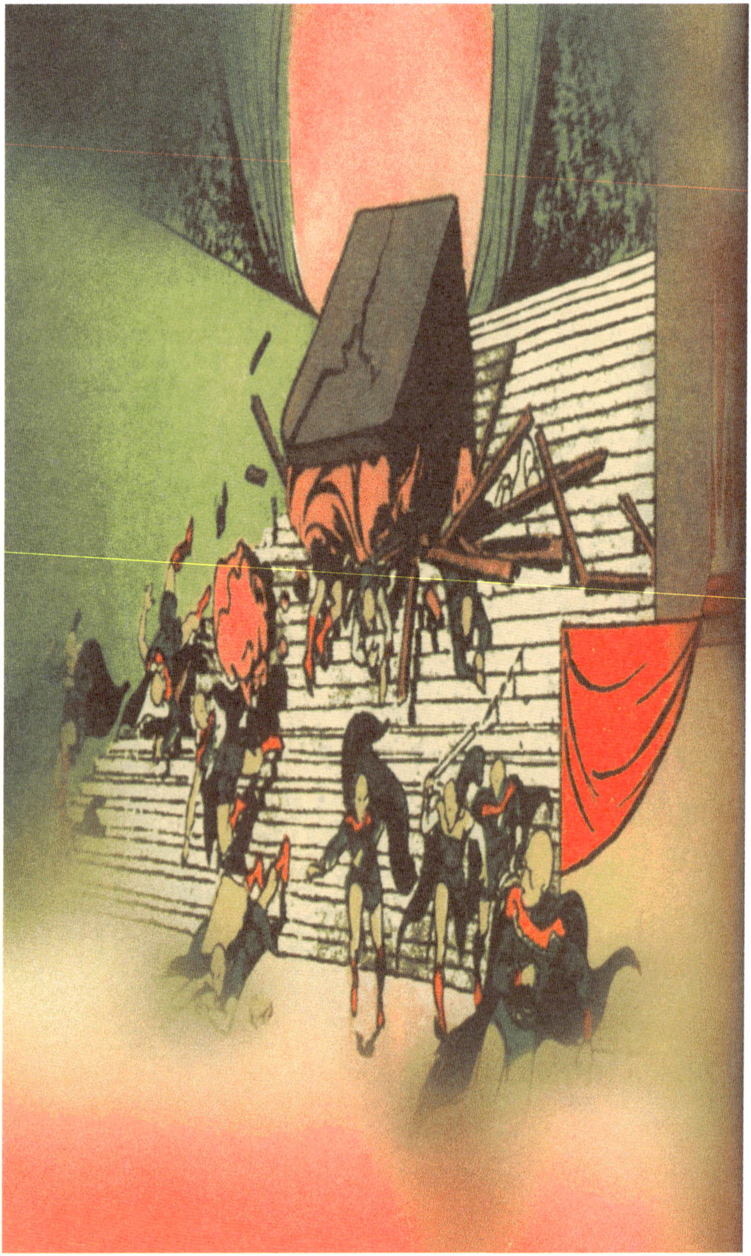

蒙戈王公、残酷的明，暴喊一声，他的宝座倒塌，从中学台阶上翻滚下来，压垮了大惊失色的廷臣。

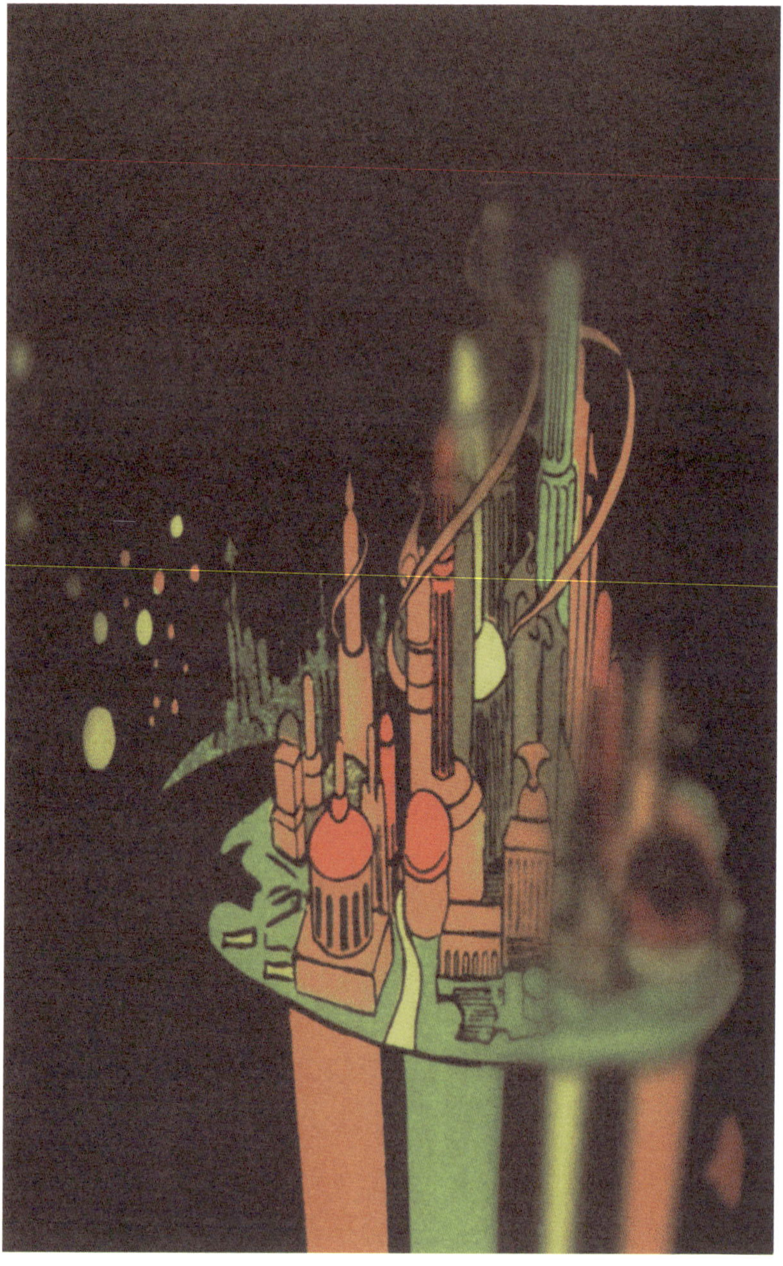

暴君死了,远近的鸟兽纷纷散去,阿苏拉脚下裂开一道罅隙。里面是硫黄的旋涡,深不见底,中学台阶前面升起一座镶嵌各种宝石的玻璃城,由彩色光柱托着,城高一万二千弗隆①,城墙用晶莹的碧玉砌成,厚度有一百四十四肘尺②。

那时,经过火焰和蒸汽的作用,雾气逐渐退去,我终于看到台阶上空空如也,在四月的阳光下显得分外白净。

---

① Furlong,长度单位,合 201.17 米。
② Cubit,古代长度单位,自肘至中指端的距离。

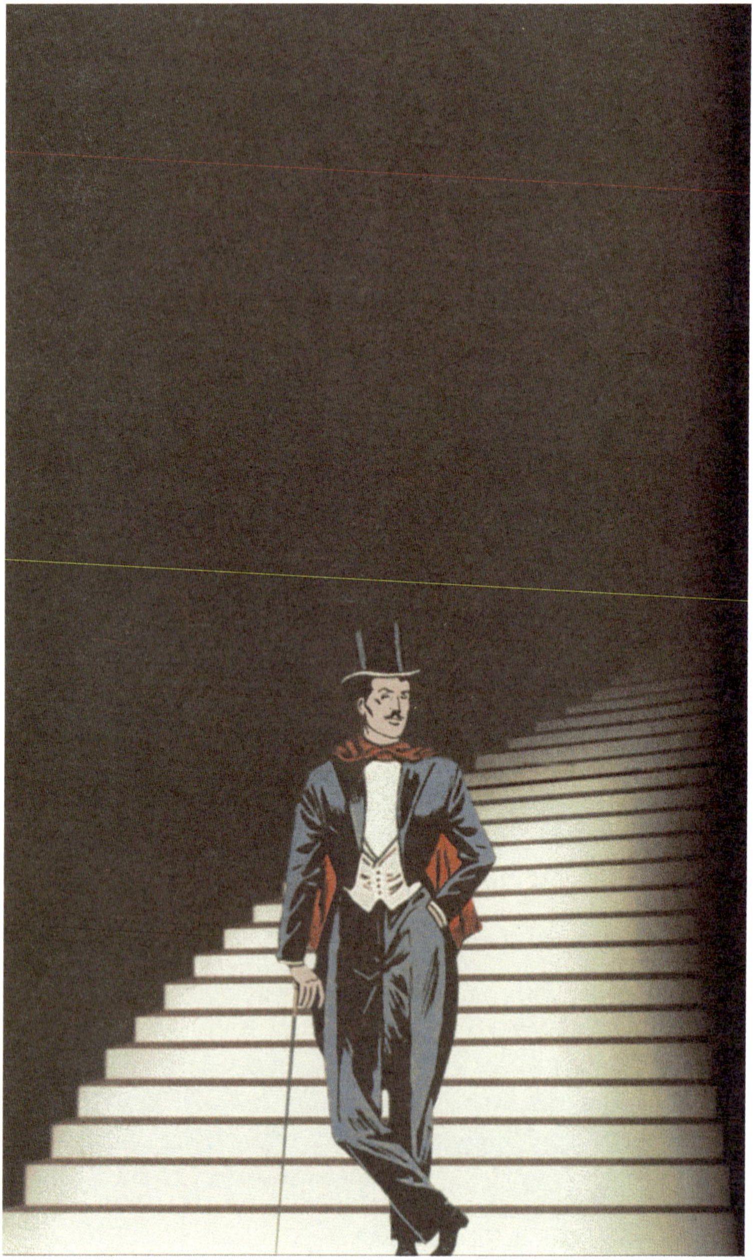

我回到了现实！吹响了七声号角,他们来自皮波·巴尔齐扎大师的齐特拉琴管弦乐队、奇尼科·安杰利尼的旋律管弦乐队、阿尔贝托·桑普里尼的交响节奏乐团。中学的大门打开了,菲亚特药片广告里的莫里哀式的医生把门敲开,他用警棍四处敲击,宣告执政官即将游行。

他们从台阶两边列队走下来,男生走在前面,像从七重天下凡的天使,他们穿着条纹夹克衫和白裤子,仿佛戴安娜·帕尔默的那些追求者。

现在,在台阶下,魔法师曼德雷克出现了,漫不经心地转动着手杖。他走上台阶,脱帽致意,台阶随着他的步伐逐一点亮,他唱道:"我要建造通往天国的阶梯,每天迈出新的一步！我会不惜一切代价抵达那里,靠边站,别挡我的路！"

曼德雷克用手杖朝上一指,示意龙夫人从台阶上下来,龙夫人穿着黑色绸缎衣服,每跨一级台阶,两旁的学生就单膝下跪,向前伸出托着帽子的手,表示致敬,她展开萨克斯管般嘹亮的歌喉唱道:"秋天无尽的夜空、凋败的玫瑰多么的伤感,一切都述说着我内心向往的爱情,盼望今夜与你共度良宵。"

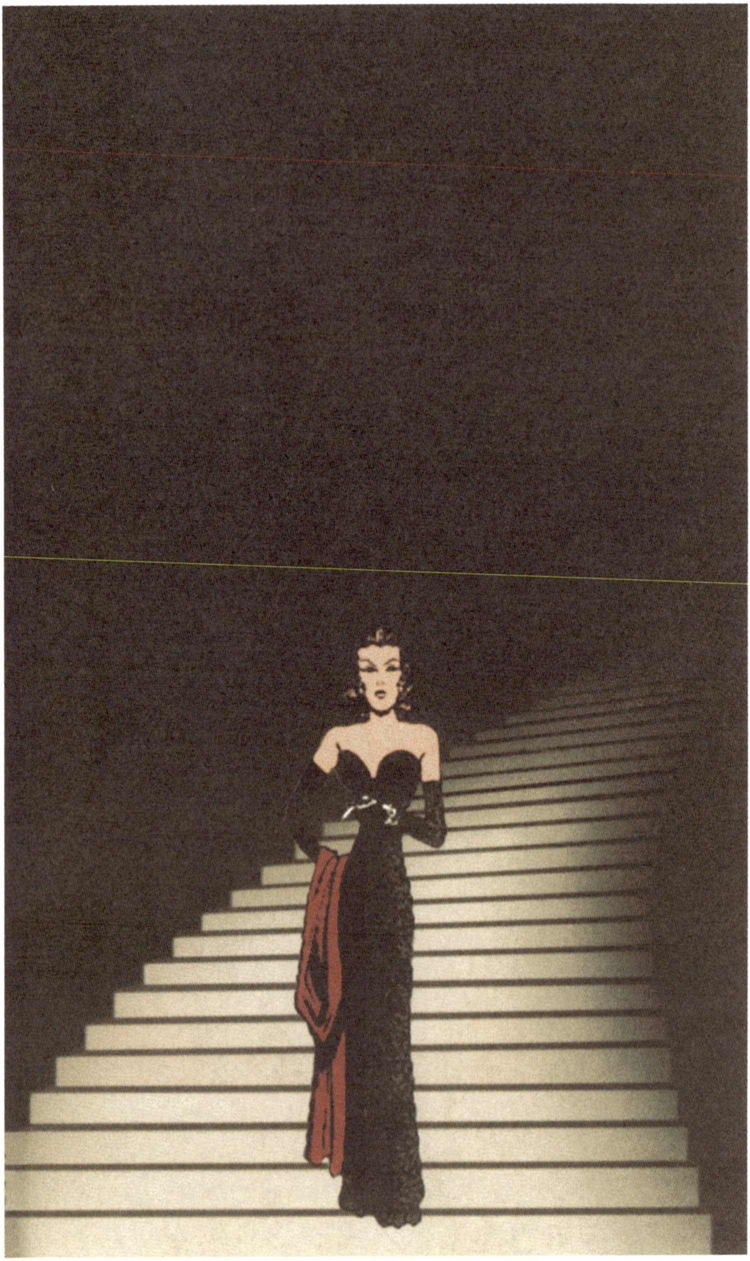

跟在她身后,同她一起下来的是终于回到地球上的哥顿、黛尔·阿登、扎科夫博士,他们唱道:"蔚蓝的天空朝我微笑,我眼中只有蔚蓝的天空;青鸟唱着歌,一整天,只有唱歌的青鸟。"

跟在他后面的是乔治·福姆比,他面带马一样的笑容,拨着尤克里里唱道:"空气中飘荡着欢快的气氛,我边走边唱,无忧无虑,空中飘荡着欢快的气氛,欢快的气氛,……上下高低,纵情翻飞……"

七个小矮人下来了,他们有节奏地念着罗马七王的名字,每次少念一个;接着来的是米奇和米妮,他们同贺瑞斯马和母牛克拉贝尔手挽着手,克拉贝尔头上戴着珍藏的花冠,嘴里有节奏地唱着"皮波—皮波不知道"。随后下来的是皮波、佩尔蒂卡和帕拉,奇普和加利纳,海盗阿尔瓦罗,以及阿隆索·阿隆索,他曾经因为偷盗长颈鹿而遭到拘捕;然后是像老朋友一样手挽手的狄克·富尔明、赞波、巴雷拉、白面具、弗拉塔维昂,他们喊着"丛林游击队",再后面是《爱的教育》里的小孩们,先是德罗西,接着是伦巴第的小哨兵,撒丁岛的小鼓手,然后是和国王握过手还带有余温的科雷蒂的父亲,他们都唱着"再见吧,美丽的卢加诺",由于不公平地遭到驱逐的无政府主义者纷纷离去,最后一个是心存悔恨的弗兰迪,他悄声说,睡吧,不要哭,甜蜜的耶稣。

烟火开始,阳光灿烂的天空溅满金色的星星,带着热敷布的热源人和十五个加埃塔诺舅舅一起从台阶上滚下来,他们的头上像刺猬似的插着长老会发的铅笔,他们疯狂地跳着踢踏舞,浑身

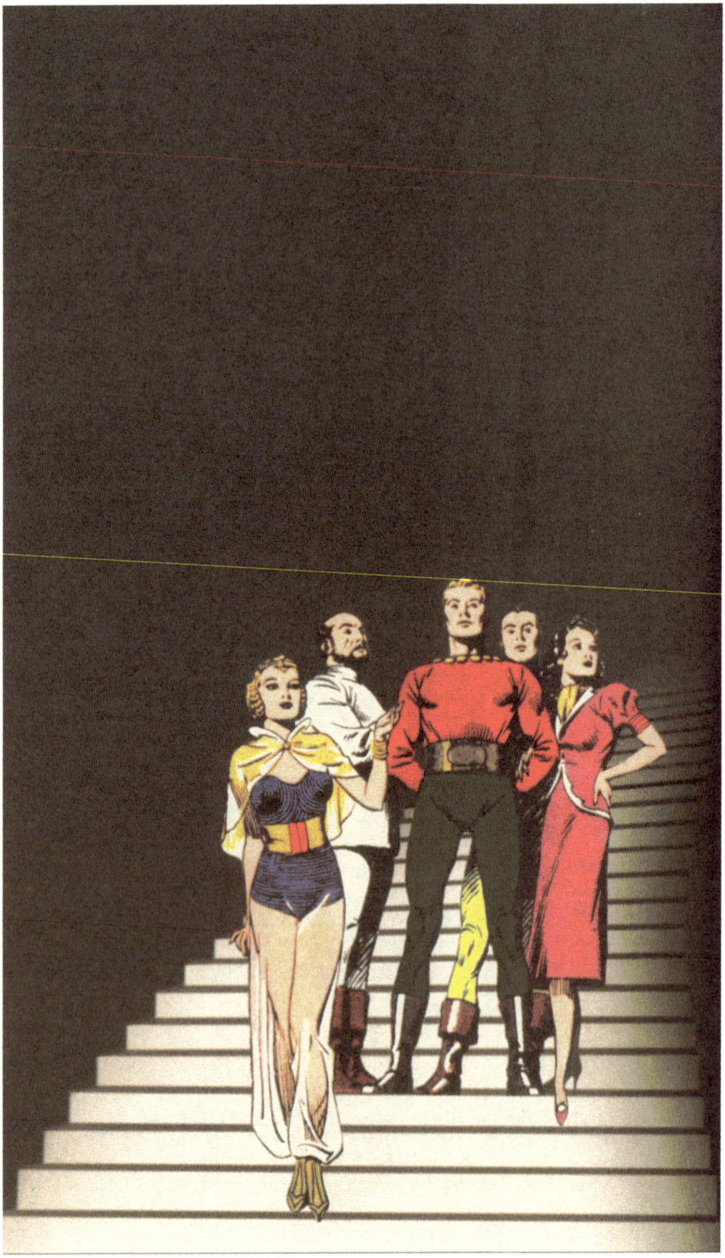

关节仿佛都散了架,"我是个唱扬基歌的花花公子";小孩大人从《孩子们的图书馆》丛书里蜂拥而出:吉利奥拉·迪·克勒菲奥利托、野兔族、索尔曼诺小姐、詹纳·普雷维蒂、卡尔雷托·迪·凯尔诺尔、兰皮奇诺、埃迪塔·迪·费拉克、苏塞塔·莫能蒂、米歇尔·迪·法尔达尔塔,以及梅尔基奥雷、恩里科·迪·法尔内维、法利亚和塔马里斯科,玛丽·波平斯的幽灵在他们头上游荡,他们像保罗街的小混混那样戴着军便帽,鼻子都像匹诺曹那样长。猫和狐狸以及宪兵在跳踢踏舞。

这时,典礼官点头示意,桑德坎出现了。他穿着一袭印度丝绸长袍,蓝绸腰带缀着宝石,头巾上别着一颗榛子大小的钻石。插在腰带里的两把手枪露出制作精美的枪柄,他的弯刀鞘镶嵌着红宝石。他用男中音的嗓门唱着:梅鲁。梦幻般的金色星星高挂在新加坡上空,你和我,我们坠入爱河,他的嗜血的"老虎队员"跟着他,用牙齿咬住弯刀,颂扬我们的船队,在亚历山大港、苏达岛、马耳他和直布罗陀把英国人打得落花流水。

现在出来的是西哈诺·德·贝热拉克,他握着出鞘的剑向人群一挥,用瓮声瓮气的男中音说:"你们也许知道我的表妹吧?她时尚美丽,无人可以比拟。她会弹奏布基伍基乐曲,会说几句英语;你们还发现她会对你说些得体的悄悄话。"

跟在他后面款步而来的是约瑟芬·贝克,这次像《世界各地的种族和民族》介绍的卡尔梅克人那样,除了芭蕉叶编的小短裙外,没穿衣服,她低声哼哼说,我多么悲哀,主啊,我冒犯了你多么不安。

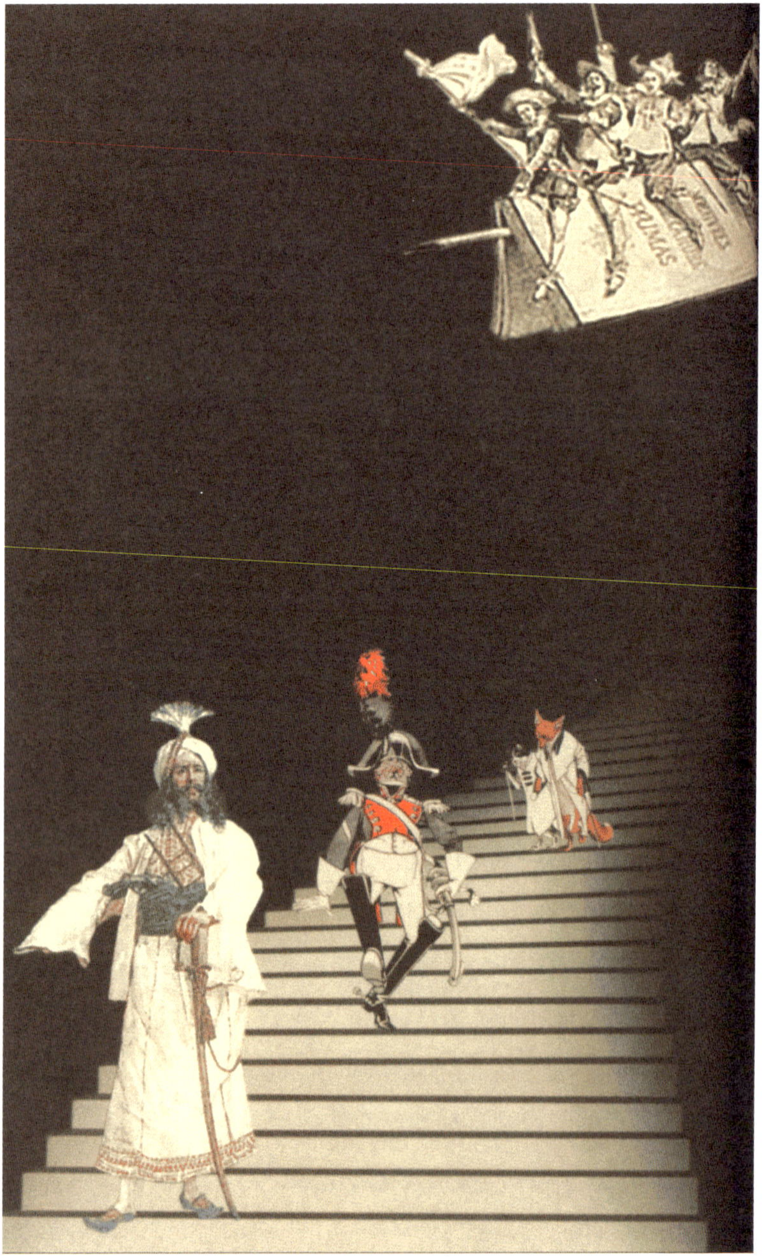
DUMAS

戴安娜·帕尔默唱着"世上没有,没有美满的爱情",亚涅斯·德·戈梅拉用卷舌音唱着"哦,玛丽亚,我要吻你,哦,玛丽亚,请接受我的爱慕,你瞥了我一眼,害我如醉如痴",里尔的刽子手嚓的一声砍下米莱狄·德·温特的前额有百合花图形的头,让它滚到台阶脚下,刽子手啜泣说:"你的头发像灿灿发亮的黄金,你的嘴唇美丽甜蜜。"四个火枪手用假嗓哼唱:"她八点钟吃了晚饭已经饿得不行,她喜欢看戏,她从不打扰她憎恨的人,所以米莱狄是个荡妇!"埃德蒙·唐泰斯唱着"我的朋友,这次由我请客,由我请客",跟在他后面的是裹着粗布尸衣的法里亚神父,他指认说:"就是他,不错,就是他,就是这个人。"这时吉姆、利夫西医生、特里劳尼勋爵、斯莫利特船长和高个子约翰·西尔弗(他打扮成木假腿皮特的模样,真腿每跨一步,假腿要点三下)公然反抗他接手弗林特船长宝藏的权利,以及笑起来像扳机霍克斯那样露出两边犬齿的本·冈恩大声说"奶酪"。战友里夏德穿着条顿长靴从台阶上下来,喀哒喀哒的脚步声同《纽约,纽约》的节奏合拍,"纽约,纽约,美妙的城市,北有布朗克斯区,南有炮台公园"。笑面人扶着约瑟安娜夫人的手臂下来,约瑟安娜夫人衣着裸露,只有全副武装的女人才敢如此大胆,每一层台阶她至少要走十步,她嘴里唱道:"我有节奏,我有音乐,我有美人,还有什么可以要求?"

台阶旁边是扎科夫博士设计的一个舞台布景装置,《爱主论》从那条闪闪发亮的单轨上滑过来,升到最高点后,进了学校大门……接着仿佛像从快乐的养蜂场出来那样,循原路到台阶底,那群人里有祖父、妈妈、拉着小阿达的手的爸爸、奥西摩医生、皮亚扎先生、堂科尼亚索、圣马蒂诺教区神父和格拉诺拉,格拉诺拉

像埃立克·冯·斯特劳亨一样,用夹板保护着脖子,连后背都有点僵直,他们大家唱道:

> 全家人从黄昏唱到黎明,
> 轻歌低吟,有莱斯卡诺三姐妹
> 有的喜爱博卡奇尼,有的喜爱安杰里尼,
> 有的永远推崇拉巴利亚蒂。
> 妈妈喜欢一个旋律,女儿喜欢另一个,
> 特别是佩特拉里亚大师演奏的G调曲子。

猫咪竖起一对驴耳那样的长耳朵悄悄跑过,小礼拜堂的孩子们争先恐后拥进来,他们穿的制服,像是侦缉偷猎象牙巡逻队,最前面的是矫健的黑豹"长牙",吟唱着"蒂格赖人的车队已经出发"。

他们朝路上的犀牛开了几枪后,举起武器,脱帽向洛阿娜女王致敬。

她戴着简洁的胸罩,裙子几乎露出肚脐,脸上蒙着一块纱巾,头饰上插着一支羽毛,大氅在微风中飘拂,她由两个打扮得像是印加皇帝的摩尔人陪伴着缓缓下来。

她面带微笑,像齐格菲歌舞团的舞者似的向我走来,朝我点点头,指指学校大门,站在门口的是堂鲍思高。

跟在他后面的是穿着黑袍的堂雷纳多,两人谈得很投机,谈话内容却使人摸不着头脑,两个令人敬畏的影子在纹丝不动的街灯下合而为一,莉莉·玛莲,莉莉·玛莲。圣洁的人眉飞色舞,他

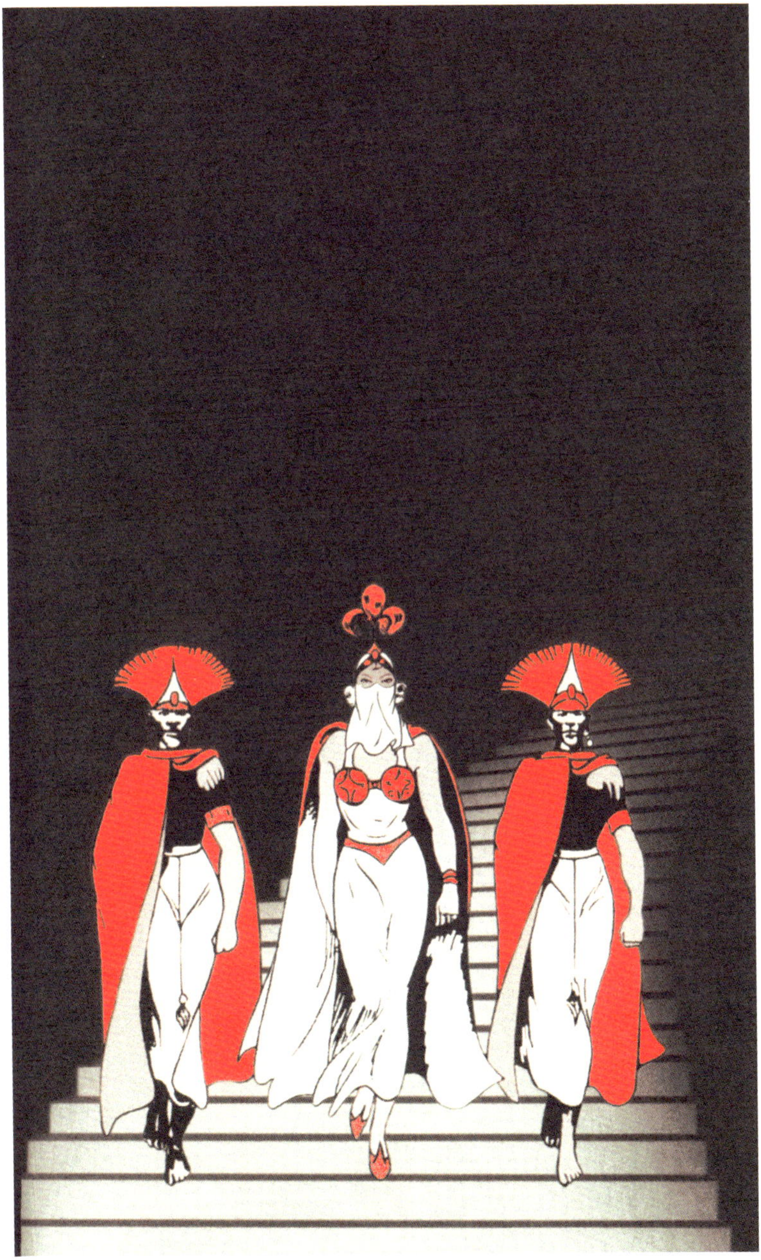

的袍子上溅有许多泥点,他的慈幼会修士的鞋子喀哒作响,行走很不方便,他像曼德雷克脱帽致敬似的举起《有远见的年轻人》,我仿佛听到他说天朗气清,你的新娘在等你,她将披上华丽的婚纱,像无价宝石似的光彩照人,我特地前来告诉你即将发生的事情……

我得到了他们的同意……那两个圣洁的人面对面站在台阶最低的一级,宽容地朝大门口望去,这时候姑娘们下课出来,她们身上裹着透明的大纱巾,像是白玫瑰。在背光中,她们举起双手,显露出微微高耸的胸脯。到时候了。在光辉灿烂的《启示录》结尾时,莉拉要出场了。

她会是什么模样?我揣摩着,激动得浑身微微颤抖。

她那十六岁少女的模样,像是一朵在朝露和朝阳下绽放的玫瑰,她穿着一件天蓝色的裙服,腰上系的银色网状罩裙长达膝盖,裙服的颜色虽然同她眼睛的虹膜相称,但远不及眼睛那么柔和而蕴蕴含光,一顶花冠箍着她柔软、浓密、闪亮的金发;她长到十八岁时,皮肤白得有点半透明,生气勃勃的面颊泛出淡红色,眼睛周围的皮肤带有一抹浅绿,隐约可以看到前额和太阳穴上浅蓝色的静脉,她细软的金色头发散落到脸上,一对水汪汪的眼睛顾盼自如,她微笑时两个嘴角微微上翘,忍俊不禁时形成细细的皱纹;她十七岁时身材苗条挺拔,腰肢细得只要用一个手掌就能握住,皮肤像花蕾那么娇嫩,披垂下来的金发像是凌乱的金雨,撒在她白色的胸罩上,鹅蛋似的长圆脸,宽阔的前额,乳白色的皮肤像早晨阳光下的茶花花瓣那么清新,长长的睫毛下两个瞳仁乌黑明亮,几乎

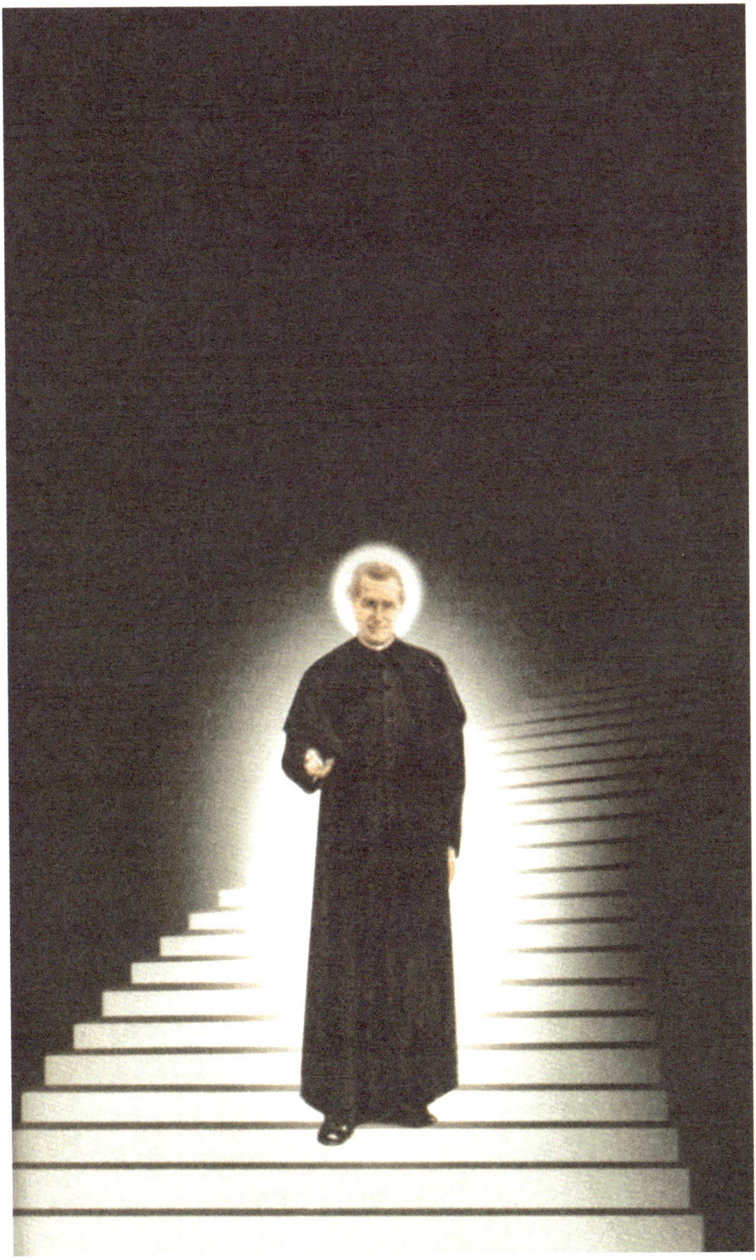

没有给眼白留下余地。

她的短袖束腰外衣两侧的衩开得高了一些,纱巾里面隐约可以看到腋窝的阴影,让人想入非非。她缓缓解开头发下面的带子,裹在身上的绸布突然滑落到地上,只剩下用两头蛇形状的金腰带束着的贴身白色内衣,她两臂护住胸口,雌雄同体的模样简直要使我发狂,我的目光会游遍她的全身,她的皮肤白得像接骨木的木髓,厚嘴唇显得有点贪婪,下巴那儿系了一个蓝色的蝴蝶结,邪恶的袖珍画画家把祈祷的天使打扮成疯狂的处女,她平坦的胸脯上高耸着小而挺拔的乳房,腰身的曲线在臀部逐渐放宽,然后又长出一双长腿,仿佛卢卡斯·范·莱顿笔下的一个爱娃,她的绿眼睛的眼神难以揣摩,她的大嘴和微笑撩乱人心,她的金黄头发略带棕色,她的头部彻底打破了清纯的肉体给人的印象;激情如火的喀迈拉①,计谋和性感的极致,令人销魂的妖魔,她将展示全部隐秘的光辉,菱形的天青石辐射出阿拉伯式花饰、螺钿镶嵌像霓虹那样五颜六色,流光溢彩,她会像约瑟安娜夫人那样,在热烈的舞蹈中抛掉纱巾,让身上的织锦披风滑落到地上,只剩黄灿灿的金子打造和宝石镶嵌的饰品,腰部的扣子工艺精美绝伦,熠熠光辉映亮了乳沟,大腿根被臀部的丝带遮住,只见到一个缀满红宝石和翡翠的硕大的挂件,此刻她裸露的小腹微微隆起,低洼的肚脐像是带有乳白色光泽的缟玛瑙印章,她头部周围光芒四射,似乎每块宝石的每一个琢面都在燃烧,宝石都有了生命,白炽的光芒像针一样刺着她的脖子、两臂、两腿和身上各个部位,一

---

① Chimera,希腊神话中狮头、羊身、蛇尾的吐火女怪。

会儿是炭火的暗红色,一会儿是煤气喷射的紫光,一会儿是酒精燃烧的蓝焰,一会儿又是白色的星光,她的姿势像是恳求我鞭打她,她捧着女修道院院长的苦衣和七根惩罚七宗不可饶恕的罪恶的丝绳,每根丝绳有七个结,代表犯下不可饶恕的罪行时的情况,溅在她皮肉上的血会化为玫瑰,她会像祭坛上的蜡烛那么纤细,她的眼睛会被爱情之剑刺透,我希望悄悄地把我的心搁在火葬柴堆上,我希望她的脸色比冬晨更惨淡,比蜡烛更苍白,她双手合抱搁在光滑的胸口,庄严地躺在被心血染红的长袍下。

不,不,我怎么能让自己受到邪恶文学的诱惑,我已经不是一个好色的少年……我只喜欢她原来的样子,从前我爱她时的样子,那件黄色夹克之上的脸庞。我可以喜欢我想象出来的最美丽的女人,但不是那个把别人引入歧途的绝色美女,即使她病得奄奄一息(她在巴西期间最后的那些日子肯定是这样的)我也不介意,我仍会对她说,你是最美的人,即使天国里所有的天使加到一起,我都不愿意换取你伤感的眼神和苍白的脸色!我希望看到她独自在中流现身,凝望着外海,被魔法变成一只美丽奇特的海鸟,两条腿像鹳鸟那么细长,我不愿她受到我欲念的打扰,我要她像遥远的公主那样待在遥远的地方。

我的脑叶像羊皮纸似的皱成一团,我不清楚洛阿娜女王的神秘火焰是不是在那里燃烧,我的记忆像陈旧发黄的纸张,沾了许多污迹,文字已经模糊难辨,我不清楚是不是有玉液琼浆可以冲洗干净,我不清楚自己是不是把神经绷紧到几乎难以忍受的地步。在这种状态下,假如我还能发抖的话,我肯定就在发抖,我感觉好像在波涛汹涌的大海上颠簸。我还有一种到达情欲高潮时快要射精的感觉,我大脑的海绵体血脉偾张,仿佛随时会爆炸——或者绽放。

现在,正如那天在门厅里的情况一样,我终于要见到她了,她穿着朴素而又调皮的黑罩衣从台阶上下来,娟美如太阳,皎洁如月亮,行动敏捷,而谦逊地没有意识到自己是世界的中心。我将见到她可爱的脸庞、端正的鼻子、微露在两唇之间像安哥拉兔子似的两颗门牙,马图喵喵叫着,皮毛轻轻抽搐起伏,像鸽子、白鼬、松鼠。她会像初霜似的悄悄降临,缓缓伸出手,不是拉我,而是不让我再溜脱。

我终于懂得怎么进一步表演《西哈诺》的最后一幕,我将看到从保拉到西比拉的我寻找了一辈子的人,与之重聚。我会得到宁静。

但我要小心。这次我千万不能问她"范采蒂是不是住这儿"之类的蠢话。我必须抓住机会。

但一阵鼠灰色的薄雾弥漫在台阶顶,遮住了入口。

我感觉到一阵寒风,我抬起头。

太阳为什么正在变黑?

引文及图片来源

第 25 页插图　作者画

第 67 页引文　但丁《神曲·地狱篇》第三十一篇

第 68 页引文　Giovanni Pascoli, *Il bacio del morto*(《死亡之吻》), in *Myricae*, Livorno: Giusti, 1891

第 69 页引文　Giovanni Pascoli, *Voci misteriose*(《神秘的声音》), in *Poesie varie*, Bologna: Zanichelli, 1928

Vittorio Sereni, *L'alibi e il beneficio*(《不在场证明与利益》), in *Gli strumenti umani*, Turin: Einaudi, 1965

第 70 页引文　Gian carlo Testoni, *In cerca di te*(《追寻着你》), Metron, 1945

第 101 页引文　Giovanni Pascoli, *Nella nebbia*(《在雾中》), in *Primi Poemetti*, Bologna: Zanichelli, 1905

第 103 页插图　《生命的阶梯》,十九世纪加泰罗尼亚地区版画（作者私人收藏）

第 105 页插图　*Zur Geschichte der Kostüme*(《服饰的历史》), München: Braun e Schneider, 1861（作者私人收藏）

第 107 页插图　Giuseppe Riva, *La Filotea*(《爱主论》), Bergamo:

Istituto Italiano d'Arti Grafiche, 1886（作者私人收藏）

第110页插图　*Imagerie d'Épinal*（《埃皮纳勒图片集》）（Pellerin）（作者私人收藏）

第112页插图　*Vorrei volare*（《我要飞翔》），Milan：Carisch，1940（作者私人收藏）

第115页引文　Renée Vivien，*À la femme aimée*（《致被爱的女子》），in *Poèmes I*，Paris：Lemerre，1923

第116页插图（顺时针方向）：

— Alex Pozeruriski，*Après la danse*（《舞会过后》），in *La gazette du Bon Ton*，约1915（in Patricia Frantz Kery，*Grafica Art Déco*，Milan：Fabbri，1986）

— Janine Aghion，*The Essence of the Mode in the Day*（《日间风尚精粹》），1920（in Patricia Frantz Kery，*Grafica Art Déco*，Milan：Fabbri，1986）

— Julius Engelhard，*Mode Ball*（《风尚舞会》），海报，1928（in Patricia Frantz Kery，*Grafica Art Déco*，Milan：Fabbri，1986）

— Anonimo，*Candee*（《坎迪》），海报，1929（in Patricia Frantz Kery，*Grafica Art Déco*，Milan：Fabbri，1986）

第117页插图（顺时针方向）：

— George Barbier，*Schéhérazade*（《天方夜谭》），*Modes et Manières d'Aujourd'hui*，杂志插图，1914（in Patricia Frantz Kery，*Grafica Art Déco*，Milan：Fabbri，1986）

— Charles Martin，*De la pomme aux lèvres*（《从苹果到嘴唇》），

La gazette du Bon Ton，杂志插图，约 1915（in Patricia Frantz Kery，*Grafica Art Déco*，Milan：Fabbri，1986）

—— Georges Lepape，*Vogue*，杂志封面，1927 年 3 月 15 日（in Patricia Frantz Kery，*Grafica Art Déco*，Milan：Fabbri，1986）

—— George Barbier，*Incantation*（《咒语》），*Faballas et Fanfreluches*，插图，1923（in Patricia Frantz Kery，*Grafica Art Déco*，Milan：Fabbri，1986）

第 120 页插图　*Il nuovissimo Melzi*（《全新梅尔齐百科全书》），Milan：Vallardi，1905（作者私人收藏）

第 124 页插图　Jules Verne，*Vingt mille lieues sous les mers*（《海底两万里》），Paris：Hetzel，1869

第 125 页插图　Alexandre Dumas，*Il conte di Monte-Cristo*（《基督山伯爵》），Milan：Sonzogno，1927，© RCS（作者私人收藏）

第 126 页插图　Louis Jacolliot，*Les ravageurs de la mer*（《海上劫掠者》），Charles Clérice 绘，Paris：Librairie Illustrée，1894—1895（作者私人收藏）

第 132 页插图　塔尔莫内牌可可粉罐子

第 133 页插图　布廖斯基泡腾粉罐子（作者私人收藏）

第 136 页烟盒图片　Michael Thibodeau e Jana Martin，*Smoke Gets in Your Eyes*，New York：Abbeville Press，2002

第 137 页插图　理发师的日历，*Sprazzi e bagliori*（《一闪一闪亮晶晶》），1929（作者私人收藏）

第138页插图　理发师的日历,选自 Ermanno Detti, *Le carte povere*(《可怜的纸牌》), Florence：La Nuova Italia, 1989

第140页封面插图(从左到右,从上到下)：

—— *Nick Carter*(《尼克·卡特》), Milan：Casa Editrice Americana, 1908

—— Edmondo de Amicis, *Cuore*(《爱的教育》), Milan：Fratelli Treves, 1878

—— Augusto de Angelis, *Curti Bo e la piccola tigre bionda*(《柯蒂·博和金色小老虎》), Domenico Natoli 绘, Milan：Sonzogno, 1943, © RCS

—— Alessandro Manzoni, *I promessi sposi*(《约婚夫妇》), Trancredi Scarpelli 绘, Florence：Nerbini。日期不详

—— *New Nick Carter Weekly*(《新尼克·卡特周刊》)封面,意大利版, Milan：Casa Editrice Americana。日期不详

—— Maurice Leblanc, *L'aiguille creuse*(《空心针》), Leo Fontan 绘, Paris：Éditions Pierre Lafitte, 1909

—— Carolina Invernizio, *Il treno della morte*(《列车惊魂》), Torino, 1905(作者私人收藏)

—— Edgar Wallace, *Il consiglio dei quattro*(《司法委员会》), Milan：Mondadori, 1933(作者私人收藏)

—— Marc Mario e Louis Launay, *Vidocq: L'uomo dalle cento facce*(《维多克：百面人》), Milan：La Milan, 1911

第141页封面插图(从左到右,从上到下)：

—— Victor Hugo, *I miserahili*(《悲惨世界》), Filiberto Mateldi

绘，Torino：Unione Tipografico Editrice Torinese，1945（作者私人收藏）

— Emilio Salgari，*I corsari delle Bermude*（《百慕大海盗》），Gennaro Amato 绘，Milan：Sonzogno，1938，© RCS（作者私人收藏）

— Albert Robida，*Saturnino Farandola*（《萨图宁·法朗度的非凡旅行》），Milan：Sonzogno. 日期不详（作者私人收藏）

— Jules Verne，*I figli del Capitano Grant*（《格兰特船长的儿女》），Domenico Natoli 绘，Milan：SACSE，1936（作者私人收藏）

— Eugène Sue，*I misteri del popolo*（《人民的秘密》），Tancredi Scarpelli 绘，Florence：Nerbini，1909（作者私人收藏）

— S. S. Van Dine，*La strana morte del signor Benson*（《班森杀人事件》），Milan：Romanzo Mensile，1938

— Hector Malot，*Senza famiglia*（《苦儿流浪记》），Milan：Sonzogno. 日期不详，© RCS

— Anthony Morton，*Il barone alle strette*（《海湾的男爵》），Giorgio Tabet 绘，Milan：Romanzo Mensile，1938，© RCS（作者私人收藏）

— Gaston Leroux，*Il delitto di Rouletabille*（《鲁雷达比耶谋杀案》），Domenico Natoli 绘，Milan：Sonzogno，1930，© RCS（作者私人收藏）

第 144 页插图　Marcel Allain e Pierre Souvestre，*Fantômas*（《方托马斯》），Florence：Salani，1912

第145页插图（左）　Ponson du Terrail，*Rocambole*（《罗坎伯莱》），Paris：Jules Rouff，日期不详

第145页插图（右）　Anthony Morton，*I sosia del barone*（《又称男爵》），Giorgio Tabet 绘，Milan：Romanzo Mensile，1939，© RCS（作者私人收藏）

第146页插图　Carlo Collodi，*Pinocchio*（《匹诺曹》），Attilio Mussino 绘，Florence：Bemporad，1911

第148页插图　Yambo，*Le avventure di Ciuffettino*（《丘弗蒂诺历险记》），Florence：Vallecchi，1922（作者私人收藏）

第151页插图　*Giornale Illustrato dei Viaggi e delle Avventure di Terra e di Mare*（《插图本海陆旅行历险日志》），Milan：Sonzogno，1917—1920，© RCS（作者私人收藏）

第153页插图　*Biblioteca dei miei ragazzi*（《孩子们的图书馆》），Florence：Salani（作者私人收藏）

第155页插图　*Otto giorni in una soffitta*（《阁楼上的八天》），Florence：Salani（作者私人收藏）

第156页插图　*Buffalo Bill*（《水牛比尔》），Tancredi Scarpelli 绘，Florence：Nerbini，日期不详（作者私人收藏）

第157页插图　Pino Ballario，*Ragazzi d'Italia nel mondo*（《世界各地的意大利男孩》），Milan：Prora，1938（作者私人收藏）

第158页插图　Robert Louis Stevenson，*Treasure Island*（《金银岛》），Newell Convers Wyeth 绘，London：Scribner's

Sons，1911

第 161 页插图（顺时针方向）：

— Emilio Salgari, *Sandokan alla riscossa*（《桑德坎反击》），Gennaro Amato 绘，Florence：Bemporad，1907

— Emilio Salgari, *I misteri della giungle nera*（《黑丛林之谜》），Alberto Della Valle 绘，Genoa：Donath，1903

— Emilio Salgari, *Il corsaro nero*（《黑海盗》），Alberto Della Valle 绘，Genoa：Donath，1908

— Emilio Salgari, *Le tigri di Mompracem*（《蒙普拉森之虎》），Alberto Della Valle 绘，Genoa：Donath，1906

第 163 页插图　*Collier's*（《科利尔》杂志）vol. XXXI, no. 26, Sept. 26，1903，Frederic Dorr Steele 绘

第 164 页插图　*Strand Magazine*（《海滨杂志》），1901—1905，Sidney Paget 绘

第 165 页引文　Arthur Conan Doyle, *A Study in Scarlet*（《血字的研究》），*Beeton's Christmas Annual*，1887

第 166 页引文　Arthur Conan Doyle, *The Sign of Four*（《四签名》），*Lippincott's Magazine*，1890 年 2 月刊

第 166 页引文　Emilio Salgari, *Le tigri di Mompracem*（《蒙普拉森之虎》），Genoa：Donath，1906

第 170 页插图　*Corriere dei piccoli*（《儿童邮报》），Bruno Angoletta 绘，1936 年 12 月 27 日，© RCS（作者私人收藏）

第 175 页插图（左）　Vamba, *Il giornalino di Gian Burrasca*（《飓风小子日记》），Florence：Bemporad-Marzocco，1920

（作者私人收藏）

第175页插图（右）　Ponson du Terrail，*Rocambole：La morte del selvaggio*（《罗坎伯莱：野人之死》），Milan：Bietti，日期不详（作者私人收藏）

第179页歌词　Carlo Prato e Riccardo Morbelli，*Quando la radio*（《当广播里》），Nuova Fonit-Cetra

第182页插图　*Fiorin Fiorello*（《菲奥林·菲奥雷洛》），唱片封面，Odeon/EMI，1939

第183页歌词　Carlo Innocenzi and Alessandro Soprani，*Mille lire al mese*（《假如我每月能挣一千里拉》），Rome：Marietta，1938

第186页（从左到右）：

— 海报：*Federazione dei Fasci di Combattimento*（《战斗的法西斯联盟》）

— 歌词：Blanc-Gotta，*Giovinezza*（《青年》）

— 乐谱封面及歌词：Grever-Lawrence-Morbelli，*Tulipan*（《郁金香》），Milan：Edizioni Curci，1940

第187页（从左到右）：

— 菲亚特广告，1930年代

— Blanc-Bravetta，*Fischia il sasso*（《呼啸的石块》）（Blanc）

— Consiglio-Panzeri，*Maramao perché sei morto?*（《马拉猫，你为什么死掉？》），Melodi/Sugar，1939

第190页，乐谱封面（顺时针方向）：

— *Tango del ritorno*，Milan：Edizioni Joly

— *Finestra chiusa*，Milan：Edizioni Curci

— *Maria la O*，Milan：Edizioni Leonardi

— *La mia canzone al vento*，Milan：Edizioni S.A.M. Bixio

第 195 页插图　Maria Zanetti，*Il libro della prima classe elementare*（《一年级读本》），Enrico Pinochi 绘，Rome：Libreria dello Stato，1916（作者私人收藏）

第 195 页引文　Astore-Morbelli，*Baciami piccina*（《吻我，宝贝》），Milan：Fono Enic

第 196 页插图　Angelo Della Torre，*Il libro della IV classe elementare*（《四年级读本》），Rome：Libreria dello Stato，1918（作者私人收藏）

第 198 页插图（从左到右）

— Blanc，*Inno dei giovani fascisti*（《意大利青年进行曲》）

— Kramer-Rastelli，*Pippo non lo sa*（《皮波不知道》）（Melodi）

第 200 页插图　Angelo Della Torre，*Il libro della IV classe elementare*（《四年级读本》），Rome：Libreria dello Stato，1918（作者私人收藏）

第 202 页插图　宣传明信片，Gino Boccasile 绘，约 1943—1944

第 203 页插图　*Tempo*（《时代》，1950.6.12），Milan：Anonima Periodici Italiani

第 205 页插图（从左到右）：

— Lazzaro-Panzeri，*La piccinina*（《可爱的姑娘》），Milan：Edizioni Melodi，1939（作者私人收藏）

— 菲亚特海报，Marcello Dudovich 绘，1934

— D'Anzi-Bracch，*Ma le gambe*（《还是她们的腿》），Milan：Edizioni Curci；Carlo Buti，*Reginella campagnola*（《美丽的农村姑娘》）

第207页插图　宣传明信片，Enrico Deseta 绘，Rome：Edizioni d'Arte Boeri，1936

第210页插图　*Due popoli，una vittoria*（《两个人，一次胜利》），宣传明信片，Gino Boccasile 绘

第211页引文　Schultze-Leip-Rastelli，*Lili Marleen*（《莉莉·玛莲》）（Suvini-Zerboni）

第212页引文　Manlio-Filippini，*Caro Papà*（《亲爱的爸爸》）（Accordo）

第215页插图（从左到右）：

— *Tacete!*（《嘘！》），宣传明信片，Gino Boccasile 绘，1943

— Blanc-Bravetta，*Adesso viene il bello*（《天空即将放晴》）

— *Ritorneremo*（《我们会回来的》），宣传明信片，Gino Boccasile 绘，1943

— De Torres-Simeoni，*La sagra di Giarabub*（《杰格布卜的节日》）（Riccione）

第218页插图（从左到右）：

— *La Domenica del Corriere*（《星期日邮报》），Achille Beltrame 绘，1943，© RCS（作者私人收藏）

— Zorro，*La canzone dei sommergibili*（《潜艇之歌》）（Ruccione），1941

— Mascheroni-Marf，*Signorine non guardate i marinai*（《年轻

姑娘们,别理睬水兵哥》),Milan:Edizioni Musicali Mascheroni

第 220 页插图(从左到右):

— Alberto Rabagliati

— D'Anzi-Bracchi,*Non dimenticar le mie parole*(《别忘记我的话》)(Curci)

— Pippo Barzizza

— Mascheroni-Mendes,*Fiorin Fiorello*(《菲奥林·菲奥雷洛》)

第 230—232 页引文 *Bertoldo*(《贝托尔多》)(1937.8.27)

第 245 页插图 *Il Corriere dei Piccoli*(《儿童邮报》)(1939.10.15),Bruno Angoletta 绘,© RCS(作者私人收藏)

第 246 页插图 *Il Corriere dei Piccoli*(《儿童邮报》)(1936.11.29),Pat Sullivan 绘,© RCS(作者私人收藏)

第 247 页插图(从上到下):

— *Alvaro il corsaro*(《海盗阿尔瓦罗》),Benito Jacovitti 绘,Rome:Edizioni AVE,1942(作者私人收藏). Reproduced by kind permission of the Archivio Benito Jacovitti

— *Il carro di trespoli*(《高架马车》),Sebastiano Craveri 绘,Rome:Edizioni AVE,1938(作者私人收藏)

第 249 页插图 *Verso A.O.I.*(《向意属东非进军》),*Il Vittorioso*(《胜利者》)(1941.6.7),Kurt Caesar 绘(作者私人收藏)

第 251 页插图 《探险家》(*L'avventuroso*)第一期第一页内容,Florence:Nerbini,1934(作者私人收藏);《飞侠哥顿》(*Flash Gordon*)插图,Alex Raymond 绘,© King Features Syndicate,Inc.

第 254 页插图（从左到右，从上到下）：

— *Pippo e il dittatore*（《皮波与独裁者》），in *Intervallo*，Benito Jacovitti 绘，1945（作者私人收藏）. Reproduced by kind permission of the Archivio Benito Jacovitti

— *La pattuglia dell'avorio*（《象牙巡逻队》），Lyman Young 绘，Florence：Nerbini，1935，Tim Tylor's Luck © 1934 by King Features Syndicate，Inc.

— 来源不明

— *Popeye*（《大力水手》），Elzie Crisler Segar 绘，© King Features Syndicate，Inc.

— *Lo spirito di Tambo*（《坦波之魂》），in *Il giorna le di Cino e Franco*，Lyman Young 绘，Florence：Nerbini，1936.3.22，Tim Tylor's Luck © 1936 by King Features Syndicate，Inc.

— *Pippo e il dittatore*（《皮波与独裁者》），in *Intervallo*，Benito Jacovitti 绘，1945（作者私人收藏）. Reproduced by kind permission of the Archivio Benito Jacovitti

— *Il coccodrillo sacro*（《神圣的鳄鱼》），in *Il giornale di Cino e Franco*（1937.9.19），Lyman Young 绘，Tim Tyler's Luck © 1937 by King Features Syndicate，Inc.（作者私人收藏）

第 255 页插图　Lee Falk e Ray Moore，*Il piccolo Toma*（《小汤米》），Florence：Nerbini，1938.7.1，Phantom © 1938 by King Features Syndicate，Inc.

第 257 页插图　Giove Toppi，*Il mago "900"*（《魔法师》），

Florence：Nerbini，日期不详

第 258 页插图　Chester Gould，*Dick Tracy*（《至尊神探》），© Tribune Content Agency，LLC. All rights reserved

第 260 页插图（左）　Vittorio Cossio，*La camera del terrore*（《恐怖密室》），Milan：Albogiornale Juventus，1939（作者私人收藏）

第 260 页插图（右）　Carlo Cossio，*L'infame tranello*（《臭名昭著的陷阱》），Albogiornale，1939（作者私人收藏）

第 264 页插图（从左到右，从上到下）：

——Pier Lorenzo De Vita，*L'ultimo Ras*（《最后的拉斯》），in *Corriere dei piccoli*（1936.12.20），© RCS（作者私人收藏）

——Lee Falk e Ray Moore，*Nel regno dei Singh*（《辛格兄弟会》），Florence：Nerbini，1937，© King Features Syndicate，Inc.（作者私人收藏）

——Alex Raymond，*Flash Gordon*（《飞侠哥顿》），1938，© King Features Syndicate，Inc.（作者私人收藏）

——Alex Raymond e Dashiell Hammett，*Agente Segreto X9*（《秘密侦探 X9》），in *L'avventuroso*，1934.10.14，© King Features Syndicate，Inc.（作者私人收藏）

第 266 页插图　*Novella*（《小说》）（1939.1.8），Milan：Rizzoli，photo Branschi © RCS（作者私人收藏）

第 268 页插图　*La Misteriosa Fiamma della Regina Loana*（《洛阿娜女王的神秘火焰》），Lyman Young 绘，Florence：Nerbini，1935，Tim Tyler's Luck © 1934 by King Features

Syndicate，Inc.

第272页插图　各种邮票（私人收藏）

第280页插图（左）　弗雷德·阿斯泰尔（Fred Astaire）和金杰·罗杰斯（Giner Rogers）剧照，来源未知

第280页插图（右）　Elsa Merlini剧照，来源：*Ultimo ballo*（《最后一支舞》），Camillo Mastrocinque导演，1941

第285页插图　《晚邮报》（1943.7.26）头版，© RCS

第291—292页引文　Lelio Luttazzi，*Il giovanotto matto*（《疯狂的年轻人》），Milan：Casiroli：1945；Libera Bovio，*Signorinella*（《少女》），Santa Lucia

第293页照片　私人收藏

第296页插图　Domenico Pilla，*Piccoli martiri*（《小殉道者》），日期不详（作者私人收藏）

第315页引文　Cesare Pavese，*Sono solo …*（《我孤身一人》），1927（in *Le poesie*，Turin：Einaudi，1998）

第317页引文　Augusto De Angelis，*L'albergo delle tre rose*（《三玫瑰饭店》），Milan：Mondadori，1936

第318页插图　莎士比亚戏剧《第一对开本》封面，1623

第325页插图　作者拼贴自广告图片：Fernet Branca bitters（1908），Presbitero pencils（1924）；Thermogène hot compresses（Leonetto Cappiello，1909）

第326页插图　Giovanni Bertinetti，*Le orecchie di Meo*（《咪咪猫的耳朵》），Attilio Mussino绘，1908（作者私人收藏）

第327页插图　Angelo Nizza e Riccardo Morbelli，*I quattro*

Moschettieri(《四剑客》),Angelo Bioletti 绘,Perugina/Buitoni,1935(作者私人收藏)

第333页插图 *Il conte di Monte-Cristo*(《基督山伯爵》),Milan：Sonzogno,1927,© RCS(作者私人收藏)

第338页插图 煤粉球广告,Dinelli 绘,约 1934(Società Mineraria del Valdarno e Carbonital)

第347页插图 作者拼贴自《小说》杂志封面,Milan：Rizzoli,1939,© RCS(作者私人收藏)

第349页插图 菲亚特头疼药片广告,Mario Cussino 绘,1926

第353页插图(左) 博尔萨利诺帽子海报,Marcello Dudovich 绘,约 1930

第353页插图(右) 集中营照片,1945

第356页插图 萨洛共和国宣传海报,1944

第358页插图 两份报纸头版：*L'ltalia libera*(1943.10.30),*Avanti!*(1944.4.3)(作者私人收藏)

第361页插图 斐济群岛邮票(私人收藏)

第363—364页歌词 Nino Rastelli,*Tornerai*(《你会回来的》)(Leopardi)

第371页插图 法西斯十周年拼贴画,Rome：Istituto Luce,1932

第384页插图 德国党卫军公告,1944

第389页插图 萨洛共和国宣传海报,电影剧照及 1940 年代广告插图拼贴画

第403页海报 *Yankee Doodle Dandy*(《胜利之歌》),by

Michael Curtiz(Warner Bros.),1942

第404页剧照　　*Casablanca*(《卡萨布兰卡》),Michael Curtiz (Warner Bros.),1942

第405页(左)插图　　《伦巴底邮报》(1945.8.8)头版(作者私人收藏)

第405页(右)海报　　*Road to Zanzibar*(《通往桑吉巴尔的路》),Victor Schertzinger,Paramount,1941

第412页引文　　Giovanni Bosco,*Il giovane provveduto*,*Opere edite VII*,Roma：Libreria Ateneo Salesiano

第413—414页引文　　*Bella tu sei qual sole*(《你娟美如太阳》),流行宗教歌曲

第417页引文　　Lorenzo Perosi,*Dormi non piangere*(《睡吧,不要哭》),1912

第419页剧照　　*I due orfanelli*(《两孤儿》),Mario Mattoli (Excelsa),1947

第421页插图　　Victor Hugo,*L'uomo che ride*(《笑面人》),Milan：Sonzogno,日期不详,© RCS(作者私人收藏)

第422页剧照　　Rita Hayworth e Tyrone Power,*Blood and Sand*(《碧血黄沙》)di Rouben Mamoulian(20th Fox),1941

第423页剧照　　*La mia via*(《与我同行》),Leo McCarey (Paramount),1944

第425页引文　　Jules Barbey d'Aurevilly,*Léa*(《莱雅》)(*Œuvres romanesques complètes I*),Paris：La Pléiade,Gallimard,2002

第 426 页插图　Gustave Moreau，*L'apparition*（《显灵》），1876，Paris，Louvre

第 430 页引文　Sergio Corazzini，*Il mio cuore*（《我的心》），in *Dolcezze*，1904

Guido Gozzano，*La più bella!*（《最美的女孩儿!》），1913（in *Tutte le poesie*，Milan：Mondadoli，1908）

第 439 页插图　作者拼贴自 Alex Raymond，*Rip Kirby*（© King Features Syndicate，Inc.）；mondello Schubert anni cinquanta（CSAC，Parma）；pubblicità Vespa da M. Boldrini e O. Calabrese，*Il libro della comunicazione*，Paggio Veicoli Europei S.p.A.，1995

第 450—452，454，456，458，460，466 页插图　作者拼贴自：Alex Raymond，*Flash Gordon*（《飞侠哥顿》），© King Features Syndicate，Inc.

第 462 页插图　作者拼贴自 Lee Falk e Phil Davis，*Mandrake*（《曼德雷克》），Mandrake The Magician © 2023 by King Features Syndicate，Inc.

第 464 页插图　作者拼贴自 Milton Caniff，*Terry and the Pirates*（《特里与海盗》），© Tribune Content Agency，LLC. All rights reserved

第 468 页插图　作者拼贴自多种意大利图书

第 470 页引文　Bixio Cherubini，*La famiglia canterina*（唱歌的一家人），Milan：Edizioni Bixio，1929

第 471 页插图　作者拼贴自 *La misteriosa fiamma della*

Regina Loana（洛阿娜女王的神秘火焰），Lyman Young 绘，Florence：Nerbini，1935，Tim Tylor's Luck © 1935 by King Features Syndicate，Inc.

第 473 页插图　作者拼贴自一张不知名的圣卡